中國語言文字研究輯刊

三　編

許錟輝　主編

第 **4** 冊

說文一曰研究

周聰俊　著

花木蘭文化出版社

國家圖書館出版品預行編目資料

說文一曰研究／周聰俊 著 ─ 初版 ─ 新北市：花木蘭文化出
版社，2012〔民 101〕

序 2+ 目 2+204 面；21×29.7 公分

（中國語言文字研究輯刊　三編；第 4 冊）

ISBN：978-986-322-049-7（精裝）

1. 說文解字　2. 研究考訂

802.08　　　　　　　　　　　　　　　　　101015852

ISBN-978-986-322-049-7

9 789863 220497

中國語言文字研究輯刊
三 編　第四冊　　　　　ISBN：978-986-322-049-7

說文一曰研究

作　　　者　周聰俊
主　　　編　許錟輝
總 編 輯　杜潔祥
出　　　版　花木蘭文化出版社
發 行 所　花木蘭文化出版社
發 行 人　高小娟
聯絡地址　新北市永和區中正路五九五號七樓之三
　　　　　　電話：02-2923-1455／傳眞：02-2923-1452
網　　　址　http://www.huamulan.tw 信箱 sut81518@gmil.com
印　　　刷　普羅文化出版廣告事業
初　　　版　2012 年 9 月
定　　　價　三編 18 冊（精裝）新台幣 40,000 元

說文一曰研究

周聰俊　著

作者簡介

周聰俊，1939 年生，台灣台北人。1965 年台灣師範大學國文系畢業，1975 年及 1981 年先後兩度再入母校國文研究所深造，1978 年獲文學碩士學位，1988 年獲博士學位。曾任台灣科技大學、清雲科技大學教授。著有《說文一曰研究》、《饗禮考辨》、《祼禮考辨》、《三禮禮器論叢》等書。

提　要

　　《說文》之爲書，以文字而兼聲韻訓詁者也。其書據形說字，旨在推明古人制字之由，凡所說解，多能參稽眾議，定於一尊。其或間存別說，而出一曰之例者，所以示慎也。蓋以世當東漢，形體既遞有譌變，古義亦容有失傳。是故眾說紛如，各逞所見，則雖以許氏之博學通識，復師承有自，而於是非去取，亦非易事。故凡有所疑，則兼錄別說，不囿己見。通攷《說文》，出此例者凡八百有餘事，凡稱一曰、或曰、又曰、亦曰、或云、或說、或爲、一云、一說、或、亦、又諸名者，皆此類也；而未明箸一曰之文者，亦多有之。此蓋許書之顯例也。惟文字肇端，有義而後有音，有音而後有形，造字者因音義而賦形，所賦之形必切乎其義，而義亦必應乎其形。是故造字之時本一形一音一義，此理之當然也。是凡形有二構，音有二讀，義有兩歧者，其中必有是非可說，蓋可知也。學問之道，後出轉精，自清代以來，究心《說文》者既眾，往往各有創獲，足以補苴舊說；兼以古文字之出土整理，於文字遞嬗之迹，頗能攷見，故在昔許氏之所疑，今有可斷其是非者矣。本篇之旨，即在探究許書所存形音義一曰別說之是非。凡許書所存別說符於形義密合之準則者，則申證之。其未密合而有可商者，則舉以質之。疑而未能決，或疑似後人增益者，則錄以存參。字音重讀或三讀者準之。

序

　　許慎《說文解字》，以文字而兼聲韻訓詁之書也。欲窮究六書之源流，探討古音之正變，詳明群籍之雅詁，捨是弗由。而學者據文字聲韻以求訓詁，以訓詁而通經明道，亦莫不循是津梁，奉為圭臬。是故休甯戴氏而後，士大夫皆知寢饋乎許學，以為董理群經百家之鈐鍵，此豈不以明憭文字之本形本義，與夫訓詁通假之用，庶可免於鑿空妄談之蔽歟！其書據形說字，旨在推明古人制字之由，凡所說解多能參稽眾議，定於一尊。其或間存別說，而出一曰之例者，見其慎也。蓋以世當東漢，形體既遞有譌變，古義亦容有失傳。是故眾說紛如，各逞所見，則雖以許氏之博學通識，復師承有自，而於是非去取，亦非易事。故凡有所疑，則兼錄別說，不囿己見。通攷《說文》，出此例者凡八百有餘事，凡稱一曰、或曰、又曰、亦曰、或云、或說、或為、一云、一說、或、亦、又諸名者皆此類也，而未明箸一曰之文者亦多有之。此蓋許書之顯例也。清儒於許學之著述，無慮數百，獨闡發此例之專著，未獲一覯，僅王筠釋例論之較詳。其說曰：「一曰二字，為許君本文者蓋寡，其為後人附益，一種也。合《字林》於《說文》，而以一曰區別之者，又一種也。其或兩本不同，校者彙集為一，則所謂一曰者，猶今人校書云一本作某也，是又一種也。」馬敘倫著《說文解字六書疏證》，承沿王氏之說，亦曰：「許書凡一曰者，皆校者所增，或記異本，或箸別義也。」夫五季以往，印刷未興，流行舊籍，胥賴傳鈔，歷時久遠，則其間衍奪譌誤，自所難免。是今本《說文》容有經後人竄亂，而非

許氏之舊者，是固然已。然若謂後人合《字林》於《說文》，而以一曰別之，又或校者彙錄異本，故出一曰一文，此則憑肊私斷，難以取信於人。今以大小徐本對勘，一曰之文大致相合，則其中什九宜爲許氏原文，蓋可無疑。誠以疑則載疑，先聖所高，眾議莫斷，故兼錄別說也。夫文字之始，有義而後有音，有音而後有形，造字者因音義而賦形，所賦之形必切乎其義，而義亦必應乎其形。是故造字之時本一形一音一義，此理之當然也。今乃眾說不齊，則其中雖糾紛連結，情況非一，而必有是非可說，宜各例所同。學問之道，後出轉精，自清代以來，究心《說文》者既眾，往往各有創獲，足以補且舊說；兼以古文字之出土及整理，於文字遞嬗之迹，頗能攷見。故在昔許氏之所疑，今有可斷其是非者矣。余曩日負笈上庠，奉手 李師爽秋、胡師自逢、魯師實先治文字彝銘甲骨之學，略窺文字之門徑。及入本所，與聞 林師景伊之《說文》研究，於《說文》條例及六書要旨，復有所得。深悟文字者，文化之精髓，治經明道之津梁，頗有志於此。蒙 周師一田以擇許書異說之是非爲囑，乃欣然應命，勉成此篇。是篇之作，承 周師爲擬定體例，解疑釋難，正其誤謬，潤其文字，始克竟全功。所愧資質駑鈍，學識荒陋，其中疏漏罣誤之處，宜尙多有，博雅君子，幸垂教焉。

中華民國六十七年歲次戊午仲夏　周聰俊謹序

目次

凡　例

一、本篇顏曰「說文一曰研究」。許書說解，形有二構，音有二讀，義有兩
　　歧者，出一曰之例。惟其用辭頗不一致，別有或曰、又曰、亦曰、或
　　云、或說、或爲、一云、一說、或、亦、又之不同，其名容有小殊，而
　　實質則無異。間有不冠一曰之辭，而實屬別說者，亦依類併取焉。以許
　　書一曰之辭多見，故本篇統以一曰範之，不復贅分。

二、本篇旨在擇究《說文》所存形音義一曰別說之是非。凡許書一曰別說，
　　符於形義密合之準則者，則申證之，收之申證章。其未密合而有可商
　　者，則舉以質之，收之質難章。疑而未能決，或疑似後人增益者，則錄
　　以存參，收之存疑章。字音重讀或三讀者準之。

三、本篇總分申證、質難、存疑三章，惟以類別多歧，故再分子目。

四、許書釋形，凡引別說以釋所以从某之意者，皆當屬之字形類。其所說爲
　　是，則收入申證章；其有未塙者，則收入質難章。

五、許書所列字義之別說，亦有同實異名，本無歧異，或合二字成文，別以
　　申釋其義者，以其訓義無誤，故皆列之申證章。

六、本篇字義質難章所收，凡分兩類，其一爲別說有譌誤者，其一爲別說屬
　　假借義者。

七、本篇所採《說文解字詁林》所收有關許學論著，其次第大抵悉依原次。
　　其書名亦多用省稱，對照表附見參考書目。至於其他資料，則詳注出

處，以備查考。

八、前儒於許書別說，所見容有歧異。有許引以證義，說者以為字形之別說者；有引以說別義，而以為字音之異讀者；有申證字義，而誤以為釋形者；咸於本條之下，詳加辨析。

九、本篇所據許書係《四庫善本叢書》影印日本岩崎氏靜嘉堂藏宋本《說文解字》，凡鉉本有衍羨譌奪者，則參以道光十九年壽陽祁氏原刻《說文繫傳》，經韵樓原刻《說文解字注》，以及各家有關《說文》論述補正之。

十、本篇各章節條目之次，悉依許書卷次。每條亦據許書立文之序，首列本篆，次及說解。

十一、本篇所論聲韵之反切，除因所需別有標明者外，悉依大徐標音。

十二、本篇古聲之歸類，除據蘄春黃氏古本聲十九紐為主外，並參取他說以備考：

　　（一）喻為二紐，黃氏原列為影紐之變聲，今並參取曾運乾〈喻母古讀考〉說，喻紐歸定，為紐歸匣。

　　（二）邪紐黃氏原列為心紐之變聲，今並參取錢玄同〈古音無邪紐證〉及戴君仁先生〈古音無邪紐補證〉說，歸之定紐。

　　（三）群紐黃氏原列為溪紐之變聲，今並參取陳師伯元說，歸之匣紐。

十三、本篇古韵之分部，除別有辨說者外，悉本段氏〈古十七部諧聲表〉為準。

十四、本篇所徵引之卜辭，以藝文印書館影印之《甲骨文編》所輯為主，於所徵引卜辭之下，分別注明該字所著錄卜辭之書名省稱及卷葉、片數，以備查考。其省稱對照表附見參考書目。

十五、本篇所徵引之金文，以容庚《金文編》、《金文續編》為主，兼採吳大澂《說文古籀捕》、丁佛言《說文古籀補補》、強運開《說文古籀三補》、羅振玉《三代吉金文存》、于省吾《商周金文錄遺》等書。且於所徵引金文之下，分別注明該字所見之彝器名稱，以備查考。

十六、本篇各條於正文敷暢未盡處，或別加小注以足之，其徵引諸家之說，而兼引原注者，則加「原注」二字於注文之首，以示區別。

十七、本篇所論，有關字形者三十條，字音者二十八條，字義者百三十六條。字形字音之別說，本篇已網羅殆盡，惟字義部分，牽涉至廣，今惟擇其重要者付之探討，餘當俟諸來日，以竟全功。

第一章　申　證

第一節　字形一曰之申證

　　夫文字肇耑，必先有其義，而後發為語言；有語言而後始畫成字形。造字者因義賦形，故所賦之形必與其義相契合，是謂本形。然時殊古今，地隔南北，文字初形，每以此而演化嬗變，漸失本真。是則文字之流衍，愈近古則愈能見其初造之精怡。故尋其遞嬗之迹，由古籀而篆文，脈絡猶多可見者。是以東漢許氏以篆文為主，合以古籀，博訪通人，稽徵故言，而成《說文解字》一書，今之尚猶得窺見文字制作之原及其流變者，胥賴乎是。惟文字之作，邈哉邈矣！許敘云：「文者物象之本，字者言孳乳而寖多也。箸於竹帛謂之書，書者如也。以迄五帝三王之世，改易殊體，封於泰山者，七十有二代，靡有同焉。」是則文字實非出於一人，成於一時，造於一地，且本無既定之條例。所謂六書者，蓋後儒分析歸納文字結構之所得，實非倉頡刱法，預為制字而設也。且傳聞或異，師說有殊，即一形體，其說解未必悉同。許氏雖博徵通識，蒐羅多方，但數逾九千，各具精蘊，欲其逐一探究，求合先民造字之初怡，殊非易易。故許氏凡有疑殆，則聞疑載疑，兼存別說，而未敢以肊斷，皆以一曰之例出之，亦所以示慎也。其所存別說，或上溯兩周彝銘，殷商卜辭，每有足徵者，或據形課義，因義明形，二者相互印證，而無違於六書原則，冥合古人造字取象之精

意者，斯爲初造本形蓋無可疑。然而古人因義賦形，形義必相比附，則字形結構當止一說而已，其有二說者，蓋必有誤焉。或說既爲初字本形，則許氏正文之說解，蓋亦有未審者矣。茲取數條，以申證許氏所列「別說」之義，且以見許氏之兼錄別說，實有可資據信者也。又字形一曰之說，有以申釋字形而所言確當，無可移易者，則亦申而證之。故本節所分細目，凡備二端：一曰本說非而一曰是者，一曰一曰申釋字形爲是者。

一、本說非而一曰是者

卜 灼剝龜也，象灸龜之形。一曰象龜兆之從橫也。ㄠ，古文卜。^{三下〈卜部〉}

按一曰象龜兆之從橫也者，羅振玉《增訂殷虛書契考釋》云：「（卜於甲文作）ㅏ丫ㅓ，象卜之兆。卜兆皆先有直坼，而後出歧理。歧理多斜出，或向上，或向下，故其文或作卜，或作ㅓ。〈召鼎〉卜作ㅏ，《說文》卜古文作ㅓ，並與此不異也。」^{卷中十七叶}董作賓《商代龜卜之推測》亦云：「卜字本象兆璺之狀。今甲骨刻辭中所有卜字，作上揭諸形，皆象兆璺之縱橫，而其特異之點，即在卜字之歧出，或左或右，各隨其兆璺而定。如文辭所屬之兆爲ㅓ形，則文中之卜字，即向左歧出而作ㅓ形，一如兆之坼文，兆坼在右則反是。」^{李孝定《甲骨文字集釋》第31093～31094頁引}、羅、董二家說是矣。考古者占卜，以火灼龜，視其裂紋，以斷吉凶。其法則羅氏《考釋》說之詳矣^{羅氏之言卜法，除《考釋》外，尚見〈鐵雲藏龜敘〉及《殷商貞卜文字考》}。其言曰：「卜以龜，亦以獸骨。龜用腹甲，而棄其背甲。獸骨用肩胛及脛骨。其卜法，削治甲與骨，令平滑，於此或鑿焉，或鑽焉，或既鑽更鑿焉。龜皆鑿，骨則鑽者什一二，鑿者什八九，既鑽而又鑿者二十之一耳，此即《詩》與《禮》所謂契也。既契，乃灼於契處以致坼。灼於裏則坼見於表，先爲直坼，而後出歧坼，此即所謂兆矣。蓋不契而灼，則不能得坼，既契則骨與甲薄矣。其契處刄斜入，外博而內狹，形爲橢圓，則尤薄處爲長形，灼於其側，斯沿長形而爲直坼。由直坼而出歧兆矣，於以觀吉凶，並刻辭於兆側，以記卜事焉。此古卜法之可據目驗以知之者也。」^{卷下六十四至六十五叶}羅氏據殷墟實物，目驗而爲說，其言當可信從。是知凡卜諸甲骨，背面施以鑽鑿而灼之，則正面必見兆坼，以龜兆從橫左右無定，故卜之字形乃有多體，或ㅓ或卜，或ㅓ或ㅓ，字俱象兆璺之從橫。式觀姬周款識，〈召鼎〉作ㅏ^{《三代》4.45}，〈卜孟段〉作ㅏ^{《錄遺》一三四圖}，〈曾侯鐘〉作ㅓ^{《薛氏》6.9下}，猶存異形。迄乎秦

兼天下，議書同文，小篆代興，而其形遂定。斯由篆體上溯殷周古文，歷歷可考，乃知許說卜象龜兆從橫，實信而有徵，釋然無疑。意許氏象灸龜之形一說，蓋就小篆之形而言之耳。因《禮經》載有以楚焞灼龜之事，《儀禮・士喪禮》「楚焞置于燋在龜東」，楚焞即所用以灼龜開兆，是也。故段玉裁注《說文》乃謂「直者象龜，橫者象楚焞之灼龜」，王筠《句讀》之說同，且更謂象龜兆從橫之說為未允。甚而有謂一曰之說為申釋灸龜句之小注，而後人篡入正文者，饒炯《部首訂》說是也。凡此，皆說有未審也。至若孔廣居《疑疑》謂「卜從一從｜，一者誠也。一字小于｜者，誠發于隱微之處也。｜，上下通也，一誠通乎天地，故前知也。」強為附會，不待辨矣。惟清之吳凌雲，殷商龜甲所未及見，而說解卜字形音之所由云：「古者有事問龜，則契其腹背之高處，以火灼之，其聲卜，則有兆以告我矣。其兆或縱或橫，作卜以象其形，而音則如其聲。」《小學說》其說眇合聖人制字之奧恉，闢時人之貤謬，而為後人所信從，蓋可謂灼見矣。

　　貞　卜問也，從卜貝以為贄。一曰鼎省聲，京房所說。〈卜部〉三下

　　按一曰鼎省聲，京房所說者，向來皆以此別說采自京房。故朱駿聲《通訓定聲》逕刪一曰二字，改作「京房說鼎省聲」。惟馬宗霍則不以為然，其《說文解字引通人說考》曰：「京既以鼎省聲為一曰，則京自說當不若是，然其說如何，實無以知之。」一卷十五叶是馬氏以為京房說貞之構形，蓋不止於此，許所引者，京房之或說耳。此殆肊測之辭，了無塙證。考許書通例，凡引通人之說者，概不出一曰之例，朱刪一曰是也。段注曰：「一說是鼎省聲，非貝字也。許說從貝，故鼎下曰貞省聲，京說古文以貝為鼎，故云從卜鼎聲也。」又《說文》鼎篆下云：「古文以貞為鼎，籀文以鼎為貞」大徐本止有籀文 以鼎為貞一句，段注兩貞字皆改作貝，且云：「京房說貞字鼎省，此古文以貝為鼎之證也。許說刪鼎霝霝下云古文霝如此，段氏謂古當作籀鼎者，籀文之則員霝姷字，此籀文以鼎為貝之證也。」段氏謂京房說古文以貝為鼎，此乃推度之辭。其謂籀文以鼎為貝，證之許書，所說或然；然徵之商周古文，則有未必然者。按貝鼎二字，竝為獨體象形《說文》鼎下云「三足兩耳和五味之寶器也，象析木以炊也」，徐鍇《繫傳》「炊也」下有「從貞省聲」四字，然鼎字甲金文多見，皆象兩耳腹足之形，下非從析木，亦非從貞省聲。其二足作米形者，于省吾謂「左右四出之斜畫，乃象鼎之扁足」，其說或然。，各有其本形本誼《說文》貝下云海介蟲也、象形，其形體雖或相似而不同。二字於偏旁之混亂，蓋始於東周，而遽

變於嬴秦。如「妘」於〈函皇父簋〉作【字形】《三代》8.40，而〈輔伯鼎〉作【字形】《三代》3.34、〈仲皇父盉〉作【字形】《三代》14.11。「則」於〈舀鼎〉作【字形】《三代》4.45，而秦權量作【字形】《金文續編》4.8。此蓋字體省變，乃與貝形混同，非即金文以鼎爲貝也。若夫賓字，或從鼎作【字形】〈鄭井叔鐘〉《三代》1.3，乃以貝鼎同珍，義近通用，以示奉鼎爲贄之意，亦非貝鼎同字之例。桂馥《義證》、王筠《句讀》，竝云籀文以鼎爲貝者（並見貞篆下），誤與段同。嚴可均《校議》云：「據鼎彝器銘有鼎體，鼎得鼎貞兩讀，與小徐合，大徐不得其解輒刪之。」（鼎篆下）是嚴意以小徐本兩貞字非誤，而大徐本無上句者爲誤刪，其說是也。

考殷契彝銘貞鼎二字多見，「貞」於卜辭作【字形】《鐵》248.1、【字形】《拾》12.2、【字形】《甲》2337、【字形】《甲》2418，或從卜作【字形】《鐵》45.2，金文皆從卜作【字形】〈甲鼎〉、【字形】〈明我鼎〉（以上容庚《金文編》以爲鼎字，疑非）、【字形】〈散盤〉、【字形】〈沖子鼎〉《貞松》2.33。「鼎」於卜辭作【字形】《甲》1633、【字形】《甲》2307、【字形】《乙》9085反、【字形】《續》5.16.4、【字形】《京都》99，金文作【字形】〈作父已鼎〉、【字形】〈霍鼎〉、【字形】〈舍父鼎〉、【字形】〈鼄鼎〉、【字形】〈毛公鼎〉，羅振玉《增訂殷虛書契考釋》云：「卜辭中凡某日卜某事皆曰貞，其字多作【字形】，與【字形】字相似而不同。或作鼎，則正與許君以鼎爲貞之說合，知確爲貞字矣。古經注貞皆訓正，惟許書有卜問之訓，古誼古說賴許書而僅存者，此其一也。又古金文中貞鼎二字多不別，〈無鼎〉鼎字作【字形】，〈舊輔甗〉貞字作【字形】，合卜辭觀之，並可爲許書之證。段先生改小徐本古文以貞爲鼎，籀文以鼎爲貞，兩貞字作貝，是爲千慮之一失矣。」（卷中十七至十八叶）王國維《史籀篇疏證》云：「《說文》鼎部古文以貞爲鼎，籀文以鼎爲貞。案殷虛卜辭貞或作【字形】、作【字形】、作【字形】，其文皆云卜鼎，即卜貞。此以鼎爲貞者也。古金文鼎字多有上從卜如貞字者。《書·洛誥》『我二人共貞』，馬融注『貞，當也』。貞無當訓，馬融知貞即鼎字，故訓爲當。此以貞爲鼎者也。蓋貞鼎二字，形既相似，聲又全同，故自古通用。許君見壁中書有貞無鼎，《史籀篇》有鼎無貞，故爲此說，實則自殷周以來已然，不限古文籀文也。》（《海寧王靜安先生遺書》冊五、2111～2112頁）羅、王二氏之說，塙不可易。惟卜辭貞字，作【字形】者爲多，其字何所取象，則二氏無說。郭沫若曰：「案【字形】實即【字形】若【字形】等形之簡略急就者，猶【字形】若【字形】等之簡化爲【字形】也。古乃假鼎爲貞，後益之以卜而成鼎（貞）字，以鼎爲聲。金文復多假鼎爲鼎。許說古文以貞爲鼎，籀文以鼎爲貞者，可改云：金文以鼎爲鼎，卜辭以鼎爲鼎。」（《卜辭通纂》六叶）又曰：「鼎即貞字，從卜鼎聲，古從鼎作之字，多誤從貝，如員字則字齍字，古實作鼎刪齍也。金文

多假貞爲鼎字，卜辭反是。凡貞問之貞均作 𝌆，即鼎形文之簡捷化者，亦竟作 𝌆若𝌆。」《兩周金文辭大系考釋》四十四至四十五叶〈庚嬴鼎〉楊樹達於《卜辭求義》亦云：「《前編》七卷三九葉之二云『壬午卜𝌆隹亞涉🜚一月』，葉玉森云『假鼎爲貞』。按常用 𝌆 字亦象鼎形，特簡略耳。《說文》云籀文以鼎爲貞，卜辭確是如此，非本有貞字作此形也。」122頁郭、楊二氏說甚是。疑貞問之意虛，既無可象，亦無可指，而於文復難以會意出之，因音與鼎同，故卜辭即假鼎爲貞貞鼎二字古音竝屬端紐十一部。後益之以卜作鼎，从鼎爲聲，以爲貞問專字，而从卜之鼎，金文猶與本字通用無別。如〈㝬鼎〉云「用乍朕文考釐叔尊鼎」《三代》4.21，〈鑄子鼎〉云「鑄子叔黑臣肇乍寶鼎」《三代》3.40是也。又其後，鼎所从鼎聲，蛻變如从貝，貝者鼎之省也，故曰鼎省聲。是知京房說貞从鼎省聲，其說至塙。桂馥《義證》以爲鼎省聲當作鼎聲，是猶未見眞古文，故有斯說。許氏說解云「从卜貝」者，蓋據篆體以爲說，實與殷周古文不符。

𝌆 田㒺也，从 𝌆 象畢形微也。或曰由聲。四下〈𝌆部〉

按或曰由聲者，文本从田，或以爲从由得聲，不可解。《說文》由部云：「由，鬼頭也。」鬼頭爲由，於田㒺無涉，故段注改由作田，且云：「或曰田聲，田與畢古音同在十二部也。各本田誤由，鉉曰由音拂，此大誤也。」其說可從，殆古本如是。

考字於卜辭作 𝌆《鐵》5.1、𝌆《鐵》134.3、𝌆《前》1.29.4、𝌆《後》2.41.14、𝌆《前》5.14.4，金文作 𝌆〈段簋〉、𝌆〈召卣〉、𝌆〈畢鮮簋〉、𝌆〈倗仲鼎〉、𝌆〈獻伯簋〉，羅振玉釋之曰：「卜辭諸字正象网形，下有柄，或增又持之，即許書所謂象畢形之𝌆也。但篆文改交錯之網爲平直相當，於初形已失。後人又加田，於是象形遂爲會意。漢畫象刻石，凡捕兔之畢，尚與 𝌆 字形同，是田網之制，漢時尚然也。」《增訂殷虛書契考釋》卷中、四十八叶 羅說是也。惟謂畢乃从田从𝌆會意，似有未安，許說田聲是矣。稽之韵部，田畢二字於古音竝屬十二部，且殷周間，田獵字均假田爲之，畢从田聲，正取其用於田獵之義。是其形聲與本義，俱相密合，可證畢从田聲，蓋無可疑也。斯猶自爲象形字《說文·自部》云：「自，鼻也。象鼻形。」，其後孳乳爲鼻，从自畀聲，訓云引气自畀也《說文·鼻部》云：「鼻、从自畀。」徐灝《段注箋》、王筠《句讀》、朱駿聲《通訓定聲》、張文虎《舒藝室隨筆》、苗夔《聲訂》，皆謂畀聲，是也。鼻畀二字古音竝同十五部。亦猶网加亡聲作罔〈网部〉，厂加干聲作厈〈厂部〉，尢加㞢聲作尳〈尢部〉，皆於象形之字加注

聲符，特此三字聲不示義爲異耳。甲文❤字即畢之初文，象形，爲田獵所需之長柄網，鄭康成所謂小而柄長者是也見《禮記月令》注。字又从又作❤者，蓋象手持田网之形，猶爵作❤〈爵爵〉，或从又作❤〈父癸卣〉，亦猶𣪊於卜辭作❤，而金文从殳作❤，皆所以示有所取之象也。姬周彝銘，字皆於其上加田爲聲符，作❤，以示用之田獵。段氏謂田网者田獵之网，故其字從田，是也。徵諸典記，畢之用於田獵者，或以捕鳥，或以掩兔。《詩·小雅·鴛鴦》「鴛鴦于飛，畢之羅之」，毛傳云：「鴛鴦、匹鳥，於其飛，乃畢掩而羅之。」〈大東〉「有捄天畢」，毛傳云：「畢，所以掩兔也。」《國語·齊語》「田狩畢弋」，韋注云：「畢，掩雉兔之網也。」《莊子·則陽》「田獵畢弋」郭注、〈胠篋〉「夫弓弩畢弋機變之知多」李注，竝云：「兔網曰畢，繳射曰弋。」李注見《莊子釋文》引皆其證。足見許氏以田罔訓畢，實得先民制字之恉也。惟許氏隸畢於華部，于畢注云「从華象畢形微也」，而於華注則曰：「箕屬，所以推棄之器也。象形。」一若華既象田罔之畢，又象推棄之箕者，疑有未審。徐灝《段注箋》曰：「華畢一聲之轉，故《篇》、《韻》華又音畢，疑華畢本一字。」華篆下注羅振玉亦曰：「許君謂糞棄二字皆从華，今證之卜辭，則糞字作❤，乃从甘，不从華。糞除以箕，古今所同，不聞別用他器。其在古文華即畢字，與甘不同。糞棄固無用畢之理，此因形失而致歧者。」《增訂殷虛書契考釋》卷中、四十八叶徐、羅之說，俱以許書訓箕屬之華即田罔之畢字，蓋是。按之聲韻，華於古音屬幫紐十四部，畢屬幫紐十二部，二字聲同韻近也元寒與眞臻古韵每多相通，此段氏十二、十四部合韵之說也。猶晶曐本一字之異構，而許氏別爲二字之比說詳曐條下。蓋因形失，故爲歧說耳。

若夫許氏本說云「从華象畢形微也」，疑傳鈔亦有譌奪，段注據《韻會》訂作「从田从華象形」《韻會》引此作「从田从華象畢形」，朱駿聲《通訓定聲》說同王筠《句讀》亦依《韻會》補从田二字，殆古本如此。然畢字从華田聲，已如前述，則此本說之非，不待辨而明，毋庸贅論。

曰 詞也，从口乙聲，亦象口气出也。五上〈曰部〉

按亦象口气出也者，孫奭《孟子正義》卷一上引同《孟子正義》舊題孫奭撰，《朱子語錄》、《四庫提要》及錢大昕《養新錄》俱謂非出孫氏之手，茲仍從舊題。《孝經釋文》云：「曰，語辭也。從乙在口上，乙象氣。人將發語，口上有氣，故曰字缺上也。」陸說亦與許合。考字於卜辭作❤《甲》933、

曰《甲》2393、曰《鐵》246.2、曰《甲》2498、曰《前》1.42.2，金文作曰〈𠶷壺〉、曰〈應公鼎〉、曰〈無㠱鼎〉、曰〈盂鼎〉、曰〈齊鎛〉，羅振玉《增訂殷虛書契考釋》云：「卜辭从一不作乙，〈散盤〉亦作曰，晚周禮器，乃有象口出气形者。」卷中五八叶羅說是也。〈齊鎛〉作曰，即篆體所自昉。許氏據秦篆爲說，故疑曰从乙聲。覈諸聲韵，曰音王伐切，古音屬匣紐十五部，乙音於筆切，古音屬影紐十二部，二字聲韵俱近影匣二紐爲旁紐雙聲，又眞臻與脂微古韵對轉，每多相通，此段氏十二、十五部合韵之說也。但據曰字之形體衍變言，其非从乙聲，則斷乎無疑。鈕樹玉未加深考，乃謂「乙象春艸冤曲而出，陰氣尚彊，其出乙乙，故取爲聲兼意也」《段注訂》，許氏據陰陽五行之說以解乙字，而復以乙字解說曰之構體，是皆不足信也。至若桂馥《義證》謂「乚、鉤識也，從反厂，非甲乙字」，乚與曰義既無關涉，而與殷周古文亦不合，是亦鑿說也。餘杭章氏篤守《說文》，而於《文始》則云「曰上實非乙字，口气出之說爲合」，蓋即有見於許氏本說之疏謬也。段注逕改乙聲以下八字爲「乚象口气出也」六字，朱駿聲《通訓定聲》、林義光《文源》，竝同段說刪「聲亦」二字，王筠《釋例》亦謂「段氏刪乙聲是也」，蓋諸家所見皆同。惟王氏《釋例》云：「鐘鼎文曰字作曰，〈繹山碑〉猶然，是小篆未改古文。蓋曰乃指事字，非乙聲也。許君作曰者，蓋如大徐說言字，中一上曲，則字形茂美。漢之作小篆者，偶然曲之以爲姿，許君即據以爲說，非李斯本然。」王氏謂曰爲指事字，殊具卓識，而云漢人偶然曲之以爲姿，非李斯本然，則似亦失之深考。按之〈齊鎛〉、〈陳侯因資錞〉、〈邾大宰簠〉、〈陳猷釜〉、〈邾公華鐘〉、〈余義鐘〉、〈者沪鐘〉等器，字作曰、曰、曰諸形，是篆體本之諸器，非漢人之改易可知。綜觀曰字形體之衍變，於甲文則加一口上，以泛象聲气之出，西周金文猶然，東周禮器，乃有曲之作乚形者。秦書同文，篆軌斯體，許造《說文》，因以爲說，故云象口气出也。段氏刪正，極是。饒炯《部首訂》云：「當云語發詞也，从口象气上出之形，與只下說『語已詞也，从口象气下引之形』意同。蓋人有所語，張口則气上出，閉口則气下引，說解云乙聲非也。」其說是也。

食　一米也，从皀亼聲。或說亼皀也。五下〈食部〉

按或說亼皀也者，段注云：「从皀亼聲或說亼皀也九字，當作从亼皀三字。皀者穀之馨香也，其字从亼皀，故其義曰亼米，此於形得義之例。」朱駿聲《通

訓定聲》云：「按六穀之飯曰食，从亼皀會意。」饒炯《部首訂》云：「食者，米熟之通稱，合眾粒爲之，或說从亼皀會意是也，而說解云一米亼聲，皆誤。」宋育仁《部首箋正》云：「會意也。當以或說爲正。亼下說三合也，皀、穀之馨香也。三合猶合也，馨香猶熟也，合而成熟之，以爲人之食。」吳善述《廣義校訂》云：「按皀、米粒也，亼、古集字，米少不足爲食，故从亼皀會意。」又苗夔《聲訂》說亦近同。諸家以字从亼皀會意，俱無異辭，說皆是也。按許說从皀亼聲，覈之聲韵，食音乘力切，古音屬定紐一部，亼音秦入切，古音屬從紐七部，二字聲韵俱遠，食不當从亼爲聲也。相菊潭《說文二徐異訓辨》以爲「食在第一部，亼在第七部，部雖隔，但之侵次對轉，食亼一聲之轉耳，亼聲不誤」^{三卷三〇六叶}。其說雖主在辨小徐本從皀亼之非，然亦似嫌牽附矣。惟其本義，言人人殊，嚴章福《校議議》謂大徐不誤，一米爲粒，此米粒正字，而飲食之食當作皀。惠棟《讀說文記》謂一米當作潃飯，段玉裁謂一米當作亼米，錢桂森謂一米當作壹米，壹猶聚也，蓋謂聚米爲食。王筠《句讀》謂一米當作一蒸米^{《釋例》同}，朱駿聲謂六穀之飯曰食，饒炯謂米熟之通稱，吳善述謂食本飯也。蓋以許說一米不可解，故說之者各從己意以解之。審諸家之說，段說可採。蓋以亼爲三合，引申有聚集之義，皀即穀之馨香，以一粒米爲本義。食即米粒聚合，故字从亼皀以會意，此義見於形也。引申則爲飲食之稱。

屋　居也。从尸，尸、所主也。一曰：尸象屋形。从至，至、所至止。室屋皆从至。𡱋，籀文屋从厂。𡦸，古文屋。^{八上〈尸部〉}

按一曰尸象屋形者，《說文·羴部》羼下云：「羊相厠也。从羴在尸下，尸、屋也。」〈雨部〉屚下云：「屋穿水入也。从雨在尸下，尸者屋也。」此許書以尸象屋形之明證。又〈又部〉㕞下云：「飾也。从又持巾在尸下。」段注曰：「尸象屋形。」桂馥《義證》亦曰：「在尸下者，在屋下也。尸象屋形。」又本部層下云：「重屋也。从尸曾聲。」層義重屋，而云从尸曾聲，其義未顯。考之《說文》，凡言从某則必有某義，此全書之通例也。尸部之字，皆由人取義，層訓重屋則與部首本義全無交涉，朱駿聲《通訓定聲》以爲尸象屋形，其說是也。其从曾聲者，《詩·周頌·維天之命》「曾孫篤之」鄭箋，《爾雅·釋親》「孫之子爲曾孫」郭注，竝云：「曾猶重也。」《漢書·司馬相如傳》「坌入曾宮之嵯峨」，

顏師古注亦云：「曾，重也。」則是曾有重義也。故段氏於層下注曰：「曾之言重也，曾祖曾孫皆是也，故从曾之層爲重屋。」然則層之从尸曾聲，形義契合，而字从尸乃象屋形，無庸贅辨。據此，則屋之从尸，蓋與屖屝廠層同意。諸字上體所从之尸皆象屋形，俱爲無獨立音義之實象也。又屋之籀文从厂作_屋，厂亦象屋形也<small>安，〈格伯簋〉或从厂作庈；庶，〈伯庶父簋〉从厂作庶；厭，〈龍蚰辟兵鉤〉从广作厭，从宀从广从厂義近通作，皆其明證</small>。又屋之古文作_盧，从至，冃象屋形，亦爲合體象形，蕭道管《重文管見》云「上象屋脊形」，是也。此由籀文、古文與本篆比勘之，亦屋从尸爲象屋形之旁證。是則許云尸象屋形之說，正符字之構體，而云尸所主也者，疑非。

　　_履足所依也。从尸从彳从夊，舟象履形。一曰尸聲。_䠶，古文履从頁从足。<small>八下〈履部〉</small>

　　按一曰尸聲者，徐灝《段注箋》、朱駿《通訓定聲》皆如此主張。徐氏之言曰：「履从彳从夊，皆於行步取義，_臾象履形，與舟字相似，从尸亦橫人相配，兼取其聲。」朱氏之言曰：「履从彳从夊會意，舟象履形，尸聲。」王筠、饒炯二氏說與此異。王氏於《釋例》云：「履下云一曰尸聲，殆以從尸從彳從夊，似重複邪。然古文頡從頁矣，豈不尤無理乎？」饒氏於《部首訂》亦云：「一曰尸聲者，後人不知履篆數相轉注，所从之字意，重複不貫，遂疑履从尸聲。」蓋竝以爲會意也。段注則兩存其說，而不加案斷。

　　考許書履頡二形，殷周古文未見。〈齊侯鎛鐘〉作_䠶<small>薛氏《鐘鼎款識》七卷七叶</small>，古璽作_頌、作_䠶<small>竝見丁佛言《說文古籀補補》八卷七叶</small>，孫詒讓《古籀拾遺》云：「頡即履之古文。」<small>卷上十四叶</small>丁佛言曰：「履，《說文》古作頡，《集韵》古作頉，薛氏《鐘鼎款識·齊侯鎛》作頉，此省舟同《集韵》、《齊侯鎛》。」<small>《說文古籀補》八卷七叶</small>又〈大篆〉有_頁字<small>隸定作頒</small>，其銘曰「嬰_盧大易<small>錫</small>里」<small>《三代》9.26</small>，吳式芬《攈古錄》<small>卷三之二第三十五叶</small>、孫詒讓《古籀餘論》<small>三卷三十一叶</small>、強運開《說文古籀三補》<small>八卷八叶</small>、柯昌濟《韡華閣集古錄跋尾》<small>丙編十四叶</small>、于省吾《吉金文選》<small>卷上之三第十叶</small>、吳闓生《吉金文錄》<small>三卷三十一叶</small>、郭沫若《兩周金文辭大系考釋》<small>一七四叶</small>，俱釋作履。吳式芬引許印林說曰：「履猶今言踏勘正疆界也。履古文从舟从頁从足，此省足猶〈齊侯鎛〉作頉省舟也。《左傳》僖四年『賜我先君履』，注云『履所踐履之界。』」<small>同上</small>頒从頡省足，孫、強、郭諸家說同。按頒頉竝履之古文，是也。惟諸家謂頒爲古文頡省，似有未審。疑足之所依者，有物可象，其字本

象履形^{馬敍倫《說文解字六書疏證》云：「近時長沙近郊出土之履，考論者以爲戰國時物，方頭複底，其形如}。」古履之形或如此。，譌變作█，遂與舟楫字同體，故加頁作█，以避字形相溷。斯猶厷之古文作█，形似鉤識之█，故孳乳爲厷；獸足之釆，形似粟實之米，故孳乳爲番也。柯昌濟謂「字從人著履形」^{同上。從}^{頁猶從人}，蓋是。是乃從頁之合體象形。以履乃所以踐之具，故或從足作█^{字從頁從足}^{舟象履形}，或省作顕。篆文履字從尸從彳從夊，舟象履形，審其結構，實與古文顕不殊。從尸與古文從頁同意，斯猶頠從頁，而或體從人作俛^{〈頁部〉}，段氏云服履者是也。從彳從夊與古文從足同意^{彳夊足皆}^{主步趨}，而以舟象履形，則與古文同。是就古文與篆文相互比勘，知許書本說「從尸從彳從夊，舟象履形」，與古文顕之結體脗合。其云一曰尸聲者，於六書類例屬形聲兼象形，與本說爲會意兼象形者有異。按《說文·敍》云：「會意者，比類合誼，以見指撝，武信是也。」又云：「形聲者，以事爲名，取譬相成，江河是也。」是會意字與形聲字，皆合二以上之文或字而成，所異者，會意字所取以構字之文或字，俱爲表義之形符，而形聲字則有表義之形符，有表音之聲符。許氏云「以事爲名」者，即指表義之形符而言，段氏所謂半義是也。云「取譬相成」者，即指表音之聲符而言，段氏所謂半聲是也。是據許〈敍〉言之，形聲字乃以形符示其類別，以聲符著其音讀者也。然證諸形聲之字，非唯形符表義，即其聲符亦兼以示義，此所以蘄春黃氏有「形聲字之正例必兼會意」之說也^{蘄春黃季剛先生研究《說文》}^{之條例語，此條例爲林師景伊}^{所歸納整理者。形聲字之聲符無義可說之變例，約有七端：一曰以聲命名之字，如鵯鵊是也。二曰狀聲之字，如嚶呦}^{是也。三曰由異域方語譯音所造之字，如琊鄲是也。四曰聲符假借之字，如祿鱸是也。五曰草木蟲魚鳥獸山川方國等}^{專名之字，如菫松蚡雁齡嶧渭鄭鄁是也。六曰有本字可求者，}^{如圉櫺是也。七曰由方言有殊後加聲符以注音之字，如夥冪是也。}然則會意之於形聲，除一爲形與形相益，一爲形與聲相益外，而形聲可包會意，會意不能兼該形聲，斯尤不容混殽者也。故凡字之具有聲符者，皆宜隸諸形聲字。考尸履二字，古音竝屬十五部，履之從尸，除著其音而外，實亦兼示服履者之義，是聲中兼義也。據此，則履之構體，於六書類例，實宜入諸形聲兼象形，當以一曰之說爲是，蓋可知也。

耿_{耳箸頰也。從耳烓省聲。杜林說耿，光也。從光聖省。凡字皆左形右聲，杜林非也。^{十二上}^{〈耳部〉}}

按杜林說耿光也，從光聖省。凡字皆左形右聲，杜林非也者，徐鍇《繫傳》作「杜林說耿光也，從光聖省聲。凡字皆左形右聲，耿光說非是」。字作耿，而

二徐本竝云从光，不可通。故段注據《韵會》訂「从火聖省聲」，王筠《句讀》則云「光聖竝省」，段說是也。凡字以下十一字，小徐注云：「按鳥部多右形左聲，不知此言後人加之邪？將傳寫失之邪？」大徐引小徐說，又改之曰：「凡字多右形左聲，此說或後人所加，或傳寫之誤。」小徐謂凡字以下爲後人所加，蓋是。許書例不駁舊說，桂馥《義證》、王筠《句讀》已說之矣。且舉鳥部中字以駁杜說，亦未必然。通考許書形聲字，其聲形部位之排列，或左形右聲，或右形左聲，或上形下聲，或下形上聲，或外形內聲，或內形外聲，《周禮·保氏》六書，賈公彥疏辨之詳矣。段氏於《說文·敘》注亦云聲或在左，或在右，或在上，或在下，或在中，或在外，蓋亦據賈爲說。是則小徐本中舉鳥部多右形左聲爲說者，實不能該形聲之全。王筠謂「《周官·保氏》賈疏分形聲爲六等，猶不能備，況但舉一端乎」《句讀》，說甚允切。

考《尚書·立政》「丕釐上帝之耿命」，傳以光命釋耿命。又「以覲文王之耿光」，傳釋耿光爲光明。《離騷》「彼堯舜之耿介兮」，王注云：「耿，光也。」又「耿吾既得此中正」，注云：「耿，明也。」《國語·晉語》「其光耿于民矣」，韋注云：「耿猶昭也。」昭亦明也。〈毛公鼎〉「亡不閈于文武耿光」見《愙齋集古錄》第四冊五叶，蓋亦用耿爲光明之義。夫〈立政〉作於成王時，〈毛公鼎〉亦西周器徐同柏《從古堂款識學》、吳大澂《愙齋集古錄》，竝以爲成王時器。于省吾《吉金文選》謂作於西周中世。郭沫若《兩周金文辭大系考釋》、容庚《商周彝器通考》，則皆主宣王時器。諸家之說容有不同，然以爲西周時器則一也，此可證耿義光明，其來久矣。《說文·火部》訓光爲明，《廣雅·釋詁》同。以光明義同，故杜林以光釋耿，而《廣雅·釋詁》釋耿爲明也。又以耿義光明，與炯音義竝近，故二字亦相通作。《詩·邶風·柏舟》「耿耿不寐」，《楚辭·遠遊》「夜耿耿而不寐兮」，王注引《詩》作「炯炯不寐」。《文選》顏延年〈登巴陵城樓詩〉「炯介在明淑」，李注云：「耿與炯同。」是其證。覈之聲韵，耿音古杏切，聖音式正切，二字於古音竝屬十一部，故杜林說耿从聖省聲，此於韵部亦無窒閡也。且《說文·耳部》云「聖，通也」，於事無不通謂之聖。《荀子·儒效》「明之爲聖人」，楊注云：「通明於事則爲聖人。」《洪範五行傳》注亦云：「心明曰聖。」是聖有明義甚顯。衡以形義必協之理，耿从聖省聲，亦無不合。

許氏說解云「耳箸頰，从耳烓省聲」徐鍇《繫傳》作烟省聲，《說文》無烟字，烟乃炯之譌。，其義它書無徵，且烓者行竈也〈火部〉，與耳箸頰之義不協。段注曰：「頰者面旁也，耳箸於頰曰

耿，耿之言黏也，黏於頰也。〈邶風〉『耿耿不寐』，傳曰『耿耿猶儆儆也』，憂
之聯綴於心，取義於此。凡云耿者謂專壹也。杜林說皮傅，耿光而非字義。」
此說蓋強爲之辭也。故說之者眾，而言人人殊。明魏校《六書精蘊》云：「耿者
不寐而耳熱也，與煩同意。」 ^{徐灝《段}_{注箋》引} 嚴章福《校議議》云：「耿蓋言大耳，《說
文》凡从光字皆訓大。許原文當作从光省聲，聖字臆補，炯省聲不誤，初刻作
烓省聲誤，耿炯光三字同聲也。」徐灝《段注箋》云：「耳箸頰蓋倚枕而臥之意，
然其語未完，疑有佚奪。」孔廣居《疑疑》引陶廷梅說曰：「耿耿，小明也。火
不在目前而在耳畔，故小明也。」張文虎《舒藝室隨筆》云：「（耿从火），火象
人頰，故云耳箸頰也，此會意字。」林義光《文源》云：「耿儆同音，當即儆之
古文。从耳从火，耳聞火聲，儆儆然也。」諸家之說，雖有差殊，然於耿之形
義，莫不有所置疑，而別出新解^{諸說之非、魯師實先於《說文}_{正補》辨之甚詳，茲不重贅}。疑耳箸頰一訓，乃後世
別賦之意義，而許氏探以爲說，其釋形云「从耳烓省聲」者，蓋亦無當於理。
杜林說耿義爲光，彝銘典記可徵，縱以後儒於字从聖省聲，略有異辭，然杜說
之絕非穿鑿，蓋無可疑也。

    母 牧也。从女象裹子形。一曰象乳子也。 ^{十二下}_{〈女部〉}

  按一曰象乳子也者，《廣韻》引〈倉頡篇〉云：「其中有兩點，象人乳形。」
^{上聲厚}_{韵母下}疑許說即本〈倉頡篇〉也。段《注》、桂馥《義證》、王筠《句讀》、朱駿聲
《通訓定聲》，於〈倉頡篇〉皆有徵引，是俱於大徐本「象乳子」有疑也。鈕樹
玉《校錄》謂「子字爲後人所加」，其說蓋是。徐鍇《繫傳》作「一曰象乳」，
無「子也」二字，張參《五經文字》作「從女象乳形」^{卷下}_{三叶}，竝可證。考母於卜
辭作 母₂₂₄₀^{〈甲〉}、母₂₉₀₂^{〈甲〉}、母₉₂^{〈乙〉}、母_{272.2}^{〈鐵〉}、母_{4.1}^{〈青〉}，金文作 母^{〈母戊觶〉}、母^{〈夘切甗〉}、
母^{〈杠觶〉}、母^{〈頌鼎〉}、母^{〈陳伯}_{元匜〉}，俱从女，中著兩點象兩乳之形，研契說銘者，
多無異辭。其首上一者，乃象簪笄之形，所以繫持髮者也。方濬益曰：「女首一
者笄也。」^{見《綴遺齋彝器考釋》卷}_{三、九叶〈寧女父丁鼎〉}是也。字亦作 母₂₃₀^{〈甲〉}、母^{〈司母戊鼎〉}_{《錄遺》五〇圖}、母^{〈頤卣〉《錄}_{遺》二七二圖}，
蓋母固女身，故或不著兩點，卜辭彝銘閒有以女爲母者，即以此。陳獨秀未達
斯恉，其《文字新詮》乃謂「母女同字者，在初民意識中，母女之別甚微也」，
其說殆非。徵諸古文，雖母女多不別，但母或作女，而男女字不作母，良以女
不必皆母故爾。陳氏又謂「中作一點，或二點二畫者，象種子，非母乳」，是又

穿鑿之說矣。要以女皆有乳，然必曾乳子者始爲母，故特著兩乳以顯其義，以與女別也。小篆譌變，曳其兩點於外，故許氏以象裹子形說之，又覺有未安，乃復據《倉頡篇》之說，而兩存之。今傳大徐本誤涉前說衍子字，遂致形義難解，故段注以「此就隸書釋之」說之。王筠《釋例》云：「女之古文作中，加乳爲中。」其說是也。然於《句讀》則云：「象裹子形，則篆當作中，今出者，以爲姿媚也，且是孿生之象，故兩之。」王氏二書，《釋例》先成，《句讀》晚出，是其已有更定，故《句讀》之說，或有異於《釋例》者。蓋中之於中，乃形體之譌變，非有二致；且孿生之象，非母皆然，造字之時必不於此取象也。許訓母牧也，牧者養牛人也〈支部〉，牧牛爲牧，牧人爲母，皆以養爲義，故以牧訓母，亦所以明象乳形而有養人之義也。

二、一曰申釋字形爲是者

🔲 治病工也。殹、惡姿也，醫之性然，得酒而使，從酉。王育說。一曰殹、病聲，酒所以治病也。《周禮》有醫酒，古者巫彭初作醫。十四下〈酉部〉

按一曰殹、病聲，酒所以治病也者，病聲，所以釋醫之從殹也；酒所以治病，所以釋醫之從酉也。考《說文·殳部》殹下云「擊中聲也」，疒部瘱下云「劇聲也」段注云病甚呻吟之聲，王筠《句讀》云病甚而呻吟，朱駿聲《通訓定聲》云疾病呻吟之聲。，《玉篇》云「瘱、呻聲也」，《廣韵》云「瘱，病聲」，殹爲擊中聲，瘱爲病聲，是醫之從殹，蓋瘱之假借，故許氏云「殹、病聲」。又〈酉部〉酉字下云「就也，八月黍成可爲酎酒」，以就訓酉，蓋以疊韵爲訓二字古音竝屬第三部。戴侗《六書故》云：「酉，釀之通名也，象酒在缸甕中。借爲卯酉之酉，借義擅之，故又加水作酒，醪醴之類，無不從酉，此爲明徵。」周伯琦《六書正譌》亦云：「酉，古酒字，釀米麴而味美者也。象酉在器中之形。」戴、周二氏說近是。字於卜辭作🔲《乙》6718、🔲《乙》6277、🔲《明藏》472、🔲《甲》2368、🔲《佚》427，金文作🔲〈天君鼎〉、🔲〈乙亥鼎〉、🔲〈宰甫簋〉、🔲〈罗侯鼎〉、🔲〈毛公鼎〉，皆象釀器之形，酒所容也說見林義光《文源》，即古文酒字。後以用爲十二辰之名，乃從水作酒，而酉爲酒之初文之義遂湮矣。許書酉酒同訓，酉部之字，亦均與酒有關，即其明證。《禮記·射義》云：「酒者所以養病也。」醫者以酒治人之病，故字從酉從殹以會意。云《周禮》有醫酒者，蓋亦所以釋從酉之義。或謂醫本酒名，假爲治病工之稱見徐灝《段注箋》、王筠《釋例》、張文虎《舒藝室隨筆》、林義光《文源》。按《周禮·天官·酒正》「辨四飲之物，

二曰醫」，鄭康成注曰：「醫，〈內則〉所謂或以酏爲醴。凡醴濁，釀酏爲之，則少清矣。」^{謂黍粥所釀酒也} 又引鄭司農曰：「醫與臆亦相似，文字不同，記之者各異耳，此皆一物。」^{蓋謂醫音聲與臆相似。《釋文》云臆本又作醷。《說文》無醷字。} 先鄭謂醫即〈內則〉漿水醷濫之醷，或作臆；後鄭謂醫爲「釀粥爲醴」^{見〈內則〉「或以酏爲醴」注}，與醷爲梅漿^{見〈內則〉注}，畫然二物。是二鄭、許說互有不同，許氏據形說其本義，故云治病工。良以《說文》之作，端在撢究古形、古義，異乎二鄭之詮釋名物也。乃知醫以酒名爲正義者，自爲許書所不取也。

段氏於「殹惡姿也」下注曰：「疒部瘱，劇聲也，此从殹者，瘱之省也。如會下云曾益也，曾即增，朢下云壬朝廷也，利下禾即龢，刺下未即味，皆假借之法。」又於「一曰殹病聲」下注曰：「亦謂瘱之省。」朱駿聲《通訓定聲》於殹下云：「假借爲瘱，病聲也。」又《補遺》云：「此（醫）字當从瘱省，劇聲也，訓病聲爲是。」段、朱二家謂殹爲瘱之假借，又謂殹爲瘱之省，前後二說有異。其云假借是矣，云瘱之省則有未安。證以許書，若會部釋會曰：「从亼曾，曾、益也。」至部釋臸曰：「从至，至而復孫，孫、遜也。」曾者曶之舒也，增者益也，是會所从之曾爲增之假借。孫者子之子也，遜者遁也，是臸所从之孫爲遜之假借。雖會所从之曾謂从增省，臸所从之孫謂从遜省，俱無不宜，固未必以假借說之，然許氏既不云其省，則以其爲假借，實尤切於許書，是故以殹爲瘱之假借爲說是也。

若夫王育謂「殹、惡姿也，醫之性然」者，蓋言惡姿乃醫之性如此也。王筠《釋例》更申其說曰：「天下之精於一藝者，其性多乖戾，醫其一也。蓋小道可觀，致遠恐泥，亦其性本泥乃精小道耳。」斯說迂曲，非其誼也。

第二節　字音一曰之申證

東漢以前無直音，應劭以前無反語^{《經典釋文·敘例》謂孫炎始爲反語，實應劭時已有之，說詳林師景伊《中國聲韻學通論》}，其所以正讀字音者，有讀若（如）之法，尤於《說文》所見爲多。許書收字九千，形聲居其八九，既有其音矣，而復著讀若者，第以時有今昔，時經世易，古訓雅言，容有變革；或地隔山川，方國殊語，庶民遷徙，而漸有混流。是文字音讀，未必盡與古同也。許氏著書，乃取當代語言以相比擬，此殆其書有讀若之所由。是許書讀若之本恉，原在明其音讀耳。惟其讀若八百，不及全書十之一者，蓋

於希見人或不識者乃出讀若以明之，於其易解者則略而不記故爾。許書擬音，
或守師說，或採通人，或依野言，有一字一讀，一字重讀，而一字三讀者亦間
有見焉。清儒之治許學者，數以百計，於此意見亦頗紛紜，或謂止擬其音_{段玉裁}^{主之}，
或謂專言假借_{嚴章福}^{主之}，或謂有專明其音，亦有兼明假借者_{王筠}^{主之}。本師鎮江周先生一
田嘗著《說文解字讀若文字通假考》，以為《說文》一書，雖以考究文字形音義
之本原為主，然亦實為解經說誼而作，許云讀若，非僅擬其音讀，且多兼明經
籍文字通假之用，而歸納《說文》讀若之例為兩大端，曰比擬音讀，曰兼明假
借。蓋《說文》讀若，明音為其本恉，是讀若文字，固有專擬其音，而於字義
無涉者也。且古者依聲託事，凡字之同音者，每多為假借，讀若之字既與本篆
同音，則其字或可通假，此理之必然也。考《說文》讀若文字，有本之經籍異
文者，有本之通假字者，有本之文字重文者，有本之經師擬音說義者，故楊樹
達以為經典緣同音而假借，許氏緣經典之假借而證同音_{說詳楊著《說}^{文讀若探源》}，非無見也。
夫兩漢繼秦之後，聲韻容有變易，許云讀若，則漢音當同。今據前賢歸納先秦
音之大概，以推《說文》漢讀，固未必一一契合。然其遞迻，或為聲變而存其
韻，或為韻變而存其聲，則有聲異、韻異之別，亦有本無聲字多音之故者，本
師周先生考之詳矣。茲篇所論，亦所以申證許說一字而有別讀者，其源由有自
也。今本節所分細目，凡有三端：一曰二讀皆擬其音者，二曰二讀皆明假借者，
三曰二讀或擬其音或明假借者。

一、二讀皆擬其音者

玖 石之次玉黑色者。从玉久聲。《詩》曰貽我佩玖。讀若芑，或曰若人句
　　脊之句。_{一上}^{〈玉部〉}

按玖，音舉友切，古音屬見紐一部；讀若芑者，《說文・艸部》曰：「芑，
白芑，嘉穀。从艸己聲。」音驅里切，古音屬溪紐一部。是玖芑二字韻同聲近
也_{見溪二紐為}^{旁紐雙聲}。《詩・衛風・木瓜》三章叶李玖_{投我以木李，}^{報之以瓊玖}，〈王風・丘中有麻〉三章
叶李子子玖_{丘中有李，彼留之子，}^{彼留之子，貽我佩玖}，故徐灝《段注箋》謂玖讀若芑為古音，吳玉縉《引
經考》、葉德輝《讀若考》亦竝謂芑為玖之本音。本師周先生曰：「玖又讀若句
脊之句，是久音同句也。又《爾雅》『疶，速也』，《釋文》『疶，一本作苟』，是
句音又同疶也。又《左傳》昭十五年費無極，《史記・楚世家》作費無忌，是疶

音又同己也。然則久音同句，句音同殛，殛音同己，是久己音同也。又朱駿聲《說文通訓定聲》云：『玖字亦作玘』。是亦久音同己之證，故玖讀若芑。」是此云玖讀若芑者，蓋以明其音讀也。

或曰若人句脊之句者，《說文・句部》曰：「句，曲也。从口丩聲。」音古侯切，又九遇切，古音屬見紐四部。是玖句二字聲同韵近也^{一、四兩部，部居鄰近，每多相通：段注云：「《詩》久字在一部，孔子《易傳》久在三部。」久在三部，則與句在四部爲旁轉，故段注又云：「此一部三部四部合韵最近之理。」}。本師周先生曰：「《詩・雲漢》『疚哉冢宰』，《釋文》：『疚或本作究，又作宄。』《詩・召旻》『維今之疚不如茲』，《釋文》：『疚，本作宄。』是久音同九也。又《說文・糸部》絇讀若鳩，《淮南・墜形篇》『句嬰民』，注：『句嬰讀如九嬰』，是九音又同句也。然則久音同九，九音同句，是弓句音同也。故玖讀若句。」是此云玖讀若句者，蓋以擬其音讀，而音有小變耳。徐灝《段注箋》、葉德輝《讀若考》並謂讀若句爲聲轉，其說是矣。是知許書玖篆下所列二讀，皆所以存其異音者也。

丨　上下通也。引而上行讀若囟，引而下行讀若退。^{一上〈丨部〉}

按丨音古本切，古音屬見紐十三部；讀若囟者，《說文・囟部》曰：「囟，頭會匘蓋也。象形。𦠄，或从肉宰。⩊，古文囟字。」音息進切，古音屬心紐十二部。是丨囟二字聲韵全異也。本師周先生曰：「此云讀若者，蓋無聲字多音之故也。按文字之始，必先有其義，心知其義，發而爲聲，然後依其音義鉤畫字形。初造字者，或本一形一音一義，稍後之人見此字形，賦以當時想像之義，或與初造字者所賦之義迥別。想像之義既別，聲音亦自不同，遂致往往一形而有多音多義也。丨字本象棍形，故音古本切，原無上行下行之異，迨後或有由下引而向上書之者，因賦以上引之義也。《說文》十二下〈弓部〉引字从此得聲，實則丨引本古今字也，引行而丨之音義俱廢矣。」師說綦是。蓋文字非一時一地一人之所造，以主觀意識之殊異，雖形體相同，取意盡可有別。意象既殊，則音隨義別，故同一形體，遂致有多音多義之例出焉。又曰：「《漢書・律歷志上》：『引者信也，信天下也。』此以聲訓也；又信與申字古多通用，申與引字音義俱近，古本同一語根，是引音當與信申同也。徐鍇《繫傳》丨下注云：『囟音信。』然則丨音同引，引音同信，信音同囟，是丨囟音同也，故丨讀若囟。」是《說文》丨讀若囟者，即以比擬上引一義之音讀也。

讀若退者，《說文》彳部曰：「復，卻也。一曰行遲也。从彳从日从夊。狪，復或从內。𢌞，古文从辵。」音他內切，古音屬透紐十五部。是丨退二字聲韵亦全異也。本師周先生曰：「此云讀若者，蓋無聲字多音之故。按丨本象棍形，故音古本切，本無上行下行之分，後或有由下引而向上書之者，因賦予上引之義；又或有由上引而下行書之者，遂啓下退之義，聲隨義變，是丨有退音也。」又曰：「丨（引）音同豸，豸音同雉，雉音同夷，夷音同彝，彝从互聲，互音同闕，闕音同內，退之重文作狪，則內音同退，是丨退音同也，故丨讀若退。」說詳《讀若文字通假考》一九四叶　是知此云丨讀若退者，即以比擬下退一義之音讀亦無疑也。

西　舌兒。从谷省，象形。西，古文西。讀若三年導服之導。一曰竹上皮。讀若沾，一曰讀若誓。弼字从此。三上〈谷部〉

按西音他念切，古音屬透紐七部；讀若三年導服之導者，《說文·寸部》曰：「導，導引也。从寸道聲。」音徒皓切，古音屬定紐三部，是西導二字聲韵俱近也透定二紐爲旁紐雙聲，七部與三部對轉相通，故段注云：「七、八部與三部合韵之理」。　本師周先生曰：「西讀若沾，是西音同占也。又《說文·目部》：『睒，暫視兒。从目炎聲。讀若白蓋謂之苫相似。』《顏氏家訓·書證篇》：『剡，《聲類》作扊，又或作扂。』是占音又同炎也。《說文·木部》：『棪，遬其也。从木炎聲。讀若三年導服之導。』是炎音又同導也。然則西音同占，占音同炎，炎音同導，是西音同導，故西讀若導也。」是此云讀若導者，蓋以擬其音讀也此讀若，疑是舌兒一訓之音讀。考西義義爲席，竹上皮者，斯乃其本義之引申，以席古文作西，略似人舌之形，後人望文生義，乃賦予舌兒一訓，聲隨義變，乃由七部轉入三部也。

讀若沾者，《說文·水部》云：「沾，水上黨壺關，東入淇。一曰沾，益也。从水占聲。」音他兼切，古音與西並屬透紐七部，是西沾二字音同也。本師周先生曰：「西讀若三年導服之導，〈木部〉棪讀若三年導服之導，〈目部〉睒讀若白蓋謂之苫相似。……西音同導，導音同炎，炎音同占，是西音同占也，故西讀若沾。」是此云西讀若沾者，蓋即以比擬西字七部一音之音讀也。

一曰讀若誓者，《說文·言部》云：「誓，約束也。从言折聲。」音時制切，古音屬定紐十五部。是西誓二字聲韵全異也。本師周先生曰：「透定異紐，又侵鹽添與脂微齊皆灰古韵部居隔遠，鮮得相通，此云讀若者，蓋無聲字多音之故

也。」又曰：「丙字古音或有數讀，一音入七部侵鹽添韵，《說文》丙讀若沾是也。一音隸十五部，《說文》弼字从之得聲，奔讀若弼是也。此云讀若誓者，即丙字十五部音也。」師說綦是。蓋以丙爲無聲字，故有多音之道。迨形聲字肇興，或取丙字七部之一音以爲聲，或取丙字十五部之一音以爲聲，故同从丙得聲之弼個^{夙之古文亦作佩，段注云从囷聲}宿因語源殊別，而其音遂歧。弼即取其十五部之音爲聲，故音在十五部。個宿皆取七部之一音爲聲，故音在三部也。是此云讀若誓者，蓋即以比擬丙字十五部一音之音讀也。

𩏑 柔革也。从北从皮省，从夐省聲。讀若奊，一曰若僎。𨒡，古文夐。𩏑，籀文夐，从夐省。^{三下〈夐部〉。周師一田曰：「二徐本作从北从皮省从夐省，段注補聲字是也。蓋亦如奐之从夐省也。」今據補。}

按夐音而兗切，古音屬泥紐十四部；讀若奊者，《說文·大部》曰：「奊，稍前大也。从大而聲。讀若畏偄。」音而沇切，古音與夐並同泥紐十四部。是夐奊二字音同也。本師周先生曰：「《淮南·說山》『渙乎其有似也』，注：『渙讀人謂貴家爲腴主之腴也。』《說文·廾部》：『奐，取奐也，一曰大也。从廾夐省聲。』奐夐均从夐省聲，奐奊音同，則夐奊音同。又〈玉篇〉：『夐，亦作奊。』亦夐奊音同之證，故夐讀若奊。」是此云夐讀若奊者，蓋以擬其音讀也。

一曰若僎者，僎同俊，《說文》無僎。《說文·人部》曰：「俊，材千人也。从人夋聲。」音子峻切，古音屬精紐十四部^{段注云十三部，然其〈古十七部諧聲表〉中，夋聲儁聲同在十四部當據以爲準}。是夐俊二字韵同也。精泥異紐，蓋聲之變。本師周先生曰：「《說文》咨資恣姿从次聲，次从二（弍）聲，咨資等四字同屬精紐，二，日母，古音泥紐，此精泥二紐聲變之迹可得而見者也。」是也。又曰：「夐奐均从夐省聲，古音當同，又奐音同亘，亘音同䧹，䧹音同全，全音同巽，巽音同儁，是夐儁音同也，故夐讀若僎。」^{說詳《讀若文字通假考》134頁}是此云夐讀若僎者，蓋亦以擬其音讀也。

襷 鬼衣。从衣熒省聲。讀若《詩》曰葛藟縈之，一曰若靜女其袾之袾。^{八上〈衣部〉}

按襷音於營切，古音屬影紐十一部；讀若《詩》曰葛藟縈之者，《說文·系部》曰：「縈，收韏也。从糸熒省聲。」音於營切，古音與襷並同影紐十一部。是縈襷二字音同也。又凡从某聲，古皆讀某，襷縈並从熒聲，是二字古音宜

同。然則此云裻讀若縈者，蓋即以擬其音讀也。

一曰若靜女其袾之袾者，徐鍇《繫傳》同。段注曰：「之袾當作之靜。」嚴可均《校議》、朱駿聲《通訓定聲》、葉德輝《讀若考》說與段同，今從之。《說文・青部》曰：「靜，審也。从青爭聲。」音疾郢切，古音屬從紐十一部。是裻靜二字韻同聲異也。本師周先生曰：「裻讀若《詩》曰葛藟縈之，是裻音同縈也。《儀禮・士喪禮》『不縈』，注：『縈讀爲絣，江沔之間謂縈收繩索爲絣。』是縈音又同爭也。然則裻讀若縈，縈音同爭，是裻爭音同也，故裻讀若靜。」是此云裻讀若靜者，蓋亦以擬其音讀也。

𩡧　馬一歲也。从馬，一絆其足。讀若弦，一曰若環。　_{十上}〈馬部〉

按馬音戶關切，古音屬匣紐十四部。讀若弦者，徐鍇《繫傳》作絃，蓋譌。《說文・弦部》曰：「𢎯，弓弦也。从弓，象絲軫之形。」隸變作弦，音胡田切，古音屬匣紐十二部。是馬弦二字聲同韵近也_{十二、十四兩部，部居鄰近，每多相通，此段氏十二十四部合韵之說也。}本師周先生曰：「《玉篇》、《廣韻》俱云：『䭴，馬一歲。』是則䭴即馬之俗體。變指事爲形聲也。弦字隸作弦，蓋玄亦聲也。䭴弦同以玄爲聲母，是二字古音本同，故馬讀若弦。」是此云馬讀若弦者，蓋以擬其音讀也。

一曰若環者，徐鍇《繫傳》作「一曰環」，田吳炤《二徐箋異》云：「若環者，謂承上讀若弦而讀若環也，刪一若字，成爲別一誼，非擬其音矣。若字刪去，非是。」田說是也。《說文・玉部》曰：「環，璧也，肉好若一謂之環。从玉睘聲。」音戶關切，古音亦屬匣紐十四部。是馬環二字音同也。本師周先生曰：「馬讀若弦，弦《說文》本作弦，隸變作弦，當是玄亦聲，是則馬音同玄也。又《後漢書・張衡傳》注：『玄與懸同。』是玄音同懸也。又《穀梁》隱元年傳『寰內諸侯』，《釋文》：『寰，古縣字。』是縣音同寰也。然則馬音同玄，玄音同縣，縣音同寰，是馬寰音同也，故馬讀若環。」是此云馬讀若環者，蓋亦以擬其音讀也。

牵　所以驚人也。从大从羊。一曰大聲也。一曰讀若瓠。一曰俗語以盜不止爲牵，牵讀若籋。　_{十下}〈牵部〉

按牵音尼輒切，古音屬泥紐七部；一曰讀若瓠者，沈濤《古本考》引祁寯

藻云：「一曰讀若瓠，一曰二字衍。」苗夔《繫傳校勘記》亦云：「一曰二字衍。」是也。此讀蓋有二說：一說瓠字譌。嚴章福《校議議》、徐灝《段注箋》、朱駿聲《通訓定聲》、葉德輝《讀若考》、苗夔《聲訂》，皆以爲瓠當作瓡，而引顏注《漢書・地理志》北海郡瓡即執字爲說。段注則謂疑當作執，瓡即執，是段說亦與諸家無異。一說當云讀若瓠蠡之蠡。桂馥《義證》云：「一曰讀若瓠者，當云讀若瓠蠡，謂卒聲如蠡也。本書蠡下云河東有狐蠡縣，《漢書・功臣表》『瓡蠡侯杆者』，顏注『瓡讀與狐同』。〈王子侯年表〉陽城項王子劉息封執侯，顏注『瓡即瓠字』，是瓡蠡即狐蠡。」以上二說皆據顏注，而說各不同，惟皆以《說文》讀若瓠爲非，則無二致。斯說似可信從，特未知孰是耳。考執音之入切，蠡音之涉切，二字古音竝同端紐七部，與卒字韵同聲近^{端泥二紐爲旁紐雙聲}。玄應《一切經音義》卷九：「懾，古文熱。」是聶音同執也。執从卒聲，故卒讀若蠡（或執）。然則此云讀若者，蓋以擬其音讀也。

卒讀若爾者，徐鍇《繫傳》作「讀若爾」，卒字不重，是也。《說文・竹部》曰：「爾，箬也。从竹爾聲。」音尼輒切，古音屬泥紐十五部。是卒爾二字聲同也。本師周先生曰：「侵鹽添與脂微古韵部居隔遠，鮮得相通，此云讀若者，雖有雙聲可說，蓋無聲字多音之故也。」師說是也。又曰：「徐鍇《繫傳》爾下注云：『今俗作鑷。』段注曰：『夾取之器曰爾，今人以銅鐵作之，謂之鑷子。』《漢書・郊祀志》天馬歌『爾浮雲』，注引蘇林云：『爾音躡。』是爾音同聶也。又《一切經音義》卷九：『懾，古文熱』，是聶音又同執也。然則爾音同聶，聶音同執，執从卒聲，是卒音同爾也，故卒讀若爾。」是此云讀若爾者，蓋亦以擬其音讀也。

戔 絕也。一曰田器。从从持戈。古文讀若咸，讀若《詩》云攕攕女手。
_{十二下〈戈部〉}

按戔音子廉切，古音屬精紐七部。古文讀若咸者，說者互有不同。王筠《句讀》謂古文二字爲衍文，嚴可均《校議》謂古文下有挩文，徐灝《段注箋》說同。嚴章福《校議議》謂古文讀若咸五字連讀，古無戔字，借咸爲之。疑皆有未審。段注以古文二字屬一曰田器，謂一說田器字之古文如此作也。其說蓋是。《說文・口部》曰：「咸，皆也，悉也。从口从戌。戌，悉也。」音胡監切，

古音屬匣紐七部。是烖咸二字韵同也。精匣異紐，蓋聲之變。本師周先生曰：
「《說文》刑字匣紐，从井聲，井字精紐；此精匣二紐聲變之迹可得而見者
也。」是也。又曰：「《爾雅・釋天》『素陞龍子綅』，《釋文》：『綅，本或作襳，
又作襂、襝、衫字同。』襳襝同字，鐵从戔聲，是烖音同咸也，故烖讀若咸。」
是此云烖讀若咸者，蓋以擬其音讀也。

　　讀若攕攕女手者，《說文・手部》曰：「攕，好手皃。从手韱聲。《詩》曰：
攕攕女手。」音所咸切，古音屬心紐七部。是烖攕二字韵同聲近也_{精心二紐同爲齒音，古同類爲旁紐雙聲}。又凡从某聲，古皆讀某，攕从韱聲，韱从𢽾聲^{〈韭部〉}，是烖攕二字古音宜同。然則此云烖讀若攕者，蓋亦以擬其音讀也。

　　𦂤　絛屬。从糸皮聲。讀若被，或讀若水波之波。^{十三上〈糸部〉}

　　按𦂤音博禾切，古音屬幫紐十七部；讀若被者，《說文・衣部》曰：「被，
寢衣，長一身有半。从衣皮聲。」音平義切，古音屬並紐十七部。是𦂤被二字
韵同聲近也_{幫並二紐爲旁紐雙聲}。又凡从某聲，皆有某音，𦂤被均从皮聲，則二字古音宜同。
是此云讀若被者，蓋以擬其音讀也。

　　或讀若水波之波者，《說文・水部》曰：「波，水涌流也。从水皮聲。」音
博禾切，古音亦屬幫紐十七部。是𦂤波二字音同也。又凡从某聲，古皆讀某，
𦂤波竝从皮聲，是二字古音宜同。然則此云𦂤讀若波者，蓋亦以擬其音讀也。
考𦂤被波三字均从皮得聲，其古讀本不異，然許氏既以被波比況𦂤之音讀，則
漢時二音必有差殊。《說文・皮部》曰：「皮，剝取獸革者謂之皮。从又爲省
聲。」音符羈切，古音屬並紐十七部。从之得聲者，若疲、鞁、被、髲，皆在
並紐；𦂤、彼、柀、簸、䯢、庀、跛、波、陂，皆在幫紐。幫並異紐者，蓋聲
之變也_{二紐同爲脣音，古同類爲旁紐雙聲}。意炎漢之世，𦂤字或讀幫紐，或讀並紐，音有小異，故《說
文》並存焉。

　　鉖　曲鉖也。从金多聲。一曰鬻鼎。讀若摘，一曰《詩》云侈兮哆兮。^{十四上〈金部〉}

　　按鉖音尺氏切，古音屬透紐十七部；讀若摘者，《說文・手部》曰：「摘，
拓果樹實也。从手啻聲。一曰指近之也。」音他歷切，古音屬透紐十六部。是
鉖摘二字聲同韵近也_{歌麻與支佳古韵每多相通，此段氏十六、十七部合韵之說也}。本師周先生曰：「《說文・心部》慏

讀若移，是多音同虒也。又《漢書‧百官公卿表》注、〈貨殖傳〉注，竝云：『蹏，古蹄字。』是虒音同帝也。然則多音同虒，虒音同帝，啻从帝聲，是多音同啻，故鉹讀若摘。」是此云鉹讀若摘者，蓋即以擬其音讀也。

一曰《詩》云「侈兮哆兮」^{《詩‧小雅‧巷伯》文，今本作「哆兮侈兮」}者，徐鍇《繫傳》作「一曰若《詩》曰侈兮之侈同」。《說文‧人部》云：「侈，掩脅也。从人多聲。一曰奢也。」音尺氏切，古音屬透紐十七部。是鉹侈二字音同也。又凡从某聲，古皆讀某，鉹侈竝从多聲，是二字古音宜同。然則此云鉹讀若侈者，蓋亦以擬其音讀也。

二、二讀皆明叚借者

瘂 跛病也。从疒盍聲。讀若脅，又讀若掩。 ^{七下〈疒部〉}

按瘂音烏盍切，古音屬影紐八部；讀若脅者，《說文‧肉部》曰：「脅，兩膀也。从肉劦聲。」音虛業切，古音屬曉紐七部^{段注云八部，然其〈古十七部諧聲表〉中劦聲在七部，當據以爲準。}是瘂脅二字聲韻俱近也^{影曉二紐爲旁紐雙聲，七八兩部旁轉相通，此段氏七部八部合韻之最近之說也。}本師周先生曰：「《易‧豫》『九四：朋盍簪』，注：『盍，合也。』疏云：『眾陰群明合聚而疾來也。』《爾雅‧釋詁》：『盍、翕，合也』，疏：『盍，眾合也。』是借盍爲合也。又《尚書‧堯典》『協和萬邦』，《史記‧五帝紀》作『合和萬國』。〈堯典〉『協時月』，《漢書‧郊祀志》作『合時月』。〈舜典〉『協時月正日』，《史記‧五帝紀》作『合時月正日』。《孟子‧滕文公下》『脅肩諂笑』，《詩‧抑》箋作『脇肩諂笑』，《釋文》：『脇，本又作脅。』《漢書‧揚雄傳》作『翕肩諂笑』，《後漢書‧張衡傳》作『歙肩諂笑』。《文選‧高唐賦》『股戰脅息』，注：『脅息猶翕息也。』《淮南‧本經》『開闔張歙』，注：『歙讀曰脅。』……翕从合聲，是合音同劦也。」是知盍與合通，合又與劦通，然則盍之通劦，猶合之通劦矣。瘂从盍聲，脅从劦聲，故《說文》云瘂讀若脅。是此云讀若者，非僅擬其音讀，蓋亦兼明叚借之用也。

又讀若掩者，《說文‧手部》曰：「掩，斂也，小上曰掩。从手奄聲。」音衣檢切，古音屬影紐八部。是瘂掩二字音同也。故《左傳》昭公二十七年「吳公子掩餘」，《史記‧刺客列傳》作「蓋餘」^{蓋从盍聲掩从奄聲}。《離騷》「寧溘死以流亡兮」，王注：「溘猶奄也。」是盍奄二字音同通作也。又《集韻》瘂與痷同，亦盍奄通作之證。瘂从盍聲，掩从奄聲，故《說文》云瘂讀若掩。是此云讀若者，非

僅擬其音讀，或亦兼明叚借之用也。是許書癴下所列二讀，皆所以存其異音，且以明叚借之用也。

　　㛪 婑也，一曰女侍曰㛪。讀若騧，或若委。从女果聲。孟軻曰舜爲天子，二女㛪。^{十二下}
　　〈女部〉

　　按㛪音烏果切，古音屬影紐十七部；讀若騧者，《說文‧馬部》曰：「騧，黃馬黑喙。从馬咼聲。，籀文騧。」音古華切，古音屬見紐十七部。是㛪騧二字韵同聲近也^{章太炎《文始‧敘》所附紐表，分見影爲深淺喉音。
又曰：諸同類者爲旁紐雙聲，深喉淺喉亦爲同類。}。考《廣韵》上聲三十四果，㛪下云「㛪婑，身弱好皃，烏果切」，無女侍一訓；下平聲九麻，㛪下云「女侍，古華切」^{《集韵》同}，是與《說文》讀若騧一音同。然則讀若騧者，實屬女侍一義之音讀也。蓋義有轉移，音或隨之故爾。又《爾雅‧釋蟲》「果蠃，蒲盧」，《釋文》：「果，一作蝸。」《莊子‧至樂》「若果養乎」，《釋文》：「果本作過。」又「予果歡乎」，《釋文》：「果，元嘉本作過。」《國語‧晉語》「知果」，《漢書‧古今人表》作「知過」^{蝸、過並
从咼聲}，是果咼音同通作也。又《說文‧虫部》蝸，或體从果作蜾；〈馬部〉騧，籀文从冎作；〈女部〉㛖，籀文从冎作，亦皆果咼通作之旁證。是㛪讀若騧者，非僅擬女侍一義之音讀，或亦兼明叚借之用也。

　　或若委者，《說文‧女部》曰：「委，委隨也。从女禾聲。」^{鉉本作从女从禾，今依
《繫傳》、段《注》正。}音於詭切，古音屬影紐十七部^{周師一田曰：「段氏〈古十七部諧聲表〉中，委聲在十五部，禾聲在十
七部，脂微與歌麻古韵旁轉，每多相通之理也。究其古音當以从禾聲在
十七部爲是。」}是㛪委二字音同也。考果咼二字通作，已詳前述。又《淮南‧說山篇》「咼氏之璧」，高注云：「咼，古和字。」《文選》盧子諒〈覽古詩〉「趙氏有和璧」，李注引蔡邕《琴操》「昭王得瑰氏璧」，且云：「瑰，古和字。」是咼又與禾通作也。然則果之通禾，猶咼之通禾矣。㛪从果聲，委从禾聲，故《說文》云㛪讀若委。是此云讀若者，非僅擬其音讀，或亦兼明叚借之用也。

三、二讀或擬其音或明叚借者

　　遳 前頓也。从辵㜎聲。賈侍中說一讀若拾，又若郅。

　　　　^{二下〈辵部〉。選篆鉉本作、鍇本作，皆解云市聲，又鉉本訓前
頓也，皆非。今从段注本。說詳本師周先生《讀若文字通叚考》。}

　　按遳字《廣韵》音先頰切，古音屬心紐八部。一讀若拾者，段注謂一疑

衍，蓋是。徐鍇《繫傳》作一曰，恐非。《說文·手部》曰：「拾，掇也。从手合聲。」音是執切，古音屬定紐七部。是遾拾二字韵近也^{七、八兩部旁轉相通，此段氏七部，八部合韵之說也。}心定異紐，蓋聲之變，本師周先生曰：「《說文》肆字心紐，从隶聲，隶字定紐，此心定二紐聲變之迹可得而見者也。」是也。考《老子》「歙歙爲天下渾其心」，《釋文》：「歙歙，一本作渫渫。」《列子·說符》「反兩檆魚而笑」，張湛注云：「檆，《大博經》作鰈。」^{歙檆並从翕聲，翕从合聲，渫鰈並从枼聲，}是枼合二字音同通作也。遾从枼聲，拾从合聲，故《說文》云遾讀若拾。然則此云讀若者，非僅擬其音讀，或亦兼明叚借之用也。

又若邔者，《說文·邑部》曰：「邔，北地郁邔縣。从邑至聲。」音之日切，古音屬端紐十二部。是遾邔二字聲韵全異也。考世字古音或有數讀，一音入八部覃合韵，《說文》枼、葉等字是也。一音隸十五部脂微韵，《說文》呭、齛、跇、詍、抴、紲等字是也。《說文》遾讀若邔者，即世字十五部一音轉入十二部^{十二、十五兩部對轉相通}，猶泄音征例切，古音在十五部，讀若寔則在十二部也。本師周先生曰：「《禮記·內則》注『聶而切之』，《釋文》：『聶本作牒。』是枼音同聶也。又《一切經音義》卷九：『儑古文蟄。』是聶音又同執也。又《尚書·西伯戡黎》『大命大摯』，《史記·殷本紀》作『大命胡不至』。是執音又同至也。然則枼音同聶，聶音同執，執音同至，是枼至音同，故遾讀若邔。」是此云遾讀若邔者，蓋即以比擬遾字十二部一音之音讀也。是許書遾下所列二讀，所以存其異音，惟其讀若拾者，實明叚借之用也。

蹁　足不正也。从足扁聲。一曰拖後足馬。讀若苹，或曰徧。^{二下〈足部〉}

按蹁音部田切，古音屬並紐十二部；讀若苹者，《說文·艸部》曰：「苹，蓱也，無根、浮水而生者。从艸平聲。」音符兵切，古音屬並紐十一部。是蹁苹二字聲同韵近也^{十一、十二兩部旁轉相通，此段氏十一、十二部合韵之說也。}葉德輝《讀若考》云：「平古音同辨，辨古音同徧。《書·堯典》『平章百姓』，《詩·小雅·采菽》疏引《書大傳》作『辯章百姓』。『平秩東作』、『平秩南譌』、『平秩西成』、『平在朔易』，《周禮·春官·馮相氏》鄭注均作『辨秩』，疏引《書大傳》作『辯秩』。《儀禮·鄉飲酒禮》『眾賓辯有脯醢』，鄭注『今文辯皆作徧』。」是知平與辯通，辯又與徧通，然則平之通徧，猶辯之通徧矣。苹从平聲。故《說文》云讀若苹。是此云讀若

者，非僅擬其音讀，或亦兼明叚借之用也。

或曰偏者，謂讀如偏也。《說文・彳部》曰：「偏，㢟也。从彳扁聲。」音比薦切，古音屬並紐十二部。是蹁偏二字音同也。又凡从某聲，古皆讀某，蹁偏竝从扁聲，是二字古音宜同。然則此云蹁讀若偏者，蓋以擬其音讀也。

龹 賦事也。从釆从八。八，分也。八亦聲。讀若頒，一曰讀若非。三上
〈釆部〉

按龹音布還切，古音屬幫紐十二部；讀若頒者，《說文・頁部》曰：「頒，大頭也。从頁分聲。一曰鬢也。《詩》曰有頒其首。」音布還切，古音屬幫紐十三部。是龹頒二字聲同韵近也十二、十三兩部旁轉相通，此
段氏十二、十三部合韵之說也。本師周先生曰：「《周禮・大宗伯》『乃頒祀於邦國都家鄉邑』，〈太史〉『頒告朔於邦國』，〈大司徒〉『頒職事十有二于邦國都鄙』，《禮記・明堂位》『頒度量而天下大服』，《小爾雅》『頒，賦布也』，凡此皆借頒爲龹也。頒訓大頭，《詩・魚藻》『有頒其首』，是其本義也。徐鍇《繫傳》云龹爲古頒字，以爲字之古今異體，非也。龹讀若頒者，叚借之例也。」師說是矣。然則此云龹讀若頒者，不特擬其音讀，而實兼明叚借之用也。王筠《釋例》云：「案讀若非，直是讀若分耳。頒非分三字皆雙聲，八又頒之入聲，蓋古本作讀若非，後人見龹從八聲，非似不諧，改作頒，不思非分聲通，頒亦從分也，故此一曰亦校兩本之詞。」王氏以爲頒從分聲，非分聲通，讀若非者，直是讀若分，故龹不宜讀若頒。斯蓋蔽於聲子不得讀若聲母之例而立說，而不知《說文》聲子讀若聲母者，實即藉明經籍文字通用之精恉也。〈說詳臉
條下〉

一曰讀若非者，《說文・非部》曰：「非，違也。从飛下翄，取其相背。」音甫微切，古音屬幫紐十五部。是龹非二字聲同韵近也十二、十五兩部對轉相通，此
段氏十二、十五部合韵之說也。本師周先生曰：「《周禮・太宰》『匪頒之式』，鄭司農注：『匪，分也。』又〈廩人〉『以待國之匪頒』，注：『匪讀爲分。』是非分音同也。龹讀若頒，頒從分聲，分音同非，是龹非音同也，故龹讀若非。」是此云讀若非者，蓋即以擬其音讀也。

䀠 左右視也，从二目。讀若拘，又若良士瞿瞿。四上
〈䀠部〉

按䀠音九遇切，古音屬見紐五部；讀若拘者，《說文・句部》曰：「拘，止

也。从句从手，句亦聲。」音舉朱切，古音屬見紐四部。是䀠拘二字聲同韵近也四、五兩部旁轉相通，此段氏四、五部合韵之說也。考《左傳》昭公二十五年經「有鸜鵒來巢」，《釋文》：「鸜本作鴝。」《山海經・中山經》「又原之山其鳥多鸜鵒」，郭注：「鸜鵒，鴝鵒也。」《淮南萬畢術》「寒皋斷舌使語」，注：「寒皋，一名鸜鵒」，字或作鴝見王仁俊《玉函山房輯佚書續編》。《玉篇》鴝下云鴝鵒，重文作鸜。《廣韻》同。是瞿句二字音同通作也。拘从句聲，瞿从䀠聲，且經典多以瞿爲䀠，故《說文》云䀠讀若拘。又考䀠讀若拘，瞿从䀠聲，拘从句聲，故瞿亦通句，與《說文》几讀若殊〈几部〉，殳从几聲〈殳部〉，殊从朱聲〈歺部〉，故殳亦通朱，同例。《尚書・舜典》「讓于殳斨暨伯與」，《漢書・古今人表》作「朱斨」。《詩・邶風・静女》「静女其姝」，《說文》娖下引《詩》作娖〈女部〉，即其證。是此云讀若著，非僅擬其音讀，或兼明叚借之用也。

又若良士瞿瞿者，此《詩・唐風・蟋蟀》文。《說文・瞿部》曰：「瞿，鷹隼之視也。从隹从䀠，䀠亦聲。讀若章句之句。」音九遇切，古音屬見紐五部。是䀠瞿二字音同也。段注曰：「凡《詩・齊風》、〈唐風〉、《禮記・檀弓》、〈曾子問〉、〈雜記〉、〈玉藻〉，或言瞿，或言瞿瞿，蓋皆䀠之假借，瞿行而䀠廢矣。」錢坫《斠詮》云：「〈玉藻〉『視容瞿瞿』，當用此䀠。瞿有兩義：良士瞿瞿，視顧禮義，不縱弛者也，故讀同拘；狂夫瞿瞿，志無所守，自放縱者也；一應作䀠，一應作瞿耳。」承培元《引經證例》云：「瞿，雁隼之視也。〈齊風〉『狂夫瞿瞿』，以雁隼之視皃狂夫也，故傳云『無守皃』。此稱良士當以䀠䀠爲正字，傳云『顧禮義也』，是即𠂇又視之意。今經傳皆借瞿爲䀠，而䀠字不復見矣。」按䀠訓左右視，瞿訓鷹隼之視，二字音同義近，蓋由䀠孳乳爲瞿也。以其義近，故經典皆作瞿，實非通叚字之比。蓋以叚字者，其義與本字决無關涉，但以聲音與本字相同或相近，而叚作本字之用者也。是故許氏云：「叚借者，本無其字，依聲託事，令長是也。」意許氏以䀠經典無見，而皆通行瞿字，故云䀠讀若『良士瞿瞿』。蓋明其本源也。

 窻牖麗廔闓明，象形。讀若獷，賈侍中說讀與明同。七上〈囧部〉

按囧音俱永切，古音屬見紐十部；讀若獷者，《說文・犬部》曰：「獷，犬獷獷不可附也。从犬廣聲。漁陽有獷平縣。」音古猛切，古音與囧同屬見紐十

部。是囧獷二字音同也。本師周先生曰：「《尚書・囧命》『穆王命伯囧爲大僕正，作囧命』，《釋文》：『囧字亦作臩。』《史記・周本紀》作『穆王閔文武之道缺，乃命伯臩申誡大僕之政，作臩命』，《說文・夰部》臩下引作『伯臩』，且云『古文臩，古文囧字』。臩从臦聲，是囧音同臦也。又《說文・臣部》：『臦，乖也。从二臣相違。讀若誑。』誑从狂聲，狂从㞷聲，是臦音同㞷也。又《說文・舜部》韠之重文作墓，讀若皇；之部㞷讀若皇；是㞷音又同皇也。《易・繫辭》『黃帝』，《風俗通・聲音篇》作『皇帝』；《易・繫辭》疏引《帝王世紀》『伏羲曰皇雄氏』，《禮記・月令》疏引作『黃熊氏』；《莊子・駢拇》『青黃黼黻之煌煌』，《釋文》：『煌，向本、崔本作韹。』是皇音又同黃也。然則囧音同臦，臦音同㞷，㞷音同皇，皇音同黃，廣从黃聲，是囧廣音同也，故囧讀若獷。」是此云囧讀若獷者，蓋以擬其音讀也。

　　賈侍中說讀與明同者，《說文・朙部》曰：「朙，照也。从月从囧。明，古文朙从日。」音武兵切，古音屬明紐十部。是囧明二字疊韵也。見明異紐，蓋聲之變也。本師周先生曰：「崗字見紐，从网聲；网字微紐，古音明紐；貉字明紐，从各聲，各字見紐；此見明二紐聲變之迹可得而見者也。」是也。又曰：「說文囧部盟，篆文作盟，古文作盟，是囧與朙明音同也。又《尚書・益稷》『元首明哉』，魏曹囧，字元首，正取書之義，蓋以囧爲明也。又文集中屢見『明窗』，『窗明』之語，蓋即借以爲窗牖麗廔闓明之囧也，二字音同叚借，故囧讀若明。」是許引賈侍說云云者，不特擬其音讀，而實兼明叚借之用也。

　　牏　築牆短版也。从片俞聲。讀若俞，一曰若紐。_{七上〈片部〉}

　　按牏音度侯切，古音屬定紐四部；讀若俞者，《說文・舟部》曰：「俞，空中木爲舟也。从亼从舟从巜，巜，水也。」音羊朱切，古音與牏同屬定紐四部。是牏俞二字音同也。又凡从某聲，古皆讀某，牏从俞聲，古音當與俞同。本師周先生曰：「《史記・萬石張叔傳》『取親中帬厠牏』，《索隱》引孟康云：『牏，行清中受糞函也。』《漢書・萬石君傳》注引賈逵云：『牏，行清也。』又引孟康云：『東南人謂鑿木空中如曹謂之牏。』其義皆與俞字『空中木爲舟也』之訓相近，蓋引伸之義也，是牏皆當作俞，二字同音通用。」師說綦是。然則此云讀若者，不特擬其音讀，而實兼明叚借之用也。嚴可均《校議》謂牏讀若俞非

例，王筠《句讀》亦曰：「俞聲即無煩讀若俞。蓋讀若紐者本文也，既譌之後，校者見一本作紐，故記之。一曰者，乃校兩本之詞。」此蓋不知《說文》讀若之例，有直取聲母之音者，皆即藉明經籍文字通叚之用也。若呶訓呶異之言，一曰雜語，讀若尨〈口部〉。尨字《說文》訓犬之多毛者〈犬部〉，無尨雜之義。然《周禮·地官·牧人》「凡外祭毀事，用尨可也」，杜子春云：「尨謂雜色不純。」〈考工記·玉人〉「上公用龍」，鄭司農云：「龍當爲尨，尨謂雜色。」《國語·晉語》「以尨衣純」，韋注：「雜色曰尨。」是皆以尨爲呶雜之呶也。此用尨爲雜義者，即呶之叚借也。以二字通用，故云呶讀若尨。又迁訓進也，讀若干〈辵部〉。干字《說文》訓犯也〈干部〉，無干進、干求之義。然《詩·大雅·旱麓》「干祿豈弟」傳，〈假樂〉「干祿百福」箋，《論語·爲政》「子張學干祿」《集解》引鄭注，皆曰：「干，求也。」許氏以迁爲進義，則干進、干求字當作迁，迁求而作干，是即同音叚借也，故云迁讀若干。竝其例也。嚴、王二氏說之非，蓋灼然可見之矣。說詳本師周先生《讀若文字通叚考·凡例九》。

一曰若紐者，徐鍇《繫傳》作「一曰紐也」。按紐字之義與揄不相涉，且於義無徵，田吳炤《二徐箋異》謂「大徐擬其音爲是」，是也。《說文·糸部》曰：「紐，系也，一曰結而可解。从糸丑聲。」音女久切，古音屬泥紐三部。是揄紐二字聲韵俱近也^{定泥二紐爲旁紐雙聲，三、四兩部旁轉相通，此段氏三、四部合韵最近之說也。}本師周先生曰：「《左傳》隱二年『紀履繻來逆女』，《公羊》、《穀梁》二傳繻皆作緰；桓公六年傳『申繻』，《管子·大匡篇》作『申俞』。是俞音同需也。又《詩·時邁》『懷柔百神』，《釋文》：『柔本亦作濡』。《禮記·儒行》目錄云：『儒之言優也，柔也。』是需音又同柔也。《漢書·古今人表》『公山不狃』，《史記·孔子世家索隱》作『公山不蹂』。是柔音又同丑也。然則俞音同需，需音同柔，柔音同丑，是俞丑音同也，故揄讀若紐。」是此云讀若紐者，蓋以擬其音讀也。

狛 如狼善驅羊。从犬白聲。讀若蘗，甯嚴讀之若淺泊。^{十上}^{〈犬部〉}

按狛音匹各切，古音屬滂紐五部；讀若蘗者，《說文》無蘗字，當作檗。〈木部〉曰：「檗，黃木也，从木辟聲。」音博戹切，古音屬幫紐十六部。是狛檗二字聲韵俱近也^{幫滂二紐同爲脣音，古同類爲旁紐雙聲，虞模與支佳古韵旁轉，每多相通，此段氏五部十六部合韵之說也。}段注曰：「當言柏，今人黃檗字作黃柏。」葉德輝《讀若考》云：「《本草》黃蘗即黃柏。」是白辟

音同也。狛从白聲，欜从辟聲，故云狛讀若欜。是此云讀若者，蓋即以擬其音讀也。

甯嚴讀之若淺泊者，《說文》無泊字，淺泊字當作洦。〈水部〉曰：「洦，淺水也。从水百聲。」音匹白切，古音屬滂紐五部。是狛洦二字音同也。考《孟子》「百里奚」，《韓非子·難言篇》作「伯里奚」。《穀梁》僖三十二傳「百里子」，《釋文》：「百本作伯」。《孟子·滕文公》「或相什伯」，《禮部增韵》作「或相什佰」。《荀子·王制》「司馬知師旅乘甲兵乘白之數」，楊注：「白當爲百。」《詩·邶風·柏舟》題下，《釋文》：「柏字又作栢。」是白百音同通作也。狛从白聲，洦从百聲，故《說文》云狛讀若洦。是此云讀若者，非僅擬其音讀，或亦兼明叚借之用也。

麻 乘輿金馬耳也。从耳麻聲。讀若渳水，一曰若〈月令〉靡草之靡。
　　十二上
　　〈耳部〉

按麻音亡彼切，古音屬明紐十七部；讀若渳水者，《說文·水部》曰：「渳，飲也。从水弭聲。」音綿婢切，古音屬明紐十六部。是麻渳二字聲同韵近也
十六、十七兩部，每多
相通，故段氏云音轉也。考《說文》麻下段注曰：「《史記·禮書》『彌龍』，徐廣曰：『乘輿車，金薄繆龍爲輿倚較。』繆者交錯之形，車耳刻交錯之龍，飾以金，惟乘輿爲然。《史記》之彌，即許之麻。麻者本字，彌者同音叚借字。」是麻與彌通也。《儀禮·士喪禮》注「巫掌招彌以除疾病」，《釋文》：「彌本作弭。」《荀子·禮論》「絲末彌龍，所以養威也」，楊注：「彌讀爲弭。」《漢書·王莽傳》「彌射執平」，顏注：「彌讀與弭同。」又「以彌亂發姦」，注：「彌讀曰弭。」《文選·羽獵賦》「望舒彌轡」，李注：「彌弭古字通。」是彌又與弭通也。麻與彌通，彌與弭通，然則麻之通弭，猶彌之通弭矣。又《漢書·杜欽傳》注云：「靡猶弭也。」靡从麻聲，與麻同，是亦麻弭相通之證。渳从弭聲，故《說文》云麻讀若渳。是此云讀若者，不特擬其音讀，或亦兼明叚借之用也。

一曰若〈月令〉靡草之靡者，《說文·非部》曰：「靡，披靡也。从非麻聲。」音文彼切，古音屬明紐十七部。是麻靡二字音同也。又凡从某聲，皆有某音，麻靡竝从麻聲，則二字古音宜同。是此云讀若靡者，蓋即以擬其音讀也。

鋏　可以持治器鑄鎔者。从金夾聲。讀若漁人萩魚之萩，一曰若挾持。
十四上
〈金部〉

　　按鋏音古叶切，古音屬見紐八部；讀若萩魚之萩者，《說文‧艸部》曰：
「萩，實也。从艸夾聲。」音古叶切，古音屬見紐八部。是鋏萩二字音同也。
又凡从某聲，古皆讀某，鋏筴竝从夾聲，是二字古音宜同。然則此云鋏讀若萩
者，蓋以擬其音讀也。

　　一曰若挾持者，《說文‧手部》曰：「挾，俾持也。从手夾聲。」音胡頰切，
古音屬匣紐八部。是鋏持二字韵同聲近也 見紐屬深喉音，匣紐為淺喉音，章太炎《文始》云：「深喉淺喉亦為同類。」。考凡从某
聲，古皆讀某，鋏挾竝从夾聲，是二字古音宜同。又朱駿聲《通訓定聲》云：「〈齊
策〉『長鋏歸來乎』，注：『劍把也。』《莊子‧說劍》『韓魏為夾』，《釋文》：『鋏，
從棱閒刃也。』非是。按此義疑借為挾，劍把手所挾持處，故謂之挾。」朱說
蓋是。挾義俾持，引申則手所挾持處亦謂之挾，鋏挾竝从夾聲，故借鋏為持。
是許云鋏讀若挾持者，非僅擬其音讀，或亦兼明叚借之用也。

鋕　鍤屬。从金舌聲。讀若棪，桑欽讀若鐮。
十四上
〈金部〉

　　按鋕音息廉切，古音屬心紐十五部 段注云此息廉切，七部八部，蓋非。說詳周師一田〈讀若文字通叚考〉；讀若棪者，《說
文‧木部》曰：「棪，遬其也。从木炎聲，讀若三年導服之導。」音以冉切，古
音屬定紐八部。是鋕棪二字聲韵全異也。此云讀若者，蓋無聲字多音之故。考
《史記‧秦始皇本紀》「非銛于句戟長鎩也」，《集解》引徐廣曰：「銛一作鋕。」
賈誼《過秦論》即作「非銛於鉤戟長鎩也」。《淮南‧氾論篇》「綫麻索縷」，高
注：「綫讀恬然不動之恬。」是炎舌二字音同通作也。棪从炎聲，鋕从舌聲，故
鋕讀若棪。是此云讀若棪者，非僅擬其音讀，或亦兼明叚借之用也。

　　桑欽讀若鐮者，《說文》無鐮字，《集韵》二十四鹽云「鐮或从廉」，則鐮為
鎌之俗體，徐鍇《繫傳》作鎌是也。《說文‧金部》曰：「鎌，鍥也。从金兼聲。」
音力鹽切，古音屬來紐七部。是鋕鎌二字聲韵全異也。本師周先生曰：「舌字古
音或有數讀，一音入十五部脂微韵，《說文》舌銛字是也。一音隸八部覃談韵，
《說文》栝姤猪鋕等字是也。又十上〈犬部〉猪讀若比目魚鰈之鰈，亦舌有八
部一音之明證也。」又曰：「此云讀若者，蓋無聲字多音之故。即舌字八部一音
之轉入七部也。」師說綦是。蓋以舌有數讀，故从之得聲之諸形聲字，因語源

殊別，音亦歧異。又曰：「銛讀若棪，是銛音同炎，又《禮記・表記》『亂是用
餤』，《釋文》：『餤徐本作鹽。』是炎音又同鹽也。又《說文・犬部》獥讀若檻，
是監音同兼也。然則銛音同炎，炎音同鹽，鹽从監聲，監音同兼，是銛兼音同
也，故銛讀若鎌。」是許引桑欽讀若鎌者，蓋即以比擬銛字八部一音之音讀，
而其音已有轉移矣。

　　輨 輨車前橫木也。从車君聲。讀若帬，又讀若褌。^{十四上}〈車部〉

　　按輨音牛君切，古音屬疑紐十三部；讀若帬者，《說文・巾部》曰：「帬，
下裳也。从巾君聲。**裠**，帬或从衣。」音渠云切，古音屬匣紐十三部。是輨帬
二字韵同聲近也^{匣爲淺喉音，疑爲深喉音，深喉淺喉爲同類。}。又凡从某聲，皆有某音，輨裠均从君聲，是
二字古音宜同。然則此云輨讀若裠者，蓋以擬其音讀也。

　　又讀若褌者，《說文・巾部》曰：「幝，幒也。从巾軍聲。**褌**，幝或从衣。」
音古渾切，古音屬見紐十三部。是裠褌二字韵同聲近也^{見疑二紐爲旁紐雙聲}。考《禮記・玉
藻》「有葷桃茢」，鄭注：「葷，或作焄。」《儀禮・士相見禮》「膳葷」，孔疏：「葷，
鄭注《論語》作焄。」《論語・鄉黨》注引孔安國曰「齋禁焄物」，《釋文》：「焄
本作葷。」《史記・楚世家》「熊惲」，《索隱》：「《左傳》作頵。」《漢書・古今
人表》「楚成王惲」，《左傳》今作「頵」^{文公元年}。《呂覽・明理》「有暈珥」，高注：
「暈讀爲君國子民之君。」是君軍二字音同通作也。輨从君聲，褌从軍聲，故
《說文》云輨讀若褌。是此云讀若者，非僅擬其音讀，或亦兼明叚借之用也。

第三節　字義一曰之申證

　　文字之造，因義賦形，所賦之形必切合其義，是以後之學者每審形以知其
義，其義必與其形相應者，乃所謂本義是也。許氏《說文》一書，即以據形說
字爲主。其說義也，必求契符其形，與諸儒注經，隨文求義者，自有不同。然
文字之作，去聖邈遠，許氏所見，形體容有譌變，形無所本，則義有未洽者。
又文字之使用日繁，致義訓亦每或遞變，古說無徵，難免有隨俗訓釋者。是故
許氏雖博綜通識，網羅舊聞，以參稽互證，而篆體九千，欲一一課其朔誼，固
有戞戞乎其難者矣。故段注《說文》，雖稱許書但言本義^{鰥篆下注}，而猶有造字之本
意有不可得，用字之本義亦有不可知之歎^{哭篆下注}，此所以許書既說其本義矣，而時

有別採異說以存之者，蓋亦職斯之故。通檢許書，所存義之異說者，每或即其字之本義，此緣形聲之理可求知也。蓋文字之本，惟形與聲，義之所寄，或出於形，或存乎聲，故察形可以知義，依聲亦可以溯源。是以似未可以其爲一曰異說而輕忽之也。許書所存義之異說，亦有以申釋本義之說者，亦有即本義之引申者，此以字義之二說比而觀之，從可知也。若夫古人因物立名，每依形色區分，故凡形色近似者，則多施以同一之名，蓋不嫌同辭也。又有因方語遞轉，或方域稱謂各殊，乃致一物而兼數名者，許氏於此，亦多以一曰間之。或以存一物之有二名，或以明一名之爲二物也。若斯之屬，高學瀛則以與異義竝列^{說詳高著《說文解字略例》}，自宜屬之說解別義之範圍。又若河流之原委，蟲魚之產地，凡許書所列，實屬殊說者，悉併斯篇以申證其說，明其非虛妄也。故本節所分細目，凡有六端：一曰一曰以證本義者，二曰一曰以釋本義者，三曰一曰以說引申者，四曰一曰以辨異實者，五曰一曰以別異名者，六曰一曰以備殊說者。

一、一曰以證本義者

蔈 苕之黃華也，从艸票聲。一曰末也。^{一下〈艸部〉}

按一曰末也者，《淮南子・天文篇》「秋分蔈定」，高注云：「蔈，禾穗票孚甲之芒也。古文作秒。」《說文・禾部》：「秒，禾芒也。」此蔈訓末之證也。考《說文・刀部》云：「剽，砭刺也。从刀票聲。」^{段注云：「砭刺必用器之末，因之凡末謂之剽。」}〈木部〉云：「標，木杪末也。从木票聲。」〈金部〉云：「鏢，刀削末銅也。从金票聲。」是凡从票聲之字多含末義。蔈从票聲，義當爲艸末，段注曰：「金部之鏢，木部之標，皆訓末，蔈當訓艸末。」是也。許氏以末訓蔈，則爲泛訓，不專屬於艸。又按茇字下云：「艸根也。从艸犮聲。春艸根枯，引之而發土爲撥，故謂之茇。一曰艸之白華爲茇。」撥茇音同^{古音同爲幫紐十五部}，故許取爲說。且犮聲之字多含根本義，故王引之曰：「茇之言本也，故橐本謂之橐茇^{原注：〈西山經〉「皋塗之山有草焉，其狀如橐茇。」〈中山經〉曰}「青要之山有草焉，其本如橐。」郭注^{〈上林賦〉曰：「橐本，橐茇也。」}燭本謂之跋^{原注：〈曲禮〉「燭不見跋」，鄭注：「跋，本也。」}。《方言》曰：『茇、杜，根也。東齊曰杜，或曰茇。』《淮南子・地形篇》曰：『凡根茇草者生於庶草，凡浮生不根茇者生於萍藻。』皆其證也。」^{《經義述聞》卷二十八}是茇訓艸根，由字根語根徵之，洵爲碻詁。茇从犮聲，而義爲艸根；蔈从票聲，而義爲艸末。蔈指其末，茇指其本，此以二文對勘，義尤顯然。許書以苕之黃華爲蔈之本義，以

艸之白華爲苬之別一義，竝非製字之初恉。《爾雅・釋草》云：「苕，陵苕。黃華蔈，白華苬。」^{舍人曰：「黃華名蔈，白華名苬，別華色之名。」}此即許說所本。覈之聲韵，二義既非它字之叚借，求之義訓，亦非其本義之引申，蓋皆無本字之假借。許氏以假借義爲本訓，宜乎形義不相比附矣。是則許氏於蔈篆下出一曰者，蓋存其本訓也。

嚊 嚊聲也。一曰虎聲。从口从虎。讀若暠。^{二上〈口部〉}

按一曰虎聲者，《玉篇》、《廣韵》皆同。《說文・口部》吠下云：「犬鳴也，从犬口。」〈鳥部〉鳴下云：「鳥聲也，从鳥从口。」楊樹達曰：「古人製字，凡動作與官骸有關者，則其字必以官骸表之。如人以目見，故見字从人从目；人以足企，企字从人从止，止即足也；人以鼻出息，故臲字从尸从自而訓臥息，尸象人臥形，自即鼻也。不惟人事動作之字爲然也，即禽獸之有動作者亦然。犬以口吠，故吠字从犬从口；以目視，故臭字从犬从目而訓犬視；以鼻臭，故臭字从犬从自；以舌食，故猎字从犬从舌而訓犬食。虎以口號，故嚊字从虎从口而訓虎聲；鳥从口鳴，故鳴字从鳥从口；以目視，故瞿字訓鷹隼之視，而字从佳从二目，皆其例也。」^{《小學述林》91頁釋臥}楊氏之論甚是。嚊訓虎聲，而字从口从虎，亦猶吠从犬口，鳴从鳥从口之比，其形義蓋密合無間者矣。是虎聲者，當爲嚊之本訓。嚊聲也者，蓋虎聲一義之引申。^{本部嚊下云虎也。}苗夔《繫傳校勘記》、田吳炤《二徐箋異》、段《注》、王筠《句讀》、《釋例》，俱謂嚊聲^{小徐本作嚊聲}當作虎聲，一曰虎聲四字，非許語。^{苗、田皆謂鉉所增，段謂淺人誤增，王謂校語。}疑是。是則許云一曰，實即其字之本義也。

齾 缺齒也，一曰曲齒。从齒养聲。讀若權。^{二下〈齒部〉}

按一曰曲齒者，義無足徵。《說文・廾部》云：「养，摶飯也。」摶飯者，謂以手搓飯使成圓也^{段注本：摶，以手圜之也。}。《禮記・曲禮》「毋摶飯」，孔疏云：「取飯作摶。」是也。是由摶飯引申而得有宛曲不直之義。《說文・角部》：「觠，曲角也。」〈卩部〉：「卷，厀曲也。」又〈豆部〉：「登，豆屬。」桂馥《義證》云：「登或作桊，《玉篇》『桊，屈木盂也。』」〈韋部〉：「鞻，革中辨謂之鞻。」段注云：「當云革辨謂之鞻，中乃衍文。襞，鞻衣也。衣襱古曰鞻，亦曰襞積，亦曰緛，然則皮之縐文蹙蹙者曰鞻。」〈木部〉：「桊，牛鼻上環也。」〈宀部〉：「奥，宛也，

室之西南隅。」段注云：「宛者委曲也。」〈豕部〉：「豢，以穀圈養豕也。」段
注云：「圈者養豐之閑，圈養者圈而養之。」〈手部〉：「拳，手也。」朱駿聲《通
訓定聲》云：「張之爲掌，卷之爲拳。」〈口部〉：「圈，養畜之閑也。」^{圈从卷聲}^{卷从絭聲}〈米
部〉：「粂，粉也。」^{粂从卷聲}^{卷从絭聲}《廣雅・釋詁》云：「粂，搏也。」凡此諸字，均从
絭聲，而義皆近曲，故楊樹達云：「絭聲字多含曲義。」^{〈形聲字聲中}^{有義略證〉}。其說甚是。
齹从齒絭聲，故其義訓曲齒。衡以形義必相密合之理，宜一曰曲齒者，當爲齹
之朔誼。而「缺齒」一義，疑非本訓，故段注云：「缺齒者齾也。」蓋以齹訓缺
齒，乃齾之叚借^{齹音巨員切，古音屬十四部，齾音五轄切，古音屬十五部，然獻聲在十四部，}^{段氏所謂合音者也。猶懨在十五部而獻聲在十四部之例。是二字得相通叚}，說蓋是
也。然則許書一曰之訓，實即存其本義也。

 西 舌皃。从谷省，象形。西，古文西。讀若三年導服之導。一曰竹上皮，
  讀若沾，一曰讀若誓，弻字从此。^{三上}_{〈谷部〉}

 按一曰竹上皮者，桂馥《義證》云：「《廣雅》『西，席也』，《韓非子・十過
篇》『禹作爲祭器，縵帛爲茵，蔣席頟緣。』馥謂茵當作西，謂竹皮席。」王
筠《句讀》亦云：「《廣雅》席也一條有西字，又有笙鈼簟籩笛筵蔣，字皆從竹，
或西亦竹席也。」桂、王二氏據《廣雅》以西爲席，其說甚是，惟於釋形猶泥
許說而未有以疑，則理猶有未瑩者。蓋《說文》西字二訓，一爲舌皃，一爲竹
上皮，而釋形惟云从谷省象形，谷之與西，二形相去差遠，許訓谷爲口上阿，
與舌不相涉，舌皃之字無緣从谷，且竹上皮一訓，與字之从谷，尤爲乖隔，是
許說字形，殊嫌牽附。考卜辭有🄯^{《甲》}₁₀₆₆、🄯<sup>《甲》</sub>₁₁₆₇、🄯^{《後》}_{2.36.5}諸字、孫海波《甲骨
文編》並收爲西字，羅振玉《增訂殷虛書契考釋》、楊樹達《卜辭求義》皆以
爲即古席字，而取證稍略。王國維〈釋弻〉云：「🄯者，古文席字。《說文》席
之古文作🄯，〈豐姞敦〉宿字作🄯，从人在宀下🄯上。人在席上，其義爲宿，是
🄯即席也。《廣雅・釋器》：『西，席也。』意謂🄯席古今字。《說文》西一曰竹
上皮，蓋席以竹皮爲之，因謂竹上皮爲西，亦其引申之一義矣。🄯象席形，自
是席字，由🄯而譌爲西，又省爲西，宿弻二字同也。弻與席皆以簟爲之，故弻
字從🄯。」^{《觀堂集林》}_{六卷十四叶}舒連景《說文古文疏證》亦云：「〈夕部〉古文夙作🄯🄯，
从人从囡西。又〈宀部〉『宿，止也，从宀从佰，佰古文夙。』案卜辭宿字作
🄯^{《鐵》}₂₂₉、🄯^{《後・下》}₂、🄯^{同上}、🄯^{同上}₁₅諸形，象人在🄯旁，或囮上。羅振玉曰：『皆

示止意，古之自外入者，至席而止也。」則□蓋象席形，□□為□之變，乃古文宿字，叚借為舄也（夙字殷周古文皆从夕从丮），故□□所从之□□，為席之象形本字，古文作□，小篆省為丙，其曰讀若誓者，與席音近。弼，〈毛公鼎〉作□，□亦象席形，許云一曰竹上皮，其說近之。」^{十五叶}王、舒二氏謂□□乃由□譌變而來，即古之席字，論證綦詳，蓋信而有徵，足以訂許書形義之譌誤。故李孝定本此說，而云：「許書丙古文作□，與契文作□者相近，故知□必為丙字無疑。又契文宿字作□，而小篆作□，除增偏旁宀外，其所从之丙，正與契文之□相當，更可為□丙一字之證。」^{《甲骨文字集釋》第三、690頁。}是知《說文》丙字，當依《廣雅》訓席也，許云竹上皮也者，斯與席也之訓其義相因，而益知舌兒一訓，實與席義毫無關涉。許訓此者，或見有以舌兒釋丙，乃據以為說，因釋其形云从谷省象形，而入之谷部。實則舌兒一訓，蓋為後起。推求其故，或由席古文作□，略似人舌之形，後人望文生義，乃賦予舌兒一訓，非字之初製，即有斯誼也。是許書一曰之說，蓋亦存其本訓也。

　　□　常也，一曰知也。从言戠聲。^{三上〈言部〉}

　　按一曰知也者，《詩・大雅・瞻卬》「君子是識」鄭箋，《呂覽・長見》「子不識」高注，《國語・魯語》「祖識地德」章注，皆云：「識，知也。」是漢儒熟知之義也。楊樹達〈釋識〉云：「按識从戠聲，戠聲與其同音之字多含黏著之義。〈土部〉云：『埴，黏土也，从土直聲。』《釋名・釋地》云：『土黃而細密曰埴。埴，膱也，黏昵如脂之膱也。』〈歺部〉云：『殖，脂膏久殖也，从歺直聲。』《周官・考工記・弓人》云：『凡昵之類不能方。』先鄭云：『故書昵或作樴。』後鄭云：『膱，脂膏膱敗之膱，膱亦黏也。』〈黍部〉云：『黏，相箸也。』蓋黏著謂之樴，又謂之膱，黏土謂之埴，由具體推衍為抽象，事之黏著於心者謂之識，其義一也。《儀禮・鄉射禮》注云：『膱，今文或作植。』又〈聘禮・記〉云：『薦脯五膱。』注云：『膱脯如版然者，或謂之挺，皆取直貌焉。』膱或作植，膱取義於直，戠直之相通，古人固明著之矣。」^{《積微居小學述林》卷一}楊氏據語源以探識字之義，蓋信而有徵。又云：「識訓常，許君蓋以為後世之旗幟字，然與从言之義不合，當以訓知為正義。《易・大畜》云：『君子以多識前言往行以畜其德。』《論語・述而篇》云：『多見而識之，知之次也。』乃經傳用識字之初義者也。

《說文・心部》云：『忘，不識也。』此許君用識字之初義者也。」蓋楊氏以識字有認識之義，亦有記識之義，惟記識故能認識，遂以記識爲本義，故云爾。其說是也。據此，則識義爲知，蓋無可疑。嚴可均《校議》云：「識當云知也，一曰常也，轉寫倒耳。古無幟字，識即幟，鄭注〈司常〉云『屬謂徽識也』，是識又有常義也。」吳錦章《讀篆臆存》云：「識在諦詧之閒，必以知爲本訓。」嚴、吳二氏謂知爲識之本訓是矣，惟嚴云古無幟字，識即幟，則有可商。按《說文》正文雖無幟篆，然〈巾部〉常下云幡幟也，微下幖下皆曰幟也，凡三見。諸家或據《說文韵譜》微幖說解幟字皆作識，常下云幡也，省去幟字，遂斷定許書無幟，然考《史記・高祖本紀》、《漢書・高帝紀》、《廣雅・釋器》，則俱有之。是幟爲許書所失收，蓋亦可知也。夫常義下幣〈巾部〉，引申得有旗常之義說見《通訓定聲》。旗常爲表識之物，故亦借識爲之，許書識訓常者，蓋以此。《左氏》昭二十一年傳注「徽，識也」，《釋文》：「《說文》作徽識，本又作幟。」《漢書・高帝紀》「旗幟皆赤」，顏注：「史家字或作識，或作志，皆同。」是皆識幟通作之證。是許書一曰知也者，實存其本訓也。

𧮫　失气言，一曰不止也。从言龖省聲。傅毅讀若慴。𧮫，籀文讋不省。
三上
〈言部〉

按此篆說解，疑有誤倒。玄應《一切經音義》卷十九引作「失氣也，一曰言不止也」。又卷十引作「失氣也」。《史記・項羽本紀》「府中皆慴伏」，《索隱》引曰：「讋，失氣也。」《文選・東都賦》「莫不陸讋水慄」，李注引曰：「讋，失氣也。」又《晉書音義》引《字林》云：「讋，失氣也。」《漢書・武帝紀》「爲匈奴讋焉」，〈項籍傳〉「府中皆讋伏」、「諸將讋服」，〈張湯傳〉「群臣震讋」，顏注皆云：「讋，失氣也。」諸書或引或注，與今二徐本皆不同。蓋今本言字倒置在上，乃傳寫之誤也。唐寫本《玉篇零卷》引《說文》正作「失氣也，一曰言不止也」可證。鈕樹玉《校錄》、嚴可均《校議》、沈濤《古本考》、桂馥《義證》、王筠《句讀》皆謂言字當在一曰之下，是也。

一曰言不止也者，本部詻下云言詻讋也，徐鍇《繫傳》云：「言辭懼也。」段注云：「疑上文失氣言之上，當有詻讋二字，疊韵字也。」說疑竝非。考《玉篇零卷》詻下引《說文》云「詻讋也」，又引《聲類》云「詻讋，言不止」，讋

下引《說文》一曰言不止也，是單言𧮫，或連言詔𧮫，其義不異，皆謂言不止也。玄應《一切經音義》卷二十引《聲類》云：「詔，傷𧮫不止也。」傷當作詔。《集韵》二十九葉詔下云：「詔𧮫，語不正。」正蓋止之譌。竝可爲詔𧮫訓言不止之旁證。王筠《釋例》云：「詔下云言詔𧮫也，𧮫下云失气也，一曰言不止也，當增（詔𧮫）於𧮫下云：一曰詔𧮫言不止也，而刪詔下言字。」說雖可取，然以詔𧮫二字形況言之不止，亦未嘗不可。是詔下言詔𧮫也，實不必如王說而改也。又考《周禮・地官・胥師》「襲其不正者」，鄭注：「故書襲爲習。」《儀禮・士喪禮》「襚者以褶」，鄭注：「古文褶爲襲。」《釋名・釋衣服》：「褶，襲也。」《尚書・大禹謨》「卜不習吉」，孔疏：「習與襲同。」《文選・齊竟陵文宣王行狀》「龜謀襲吉」，李注：「襲與習通。」𧮫从龖省聲，襲亦从龖省聲，是龖習音同之證也。然則詔从習聲，其音與𧮫當同，是𧮫詔二字蓋爲音義相同之轉注字。又沓訓語多沓沓〈日部〉，與𧮫爲轉注，𧮫从龖省聲，龖讀若沓，亦可證。又本部讘訓多言，音義與𧮫亦同，則𧮫讘亦轉注字也。據此，則𧮫當以言不止爲本訓，蓋可信矣。疑失气一義，乃愶之叚借，心部愶下云懼也，悚懼則口气不調，故段氏謂𧮫與愶音義同。《史記・項羽本紀》「府中皆愶伏」，《漢書・項籍傳》作「𧮫伏」。《文選・羽獵賦》「𥄡𧮫怖」，李注：「𧮫與愶同。」即其音同通叚之證。且傅毅𧮫讀若愶，非祇擬其音讀，而實兼著叚借之用，亦其旁證。或謂「失气也」乃懾之叚借，〈心部〉云「懾，失气也」，姑錄以備考。

𠔓 五帝之書也。从冊在丌上，尊閣之也。莊都說典大冊也。𦻛，古文典从竹。　五上〈丌部〉

按莊都說典大冊也者，有清許學四大家，段桂王朱皆以此乃字形之別說。段注云：「莊都謂典字上从冊，下从大，以大冊會意，與冊在丌上說異，許不別爲篆者，許意下本不從大，故存其說而已。」桂馥《義證》云：「莊都說典大冊也者，言從介也。」王筠《釋例》云：「莊都蓋謂典作𠔓，從籀文大，介與丌相似，故許君采之。」朱駿聲《通訓定聲》云：「謂从冊从大。」推其意，似皆以爲字專爲五帝之書而制，此義足以包大冊，而必別爲一說者，實是兼解字形者也。然《尚書・多士》云：「惟殷先人，有冊有典。」是典乃冊之類，非必爲五帝之書也。且考之金文，字於〈召伯簋〉作𠔓，〈格伯簋〉作𠔓作𠔕，〈克盨〉

作🔲，〈陳侯因資錞〉作🔲，古璽作🔲^{丁佛言《古}_{籀補補》5.2}並與篆文同體，而無一从大或从介作者，是以莊都說爲解說字形之結構，疑非。魯師實先曰：「大冊是典之本義。」屈萬里先生於《尙書釋義》釋〈堯典〉之名義亦曰：「《說文》典，大冊也。古者以竹帛爲書，竹即指簡冊言，典乃冊之長大者也。則是〈堯典〉云者，意即記堯事之書耳。」蓋典乃冊之長大者，故字从冊在丌上，以示尊閣之意，亦所以別於常冊也。典義大冊，引申之則有厚大義，故《說文》敟義訓主〈支部〉。徐灝《段注箋》云：「主典即典冊之引申，古祗作典，敟字經傳罕見，蓋相承增偏旁耳。」又云：「典之引申爲典掌。」是訓敟爲主，蓋自尊閣之大冊引申也。　䐌訓設膳䐌䐌多〈肉部〉。，鈶訓朝鮮謂釜曰鈶〈金部〉。釜者其口大，釜_{多厚義通}^{有大義，則鈶亦當有大義。}此由字形字義及典所孳乳之字證之，可知典之本義必訓大冊，固無可疑也。王筠《句讀》云：「五帝之書，此賈侍中說也。〈春官・外史〉『掌三皇五帝之書』，注：『楚靈王所謂《三墳》、《五典》。』張衡解詁《五典》，五帝之常道也。」則五帝之書，初不稱典，以典稱之者，乃後人尊崇之，斯爲後起之義也。是許氏引莊都說大冊者，實即其字之本義也。

🔲 柀樕也。从木皮聲。一曰折也。^{六上}_{〈木部〉}

按一曰折也者，段注據葉石君寫本及《類篇》正作「析也」，徐灝《段注箋》、朱駿聲《通訓定聲》竝從之。段說蓋是。《方言》云：「披，散也。東齊器破曰披。」《左傳》成十八年「今將崇諸侯之姦，而披其地」，杜注：「披猶分也。」昭五年傳「殺適立庶，又披其地」，杜注：「披，析也。」《史記・魏其武安侯傳》「不折必披」，張守節《正義》：「披，分析也。」《漢書・西域傳》「披莎車之地」，顏注：「披，分也。」許書披訓從旁持^{〈手部〉}，柀乃訓分析，是諸披字蓋皆柀之叚借。考《說文・皮部》云：「皮，剝取獸革者謂之皮。」剝取獸革則有分析意。《說文・言部》云：「詖，辯論也。从言皮聲。」〈石部〉云：「破，石碎也。从石皮聲。」〈箕部〉云：「簸，揚米去康也。从箕皮聲。」又〈㫃部〉云：「旇，旌旗披靡也。从㫃皮聲。」徐鍇《繫傳》曰：「披靡，四散皃。」〈金部〉云：「鈹，大鍼也。从金皮聲。」段注引玄應曰：「醫家用以破癰。」〈疒部〉云：「疲，勞也。从广皮聲。」疲勞則精神分散。則是諸从皮聲字，義多近分析，故段氏於詖篆下注曰：「凡从皮之字皆有分析之意。」柀从皮聲，故義訓爲析，形與義密合無間，得制字之恉也。許云樕也者，蓋據《爾雅・釋木》

立說。《爾雅》訓詁之書，多言引申與叚借，是其義訓未必即其本始，故許氏雖本之，而猶有未安，乃別出「析」之一義。據形求其本義，則析也一訓，當爲其初誼無疑。

> 麓　守山林吏也。从林鹿聲。一曰林屬於山爲麓。《春秋傳》曰沙麓崩。麓，古文从彔。 _{六上}〈林部〉

按一曰林屬於山爲麓者，《穀梁》僖十四年傳云「林屬於山爲鹿」^{鹿麓同音通作}，是即許說所本。范注云：「鹿，山足。」經傳之言麓者，亦多以山足爲義，《易・屯卦》「即鹿無虞」《釋文》引王注，《書・舜典》「納干大麓」《釋文》引馬、鄭注，《詩・大雅・旱麓》「瞻彼旱麓」毛傳，《春秋》僖十四年「沙鹿崩」《正義》引服虔注，咸云：「麓，山足。」又《周禮・地官・序官》「林衡每大林麓」鄭注，〈秋官・柞氏〉「掌攻草木及林麓」鄭注，《禮記・王制》「山陵林麓」鄭注，皆云「山足曰麓」，皆其例。麓之聲韻，麓足竝屬古音三部，由聲求之，二字實有其相通之理。且字从林爲形符，則麓訓山足，形義密合無間，得製字之恉也。《御覽》卷五十七引作「林屬於山曰麓，一曰麓者守山林吏也」，其文與今本《說文》先後互異。故沈濤《古本考》以《御覽》嘗有徵引，而云：「古本以林屬於山爲正解，守山林吏爲一解。蓋麓本林屬於山之名，因而守山林之吏即名麓，義有後先，足徵今本之倒置矣。」雷浚《引經例辨》亦云：「案麓从林，當以林屬於山爲本義。守山林吏爲別一義，蓋林屬於山之引申義也。今本殆出轉寫之誤。」實爲有見。惟二家俱以爲轉寫倒置，似嫌武斷。或李昉等有見許說之未當，乃互易之，特載籍無徵耳。魯師實先嘗爲〈原足〉一文，博徵群籍，通以聲韻，以正許說麓義之疏失，尤見精審。有云：「守山林吏而曰麓者，其名見《左傳》昭二十年及《國語・晉語九》，斯乃因事爲名，乃麓之引申義。周代職官因事爲名者多不勝數，許氏於麓字獨以守山林吏釋之者，是未知麓之初義，故雜掇《穀梁》與《左氏》之文^{《左》昭二十年傳云：「山林之木，衡麓守之」}，而兩存其說也。〈大雅・旱麓〉毛傳曰：『麓，山足也。』其說與《穀梁》相通，而益切造字之恉。」^{《假借遡原》263頁}是麓固當以「林屬於山」爲本義，「守山林吏」爲別一義，而此別義，實即「林屬於山」一義之引申也。

伯益之後所封國。地宜禾，从禾舂省。一曰秦，禾名。，籀文秦，从秝。_{七上}〈禾部〉

按一曰秦禾名著，其義無徵。《史記・秦本紀》云：「非子居伏丘，好馬及畜，善養息之。犬丘人言之周孝王，孝王召使主馬于汧渭之間，馬大蕃息……孝王曰：『昔栢翳_{司馬貞《索隱》、金履祥《通鑑前編》、梁玉繩}_{《史記志疑》皆以栢翳即《尚書》之益，亦即伯益。}爲舜主畜，畜多息，故有土，賜姓嬴。今其後世亦爲朕息馬，朕其分土爲附庸。』邑之秦，使復續嬴氏祀，號曰秦嬴。」據此，則秦氏之封國西土，當在宗周孝王之際，始封者爲伯益之後非子也。故高田忠周《古籀篇》云：「秦爲禾名，必當在秦主立國之前，此非爲國名而作造之字可識。」是知許氏以「伯益所封國」爲秦之本義，蓋有未允。

考秦於卜辭作_{《甲》}₅₇₁、_{《甲》}₇₉₅、_{《後》}_{2.37.8}、_{《後》}_{2.39.2}、_{《戩》}_{37.7}，金文作_{〈史秦鬲〉}_{《三代》5.13}、_{〈鄦子簠〉}_{《三代》10.23}、_{〈秦公簋〉}_{《三代》9.33}，皆與《說文》所載籀文同體，从秝从舂省會意。金文或从禾作_{〈宜陽鼎〉}_{《陶齋》5.5}、古璽或作_{《說文古籀}_{補補》7.5}，竝與篆文同體。卜辭秦字，郭沫若釋之曰：「疑秦以束禾爲其本義。」_{《殷契粹編}_{考釋》210頁}徐中舒釋之曰：「秦象把杵舂禾之形。」_{〈耒耜考〉}_{46頁}李孝定以郭、徐之說爲疑，其言曰：「字在卜辭，亦多爲地名，徐氏解爲舂禾，郭氏解爲束禾，於卜辭辭例，並無足徵，許氏說此亦無定論。蓋此字自古相沿爲地名，其本義遂不可知。」_{《甲骨文字}_{集釋》第七}郭、徐之說無徵，而李說蓋本段注_{段玉裁曰「此字不以舂禾會意爲本義，以地名爲本義者，}_{通人所傳如是。」據許書蓋以國名爲本義，非地名也}，實亦未探究其本。蓋地名曰秦，而字从禾舂省會意，理不可通，殆非其初誼。王紹蘭《段注訂補》云：「《釋名》：『秦，津也。其地沃衍有津潤也。』秦津疊韻，其地津潤而穀宜禾，名其禾曰秦，因之亭曰秦亭，谷曰秦谷，國曰秦國。」王鳴盛《蛾術篇》亦云：「秦地本因產善禾得名，故从禾从舂者，禾善則舂之精也。」是皆難辭臆斷之譏也。惟袁宮桂曰：「秦當以禾名爲正訓，與稻同意。秦从禾从舂省，稻从禾从舀，舀與扰同，抒臼也。秦與稻皆禾之既實而可舂者。」_{孔廣居《說}_{文疑疑》引}其說蓋是。夫古者以地名氏，以地名國，而其用爲方名者，多爲叚借立名，而尟別造本字。《說文》所載方名，若酆鄭邯郵，郒鄲邶鄆，鄐邕鄒祁，邢郇鄑鄭，於卜辭彝器多有其名，而無一从邑者，即其明證，魯師實先於《假借遡原》說之詳且備矣。是秦之初製，非因方國而設，此所以後世或增益形文，以構爲形聲字。證之古璽古陶，有从邑而作、作_{竝見《古璽}_{文字徵》7.3}或作_{《陶文編》}_{7.52}

者，皆其證。然則秦本禾名，叚借爲地名之稱，而後因以名國，蓋無可疑。朱駿聲《說文通訓定聲》以「禾名」爲本訓，以「伯益之後所封國」爲叚借，其說不可易。

　　（宛）戶樞聲也，室之東南隅。从宀㝃聲。^{七下}〈宀部〉

　　按室之東南隅者，今經典作突，《爾雅·釋宮》：「東南隅謂之突。」又作窔，《儀禮·既夕禮·記》「掃室聚諸窔」，鄭注：「室東南隅謂之窔。」《釋名·釋宮室》：「東南隅曰窔。窔，幽也，亦取幽冥也。」《說文·宀部》無突，〈穴部〉曰：「窔，窅窔，深也。从穴交聲。」義與宛小異，蓋〈既夕·記〉、《釋名》竝叚窔爲宛也^{宛窔二字古音竝屬影紐二部}。《玉篇·宀部》云：「宛，於弔、於鳥二切。《爾雅》曰：『東南隅謂之宛。』宛亦隱闇，本亦作突。又戶樞聲。」是知《玉篇》蓋本《爾雅》、《說文》，而許氏所見《爾雅》，與《玉篇》所見本皆作宛。此亦即許書之所本。《爾雅釋文》云：「突，本或作窅。」窅者冥也^{〈穴部〉}，與宛義亦有別，蓋亦音同而叚借也。李澤蘭說宛曰：「按宛从宀，宀下云交覆深屋也，象形。許云象形者，謂象房屋四面有牆之形，故凡宮室等字从之。又按窅从穴，穴下云土室也，穴訓土室者，上古穴居野處，穴有深邃之義，故凡突窅等字从之。宛爲室之東南隅，其字當从宀顯然易見，若改爲窅爲突，則與本義不相合。」李氏之辨室之東南隅，當以宛爲正字，其說是矣。考《說文·日部》云：「㝃，望遠合也。从日匕，匕、合也。讀若窈窕之窈。」引申之則得有深遠之義。《說文·穴部》云：「窅，冥也。从穴㝃聲。」按《爾雅·釋言》：「冥，幼也。」幼者，窈之借字^{《詩·斯干釋文》：幼本或作窈。孔疏云：幼，《爾雅》亦或作窈。}，《說文》窈下云深遠也。又《老子》「窈兮冥兮」，王注：「窈冥，深遠之歎。」〈火部〉云：「焈，望火皃。从火㝃聲。」^{二徐本篆體作焈，㝃聲。段《注》、朱駿聲《通訓定聲》謂此字从㝃聲，是也。今據從。}焈爲望火皃，是亦有遠望之義，然則凡从㝃得聲之字義多相近也。《釋名》云：「東南隅曰窔，窔、幽也。」是東南隅有幽深義。則宛从宀㝃聲，當以室之東南隅爲其本義，實符制字之怡也。王紹蘭《段注訂補》云：「日部㝃字，解云望遠合也。从日匕，匕、合也。讀若窈窕之窈，宛从宀，宀者交覆深屋也，从㝃聲，㝃者望遠合也，形聲兼會意。」其說甚是^{段注云：「古者戶東牖西，故以戶樞聲名東南隅也。」王筠《句讀》、朱駿聲《通訓定聲》說同，蓋諸家俱以戶樞聲爲本義，而以室之東南隅爲本義之引申矣，斯說殆有未審。徐灝《段注箋》以宛之本義爲戶樞聲，室之東南隅名隅者爲叚借字，亦有未塙。}。其云戶樞聲名宛者，與宛之本義「室之東南隅」，亦不相

通。〈門部〉云：「闟，門聲也。」音乙鎋切，古音屬影紐十五部，與官雙聲，官訓戶樞聲者，蓋闟之叚借也。是則許云室之東南隅者，實所以存其本義也。

宕 過也，一曰洞屋。从宀碭省聲。汝南項有宕鄉。 〈宀部〉 七下

按一曰洞屋者，段注云：「洞屋謂通迥之屋，四圍無障蔽也。凡道家言洞天者，謂無所不通。」朱駿聲《通訓定聲》云：「四圍無障蔽之謂」，說與段同。段氏據道家以言，殊失其怡。蓋宕字之作，殷已有之，道家起於後世學者，是不可據以說解文字制作之初誼也。張文虎《舒藝室隨筆》云：「洞屋者，石通迥似屋者也。通迥則可徑過。」林義光《文源》云「洞屋，石洞如屋者，洞屋前後通，故引申爲過」，說與張同。張說近是，惟謂「通迥則可徑過」，則有未審。考宕於卜辭作 宕《前》1.30.7、宕《後》1.15.3、宕《拾》5.13、宕《甲》653、宕《寧滬》1.396，金文作宕〈不嬰簋〉、或作宕〈召伯簋〉从宀从石會意，或从广从石會意从宀从广相通，宀部宅之古文作厇，寓之或體作廇，皆其證。許云碭省聲，蓋非。徐灝《段注箋》云：「宕蓋石室空洞之義，故从宀从石。」其說是也。从石者，所以示其質也。是宕訓洞屋，實以石室空洞而得名，非謂洞屋通前後，亦知宕當以洞屋爲本義。《後漢書‧南蠻傳》云：「槃瓠得女，負而走，入南山止石室中，所處險絕，人跡不至。」《晉書‧稽康傳》云：「王烈入山，於石室中見一素書。」此言石室，殆即許云洞屋。許書宕義訓過，固非本義之引申，蓋爲佗字之假借。徐灝謂即蕩之假借，朱駿聲《通訓定聲》以爲假借爲盪，疑皆未審，蓋以《說文》蕩爲水名〈水部〉，盪訓滌器〈皿部〉，與通過義遠。疑即迥或通之叚借。迥訓迥迭，通義爲達，是皆有過義嬰之古音，宕屬定紐十部，迥屬定紐九部，通屬透紐九部，宕迥二字聲同韵近，宕通二字亦聲韵俱近，故得相通。 是許書一曰之說，實其本義所在也。

敝 帗也，一曰敗衣。从攴从㡀，㡀亦聲。 〈㡀部〉 七下

按一曰敗衣者，《禮記‧緇衣》「苟有衣必見其敝」，鄭注云：「敝，敗衣也。」是其義。敝義敗衣，引申之則凡敗亦曰敝。《左傳》僖公十年「敝於韓」賈注，《荀子‧富國篇》「以靡敝之」楊注，竝云：「敝，敗也。」是也。考《說文‧㡀部》云：「㡀，敗衣也。从巾象衣敗之形。」㡀訓敗衣，故从巾，敗衣難狀，故以四畫象其破敗處。引申爲敗，此所以《廣雅‧釋詁》訓㡀爲敗也。敝即由㡀所孳乳。《玉篇》㡀下云「敗衣也，與敝同」，又聯列敝字爲㡀之重文，蓋即以㡀敝爲一字。卜辭有敝字，作敝《拾》6.11，从攴从㡀，與篆文同體。或作敝《後》1.10.2、作

帗《甲》2.24.3，羅振玉以爲从巿省說見《增訂殷虛契考釋》卷中四十二叶。其从攴作敝者，乃以示治之也。徐灝《段注箋》云：「巿敝實一字。」章太炎《文始》云：「敝即巿之後出字。」說皆是也。惟說者亦有以帗也爲正義，一曰敗衣爲巿之叚借者，若王筠《釋例》云：「敝字蓋以帗也爲正義，其一曰敗衣云者，蓋由經典借敝爲巿，故加此訓也。」又嚴章福《校議議》云：「巿爲敗衣正字，敝者叚借也，故稱一曰以別言之。」李富孫《辨字正俗》雖未明言敝訓敗衣爲叚借，而云「帗，一幅巾也，此敝字本義」，與王、嚴二氏之說實無二致。考敝从攴巿，而義訓爲帗，不祇形義不協，且證以經傳，亦無例證可稽，諸家之說，知其非然。許云帗也者，蓋或叚敝爲帗，非謂敝有帗義。覈之聲韵，敝音毗祭切，帗音北末切。就聲而言，二字爲旁紐雙聲敝爲並紐帗爲幫紐；就韵而言，二字同爲十五部，故得相通叚。《禮記·玉藻》「一命縕韍幽衡」，鄭注云：「韍之言蔽也。」又「韠君朱」，注云：「韠之言蔽也。」《說文》云：「韠，韍也。所以蔽前者。」又云：「巿，韠。上古衣蔽前而已，巿以象之。韍，篆文巿，从韋从犮。」是二字爲轉注也。是其證也。是許云一曰，實即其字之本義也。

偕彊也。从人皆聲。《詩》曰偕偕士子。一曰俱也。八上〈人部〉

按一曰俱也者，《詩·邶風·擊鼓》「與子偕老」、〈魏風·陟岵〉「夙夜必偕」，毛傳並云：「偕，俱也。」〈小雅·杕杜〉「卜筮偕止」，鄭箋云：「偕，俱也。」《左傳》莊公七年「與雨偕也」，僖二十四年「與女偕隱」，杜注並云：「偕，俱也。」是其義也。考《說文·白部》云：「皆，俱詞也。」段注云：「偕下曰一曰俱也，則音義皆同。」是也。偕訓爲俱，是即皆所孳乳之音義相同字。其從人作偕者，斯猶安之孳乳爲侒侒者宴也宴者安也，喜之孳乳爲僖僖者樂也喜亦樂也，合之孳乳爲佮佮者合也，委之孳乳爲倭倭者順皃委者隨也，交之孳乳爲佼佼者交也，公之孳乳爲伀伀者志及眾也，亦猶喬之孳乳爲僑僑者高而曲也喬者高也，吳之孳乳爲俁俁者大也吳者大言也，皆音義近同者也。又皆爲俱詞，引申則有同或和之義，故《小爾雅·廣言》訓皆爲同，而《說文》騔訓馬和〈馬部〉，鮚訓樂和鮚〈龠部〉，《爾雅·釋詁》訓諧爲和，《詩·周南·葛覃》「其鳴喈喈」，毛傳訓喈喈爲和聲之遠聞也。然則偕从皆聲，而義訓曰俱，固形義契合，憭無可疑。許義訓彊，固非本義之引申，疑本叚借之用。其說蓋本毛傳。〈小雅·北山〉「偕偕士子」，傳云「偕偕，強壯皃」是也。此義唯見《詩》傳，餘無他證。馬宗霍《說文解字引經考》云：「或以偕从皆聲，當以俱爲本義者，案皆

猶眾也，眾則力彊，聲中自見彊義。朱駿聲以彊爲叚借之義，更非也。」馬氏之說殊嫌牽強，據字例、經傳用義及由皆所孳乳之字證之，宜一曰俱也，當爲偕之朔誼。朱駿聲《通訓定聲》云：「假借重言形況字，《詩·北山》『偕偕士子』，傳：『強壯皃。』《說文》：『偕，彊也。』」朱說是矣。或謂彊義爲仡或倞之叚借，仡下云勇壯也，倞下云彊也，覈之聲韵，均可相通。偕仡二字古音竝同十五部。又倞屬匣紐，偕屬見紐，章太炎《文始·序》所附紐表以見匣分列深淺喉音，又曰：「諸同類者爲旁紐雙聲，深喉淺喉亦爲同類。」是許云一曰俱也者，實所以存其本義也。

相與比敘也，从反人。匕亦所以用比取飯，一名柶。〈八上·匕部〉

按匕亦所以用比取飯，一名柶者《一切經音義》卷十四引作「匕所以取飯也」。，王筠《釋例》云：「匕字蓋兩形各義，許君誤合之也。比敘之匕從反人，其篆當作；一名柶之匕，蓋本作，象柶形。其爲兩義，較然明白。反人則會意，柶則象形，斷不能反人而爲柶也。乃許書合爲一者，流傳既久，字形同也。」朱駿聲《通訓定聲·補遺》云：「此字象形謂一名柶之匕，篆當作，不从反人。𣅷印𦥔昌所从之匕，與此不同，許君合而一之耳。」王、朱二氏謂飯器之匕，當別爲一字，其說塙不可易。蓋器物之匕，有實物可象，不應與比敘之匕竝論。段注云：「匕，即今之飯匙也。〈少牢饋食禮〉注所謂飯橾也。按《禮經》匕有二，匕飯匕黍稷之匕蓋小，經不多見，其所以別出牲體之匕，十七篇中屢見，喪用桑爲之，祭用棘爲之。又有名疏名挑之別，蓋大於飯匙，其形制略如飯匙，故亦名匕，鄭所云有淺斗狀如飯橾者也。以之別出牲體謂之匕載，猶取黍稷謂之匕黍稷也。」又於匙篆下注云：「《方言》曰匕謂之匙，蘇林注《漢書》曰北人名匕曰匙，玄應曰匕或謂之匙。今江蘇人所謂搽匙，湯匙也，亦謂之調羹。實則古人取飯載牲之具，其首蓋銳而薄，故《左傳》矢族曰匕，昭二十六年傳是也。劍曰匕首，《周禮·桃氏》注是也。亦作鍉，玄應曰《方言》作提。」段說匕首銳而薄，甚合實際。端方《陶齋吉金錄》卷三五十叶及五十一叶圖二銅匕原誤作勺，據郭沫若《金文餘釋之餘》說正，二器形狀近似，竝作形，均犀銳如戎器。于省吾《雙劍誃古器物圖錄》有列國楚陳共匕圖二卷上38~39叶，其狀亦相近，竝作形，其首亦銳，足爲段說之證。此即古匕之形也。卜辭作《甲》2426、《鐵》194.3、《佚》192，金文作〈褧姚辛簋〉《三代》6.22、〈木工鼎〉《三代》3.8、

〈妣己觚〉《三代》14.27，即其形象。惟說其形者，或有不同。郭沫若《金文餘釋之餘》云：「匕之上端有枝者，乃以挂於鼎脣以防墜。」二三九叶李孝定從之，謂契文，上一畫作丶 ∨形者，即匕端之枝，乃所以懸之於鼎唇者也《甲骨文字集釋》第八、二六八一叶。陳獨秀《文字新詮》云：「匕起源於歧首之木束，《詩・小雅・大東》『有捄棘匕』是也，利於刺取牲體於鼎，其狀如叉。」二二七叶曹詩成〈匕器考釋〉更據《詩》、《禮》所載，以及鳥獸以爪抓物，列舉四證，以說匕象叉形，即古匕器之原形見《史學年報》第二卷第五期39~42頁。然考之古器，未見有柄末有枝之匕，亦無叉形之匕，諸家之說，猶待證驗。何漢南有〈陝西省永壽縣武功縣出土西周銅器〉《文物》1964年7月一文，據目驗而說匕之形制曰：「今此物似勾而稍淺，與勺有別，既可櫟飯，又可叉肉，與段氏注文略合。又《詩經・大東》及《易傳》注文謂匕所以載鼎實是也。此匕據發現人談，初出土時置于鼎內，與《詩》、《易》注文可互證。《說文》『匙，匕也』，段注謂『其首蓋銳而薄，故《左傳》矢族曰匕』，此器頭部正是薄而銳，形似箭簇。《詩經・大東》『有捄棘匕』，捄字在《詩》注中解爲曲貌，也和此器形狀相符。」證以端方、于省吾二書所圖匕狀，頗相契合。疑匕原象飯匙形，古文作者，蓋由圖畫演變而爲文字，其形漸趨苟簡使然。且以用途不同，其制作之資料亦異，而其形狀亦有小殊，固未可律於一形也。魯師實先曰：「匕有大小，其大者率以木製，故其字從木作朼，見《儀禮・士喪禮》、〈士虞禮〉、〈特牲饋食禮〉、〈少牢饋食禮〉、〈有司徹〉。或作枇，見《禮記・雜記》。或以角製，故有角匕之觛。角匕小於木朼，《禮記・喪大記》云『小臣楔齒用角柶』，孔氏《正義》曰『柶長六寸，兩頭屈曲』者是也。其大者或以取黍稷見《儀禮・少牢饋食禮》注，或以取牲體見《儀禮・有司徹》其小者或以銅作，而用之進食。」《假借遡原》三三六至三三七叶說甚精晰，毋待贅言。

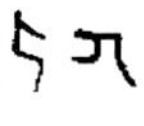

許氏以「相與比敘，从反人」說匕之形義，前儒多未嘗致疑，楊樹達曰：「相與比敘之義，取以釋比可也，以之釋匕，則泛而不切。大抵變形之字，與其本形義必相因，匕形從反人，而訓爲相與比敘，與人字義全不相涉，非造字之始義也。」《積微居小學述林》卷二、三八叶〈釋匕〉其說甚允。良以比敘之字，反人不足以見其義，從二人始得有斯義。《說文》訓比爲密，徐灝《段注箋》謂密即比敘之義是也。考《說文・女部》載妣之籀文作𡚱。《周禮・大司馬》「比軍眾」，鄭注：「比或作庀。」〈遂師〉「修庀其委積」，《釋文》：「庀本作庀。」又匕於《儀禮・士

喪禮》作枇，於《禮記・雜記》作枇，是皆匕比古相通之證。溯其本始，姬周彝銘已然。蓋殷商卜辭即叚飯匙之匕，以爲祖妣字，金文亦然。爲避字形之相溷，故金文祖妣字或从匕作妣，見於〈羲妣鬲〉^{《三代》5.18}、〈召仲鬲〉^{《三代》5.34}、〈陳侯午簋〉^{《三代》8.42}；或从比作妣，見於〈鄦侯簋〉^{《三代》8.43}，猶枇或从比作枇也。此蓋許書祖妣字，小篆作妣，籀文作妣所本。匕比相通，故許氏相與比敘之訓，實即叚比爲匕之義耳。而飯匙之匕，篆變作𠤎，與反人之形相類，許氏以「从反人」說之，遂致形義不合矣。是許云匕亦所以用比取飯云云者，實即其字之本義也。

　　𦩞艫也。从舟由聲。漢律名船方長爲舳艫。一曰舟尾。^{八下〈舟部〉}

　　按一曰舟尾者，《方言》曰：「後曰舳，舳、制水也。」此蓋許說所本。舳，亦名柁，《釋名・釋船》：「船其尾曰柁，柁、拕也，在後見拕曳也，且弼正船使順流不使他戾也。」是也。考《說文》無由篆，而從之得聲者多有之。船柁謂之舳，車轄謂之軸^{《說文》云：「軸，持輪也。」《方言》云：「轄謂之軸。」}，機持經者亦謂之柚^{《方言》云：「杼、柚，作也。東齊土作謂之杼，木作謂之柚。」}，皆以節制爲義也。抑又考之，舳與《爾雅・釋畜》「白州、驪」之州聲通^{古音舳屬定紐三部，州屬端紐三部。}。《說文・馬部》：「驪，馬白州也。」《廣雅・釋親》：「尻、州、豚，臀也。」段氏於驪篆下注曰：「《山海經》曰：『乾山有獸焉，其州在尾上。』郭注《爾雅》、《山海經》皆云：『州，竅也。』按州豚同字。《國語》之龍豚，《史》、《漢》〈貨殖傳〉之馬噭，皆此也。〈蜀志・周群傳〉：『諸毛繞涿居』，『署曰潞涿君』，語相戲謔。涿亦州豚同音字也。」王念孫《廣雅疏證》亦云：「〈內則〉：『鱉去醜』，鄭注云：『醜謂鱉竅也。』醜與州聲近而義同。豚與州聲亦相近，《玉篇》：『豚，尻也。』《廣韻》云：『尾下竅也。』〈楚語〉：『日月會于龍豚。』《文選・東京賦》注引賈逵注云：『豚，龍尾也。』《玉篇》作犯，音丁角切，義與豚相近。」又河洛語謂蠶蛾之尾曰都子，都州聲亦相近^{古音都屬端紐五部。}據上所考，舳有尾義，蓋亦其語源使然也。此以字根語根證之，舳以船尾爲本義，蓋憭然無疑也。《說文》訓顱爲顧顱^{〈頁部〉}，字從盧聲。船頭曰艫者，蓋亦以聲爲義。徐灝《段注箋》云：「船尾曰舳，船頭曰艫，此爲本義。總頭尾言，則謂之舳艫也。」其說甚允。然則許氏此云一曰舟尾者，實所以存其本義也。

驨苑名，一曰馬白額。从馬崔聲。^{十上}〈馬部〉

按一曰馬白額者，其義無徵。考《說文・牛部》云：「犨，白牛也。从牛崔聲。」〈白部〉云：「皠，鳥之白也。从白崔聲。」又〈鳥部〉云：「鶴，鶴鳴九皋，聲聞于天。从鳥崔聲。」^{許氏蓋取〈小雅・鶴鳴〉「鶴}^{鳴于九皋，聲聞于天」為說}陸璣《詩疏》曰：「鶴形狀大如鵝，長脚青翼，高三尺，喙長四寸餘，多純白，或有蒼色者。今人謂之赤頰，常夜半鳴。」鶴色多白，而字亦从崔聲，是从崔聲之字多含白義。許蓋以驨从崔聲，當有白義，因以馬白額為本義也。王筠《釋例》云：「《孟子》引《詩》『白鳥鶴鶴』，〈牛部〉『犨，白牛也』，〈白部〉『皠，鳥之白也』，是從崔聲之字，多有白義，知馬白額為驨之本義。」其說極是。又云：「許君說字之本義，至於借義多不言，以其不勝言也。試問先有驨字而後以之名苑乎，抑先有是苑而後製驨字乎。如先有苑而後製驨字，是漢字也，古人不名苑也，不得以驨苑不傳於後，遂妄意其為古也。」是王說實指苑名為叚借也。按《說文・艸部》云：「苑，所以養禽獸也。」《周禮・地官・囿人》鄭注云：「囿，今之苑。」是古謂之囿，漢謂之苑也。考漢時牧馬苑凡三十有六所，顏注〈百官公卿表〉引《漢官儀》曰：「牧師諸苑三十六所，分置北邊西邊，養馬三十萬頭。」是也。其名則多無可考。許以苑名為驨之本義，段《注》、朱駿聲《通訓定聲》、承培元《引經證例》皆以為即三十六苑之一，則驨字乃專為苑名而製，是漢字也。然許書敘小篆，合以古籀，其錄字必前秦而有，今以漢苑名為初誼，是不可通也。且苑名三十六，漢人獨為驨苑而製其字，餘者皆叚借為稱^{《說文》除驨外，駉下}^{亦云牧馬苑，然其字見}^{於〈魯頌〉，云「駉駉牡馬，在坰之野」，是}^{不以駉即牧馬苑，而許氏以為訓，殊有可疑。}，是又不通之論也。苑名之說，蓋本叚借立名，非其本義至審，則王氏之說是也。《玉篇》但收馬白額一義，而無苑名之說，亦可為旁證。是許云一曰馬白額者，實即存其本義也。

吳姓也，亦郡也。一曰吳，大言也。从矢口。𡗾，古文如此。^{十下}〈矢部〉

按一曰吳大言也者，段注云：「〈周頌・絲衣〉、〈魯頌・泮水〉，皆曰不吳，傳箋皆云『吳，譁也』。〈言部〉曰譁者讙也。然則大言即謂譁也。」段說是也。字从口，故訓為言。《說文》矢訓傾頭^{〈矢部〉}，無大義，而訓為大者，徐鍇《繫傳》云：「大言，故矢口以出聲。」段注云：「大言非正理也，故从矢口。」徐、段二家說，蓋拘《說文》而言，非其義也。考吳於卜辭作𤯀^{《前》}_{4.29.4}；金文作

〈師酉簋〉、〈大簋〉、〈吳盤〉、〈攻吳王監〉、〈吳王鑑〉；石鼓文作、古璽作、《說文古籀補補》10.4、《古璽文字徵》10.3；古匋作《說文古籀補》10.58。甲文字从大，與《說文》所載古文同體。金文所从矢字，其頭左右傾不拘，或亦从大。大矢竝象人形，大其正體，矢爲大之變體，故於偏旁得相通作。是从大从口，或从矢从口，俱足以會大言之誼。故楊樹達於〈釋吳〉曰：「矢字从大而傾其頭，故制字者，即假矢爲大，與傾矢之義不相涉。」《積微居小學述林·釋吳》其說近是。然則許以大言訓吳，而字从矢口，形義吻合，允爲塙詁。以吳義大言，故引申爲凡大之稱，《方言》云「吳，大也」，是也。其爲人姓，爲郡名，俱爲假借立名，亦顯然而可見。揆諸古之姓氏，多因山川或方國而名，《尚書·禹貢》「錫土姓」，《左傳》「因生以賜姓，胙土而命氏」隱公八年，皆爲明徵。是其爲姓，則緣郡名而得，蓋又在其後矣。是故段氏注改吳下說解爲「吳，大言也。从矢口。𡗾，古文如此」，而云姓也以下八字，爲妄人所增。蓋有以也。是許云一曰，實存其本訓者也。

𢮦 眾意也，一曰求也。从手叜聲。《詩》曰束矢其捘。十二上〈手部〉

按一曰求也者，《方言》云：「捘，求也。秦晉之間曰捘。」字从手，似當以求也爲本義，許訓眾意，疑非。考《說文·又部》叜下云：「老也。从又从灾，闕。𡨥籀文从寸。𠳏，叜或从人。」字从又从灾，與叜義不相應，故歷來釋其構形者，異說紛陳。段注引玄應之說曰：「又音手。手灾者，衰惡也。言脈之大候在於寸口，老人寸口脈衰，故從又從灾也。」桂馥《義證》說同。鈕樹玉《校錄》云：「此字疑从更省，三老五更皆謂年長。」王紹蘭《段注訂補》云：「叜蓋从又从夾夾，人之臂亦也，言須人以又手扶夾也。夾與灾形相近，故譌而爲灾。」徐灝《段注箋》說同。錢大昕《養新錄》云：「叜蓋从宵省聲。叜之言宵，謂晦昧無所知也。」諸家之說，皆昧於字形，而無一得其製字之恉。字於卜辭作《前》4.28.7、《前》4.29.2、《後》2.4.10，審其結體，皆从又持炬火在宀下，義即叜求。小篆略變炬火之形而从火，與卜辭並無二致。朱駿聲《通訓定聲》云：「叜即捘之古文，从又持火，屋下索物也。會意。爲長老之稱者，非本訓。」俞樾《兒笘錄》云：「叜字借爲尊老之稱，故又製从手之捘。夫叜既从又，而捘更从手，緟複無理，故知古字止作叜也。然則尊老之稱，當作何字？曰：叜下有重文俊，即其字也。宣十三年《左傳》曰：『趙俊在後』，字正作俊。《方言》曰：

『俊，尊老也。宋齊魯衞之閒，凡尊老謂之俊。』揚子雲多識古文，故作俊不作叟。」朱、俞二家說甚碻。蓋以訓求之叟，假爲尊老之稱，久而爲借義所專，故別从手作捜，以還其原。知叟當爲本字，捜爲後起重形俗體字，而其義固當訓求也。許訓眾意也者，固非本義之引申，疑是它字之叚借。雷浚《引經例辨》曰：「《詩》曰『束矢其捜』，毛傳：『捜，眾意也。』捜爲藪之假借字。案本書〈艸部〉『藪，大澤也』，眾輻之所趨，爲大澤之引申義，則凡眾之所趨曰藪。毛云捜眾意也者，毛意捜爲藪之假借字也。」所論蓋是。是許書一曰之訓，實存其本義者也。

二、一曰以釋本義者

鞻　彎鞻，从革弇聲，讀若膺。一曰龍頭繞者。　^{三下}〈革部〉

按一曰龍頭繞者，徐鍇《繫傳》同。段注改作鞻，朱駿聲《通訓定聲》同。桂馥《義證》亦以爲當作鞻，蓋皆據《玉篇》『鞻，馬鞻頭』爲說也。然《玉篇》云：「彎鞻，籠頭繞者。」是即以彎鞻、龍頭繞者爲一物，故王筠《句讀》云：「一曰當作謂。彎鞻者，謂彎上之鞻也。許時呼爲彎鞻，後人則不知所謂，故申說之。彎以撙銜，必有籠頭以繫屬其銜。而又申之以繞者，鞻之爲言罬也，罬以覆鳥，鞻以絡馬頭，其意相似，故又以聲解之。若曰惟其爲繚繞者，故名之鞻也，弇、蓋也，亦未始不兼意也。」又於《釋例》云：「鞻下云彎鞻，一曰籠頭繞者，《玉篇》云：『彎鞻也，籠頭繞者。』然則下句即上句之注解也。蓋本文祇作彎鞻也，後人以其言太簡，故以籠頭繞者申說之。傳寫既久，遂迻於从革弇聲讀若膺之下，若爲兩義，而籠字又挽竹，遂不可解矣。段氏必用正字作鞻，則大不然。《說文·有部》收鞻字，云兼有也。讀若籠。籠鞻同音，即可借用，說解中每發明假借之例，段氏多改用正字，則許君之志晦矣。且鞻罩馬頭之外，與鞻訓兼有意合。然籠以罩物，亦未嘗不合。若以鞻頭爲鞻之專義，則从有龍聲，無以見其爲皮革所成之物也。」王氏所論蓋是，惟以一曰以下斷爲後人所增，蓋亦過矣。許氏說解既云彎鞻，又云一曰龍頭繞者，猶撮下既云四圭，又云一曰兩指撮^{〈手部〉}，巴下既云蟲也，又云或曰食象蛇^{〈巴部〉}。此類一曰之說，實兼有以易知說難曉之作用，猶許書說解爲雙聲或疊韵連語者，其下亦多出一曰以申釋之。如〈女部〉姬下云媒姬，又云一曰弱；妗下云娽妗也，

又云一曰善笑皃，類此皆所以申說本誼者也。

撮四圭也，一曰兩指撮也。从手最聲。十二上〈手部〉

按一曰兩指撮也者，徐鍇《繫傳》作「亦二指撮也」。慧琳《一切經音義》卷五十三引《說文》作「四圭也，三指撮也」。《玉篇》云：「撮，三指取也。」又《漢書・律歷志》「量多少者不失圭撮」，應劭曰：「圭，自然之形，陰陽之始。四圭曰撮，三指撮之也。」皆以撮爲三指取之，故鈕樹玉《校錄》、嚴可均《校議》、苗夔《繫傳校勘記》、田吳炤《二徐箋異》、段《注》、桂馥《義證》、王筠《句讀》，咸謂兩指爲三指之誤。古者權量之數，皆起於黍。孟康注〈律歷志〉云「六十四黍爲一圭」，《孫子算經》「量之所起，起於粟，六粟爲一圭」，《夏侯陽算經》「十粟爲一圭」，皆言其最初之數，而互有差殊。鄧廷楨《雙研齋筆記》云：「積圭至四爲一撮，爲數甚微，可以指撮取之，故命之曰撮。」其說蓋是。撮爲量名，而字从手者，即取以指可撮之義。許云「撮，四圭也，一曰兩指撮也」，兩指三指，所說雖異；但兩指撮之，或三指撮之，皆所以申釋名撮之義，竝以見其量之微者耳。是許云一曰，實即申說其字之本義者也。

㛂婐㛂也，一曰弱也。从女厄聲。十二下〈女部〉

按一曰弱也者，服虔《通俗文》云：「肥骨柔弱曰婐娜。」《太平御覽》卷三八一引婐娜即婐㛂《廣韻》云：「婐㛂，身弱好貌。」《說文・㫃部》旖下云旗旖施也，徐鍇《繫傳》：「猶言旖旎也。」段注曰：「旖施疊韻字，在十七部。許於旗曰旖施，於木曰檹施，於禾曰倚移，皆讀如阿那。〈檜風〉『猗儺其枝』，傳云：『猗儺，柔順也。』《楚辭・九辯》、〈九歎〉則皆作旖旎。〈上林賦〉『旖旎從風』，張揖曰：『旖旎猶阿那也。』《文選》作猗狔，《漢書》作椅柅，〈考工記〉注則作倚移，與許書禾部合。知以音爲用，製字日多廣，《廣韵》、《集韵》曰婀娜，曰旑旎，曰裺袲，曰檥榱，皆其俗體耳。本謂旌旗柔順之皃，引伸爲凡柔順之稱。」徐、段二家說是也。婐㛂亦疊韵字，在十七部，與旖施、阿那音義竝同。此即今所謂疊韵連緜字，朱駿聲稱之爲疊韵連語者是也。凡連緜字，本無正字，但取聲諧，借聲以託義，如此輾轉變易，遂有同實而異名者，段氏謂以音爲用，製字日廣是也。若夫《說文》以旖施屬旗，倚移屬禾，此蓋後來分別之專字，溯其語源，

非有以異。弱也一訓，即所以申釋媒姬之義。是許云一曰弱也者，實所以申說本誼者也。

巴　蟲也，或曰食象蛇。象形。 ^{十四下}
〈巴部〉

　　按或曰食象蛇者，《楚辭‧天問》云：「一蛇吞象，厥大何如。」《山海經‧海內南經》云：「巴蛇食象，三歲而出其骨。君子服之，無心腹之疾。其為蛇青黃赤黑，一曰黑蛇青首。」蓋相傳如此，故許取為說。《爾雅‧釋魚》「蟒，王蛇」，郭注云：「蟒、蛇最大者，故曰王蛇。」郭又有讚云：「惟蛇之君，是謂巨蟒，小則數尋，大或百丈。」惟其百丈，故能食象。今南美洲之蟒，亦有長至數丈者，故得吞人食之。《說文》無蟒，疑巴即蟒之初文，象其巨首侈口之形也。饒炯《部首訂》云：「巴說蟲也，蓋以大名為訓，又云食象蛇，即申釋蟲也之義。」宋育仁《部首箋正》亦云：「說巴為蟲，與大名也，猶鹿㲋兔下說獸也。」二家之說甚是。段玉裁於蟲也下注云「謂蟲名」，於或曰食象蛇下引《山海經》云「巴蛇食象，三歲而出其骨」，似以巴蟲為一義，食象蛇為一義^{徐灝《段}_{注箋》同}，疑有未塙。覈以聲韵，巴音伯加切，古音在幫紐五部，蟒音模朗切，段氏曰「莽古音讀如模，在五部」，蟒从莽聲，則古音亦當在明紐五部，二字聲近韵同。蓋巴本王蛇，後世借為地名，故別造蟒从虫莽聲，以為王蛇專字。字从莽聲者，《小爾雅》云：「莽，大也。」即所以示巨大之義也。是許書或曰食象蛇者，實更申明其本訓之說耳。

三、一曰以說引申者

瑰　玫瑰。从玉鬼聲。一曰圜好。 ^{一上}
〈玉部〉

　　按一曰圜好者，玄應《一切經音義》卷三引作「圜好曰瑰」。考本部玫訓火齊玫瑰也，瑰訓玫瑰，蓋合二字以為珠名。《倉頡篇》云：「玫瑰，火齊珠也。」此蓋許說所本。《廣雅》云：「玫瑰，珠也。」《史記‧司馬相如傳》「其石則赤玉玫瑰」，裴駰《集解》引郭璞曰：「玫瑰，石珠也。」是玫瑰者，蓋圓形之物，以其物形圓，故以珠名。《左傳》成十七年「或與己瓊瑰食之」，杜注：「瓊、玉。瑰，珠也。食珠玉，含象。」孔疏引《廣雅》「玫瑰，珠也」，又引呂靖《韻集》「玫瑰，火齊珠也」，而云：「含者或用玉，或用珠，故夢食珠玉為含象。」據

此，則火齊珠絫評曰玫瑰，單評則曰瑰。蓋以其物形圓質好，故引申爲凡圓好之稱。段注云：「一曰圓好，謂圓好曰瑰，《眾經音義》亦引圓好曰瑰，《玉篇》圓好上增珠字，誤。」王筠《句讀》云：「《玉篇》引作一曰珠圓好，元應引作圓好曰瑰，似泛言者是。」段、王二氏皆以圓好爲泛言，不專以狀珠，是也。是許云一曰，實即其字之引申義也。

矇 童矇也。一曰不明也。从目蒙聲。 ^{四上}〈目部〉

按一曰不明也者，《論衡・量知篇》云：「人未學問曰矇。」《文選》班固〈幽通賦〉云：「吻昕寤而仰思兮，心矇矇猶未察。」皆用此義。《說文・冂部》曰：「冡，覆也。从冂豕。」按冡聲多含有覆蓋之義，故〈巾部〉幪訓蓋衣，〈酉部〉醲訓籬生衣。蒙从冡聲，而許訓王女者〈艸部〉，郭注〈釋草〉云：「蒙即唐也，女蘿別名。」陸璣《詩疏》云：「女蘿，今菟絲，蔓連草上生，黃赤如金，合藥菟絲子是也。」是蒙之爲物，乃纏附他草之上而營生，其字含有被覆其外之義，亦甚顯然。故《詩・君子偕老》毛傳訓蒙爲覆，《方言》亦以覆釋蒙也。而凡从蒙得聲之字，義訓亦多與蒙覆相近。《說文・食部》云：「饛，盛器滿皃。从食蒙聲。」按品物滿盛器上，是有覆義。〈水部〉云：「濛，微雨也。从水蒙聲。」按微雨濛濛，茫然不清，亦有覆義。許氏釋矇爲童矇，童矇云者，王筠《繫傳校錄》謂「目之童子爲物所蒙也」，徐灝《段注箋》謂「言目童子有所蔽也」，其說竝是。是矇訓童矇，形與義會，其爲本義可知也。不明一訓，蓋爲一切昏昧不明之稱，非特指目之無見而已。此蓋由童矇一義引申爲目不明，復由目不明引申爲一切之不明。是許氏於此出一曰者，實即存其引申義也。

昧 昧爽、旦明也。从日未聲。一曰闇也。
^{七上}〈日部〉。鉉本作「爽旦明也」，爽上無昧字，今依《繫傳》補之。
嚴可均《校議》、段《注》、王筠《句讀》、朱駿聲《通訓定聲》說同。

按一曰闇也者，闇者閉門也〈門部〉，閉門則光不明。《倉頡篇》云：「昧，冥也。」冥者幽也〈冥部〉，故《小爾雅・廣詁》云：「幽、闇、昧，冥也。」蓋皆昏暗不明之義也。《書・堯典》「曰昧谷」，孔傳云：「昧，冥也。」《淮南・原道篇》「神非其所宜而行之則昧」，高注云：「昧，不明也。」即用此義者也。考

《說文・未部》云：「未，味也，六月滋味也。五行木老於未，象木重枝葉也。」字於卜辭作 ⊛^《存》2734、⊛^《後》1.10.5、⊛^《前》5.38.3，金文作 ⊛^〈婦未于鼎〉、⊛^〈矢尊〉、⊛^〈陳侯因𦮃錞〉，皆與篆文同體，亦象木重枝葉之形，許說字形甚是。惟以味訓未，蓋以同音為訓，乃漢人詁字通習，非其初誼如此。《釋名・釋天》云：「未，昧也，日中則昃向幽昧也。」則與訓味同為音訓也。按未字無不明義，而未聲則有意可尋。劉賾嘗為〈古聲同紐之字義多相近說〉一文，云：「夫聲象乎意，以脣舌口氣象之，故義從音生也，字從音義造也。音同音近音轉者，其義往往相傳。蓋字義寄於字音，則不必斤斤於字形，此文字所以有依聲託事之條。故儀徵劉君^劉師培謂『諧聲之字所從之聲不必皆本字。』又謂『若所從之聲與所取之義不符，則所從得聲之字必與所從得義之字聲近義同』……是以本師黃君^黃季剛曰：『凡言假者定有不假者以為之根，凡言借者定有不借者以為之本。則此類形聲必當因聲以推其本字，本字既得，則形聲義三者仍當相應。』雖然，此但就形聲字之偏旁言之耳，音同義傅者固不必專就此以求之。……發聲部位始於喉而終於脣，明紐又居脣音之末，其聲即含末義，其發聲以吻，吻即口之末也，木上曰末，又曰杪，禾之末曰秒……。末與微小一義，散，眇也，目之散小曰眇……。散小引申為隱沒，沒、沈也……。隱沒則漠糊，漠、北方流沙也，於風雨曰霿……。漠糊則闇昧，昧、闇也。於木為末，於目為眛、為眣、為眜、為矇、為瞀、為眊……。」^《武漢大學文哲季刊》第二卷，369～376頁 郭豫才於〈語原〉一文亦云：「明紐中有蒙蔽義，蒙蔽其上則其中必暗，故明紐字有昏冥義。如未，〈律歷志〉言昧薆於未，〈釋名〉『未，昧也。日中則昃，向幽昧也。』孳乳為昧，昧、昧爽旦明也。按將明尚暗之時。孳乳為眛，目不明也。為寐，臥也。〈晉語〉『歸不寐』，注：『寐，瞑也。』」^《河南圖書館館刊》劉、郭二氏據語源以探明紐字多含闇昧不明之義，舉證詳富，說蓋可信。許氏釋昧義云「昧爽、旦明也」，此蓋為《周書・牧誓》作解。〈牧誓〉「時甲子昧爽」，孔疏：「夜而未明，謂早旦之時，蓋雞鳴後也。」閻若璩曰：「昧爽云者，欲明未明之時也。」^桂馥《義證》引 是昧爽也者，蓋即晨光已啓，曉色蒙籠，由暗之明之時也。故字从未聲以示其義。則昧以旦明為本訓，蓋可無疑。其闇也一訓，乃謂昏冥不明，是乃泛言，非特指早旦之時而已，此蓋為本義之引申。是許云一曰者，實即其字之引申義也。

旭 日旦出皃。从日九聲。讀若勖。一曰明也。_{七上〈日部〉}

按一曰明也者,《廣雅‧釋詁》同。考《說文‧九部》云:「九,易之變也。象其屈曲究盡之形。」朱駿聲《通訓定聲》云:「古人造字以紀數,起於一極於九,九者數之究也。」九爲數之極,故引申有窮極之義,而九聲之字亦多取義於此。《說文‧艸部》云:「尤,遠荒也。从艸九聲。」按遠荒者,地之究盡也。〈口部〉云:「叴,高气也。从口九聲。」按高極其義相附。〈尸部〉云:「尻,𦟘也。从尸九聲。」按王筠《釋例》:「今俗謂尾蛆骨。」𦟘乃身之極下端,此身之究盡也。〈水部〉云:「氿,水厓枯也。从水九聲。」按《爾雅‧釋水》「水醮曰氿」_{今本氿作厬},郭注:「謂水醮盡。」郝懿行《義疏》:「醮當作漅,《說文》漅,盡也。」又〈鼻部〉云:「鼽,病寒,鼻窒也。从鼻九聲。」按窒塞者不通之極也。皆其例。旭从日九聲,謂夜窮盡而後日始出,故其義爲日旦出皃。此由九所孳乳之字證之,旭以日旦出皃爲其本義,固其宜也。其云明也者,王筠《釋例》云:「旭下云一曰明也,夫既云日旦出皃矣,日出則明,一意引伸。」王說是也。是許云一曰明也者,實其字之引申義也。

聚 會也。从㐺取聲。邑落云聚。_{八上〈㐺部〉}

按邑落云聚者,徐鍇《繫傳》作「一曰邑落曰聚」。段注曰:「邑落謂邑中村落。」蓋謂人所聚居也。《漢書‧平帝紀》「聚曰序」,張晏曰:「聚,邑落也。」《史記‧五帝本紀》「一年而所取成聚」,張守節《正義》:「聚謂村落也。」〈秦本紀〉「并諸小鄉聚」,《正義》:「聚猶村落之類也。」是皆以聚爲邑落之義。考《說文‧又部》云:「取,捕取也。从又从耳。《周禮》『獲者取左耳』,《司馬法》曰『載獻聝』,聝者耳也。」蓋古人重首功,殺敵取其耳,累積以爲計功之具,故取引申有會聚之義,而取聲之字多取義於此。《說文‧言部》云:「諏,聚謀也。从言取聲。」〈举部〉云:「叢,聚也。从举取聲。」〈一部〉云:「冣,積也。从一从取,取亦聲。」按積亦聚也。〈土部〉云:「聚,土積也。从土聚省。」按當从取聲_{鍇本作「聚省聲」,嚴可均《校議》、朱駿聲《通訓定聲》並謂取聲,是也。}〈艸部〉云:「藂,艸叢生皃。从艸叢聲。」按叢生即聚也。又《禮記‧禮運》「鳳凰麒麟皆在郊棷」,鄭注云:「棷,聚草也。」《公羊》隱元年傳「會猶最也」,何注云:「最,聚也。」皆其例。聚从㐺取聲,謂會聚眾人也,故其義爲會。此由取所孳乳之字證之,聚以會爲其本義,蓋無

疑義。其云邑落曰聚者，亦取會聚之義，以爲眾人居住生息之所，斯乃本義之引申耳。是許氏此云邑落云聚者，實即其字之引申義也。

　　羍 所以驚人也。从大从羊。一曰大聲也。一曰讀若瓠。一曰俗語以盜不止爲羍。羍讀若籥。〈十下 羍部〉

　　按一曰大聲也者，段注謂「此別一義」，是也。王筠《句讀》、朱駿聲《通訓定聲》竝謂此是形聲，蓋非。惟其義則經傳無徵。考字於卜辭作 ⛾《甲》2809、⛾《乙》6710、⛾《乙》7040、⛾《乙》5590、⛾《鐵》101.1，孫海波釋其形曰：「象刑具以桔人兩手。」《甲骨文編》10.14 李孝定從之，而更申其說曰：「契文作 ⛾，象手桔之形。殷墟出土陶俑有兩手加桔者，與此文形近，可爲旁證。羍字篆形與 ⛾ 形相近，其訓所以驚人也，亦與手械之義相因，蓋手械之引申義也。作 ⛾ 者當釋爲執，執許訓捕辠人也，猶是本義，字正象捕繫辠人，兩手加桔之形。其旁所從正是此字，亦足證此爲羍字無疑也。金文執字从羍已與篆文相同，然與 ⛾ 字相較，其嬗變之迹猶可尋也。」《甲骨文字集釋》第十、2229頁 李氏論析至審。以其初誼爲手械，故許書羍部之字，如罬訓「司視也，令吏將目捕罪人也」，執訓「捕罪人也」，圉訓「囹圄、所以拘罪人」，㪔訓「引擊也」，報訓「當罪人也」，鞫訓「窮理罪人也」，俱與拘繫罪人之義有關，可證孫、李二氏說，蓋可信也。金文作 羍〈兮甲盤〉執字之偏旁、羍〈員鼎〉執字之偏旁、羍〈召伯簋〉報字之偏旁，去象手械之形已遠，篆文即沿此蛻變之體而來，許書以「从大从羊」會意釋之，非其朔也。惟許氏以「所以驚人」爲羍之本訓，猶與手械義相因。其云大聲一訓，實即由所以驚人一義所引申。是許氏於此出一曰者，乃所以存其引申義也。

　　又按一曰俗語以盜不止爲羍者，蓋漢人語。盜不止使人驚恐，是許氏於此出一曰，雖似存漢時俗語，然與本義相附，固亦引申之類也。傅雲龍《古語考補正》云：「盜不止之謂羍，則叚借字。」疑有未審。

　　圉 囹圄、所以拘罪人。从羍从口。一曰圉，垂也。一曰圉人，掌馬者。〈十下 羍部〉（「一曰圉垂也」說見「有本字之叚借」圉條）

　　按一曰圉人，掌馬者者，《周禮·夏官·司馬》之屬有圉師，掌教圉人養馬。圉人之職即在掌養馬芻牧之事，此蓋即許說所本。考字於卜辭作 ⛾《前》4.4.1、

■《中大》₃₅、■《前》_{6.1.8}，或作■《前》_{6.52.5}、■《前》_{6.53.1}、■《乙》₇₁₄₂，王襄釋之曰：「此从執从□。執，許說捕罪人也；□，古圍字。捕罪人而拘于圍中，圂之誼尤塙。」^{李孝定《甲骨文字集釋引《類纂正編》》}李孝定亦曰：「契文从執从□為圂之本字，作圂者其省體也。古文偏旁中，凡義類相近之字，每得通用，非■■一字也。字之本誼為圂圈。」^{《甲骨文字集釋》第十、3236頁}王、李二氏說是也。卜辭圂字正象拘繫罪人於圂圈中之形，許氏以「所以拘罪人」釋圂之本義，極塙。其圂人掌馬者一訓，段注疑為圂字引申之義，朱駿聲《通訓定聲》謂圂之叚借。按《說文·□部》云「圂，守之也」，故段、朱云然。實則圂義圂圈，引申即有守之之義。圂圈二字，古音竝屬疑紐五部，其義又相近，二字蓋同一語根所孳乳。魯師實先曰：「圈借為邊圂，故孳乳為圂。段玉裁以圂圈義別，其說非是。」^{〈轉注釋義〉}是也。蓋以圂之本義為圂圈，引申有守之之義，而《周禮·圂人》又據守之一義而立名也。是許云一曰圂人掌馬者，實即其字之引申義也。

■ 水中可居曰州。周遶其旁，从重川。昔堯遭洪水，民居水中高土。或曰九州。《詩》曰在河之州。一曰州、疇也，各疇其土而生之。■、古文州。^{十一下〈川部〉（「一曰州疇也」說見「有本字之叚借」州條）}

按或曰九州者，即〈禹貢〉之冀、兗、青、徐、揚、荊、豫、梁、雍也。考字於卜辭作■《前》_{4.13.4}、■《乙》₅₃₂₇、■《輔仁》₂₄，金文作■〈井侯簋〉、■〈鬲比盨〉、■〈散盤〉，古璽作■、作■^{竝見《說文古籀補補11.4》}，皆與《說文》所載古文相合。羅振玉釋之曰：「州為水中可居者，故此字旁象川流，中央象土地。」^{《增訂殷虛書契考釋卷中十叶》}魯師實先亦曰：「州於〈州戈〉作■，中著•形，以示川中有地可尻，於文為從川之合體象形。通檢卜辭金文，凡字之填實者，并可虛鉤，故■於卜辭作■，於〈周公簋〉作■，〈散氏盤〉作■，皆虛中以象川中有地之形。州於〈師旬簋〉作■，則與篆文虛中之■同體，川中著三•者，乃以州渚非一，故以象其多，〈小雅·鼓鐘〉所謂淮有三洲是也。許氏未知■為從川之合體象形，而以重川釋之，則其形義相悖矣。」^{〈說文正補〉}說竝是也。許說字形雖有可商，而以水中可居以釋州之本義，實為塙詁。其云九州者，段注曰：「州本州渚字，引申之乃為九州，俗乃別製洲字，而小大分係矣。」徐灝《段注箋》曰：「或曰九州者，或以九州為字之本義也。其實水中可居包括無遺，大而言之，則九州皆在水中

二氏說甚是。九州之稱，實由本義之引申擴大而得名。是許云或曰九州者，實即其字之引申義也。

四、一曰以辨異實者

🔲蘆菔也，一曰薺根。从艸盧聲。^{一下}〈艸部〉

按一曰薺根者，謂薺根曰蘆也。清儒爲許學者，若段玉裁、朱駿聲，但云別義而不說薺根爲何物。王筠《句讀》云：「此其甘如薺之薺。」又云：「薺根可食，故得名，猶人蔘有蘆也。」據王說，則薺根者，乃薺荣之根也。而謂之蘆者，似以其根類人蔘之有蘆，故名焉。然考薺之爲荣，李時珍《本草綱目》云：「薺有大小數種，小薺葉花莖扁味美，其最細小者名沙薺也。大薺科葉皆大，而味不及。其莖硬有毛者名菥蓂，味不甚佳，並以多至後生苗，二三月起莖五六寸，開細白花，整齊如一。結莢如小萍，而有三角。莢內細子如葶藶子，其子名蒫，四月收之。」李說薺荣之性狀詳矣，而無一言及其根。且考歷代諸家本草，亦俱無薺荣有蘆之言。是知其根實未必如人蔘有蘆，王說似有未審。

《說文》薺下云：「蒺梨也^{《說文》無蒺字}。从艸，齊聲。《詩》曰牆有薺。」今《毛詩》作茨，傳云「蒺藜」，《爾雅·釋草》亦作茨，訓同^{據許書薺爲蒺藜正字，茨則通叚字（《說文》茨，以茅葦蓋屋）。薺通作茨者，本書齋或作桼，瓷或作餈，龕或作蘆，皆其證。亦通作齍，《說文》齍，艸多皃。《離騷》「薋菉施以盈室」，王逸注「薋，蒺藜也」，且引《詩·楚茨》作薋。《玉篇》亦云薋、蒺藜也，是其證。}惟《藝文類聚》卷八十二、《太平御覽》卷九百八十，並引作「薺，草可食」，故嚴可均《校議》、沈濤《古本考》、桂馥《義證》、王筠《句讀》皆謂當有蒺梨，一曰艸可食^{二義}^{沈氏謂古本當作「艸可食，一曰蒺藜也」。}。證以三百篇之文，及《類聚》、《御覽》所引，諸家之說蓋是。考艸以薺名者非一，蒺梨一名薺^{《說文》}，甘荣一名薺^{《詩·邶風·谷風》「其甘如薺」，《釋文》：「薺，荣也。」《玉篇》：「薺，甘荣也。」李時珍謂其大者一名菥蓂。小者一名沙薺。}，而苨尼亦名薺苨^{見《釋草》郭注}。蒺梨之根爲無用之物，不應有專名。薺荣之根，雖亦可食，但無特異處；且古人名物，多有其故，其根與凡荣不殊，是亦不當以蘆爲名也。惟《名醫別錄》薺苨，陶弘景曰：「根莖似人參，而葉小異，根味甜絕。」周憲王《救荒本草》云：「杏葉沙參，一名白麪根，苗高一二尺，莖色青白，葉似杏葉而小，微尖而背白，邊有叉牙，杪間開五瓣白盌子花，根形如野胡蘿蔔，頗肥，皮色灰黲，中間白色，味甜微寒。亦有開碧花者，嫩苗煠熟，水淘，油鹽拌食，根換水煮亦可食。」李時珍《本

草綱目》亦云：「薺苨苗似桔梗，根似沙參，故姦商往往以沙參、薺苨通亂人參。蘇頌《圖經》所謂杏參，周憲王《救荒本草》所謂杏葉沙參，皆此薺苨也。」是知薺苨之爲物，其根與人參及長形蘆菔相似，故魏文帝云「薺苨亂人參」^{《本草綱目》引}，張有《復古編》亦云「蘆菔根似薺苨」，是也。通俗所用之薺苨即其根，此由魏文帝之言，及《復古編》所載亦可證。是許書所稱薺根曰蘆者，蓋指薺苨而言。其所以名蘆者，猶〈鳥部〉鸑訓鸑鷟，鳳屬神鳥，又云江中有鸑鷟，似鳧而大赤目；〈虫部〉蠃訓蜾蠃，又云虒蝓之比，竝以羽色相似，或形狀相類而取名不殊^{說詳鸑鷟二條下}。薺根與蘆菔，皆根肥大而橢圓，故呼名亦同。蓋以古人之於物類，凡形體相似，則其呼名乃無多別；故字音雖同，則物類或有殊異，但其形狀，則大氐不甚相遠。是故凡雅俗古今之名，其殊物而同名者，音義亦往往相關，王國維《爾雅草木蟲魚鳥獸釋例》、劉師培《物名溯源》、《物名溯源續補》論述詳矣。蘱名蕭薚^{〈釋草〉}，虹名蝃蝀^{〈釋天〉}，其音相近，而蘱爲長葉之草^{郭注云其葉似蒲而細}，虹形似帶。葵名蘆萉^{〈釋草〉}蜚名蠦蜰^{〈釋蟲〉}，其音相同，而蘆萉根大而圓，蜚形亦橢圓似葵。蝸牛名蝸蠃，細要土蠭名蜾蠃^{〈虫部〉}，其稱同名爲蠃者，以二物皆形圓也^{說詳蠃條下}。凡此者，字或小異而其音不殊，或命名共用一字而無別，即緣物之得名，或以形狀區分，其形類似，則即施以同一之名也。其或有逐彼物之稱名此物者，如茨名蒺藜，卿蛆亦名蒺藜^{皆見《爾雅》}，均以多刺得名，然以蒺藜名卿蛆，蒺藜爲叚借字，此據字形可知也。若夫蝸牛名蜾蠃，細腰土蠭亦名蜾蠃；蘆萉曰蘆，薺根亦曰蘆，其稱容或有先後之別，今無可考，然皆以形似，乃異物而共名者則無可疑。是以許書據形說義，而同名異實者亦兼存之，固有其不得不然者也。

鸑鷟，鳳屬神鳥也。从鳥獄聲。《春秋國語》曰周之興也，鸑鷟鳴於岐山。江中有鸑鷟，似鳧而大，赤目。^{四上〈鳥部〉}

按江中有鸑鷟，似鳧而大，赤目者。鸑鷟疊韵連語，二字古音同屬第三部。《文選》司馬長卿〈上林賦〉「駕鵞屬玉」，郭璞曰：「屬玉，似鴨而大，長頸赤目，紫紺色。」左太沖〈吳都賦〉作鸀鳿，劉逵曰：「鸀鳿，水鳥也，如鶩而大，長頸赤目，其毛辟水毒。」^{如鶩二字上，今本有鸀字，鶩作鷲，段玉裁曰：「此三字當作如鶩二字。」}《古文苑》揚雄〈蜀都賦〉則作獨竹，章樵曰：「竹屬通用，屬玉，水鳥名。」陳藏器《本草拾遺》

云：「鸂鶒，山溪有水毒處即有之，因爲食毒蟲所致也。其狀如鴨而大，長頸赤目，斑嘴，毛紫紺色，如鵁鶄也。」^{《本草綱目》引}綜此諸說，知蜀玉即《說文》所云「江中有鸑鷟，似鳧而大，赤目」者，與鳴於岐山之鸑鷟神鳥不同。

鸑鷟神鳥，先儒之說互有不同。韋注《國語》曰：「三君云鸑鷟，鳳之別名。」段玉裁曰：「三君者，侍中賈逵，侍御史虞翻，尚書僕射唐固也。許云鳳屬，與賈小異，劉逵曰鸑鷟，鳳雛也，說又異。」

李時珍《本草綱目》釋其名義云：「鸂鶒名義未詳。案《說文》云：『鸑鷟，鳳屬也，又江中有鸑鷟，似鳧而大，赤目。』據此，則鸂鶒乃鸑鷟聲轉。蓋此鳥有文彩如鳳毛，故得同名耳。」李說二鳥所以同名之由是也。蓋古人名物，凡形色近同者，多施以同一之名^{說詳劉師培《物名溯源》}。似鳧而大之鸑鷟，與鳳屬之鸑鷟，羽毛均有文彩，故其呼名亦同。雖其間容有以此物近於彼物，故段彼物之名施於此物之嫌，然二鳥所以名鸑鷟之義未詳，且文者所以飾聲，聲者所以達意，聲先乎文，言先乎聲，今二鳥並爲禽屬，故从鳥以示其類；言同獄族，故注之以明其聲，此所以許氏皆以鸑鷟爲二鳥正字也。若夫蜀玉、獨竹二名，其字各有本義，斯乃段借爲稱，而鸂鶒一名，乃俗加鳥作，以示其爲鳥屬，且以避二鳥名稱之相溷也。是爲後起之字，許書所無。然則許云江中有鸑鷟云云者，實所以存同名而異實者也。

𣹢水出琅邪朱虛東泰山，東入濰。从水文聲。桑欽說汶水出泰山萊蕪，西南入泲。^{十一上〈水部〉}

按桑欽說汶水出泰山萊蕪，西南入泲者，《漢書・地理志》泰山郡下注云：「汶水出萊母西入濟。」又萊蕪縣下注云：「原山，甾水所出，東至博昌入泲，幽州浸。又〈禹貢〉汶水出西南入泲，桑欽所言。」又琅邪郡朱虛縣下注云：「東泰山，汶水所出，東至安丘入維。」然則汶水有二，一出東泰山入於濰，一出泰山萊蕪入於濟，源流皆異也。考《水經》卷二十四云：「汶水出泰山萊蕪縣原山西南，過其南，又西南過奉高縣北，屈從縣西南流，過博縣西，又西南過蛇丘縣南，又西南過剛縣北，又西南過東平章縣南，又西南過無鹽縣南，又西南過壽張縣北，又西南至安民亭，入於濟。」又於濟水云：「又東北過壽張縣西界，安民亭南，汶水從東北來注之。」酈注曰：「李欽曰汶水出太山萊蕪縣西南入濟是也。」桂馥《義證》、王筠《句讀》均以李欽爲桑欽之譌是也。《尚書・禹貢》「浮于汶」，鄭注及孔疏並引〈地理志〉云：「汶水出泰山萊蕪縣原山，西南入

濟也。」孫星衍《尚書今古文注疏》亦引桑欽說云：「汶水出泰山萊蕪縣原山，過壽張縣北，又西南至安民亭入于濟。」《後漢書・郡國志》泰山郡「萊蕪有原山，潘水出」，注引杜預曰：「汶文出。」是前儒皆同於班、許所引桑欽說，以爲汶水出泰山萊蕪而入於濟也^{沛通濟}。又考《水經》卷二十六云：「汶水出朱虛縣泰山，北過其縣東，又北過淳于縣西，又東北入於濰。」酈注曰：「汶水東逕安丘縣故城北。」又於濰水云：「又北過淳于縣東。」酈注曰：「濰水又北，左會汶水，北逕平城亭西。」是此汶水，與〈禹貢〉之汶源流皆別，而與《漢志》及《說文》前說合，則其爲二水固無可疑也。《水經》卷二十四之汶水，爲入濟之汶，與其〈濟水篇〉及《漢志》泰山郡下注相同；卷二十六之汶水，爲入濰之汶，與班〈志〉許說符合。王應麟《詩地理考》引曾氏云：「汶水有二，出萊蕪縣原山入濟者，徐州之汶也；出朱虛泰山北又東北入濰者，青州之汶也。」朱駿聲《通訓定聲》亦云：「《漢志》有二汶：出今山東泰山府萊蕪縣馬耳山者，徑汶上縣分流南北，今運河全資汶水，而入沛之故道已湮。此〈禹貢〉浮于汶，《爾雅》汶爲瀾之汶也。其出今青州府臨朐縣沂山，至安邱縣合濰水者，《水經注》所謂東汶水也。」竝得之矣。是知《說文》汶下二說，畫然二水，實爲同名而異實者也。今山東省境有此二汶：一源出萊蕪縣東北原山，亦名大汶河。經泰安縣東，蜿蜒西南流，至東平縣合大小清河，至汶上縣入運河。此水舊時本在東平縣南入濟水，故舊稱入濟之汶。自明永樂時東平縣東之戴村築壩以阻其入濟之道，遂成今道。一源出臨朐縣南，東流經安丘縣，入濰縣界，注濰水，是爲入濰之汶，與《水經》、《漢志》、《說文》說合。然則許書於此篆下引桑欽說汶水出泰山萊蕪云云者，實所以存同名而異實也。

蠡　蜾蠃也。从虫羸聲。一曰虒蝓。^{十三上〈虫部〉}

按一曰虒蝓者，《說文》蝓下云虒蝓也，蝸下云蝸蠃也。《爾雅・釋魚》「蚹蠃，螔蝓」^{蚹、螔竝《說文》所無。}，郭注云：「即蝸牛也。」《廣雅・釋魚》：「蠡蠃、蝸牛，螔蝓也。」是螔蝓亦名蠃也。蝸蠃與蜾蠃聲同^{蜾音古火切，蝸音古華切，二字古音竝屬見紐十七部。}，故蜾蠃名蒲盧^{《說文》蟱蠃，蒲盧，細要士鑑也。蟱或从果作蜾，二字古音竝在來紐}，蝸蠃名蚹蠃，蚹蠃與蒲盧聲近^{蚹音符遇切，蒲音薄胡切，二字古音竝在並紐。蠃音郎果切，盧音洛乎切，二字古音竝在來紐}，螔蝓亦雙聲也^{螔音弋支切，蝓音羊朱切，二字古音竝在定紐}。蚹蠃又作薄蠃，《淮南子・俶眞篇》「蠃瘾蝸睆」，高注云：「蠃蠡，薄蠃也。」^{蠃蠡，《廣雅》作蠡蠃}又作僕纍，《山海經・中山經》

「青要之山，南望墠渚，是多僕纍」，郭注云：「僕纍，蝸牛也。」或謂之蠃母，〈西山經〉「邱時之水，其中多蠃母」，郭注云：「即螔螺也。」又作陸蠡，《本草經》「蛞蝓，一名陸蠡」，崔豹《古今注》云「蝸牛，陸蠡也」。云蝸牛者，以其有小角，故以牛名。又曰虒蝓者，郝懿行《爾雅義疏》云：「虒，虎之有角者，蝸牛有角，故得虒名。」是也。

　　然據《本草經》既有蛞蝓，而《名醫別錄》復出蝸牛條，陶注《本草》云「蛞蝓無殼」，注《別錄》云「蝸牛生山中及人家，頭形如蛞蝓，但背負殼耳」。崔豹亦曰：「蝸牛形如蜒蝓，殼如小螺，熱則自懸於葉下。」則蝸牛與蜒蝓非一物矣韓保昇《蜀本草》以蛞蝓蜒蝓蝸牛爲一物，與大若蝸牛無殼者殊異。徐灝《段注箋》亦以有殼者爲蛞蝓（蜒蝓、蝸牛），以無殼者爲蠃。李時珍《本草綱目》則以無殼者曰蛞蝓，有殼者曰蜒蝓曰蝸牛。但經典二物不別，通謂之蠃。故《周禮・鼈人》「共蠯蠃蚳以授醢人」，〈醢人〉「其實葵菹蠃醢」，《儀禮・士冠禮》「蠃醢」，鄭注竝以蠃爲蜒蝓。〈士冠禮〉「蠃醢」注又云「今文蠃爲蝸」，《尚書大傳》「鉅定蠃」，鄭注云「蠃，蝸牛也」卷一〈禹貢〉。可知古呼蠃之背負殼者曰蠃，無殼者亦曰蠃，不似今人語言分別呼也。故李時珍《本草綱目》云：「蓋一類二種，名謂稱呼相通。或以爲一物，或以爲二物者，皆失深考。」王念孫《廣雅疏證》亦云：「蝸牛有殼者，四角而小，色近白；無殼者，兩角而大，色近黑，其實則一類耳。」後人別水生可食者爲螺螺，古謂之蠃，陸生不可食者爲蝸牛，意古人無有此別。

　　考細要土蠡名蜾蠃，虒蝓亦名蝸蠃，二物同以蠃名，蓋以形似而得名也。此所以許氏於蠃篆下既訓蜾蠃，又訓虒蝓，一字而兼二義。王國維《爾雅草木蟲魚鳥獸釋例》云：「凡雅俗古今之名，同類之異名與異類之同名，往往於其音義相關。異類之同名者，其關係尤顯於偶名。果蠃、果蠃者，圓而下垂之意。凡在樹之果，與在地之蓏，其實無不圓而垂者，故物之圓而下垂者，皆以果蓏名之。栝樓即果蠃之轉語。蜂之細腰者，其腹亦下垂如果蓏，故謂之果蠃矣。」又云：「苻離、苻婁、蒲盧、蚹蠃，皆有魁瘣擁腫之意。又物之突出者，其形常圓，故又有圓意。蒲盧之腹，與蚹蠃之殼，皆有魁壘之意，故同名。」劉師培於〈釋蒲盧〉一文亦云：「《說文》云：『蝸蠃、蒲盧，細要土蠡也。』《方言》云：『蠡，其小者謂之蟻蛦。』郭云：『小細腰蜂也。』蓋蟻蛦象聲，果蠃則象形。古於形圓中細之物，均稱爲蠃，果蠃同音，故果蠃聯文。蒲盧又果蠃轉音也。考〈釋艸〉云果蠃謂之括蔞，《說文》苦蔞名果蓏，是艸實形圓腰細者名果

嬴也。轉音爲蒲盧，又爲胡盧，而胡盧又爲今人稱瓠之名，瓠亦形圓中細之物也……《國語·吳語》云：『其民就蒲盧于東海之濱』，蒲盧即螺，而螺亦名嬴。」又於《物名溯源》云：「《說文》云：『蜾蠃、蒲盧，細要土蠭也。一曰虎蝓。』又蝸字下云『蝸蠃也』。蓋三物同名爲蠃，其所以同名者，皆以形圓而中細得名。」王、劉二家所論甚諦。蓋以古人之於物類，凡形體相似，則其呼名多同。故茨名蒺藜《爾雅·釋草》，蝍蛆亦名蒺藜《釋蟲》。良以蒺藜布地蔓生而多刺，蝍蛆多足，足以刺人《廣雅》云蝍蛆，蝍蛆，其形相似，故命名亦同也。此即緣物得名之由，有以形狀而區分。蠑蠃，虎蝓，其物雖異，而其形皆圓，故爾不妨同辭，而同名爲蠃也。是許云一曰虎蝓者，實所以存同名而異實者也。

五、一曰以別異名者

𦬊　麻母也。从艸子聲。一曰芓即枲也　一下〈艸部〉

按一曰芓即枲也者，《說文·木部》枲下云麻也，〈麻部〉麻下云枲也，《爾雅·釋草》云「枲，麻」，是麻枲一耳。《詩·采蘋》孔疏引孫炎曰「麻一名枲」是也。然考《詩·豳風·七月》「九月叔苴」，毛傳：「苴，麻子也。」《爾雅·釋草》「芓，麻母」芓，《說文作芓，郭注：「苴麻盛子者。」《儀禮·喪服·傳》云：「苴，麻之有蕡者也」，賈疏引孫炎注：「蕡，麻子也」。蕡，《說文》作蕡，云枲實也，或作穦。《爾雅·釋草》作黂、《釋文》云黂，本又作蕡。又名蘊，《齊民要術》引崔寔曰：「苴麻，麻之有蘊者，苴麻是也，一名黂。」是黂即實也。又程瑤田《九穀考》云：「余以爲黂以實言，并其稃殼碎葉而名之。苴以盛實之稃言，而因以名其皮與皮之色，又遂以名其實。故許稱拾麻子曰叔苴。究之苴乃麻之有蕡者，非麻蕡即苴也。甄權《藥性論》『麻花味苦。』《本草》朱字云『麻蕡味辛，麻子味甘』（謂實中之仁），三者之味各別，藥貴辨性，蕡與子不容混也。然未成子已得稱蕡，及其子熟，亦猶是其蕡也。而孫炎直以麻子釋蕡也。」據此，則是有實者名芓，或名苴程瑤田云：「《說文》苴、履中草，苴有薦藉包裹之義。考麻子有稃，包裹而盛之，謂之曰苴，義或如此，因而謂其麻曰苴，苴芓聲相邇，或假借通稱之。而芓爲麻母之專名，亦遂可通於苴。」，李時珍《本草綱目》云「大麻即今火麻，亦曰黃麻，有雌有雄，雌者爲苴」者是也。又〈喪服〉「疏衰裳齊，牡麻絰」，〈傳〉云：「牡麻者，枲麻也。」賈思勰《齊民要術》卷二引崔寔云：「牡麻無實，一名爲枲。」《周禮·籩人》賈疏：「枲麻，謂雄麻也。」〈考工記·弓人〉賈疏：「枲乃牡麻無實。」是枲乃無實之牡麻，李時珍云「雄者爲枲」者是也。是故《玉篇》云「有子曰苴，無子曰枲」，而《齊民要術》亦分種麻與種麻子爲二條。麻子者，苴麻也；麻者，牡麻也。程瑤田《九穀考》云：「余居北方，習聞其藝麻事。三月下種，夏至前後，牡麻開細碎花，色白而微青。《爾雅》所謂榮而不實謂之英者也。苴麻不作花而放勃，勃與花初胎時相似，名之曰黂，即麻實之稃者。《爾

雅》所謂不榮而實謂之秀者也。牡麻，其俗呼花麻，花落後即先拔而漚之，剝取其皮，是爲夏麻。夏麻之色白。《詩》言『八月載績』，夏刈之，則八月可績也。苴麻，其俗呼子麻，八九月間子熟則落，一莖中熟有先後，農人以數次搖其莖而拾取之。《詩》言『九月叔苴』，拾取子盡，乃刈漚其皮而剝之，是爲秋麻，色青而黯不潔白也。」郝懿行《爾雅義疏》亦云：「今俗呼枲麻爲種麻，牡麻爲華麻。牡麻華而不實，枲麻實而不華。」二家之辨苴麻牡麻甚明，而程氏以目驗爲說，最是詳審。然則枲乃無實之稱，而云枲實者，蓋枲麻通名耳。段氏云：「枲亦爲母麻牡麻之大名。猶麻之爲大名也。」_{枲篆下注}又云：「枲無實，苧乃有實。統言則皆稱枲，析言則有實者稱苧，無實者稱枲。」_{苧篆下注}所說極是。是知許云一曰苧即枲也者，乃以通名言之耳。此與一物二名者稍異，姑存於此。

　　𧄸 艸也。从艸贛聲。一曰薏苢。_{一下〈艸部〉}
　　按一曰薏苢者，《本草經》云：「薏苡仁久服輕身益氣，一名解蠡。」《名醫別錄》云：「一名屋菼，一名起實，一名贛_{贛與𧄸通}，生眞定。」陶弘景曰：「出交阯者子最大，彼土呼爲簳珠。」_{𧄸簳雙聲並屬見紐}《廣雅·釋草》亦云：「𧄸，起實，䔛㠯也。」_{䔛與薏通㠯與苢通}然則𧄸、薏苢、解蠡、屋菼、起實者，皆同實而異名，非別爲異物可知也。李時珍《本草綱目》釋其名義曰：「薏苢名義未詳。其葉似蠡實葉而解散，又似芑黍之苗，故有解蠡、芑_{芑與起通}實之名。𧄸米_{陶氏作簳珠}乃其堅硬者。有𧄸強之義。苗名屋菼。」其狀則蘇頌《圖經本草》言之頗詳，曰：「薏苡所在有之。春生苗，莖高三四尺，葉如黍，開紅白花，作穗子。五、六月結實，青白色，形如珠子而稍長，故呼薏珠子，小兒多以線穿如貫珠爲戲。八月採實，採根無時，今人遂以九月十月採其實中仁。」_{《植物名實圖考長編》引}李時珍則謂其物有二種，一種米可作粥飯，亦可同米釀酒，一種圓而殼厚堅硬者，即菩提子也，但可穿作念經數珠，故人亦呼之爲念珠，蓋細分之也。是許書一曰，固存其異名也。

　　𦸼 艸也。从艸畾聲。《詩》曰莫莫葛藟。一曰秬鬯也。_{一下〈艸部〉}
　　按一曰秬鬯也者，義無可考。段注云：「此字義別說也。秬鬯之酒，鬱而後鬯。凡字從畾聲者，皆有鬱積之意。是以神名鬱壘，〈上林賦〉云『隱轔鬱壘』，秬鬯得名藟者，義在乎是。其字從艸者，釀芳艸爲之也。」段意蓋謂以香艸合

邑必鬱，以發其芬芳，藟有鬱積義，故秬邑亦得名藟也。徐灝《段注箋》云：「古酒器有罍，秬邑名藟，蓋以器名。」推繹徐意，蓋以藟爲罍之叚借，說與懋堂有異。劉向〈九歎〉：「葛藟藂於桂樹兮。」王注云：「藟，葛荒也。一云藟，巨荒也。」陸璣《詩疏》云：「藟，一名巨苽《齊民要術》引作作苣苽。《周易》「困于葛藟」，《釋文》引作「巨荒」，似燕薁，亦延蔓生，葉如艾，白色。其子赤，可食，酢而不美，幽州謂之蘱藟。」疑許書秬邑，與巨荒、巨苽同，皆字有異而音相近也覂之聲韻、秬从巨得聲，二字同音，邑荒屬古音第十部，苽屬古音第五部，兩部對轉相通。。是許以艸也釋藟，乃爲泛訓，一曰秬邑者，蓋以之爲藟之專名。此亦存其異名之例也。朱士端《校定本》、王紹蘭《段注訂補》、桂馥《義證》、王筠《句讀》、朱駿聲《通訓定聲》、承培元《引經證例》，或以秬邑爲譌，或以巨苽爲譌，則亦過矣。

菼　萑之初生。一曰薍，一曰鵻。从艸剡聲。菼，菼或从炎。一下〈艸部〉

按一曰薍者，《說文》萑下云薍也萑今楷書作萑，薍下云菼也。《爾雅·釋言》云：「菼，薍也。」〈釋草〉云：「菼，薍。」是則菼薍蓋一物之異名也。又按一曰鵻者，《詩·王風·大車》「毳衣如菼」，毛傳：「菼，鵻也。」鄭箋：「菼，薍也。毳衣之屬，衣繢而裳繡，皆有五色焉，青者如鵻。」孔疏引鄭答張逸問云：「鵻鳥青，非草色，薍亦青，故其青者如鵻。」又〈釋言〉「菼，鵻也」，郭注云：「菼草色如鵻，在青白之間。」《釋文》云：「如鵻馬色也。」據此，則鵻騅一也，皆謂菼草色青似鵻，故亦以爲名。然則菼或名萑，或名薍，或名鵻，蓋一物之異稱耳。《說文》蒹下云萑之未秀者，段注曰：「凡經言萑葦，言蒹葭，言葭菼，皆並舉二物。蒹、菼、萑一也，今人所謂荻也。葭葦一也，今人所謂蘆也。萑一名薍，一名鵻，一名蒹葦，一名華。按已秀曰萑，未秀則曰蒹，曰薍，曰菼也。」又於菼下注曰：「菼別於蘆，析言之也；統言之，則菼亦稱蘆。」是萑之初生曰菼曰薍，而漸長大而未秀則曰蒹，既長成則曰萑，而萑亦蘆之屬也，今又稱荻也。此其細別也。《詩·豳風·七月》「八月萑葦」，孔疏云：「初生者菼，長大爲薍，成則名爲萑，小大之異名。」本部萑下云艸多皃，則萑當作雚，爲是。孔氏以薍爲長大之稱，說有小異。其名義則段氏釋之曰：「菼與鵻皆言其青色，薍言其形細莖稹密。」菼篆下注是也。是則許云一曰薍，一曰鵻者，實謂一物而有異名也。

草斗、櫟實也。一曰象斗子。从艸早聲。^{一下}〈艸部〉

按一曰象斗子者，子字衍，徐鍇《繫傳》作「橡斗」，《玉篇》引此作「樣斗」，皆可證。考許書無橡，象斗字作樣，橡蓋樣之別體，其作象者，惟取橡之聲符爲之而已。沈濤《古本考》謂「傳寫誤爲象」者，實則無所謂誤也。王念孫《讀說文記》云：「徐鉉以《說文》無橡字，故改作象。」說亦近是。

《說文‧木部》栩下云：「柔也。其皁，一曰樣。」柔下云：「栩也。」樣下云：「栩實也。」《爾雅‧釋木》：「櫟，其實梂。」孫炎曰：「櫟實，橡也。」^{《說文》云：「梂，櫟實也。」}《呂覽‧恃君篇》：「冬日則食橡栗。」高誘注：「橡，皁斗也。」鄭注《周禮‧掌染草》，云：「藍蒨，象斗之屬。」《詩‧唐風‧鴇羽》「集于枹栩」，陸璣《詩疏》云：「栩，今柞櫟也。徐州人謂櫟爲杼^{柔爲栩也，杼爲機之持緯者，二字義異。今經典柔栩字作杼者，蓋以二字同音，故假杼爲柔。本書柔下云讀若杼，即其證。}，或謂之栩。其子爲皁，或言皁斗。^{草斗字，經典作皁，从白从十，蓋俗以草爲艸木之艸，故別作皁，爲染皁之皁，或作皀从白从匕。}其殼爲汁，可以染皁。今京洛及河內多言杼汁，或云橡斗。謂櫟爲杼，五方通語也。」《後漢書‧李恂傳》：「拾橡實以自資。」李賢注：「橡，櫟實也。」合觀諸訓，是栩柔櫟爲一物，其實曰草斗，亦曰樣斗（樣），俗作皁斗（皁），皁斗，亦稱橡斗（橡），象斗，亦謂之梂，皆同物而異名也。惟許書櫟篆不與栩柔類列，且訓曰木也，似許氏以栩柔爲一木，而櫟別爲一木。故段氏以許訓木也之櫟，係指本蔘，非櫟實字^{見櫟篆下注}。然《說文》草下云：「草斗，櫟實也。一曰象斗。」^{見段注，櫟者即栩也。}栩下云：「其皁，一曰樣。」則許實櫟栩無別。又李時珍《本草綱目》曰：「櫟有二種：一種不結實者，其名曰棫，其木心赤。《詩》云『瑟彼柞棫』是也。一種結實者，其名曰栩，其實爲橡。二者樹小則聳枝，大則偃蹇，其葉如櫧葉，而文理皆斜句。四五月開花如栗，花黃色，結實如荔枝核而有尖，其蒂有斗，包其半截，其仁如老蓮肉。山人儉歲采以爲飯，或搗浸取粉食，豐年可以肥豬。北人亦種之。其木高二三丈，堅實而重，有斑文點點，大者可作柱棟，小者可爲薪炭。《周禮‧職方氏》『山林宜皁物』，鄭司農云『皁物，柞栗之屬』，即此也^{按「山林宜皁物」，〈大司徒〉文，李氏誤作〈職方氏〉。}。其嫩葉可煎飲代茶。」^{卷三十}據此，則櫟與栩爲一物益明。段意以櫟爲一物，又梂櫟實與草斗櫟實亦各爲一物，疑非是。是則許云一曰者，實所以存其異名者也。

𪃍 周燕也。从隹，中象其冠也，卨聲。一曰蜀王望帝姪其相妻，慙，亡去，爲子巂鳥，故蜀人聞子巂鳴，皆起，云望帝。四上〈隹部〉

按一曰蜀王望帝姪其相妻，慙，亡去，爲子巂鳥，故蜀人聞子巂鳴，皆起，云望帝者，揚雄《蜀王本紀》云：「望帝使鱉靈治水，去後，望帝與其妻通，慚愧，且以德薄不及鱉靈，及委國授之去。望帝去時，子鵑方鳴，故蜀人悲子鵑鳴，而思望帝。望帝，杜宇也。」《太平御覽》九百二十三引許說蓋本此。人化爲鳥，荒誕無稽，猶之畬篆下云「蛤厲千歲雀所化，海蛤者百歲燕所化，魁蛤老服翼所化」據《爾雅·釋文》引，殆不足辨。許云巂从隹中象其冠者，李時珍《本草綱目》曰：「杜鵑出蜀中，今南方亦有之。狀如雀鷂，而色慘黑，赤口有小冠。春暮即鳴，夜啼達旦，鳴必向北，至夏尤甚，晝夜不止，其聲哀切。田家候之，以興農事。」按子巂毛色慘黑，頭有小冠，一如叔重之說矣。子巂即子規巂規音近，巂音戶圭切，古音屬匣紐十六部，規音居隨切，古音屬見紐十六部，二字聲近韵同。故《曲禮》「立視五巂」，鄭注「巂猶規也」，孔疏「車輪一周爲一規，巂規聲相近」。又作秭鳺，《史記·歷書》「秭鳺先滜」，徐廣曰：「秭音姊，鳺音規，子鳺鳥也。」又作姊歸，《文選·高唐賦》「姊歸思歸」，李注引郭璞釋《爾雅》巂周云：「或曰即子規，一名姊歸。」又作子鵑，《廣雅》「鵖鵖，鵊鴣，子鵑也」，王念孫《疏證》云：「鵊鴣，顏師古《漢書》注作買鴝。子鵑，劉逵〈蜀都賦〉注引《蜀記》作子規，《御覽》引《蜀王本紀》作子鵑，《華陽國志》作子鵑。案蕭該《漢書音義》云：『蘇林鵖鵖音殄絹』，是鵖鵑同聲也。」又謂之杜鵑，《御覽》引《臨海異物志》云：「鵖鵖一名杜鵑，春三月鳴，晝夜不止，至當陸子熟，乃得止耳。」卷九百二十三李時珍曰：「蜀人見鵑而思杜宇，故呼杜鵑，說者遂謂杜宇化鵑，誤矣。鵑與子巂、子規、催歸諸名皆因聲似，各隨方音呼之而已，其鳴若曰不如歸去。」是也。由許氏釋形及上述子巂諸異稱得名之由來，可以考知巂爲子巂鳥本字，蓋無可疑。

《爾雅·釋鳥》「巂周燕燕鳦」，舍人云：「巂周名燕燕，又名鳦。」孫炎云：「別三名。」而《御覽》引孫炎云「巂爲燕別名」卷九百二十三郭璞則以巂周爲一物，注曰「子巂鳥，出蜀中」；以燕燕、鳦爲一物，注曰「《詩》云燕燕于飛，一名玄鳥，齊人呼鳦」。《說文》不云巂周，是以巂字爲單名，而以周燕字句絕，諸說互有歧異。後儒承之，其論亦殊。故治許學者，或謂燕乙巂皆取象形，巂者象其冠形，云周燕者，越曰巂，周曰燕，猶雅者楚曰鳥，秦曰雅也

見朱駿聲《通訓定聲》，^{李安《申說文雟周燕義》}；或謂今本周上脫雟字，《說文》元作「雟、雟周，燕也」，雟周者燕之一名也^{見段玉裁《說文注》、王引之《經義述聞》、趙聖傳《申說文雟周燕義》}；或謂雟一名周燕，合而名之則曰雟燕，《呂氏春秋・本味篇》所云「肉之美者，雋鷰之翠」者是也，惟不知為今之何鳥^{見王筠《句讀》}。然考諸經傳，無以雟周名鳦者，而燕亦無小冠。《御覽》引《風土記》云「雟是赤口燕」^{卷九百二十三}，子雟赤口，故名赤口燕，與玄鳥之名燕，乃異物而同字，是方俗亦有子雟鳥而加燕名者。《爾雅》當雟句周燕句，與燕鳦作二句者，別為二物。許讀〈釋鳥〉，郭注〈釋鳥〉竝是。惟郭以燕燕連讀蓋非，良以燕又名鳦，故許書燕乙皆訓玄鳥。然則雟即子規，一名杜鵑，一名周燕。周燕、杜鵑一聲之轉也^{周音職流切，古聲在端紐，杜音徒古切，古聲在定紐，二字為旁紐雙聲。燕音於甸切，古音屬影紐十四部，鵑音古玄切，古音屬見紐十四部。}。此許書一曰之訓，實所以存其異名者也。

雅石鳥，一名雝渠。一曰精列。从隹牙聲。《春秋傳》秦有士雅。^{四上〈隹部〉}

按一曰精列者，《爾雅・釋鳥》：「鶺鴒，雝渠。」《廣雅・釋鳥》：「磶鳥，精列，鸕鷜，雅也。」磶與石通，鸕鷜與雝渠同。徐鍇《繫傳》作雝渠，與《爾雅》同。鶺鴒，《毛詩》作脊令^{段氏云：「《爾雅・釋鳥》作鶺鴒，俗字也。」}《釋文》云：「脊，亦作即，又作鶺；令，亦作鴒。」《左傳》昭七年引《詩》作鶺鴒，徐堅《初學記》卷十七，《太平御覽》卷五十七，卷五百十四引《詩》皆作鶺鴒。精列與脊令為雙聲字，精脊竝屬精紐，列令同為來紐。故段氏注云：「精列者，脊令之轉語。」王筠《句讀》同。桂馥《義證》云：「精列即脊令，一聲之轉。」錢坫《斠詮》同。朱駿聲《通訓定聲》云：「脊令者，精列之翻語。」^{王念孫《廣雅疏證》云：「精列者，鶺鴒之轉聲也。」郝懿行《爾雅義疏》云：「精列鶺鴒聲相轉。」陳奐《詩毛氏傳疏》云：「精列，即脊令之轉。」其意皆同。}然則鶺、一名石鳥，一名雝渠，亦稱精列，一物而具四名也。其形狀，《詩・小雅・常棣》毛傳云：「脊令，雝渠也。飛則鳴，行則搖，不能自舍耳。」陸璣《詩疏》云：「脊令，大如鸒雀，長脚長尾，尖喙。背上青灰色，腹下白，頸下黑，如連錢，故杜陽人謂之連錢。」《廣韻》二十二昔鶺下云：「鶺鴒，一名雝鷜，又名錢母，大於燕，頸下有錢文。」蓋此鳥喜飛鳴作聲，行則首尾搖動，不能自舍，故《漢書・東方朔傳》云：「此士所以日夜孳孳，敏行而不敢怠也。辟若鶺鴒，飛且鳴矣。」顏師古注云：「鶺鴒，雝渠，小青雀也。飛則鳴，行則搖，言其勤苦也。」是則許云一曰精列者，乃所以存其異名也。

䨜 䨜黃也。从隹黎聲。一曰楚雀也。其色黎黑而黃。 ^{四上〈隹部〉}

按一曰楚雀也者，《爾雅·釋鳥》云：「黎黃，楚雀。」又云：「倉庚，商庚。」又云：「倉庚，黧黃也。」《詩·豳風·七月》「有鳴倉庚」，毛傳云：「倉庚，離黃也。」《禮記·月令》「倉庚鳴」，鄭注亦云：「倉庚，驪黃也。」孔疏引李巡曰：「一名楚雀。」然則䨜黃一名倉庚，一名商庚，一名楚雀也。又《方言》：「驪黃，自關而東，謂之鶬鶊。自關而西，謂之驪黃，或謂之黃鳥，或謂之楚雀。」〈周南·葛覃〉「黃鳥于飛」，陸璣《詩疏》：「黃鳥，黃鸝留也，或謂之黃栗留。幽州人謂之黃鶯，一名倉庚，一名商庚，一名鵹黃，一名楚雀。齊人謂之搏黍，關西謂之黃鳥。」是䨜黃，又稱黃鳥，或稱黃鶯、黃鸝留、黃栗留也。蓋以語言遞變，或因方土稱謂各殊，故一物而具多名。鵹黃、驪黃、黧黃，均即䨜黃、離黃之異文^{《說文》離下云離黃，倉庚也，是䨜離蓋一字之異體。}鶬鶊即倉庚。其名䨜黃者，言其色雜黑黃也。倉庚、商庚者，象其聲也。謂之黃鶯者，〈小雅·桑扈〉傳云「鶯然有文章」是也。黃鶯頸端細毛雜色，體毛黃，而翅及尾黑色相間，文彩離陸，故又名黃栗留。栗留即離陸，又即歷錄，文章貌也^{見《爾雅義疏》}。黃鳥者，取其體毛黃色而言也。楚雀者，丁惟汾《爾雅釋名》云：「楚，重言為楚楚，《詩·曹風·蜉蝣》傳：『楚楚，鮮明貌』，其色黧黑而黃，楚楚然鮮明，故謂之楚雀。」其說蓋是。其狀則李時珍《本草綱目》云：「鶯，處處有之，大於鸜鵒，雌雄雙飛，體毛黃色，羽及尾有黑色相間，黑眉尖嘴青腳。立春後即鳴，麥黃椹熟時尤甚，其音圓滑，如織機聲，乃應節趨時之鳥也。」說亦詳矣。是許云一曰楚雀者，實所以存其異名也。

又按《詩·葛覃》傳云「黃鳥，搏黍也」，不云即倉庚，〈七月〉傳云「倉庚，離黃也」，不云即黃鳥。是故陳奐《詩毛氏傳疏》、焦循《毛詩補疏》、胡承珙《毛詩後箋》、郝懿行《爾雅義疏》、錢繹《方言箋疏》，皆謂陸疏誤合黃鳥倉庚為一，以為黃鳥啄粟，倉庚不啄粟，黃鳥即今之黃雀，一名搏黍，其形似雀而色純黃也。諸家據毛傳以非《詩疏》，實亦有可商者。蓋古人名物，或以形色相似而施以同一之名，若〈釋蟲〉有輪天雞，〈釋鳥〉亦有鶾天鷄，乃以輪赤頭黑身，鶾赤羽多采，同為赤色也^{說詳劉師培《經義述聞五色之名條廣義》}。黃鶯、黃雀，體毛俱黃，故並稱黃鳥，《方言》驪黃或謂之黃鳥，是其證。陸疏之失，不在以倉庚為黃鳥，而在誤合搏黍於離黃耳。

鵁 鵁鶄也。从鳥交聲。一曰鵁鸕也。^{四上}〈鳥部〉

按一曰鵁鸕也者，《說文》鳽下云鵁鶄也^{《爾雅・釋}^{鳥》作鳽鶄}，玄應《一切經音義》卷三云：「鵁鶄，鳥名也。一名鵁鸕。」陸佃《埤雅》云：「鵁鶄，一名鵁鸕，一名鳽。」然則鳽一名鵁鶄，一名鵁鸕，一物而三名也。其曰鵁鶄者，《禽經》云：「旋目其名鶄，方目其名鳽，交目其名鵁，觀其眸子，命名之義備矣。」^{《埤雅》引}是則鵁鶄蓋以交目而得名也。字亦作交精^{精謂眸子也，}^{俗作睛}，《文選・上林賦》云「交精旋目」，《爾雅釋文》云「本亦作交精」，是也。又曰鵁鸕者，羅願《爾雅翼》云：「鳽，又謂之交精，《說文》謂之鵁鶄。精，目精也，鶄猶矑也，言其目精交也。」李時珍《本草綱目》亦云：「鵁鶄，《說文》謂之交矑^{《說文》作鵁鸕，瞳子}^{之矑，《說文》所無。}矑亦瞳子也。」羅、李二氏說是也。精矑皆謂眸子，因其為鳥屬，故从鳥作鵁鶄，作鵁鸕也。其鳥形狀，則李氏《本草綱目》說之甚詳，其言曰：「鵁鶄大如鳧鷖而高脚，似雞長喙，好啄，其頂有紅毛如冠，翠鬣碧斑，丹嘴青脛，養之可玩。」然則許云一曰者，實所以存其異名也。

又按〈上林賦〉既云「交精旋目」，又云：「箴疵鵁盧」^{《史記》}^{盧作鸕}，似司馬長卿以交精與鵁盧為二物。張揖曰：「鵁，鵁頭鳥。」郭璞曰：「盧，鶿鸕也。」據此，則張、郭二氏復以鵁鸕為二物，與此又不同。姑誌以備考。

夒 貪獸也。一曰母猴。似人，从頁。巳止夊，其手足。^{五下}〈夊部〉

按一曰母猴者，《說文・犬部》猴下云夒也，玃下云大母猴也，〈由部〉禺下云母猴屬^{〈爪部〉為下云母猴也，契文作🐾，从又从象。又爪義皆為手，故金}^{文或从爪作🐾，羅振玉謂役象以助勞其事，許釋形義竝非，茲不取。}段注云：「單呼猴，累呼母猴，其實一也。」王筠《句讀》云：「古言猴，漢人言母猴。」是也。是夒下一曰母猴，猶云一名猴也。夒、猴，當為一物之異名。貪獸也者，言其性耳^{見徐灝}^{《段注箋》}。夒，字或作猱，《詩・小雅・角弓》「毋教猱升木」，毛傳云：「猱，猿屬。」陸璣《詩疏》云：「猱，獼猴也。楚人謂之沐猴。老者為玃，長臂為猿。」^{《史記・項羽本紀》：「楚人沐猴而冠。」}^{張晏曰：「沐猴，獼猴也。」獮，獼同。}《爾雅・釋獸》「猱蝯善援」，孫炎曰：「猱，母猴也。」或作獶，《禮記・樂記》「獶雜子女」，鄭注云：「獶，獼猴也。」又作蝚，《管子・形勢解》：「夫慮事定物，辯明禮義，人之所長，而蝚蝯之所短也。」《史記・司馬相如傳》：「其上則有赤猿�蝚」，張守節《正義》曰：「蠷蝚，皆猿猴類。」《說文》無猱獶字，當以夒為正^{猴為夒之後}^{起形聲字}。作猱者，乃後起形

聲字。作貜者，蓋玃之隸變[見段注]，爲假借字，《說文》玃訓玃㺢，是許氏不以玃爲夒也。作蠎者，亦以同音而相[段][《說文·虫部》蠎下云「蚰蠎，至掌也。」與夒義異，蠎音耳由切，夒音奴刀切，二字古音並屬泥紐三部]。母猴、獼猴與沐猴同。考夒一名母猴，其正字當作沐猴。宋羅願《爾雅翼》云：「猴玃玃爲禺，蓋一物，又有沐猴、母猴之稱。母非牝也，沐音之轉耳。」其說是也。李時珍《本草綱目》曰：「猴好拭面如沐、故謂之沐。而後人訛沐爲母，又訛母爲獼，愈訛愈失矣。」李氏釋沐猴之名義，甚爲剴切。惟云母獼爲訛，則有未審，羅願謂母乃沐音之轉是也。沐音轉爲母，又轉爲獼[《說文》無獼（或作獼）字。《爾雅·釋天》云「秋獮爲獮」，《說文》作玃，从犬豤聲，云秋田也，是獮蓋玃之省也。]，《廣韵》謂楚人呼母爲嬭，是其證。又或轉爲馬，《紅樓夢》第二十四回云「女兒愁繡房攛出個大馬猴」，是也。方以智《通雅》云：「獸以雌強，今獼猴亦謂大者，猶凡物之大者，曰馬藍、馬薊之類。」劉師培《物名溯源續補》亦云：「物之大者，古人均稱爲馬，故大猴子名獼猴，一曰母猴，一曰沐猴，實皆馬字之轉音，故今人稱爲馬猴。」按方、劉二氏謂物之大者，或稱馬，證之古人名物，其說無可置疑。然謂馬猴亦以大爲稱，殊爲牽附。考馬藍者，郭注〈釋草〉云「今大葉多藍」是也。蓋藍有數種，曰蓼藍，曰菘藍，曰吳藍，曰木藍，曰馬藍[見《本草綱目》]，馬藍以葉大，故以馬名。馬薊者，大薊也，與小薊葉雖相似而有殊。大薊高三四尺，小薊高尺餘，故大薊亦以馬名。若夫母猴（獼猴、沐猴）者，蓋兼大小而言，固不謂大猴爲母猴，以故許氏夒下謂一名母猴，禺下謂母猴屬。此與馬藍、馬薊以馬稱者，絕然不同。且馬猴之名，傳記無徵，劉氏以今名律古人之名物，強古以適今，殊不足取。李時珍以猴善拭面如沐，說不可易。

栦　柔也。从木羽聲。其卑，一曰樣。[六上〈木部〉]

按一曰樣者，《說文·木部》云：「樣，栦實也。」〈艸部〉云：「草，草斗，櫟實也。一曰象斗子。」象斗子，徐鍇《繫傳》作「橡斗」，《玉篇》引作「樣斗」，皆無子字。《說文》以柔訓栦，以栦訓柔，而櫟下云木也，不與栦柔相次，似許意栦櫟別爲二木。然考《說文》栩下云櫟實也，《爾雅·釋木》「櫟，其實栩」，孫炎曰：「櫟實，橡也。」《詩·唐風·鴇羽》「集于枹栩」，陸璣《詩疏》云：「栩，今柞櫟也。徐州人謂櫟爲杼，或謂之栩。其子爲卑，或言卑斗。其殼爲汁，可以染草。今京洛及河內多言杼汁，或云橡斗。」李時珍《本草綱目》

曰：「櫟有二種，一種不結實者，其名曰棫，其木心赤，《詩》云『瑟彼柞棫』，是也。一種結實者，其名曰栩，其實爲橡。」據此，則櫟之與栩，蓋爲同物之異名。其實曰草斗，曰樣斗（樣），曰柔，曰橡斗（橡），曰皁斗（皁），一物而具多名也。據許書，草、樣、柔皆栩實本字。橡爲許書所無，蓋樣之別體。其作象者，惟取橡之聲符爲之而已。作皁者，乃俗以草爲艸木之艸，故別作皁爲染草之草。字亦作皁，《呂覽・恃君篇》「冬日則食橡栗」，高注云：「橡，皁斗也。」是也。是知許云其皁一曰樣者，蓋謂栩實名皁，亦名樣也。段氏於銅篆下注曰：「許書於一字異義言一曰，一物異名亦言一曰，不嫌同辭也。」觀乎許氏此篆之說解，以一曰爲一名之例，尤爲顯見。然則許氏此云一曰樣者，實所以存其異名，則無疑也。

地行鼠，伯勞所作也。一曰鼴鼠。从鼠分聲。，或从虫分。
　　十上〈鼠部〉。伯勞所作之「作」，
　　徐鍇《繫傳》作「化」，是也。

按一曰鼴鼠者，《廣雅・釋獸》：「鼹鼠，鼢鼠。」《名醫別錄》：「鼹鼠在土中行。」陶弘景曰：「鼹鼠，一名隱鼠，一名鼢鼠。形如鼠大而無尾，黑色長鼻，甚強。常穿耕地中行，討掘即得。」以其常行地中，故謂之隱鼠，《爾雅》「鼢鼠」，郭注云「地中行者」是也。亦謂之鼴鼠，鼴與鼹通，鼹之言隱也_{見段注}。又以其穿行地中，起地若犂耕，故亦謂之犂鼠_{見《方言》卷六。郭注云：「犂鼠，蚡鼠也。」}《爾雅》邢疏云「謂起土若耕，因名云」是也。然則鼢鼠一名鼹鼠，一名隱鼠，亦名犂鼠，一物而四名也。此鼠所在田中多有之，尾長寸許，體肥而匾，毛色灰黑，行於地中，起土上出，若螘之有封。故《方言》云：「蚍蜉犂鼠之場，謂之坻。」_{說見王念孫《廣雅疏證》}是許氏此云一曰者，固存其異名也。

水出鴈門陰館累頭山，東入海。或曰治水也。从水纍聲。_{十一上〈水部〉}

按或曰治水也者，《漢書・地理志》鴈門郡陰館下注云：「累頭山治水所出，東至泉州入海，過郡六，行千一百里。」《水經》云：「㶟水出鴈門陰館縣，東北過代郡桑乾縣南。又東過涿鹿縣北，又東南出山，過廣陽薊縣北，又東至漁陽雍奴縣西，入笥溝。」酈注曰：「㶟水出於累頭山，一曰治水。泉發於山側，沿波歷澗，東北流出山，逕陰館縣故城西。」據此，則知治水、㶟水，乃一水

之異名，非有二義。故段注云：「一曰謂灅水一名治水。」桂馥《義證》引胡渭曰：「《漢志》代郡平舒縣有祁夷水，北至桑乾入治。治即灅水，亦名桑乾河。」朱駿聲《通訓定聲》亦云：「灅水即桑乾河，古一名治水。」皆是也。治或通作台，《漢書・燕刺王旦傳》：「使人祠葭水台水。」晉灼曰：「〈地理志〉台水在鴈門。」顏注〈地理志〉亦云「治，〈燕刺王傳〉作台。」此其證。今河北永定河，即桑乾河、盧溝河，亦即古灅水。源出山西省朔縣東洪壽山之洪壽泉，東入察哈爾省境，經陽原、涿鹿、懷來諸縣，折東南，穿長城，入河北省境，經宛平、固安、永清、霸諸縣，至天津之浦口，入運河注海。此河於清聖祖時，乃賜名永定河。

𩸀魚名。从魚同聲。一曰鱧也。讀若絝襱。 ^(十一下)〈魚部〉

按一曰鱧也者，《說文》鱧下云鮦也，《爾雅・釋魚》作鱺，郭注云鮦也《詩・小雅・魚麗》「魴鱧」，傳云「鱧，鮦也。」此蓋郭說所本。陸璣《詩疏》云「《爾雅》曰鱧，鮦也」，蓋誤以郭注為正文，偶漏注字耳。《廣雅・釋魚》作鱺，云鮦也；《本草經》省作蠡，云一名鮦魚。然則鱧鮦蓋一物之異名，許訓魚名者，是乃泛訓也。王筠《釋例》云：「鮦為專名，而又為鱧之兼名，乃鱧亦名鮦，非鮦亦名鱧也。」王氏以鮦鱧為二魚，似有未審。據本書鱹訓魚名，魱訓大鱹，鱧訓為鱹，鯛訓為鱧，四篆相次，是許以鱧鯛鱹魱為一物，與鮦鱧不同，而毛傳、郭注以鮦釋鱧，與許不合。又鱺下云魚名，且與鮦篆割分異處，不相廁列，是許以鱺獨為一物，而《廣雅》以鮦釋鱺，亦與許意乖違。然《初學記》引此作鱧^(卷三十)，《玉篇》鮦訓鱧魚，鱧下列鱺為重文，《爾雅釋文》亦云：「鱧，字或鱺，又作蠡。」蓋鱧鱺音同於鱹，以致譌舛。是就許書而言，鱹為正字，餘皆叚借，灼然可知矣。鮦即今所謂烏魚。其魚形狀，則陸璣《詩疏》云：「似鯉，頰狹而厚。」陸佃《埤雅》云：「鱧，今玄鱧也。諸魚中唯此魚膽甘可食。有舌，鱗細有花文，一名文魚。與蛇通氣，其首戴星，夜則北嚮。」羅願《爾雅翼》云：「鱧魚圓長，而斑點有七點，作北斗之象。」李時珍《本草綱目》云：「形長體圓，頭尾相等，細鱗，玄色有斑點，花文頗類蝮蛇，有舌有齒有肚，背腹有鬣連尾，尾無歧，形狀可憎，氣息鱣惡，食品所卑。」皆詳言其狀也。《韓詩外傳》所謂「聞君子不食鱺魚」^(卷七)者即此。

又按《爾雅》鯉鱣鰋鮎鱧鯇，依郭注皆一物一名，舊說不同。《說文》鯉鱣

互訓，鮎鱯同條；舍人云鯉一名鱣，鯉一名鯇；孫炎云鱯鮎一魚，鱧鯇一魚。是先儒皆謂魚有兩名，而郭氏《音義》謂「種類形狀有殊，無緣強合」，定爲六魚，不從舊說也。許氏鱧鯇別爲二物〔許於鱧下云鰤也，不云鯇也，鯇下云魚名，不云鱧也，故鱧鯇二篆割分異處，其爲二物可知。〕，而舍人、孫炎竝以爲一魚。是據二家說，則鱧非鮦，《爾雅》之鱧亦非鱯之叚借也。姑誌於此，俟博物家詳考焉。

揩 縫指揩也，一曰韜也。从手沓聲。〔十二上 〈手部〉〕

按一曰韜也者，徐鍇《繫傳》作韋縚〔《說文》無縚字，《玉篇》縚亦作韜，《廣韻》縚同韜，是縚韜一字也。〕，玄應《一切經音義》引作韋揩〔卷十四、卷十七、卷二十四〕，《玉篇》作韋韜，蓋即指揩之別名也。徐鍇曰：「今射揩，縫衣所用捍鍼也，以韋爲之。」王筠《句讀》云：「射揩，即衣工指套之名。《眾經音義》：『指揩，古文韜，《說文》指揩也。一曰韋踏也，今之射韝是也。』又『指韝，今作揩，《說文》指揩，以皮爲之，今射韜是也。』元應兩言今射韜，是唐初名爲射韝。」〔《說文》無韜字〕王說射揩即指揩是也。蓋縫指揩者，謂「以鍼紩衣之人，恐鍼之契其指，用韋爲籀韜於指，以藉之也」〔段注〕，故或逕稱指揩。其物以皮韋爲之，故亦謂之韋揩，或作韋韜。許訓揩曰縫指揩，韜曰劍衣〔韋部〕，二者皆套物之物，故通其名〔韜爲透紐，揩爲定紐，二字亦爲旁紐雙聲〕，引申之，凡套物之物亦以爲名。射臂決曰韝〔韋部〕，亦曰臂揩〔《御覽》卷三百五十引作射臂揩也。《玉篇》韝，臂沓也。沓與揩同。〕，射決曰韘〔韋部〕，亦曰指沓〔《玉篇》韘，指沓也〕弓衣曰韣、曰韔〔韋部〕，亦曰韜〔《詩·小雅·彤弓》「受言櫜之」，傳云「櫜，韜也」，《釋文》云「韜，弓衣也。」又《禮記·檀弓》「韔弓」，鄭注云「韔，韜也」。〕皆其例。俗語稱刀鞘曰刀縚，書札封皮曰封縚，亦此義。王筠《釋例》曰：「一曰韜也，此句或出《字林》，恐人不解縫指揩而改之也。《玉篇》韋韜也，既用此義，即不復用縫指揩義，亦可證其非異義也。」王說一曰句或出《字林》，今無可考，但謂「韜也」與「縫指揩」爲一物是矣。然則許云一曰者，實所以存其異名也。

繫 繫緰也，一曰惡絮。从糸彀聲。〔十三上 〈糸部〉〕

按一曰惡絮者，段注曰：「一曰猶一名也。繫緰讀如谿黎，疊韵字。音轉爲綷緰，綷，苦堅切。《廣韵》十二齊一先皆曰：『綷緰，惡絮』，是也。《釋名》曰：『煮繭曰莫。莫、幕也。貧者著衣可以幕絮也，或謂之牽離。煮熟爛牽引使離散如絮也。』」王筠《句讀》云：「繫緰讀如谿黎，疊韵字，此其名目也，惡

絮則其實也。《廣韵》十二齊一先皆曰:『綈繨,惡絮』,則綈繨又其別名也。」又於《釋例》云:「吾鄉於布帛之不堅緻者,謂之谿流解網,谿流即繫繨,繨流雙聲語轉耳。解網者,如網之鬆解也。」段、王之說是也。繫繨也,惡絮也,本一物之異名,非有二義也。許書繫繨,《廣韵》先齊韵兩作綈繨,《說文》無綈,或以後起之字易之耳。是則許氏此云一曰者,實所以存其異名也。

𧎾 蝘蜓也。从虫廷聲。一曰蠑螈。^{十三上}〈虫部〉

按一曰蠑螈者,段注曰:「一曰謂一名也。」高學瀛《說文解字略例》云:「〈虫部〉蜓下云蝘蜓也,一曰蠑螈,是同物異名之說。」段、高二氏說是也。考《說文》易下云:「蜥易、蝘蜓、守宮也。」〈易部〉蝘下云:「在壁曰蝘蜓,在艸曰蜥易。」《方言》云:「守宮,秦晉西夏謂之守宮,或謂之蠦蠑,或謂之蜥易。其在澤中者謂之易蜴,南楚謂之蛇醫,或謂之蠑螈,東齊海岱謂之蝌蜴,北燕謂之祝蜓。桂林之中,守宮大者而能鳴謂之蛤解。」^{卷八}崔豹《古今注》云:「蝘蜓,一曰守宮,一曰龍子,善於樹上捕蟬食之。其長細五色者名爲蜥蜴,其短大者名爲蠑螈,一曰蛇醫。」^{《御覽》卷九四六引}按此諸文,則在草澤者名蠑螈、蜥蜴^{崔豹蓋以大小異名},在屋壁者名蝘蜓、守宮也。《爾雅・釋魚》云:「蠑螈、蜥蜴;蜥蜴、蝘蜓;蝘蜓、守宮也。」郭注曰:「轉相解博異語,別四名也。」蓋以二者同類,故通名之。《漢書・東方朔傳》射守宮覆云:「臣以爲龍又無角,謂之爲蛇又有足,跂跂脈脈善緣壁,是非守宮即蜥蜴。」顏師古注曰:「《爾雅》蠑螈蜥蜴、蝘蜓守宮,是則一類耳。」錢繹《方言箋疏》云:「蜥蜴、蛇醫、蠑螈、祝蜓,皆聲之遞轉,方俗語音有輕重侈弇爾。今京師人榮聲如絨,與蜥聲相近。古音從易之字,有讀如惕者,蝘蜓亦其轉聲也。《御覽》引吳普《本草》蒯蒵一名榮冥,即蜥蝾聲轉之證矣。」^{卷八十二叶}顏云「一類」,錢謂「聲轉」,是皆以爲即一物之異名,是也。覈之古音,蝘在十四部,蠑在十二部,元寒與眞諄古韵每多相通,此段氏十二、十四部合韵之說也。蓋以語言遞變,呼名或有小異耳。然則據音求之,蠑螈即蝘蜓之轉語,蓋可信也。是許云一曰蠑螈者,實所以存其異名也。

𧖅 螻蛄也。从虫婁聲。一曰螜、天螻。^{十三上}〈虫部〉

按一曰螜天螻者,許書無螜字,大徐一本作㲉^{見《繫傳校錄》},徐鍇《繫傳》亦作㲉,

嚴章福《校議議》謂「螜當作䅨^{許書亦}（許書亦無䅨篆），形近而誤」，蓋是。《大戴禮‧夏小正》「三月螜則鳴」，《傳》云「螜、天螻」，此蓋許說所本。《本草經》云：「螻蛄一名蟪蛄，一名天螻，一名螜。」^{據《御覽》卷九百四十八引}崔豹《古今注》云：「螻蛄一名天螻，一名螜，一名碩鼠。」《爾雅‧釋蟲》「螜、天螻」，郭注云「螻蛄也」。然則螻蛄也，蟪蛄也，天螻也，螜也，碩鼠也，竝一蟲之異名也。《方言》云：「蛄詣謂之杜蛒，螻螲謂之螻蛄，或謂之蟓蛉，南楚謂之杜狗，或謂之蛞螻。」《廣雅》亦云：「炙鼠、津姑、螻蟈、蟓蛉、蛞螻，螻姑也。」凡此諸名，或由語言遞轉，或因方土稱謂各殊，所以異稱致多也。螻蛄韵近^{螻於古音屬第四部、蛄屬第五部、兩部旁轉相通。}，聲轉則爲螻蟈，與螻蟈同^{《說文》蟈或从國作蟈}，倒言之則爲姑螻，爲蛞螻，又轉爲天螻，爲杜狗^{蟈（蟈）於古聲屬匣紐，爲喉音字，蛄屬見紐，蛞屬溪紐，竝爲牙音字。天屬透紐、杜屬定紐，竝爲舌音字。喉音與牙音相通轉，如國音古惑切在見紐，而蟈从之得聲在匣紐，是其例。牙音與舌音相通轉，如庚音古行切在見紐，而唐从之得聲在定紐，是其例。}蛞螻之爲天螻，爲杜狗，蓋猶栝樓之爲天瓜，爲地樓之比^{《爾雅‧釋草》「果臝之實栝樓」，郭注云「今齊人呼之爲天瓜」，《爾雅釋文》引《本草》云「栝樓一名地樓，一名天瓜」。}。本書蠹下云螻蛄也，音胡葛切，與螜^{音胡谷切}爲雙聲；又蛄下云螻蛄也，音古乎切，與螜爲疊韵^{二字古音竝屬第三部。劉師培《爾雅蟲名今釋》亦云：「此蟲本名螻蛄，蛄音轉爲螜。」}，故郝懿行《爾雅義疏》云：「蠹與螜同物。」徐灝《段注箋》云：「許書無螜字，〈蚰部〉蠹即螜也。」說竝可信。此由聲韵求之，亦爲螜天螻即螻蛄之一證也。段玉裁、王筠、朱駿聲皆謂郭注《爾雅》以螻蛄釋天螻爲非，疑即《方言》之蟓蟑^{《方言》云：「蟓蟑，自關而東，或謂之蝰螜，或謂之天螻。」}，諸家之說，疑有未審。考《爾雅‧釋蟲》「蠀，蝤蠐」，許書無蠀，蠹下云蠹蠸也，蠹蟑即蟓蟑，乃糞土中蟲。^{蟑之通作蟑，猶薺之通作薺。《說文》薺，蒺梨也，《玉篇》作薺。《離騷》「薺菜施於盈室」，王注「薺，蒺藜也」，是其例。戴東原《方言疏證》、王念孫《廣雅疏證》竝謂蟓與蟑同，是也。}此蟲長短不齊，長或逾寸，短僅數分，其色多白，蠕蠕而行，蠕蠕而動，與蠀相似，而與螻蛄絕遠。且徵之歷代諸家本草，及雅學、方言學著述，以《爾雅》之螜天螻爲蟓蟑者無一見，蓋俱以《方言》之蟓蟑，非《爾雅》之螜矣。然則天螻《爾雅》云螜，即螻蛄也。揚子雲云蟓蟑或謂之天螻，蓋異物而同名，是乃方俗語言之偶同耳。郭注以螻蛄釋天螻，正與許書相合，不容置疑也。其蟲性狀則李時珍《本草綱目》云：「螻蛄穴土而居，有短翅四足，吸風食土，喜就燈光。」郝懿行《爾雅義疏》亦云：「螻蛄翅短不能遠飛，黃色四足^{劉師培《爾雅蟲名今釋》謂此蟲色雜黑黃，郝疏以爲黃色，非。}，頭如狗頭，俗呼土狗，即杜狗也。尤喜夜鳴，聲如蚯蚓，喜就燈光。」土狗即杜狗之轉音^{上於古聲屬透紐，杜屬定紐}，蓋以穴土而居，頭似狗頭，故云。據上考知，許氏此云一曰者，實所以存其異名也。

渠蝌，一曰天社。从虫卻聲。^{十三上〈虫部〉}

按一曰天社者，《爾雅・釋蟲》：「蛣蜣，蜣蜋。」《廣雅・釋蟲》：「天社，蜣蜋也。」《說文》段注云：「渠蝌，即蛣蜣雙聲之轉。」又《太平御覽》卷九百四十六引《說文》：「蜣蜋，一曰天柱。」^{今本《說文》、《廣雅》竝作社，《御覽》作柱者，蓋以形近而誤}《玉篇》：「蜣、丘良切。蜣蜋，啖糞蟲也。蝌與蜣同。又其虐切。」《廣韻》十八藥：「蝌，其虐切，又丘良切。」是蜣字或作蝌，《說文》無蜣，當以蝌爲正。然則《說文》之渠蝌，即《爾雅》之蛣蜣，與天社皆一物之異名，亦謂之蜣蜋也。崔豹《古今注》云：「蜣蜋能以土包糞，推轉成丸，圓正無斜角，一名弄丸，一名轉丸。」羅願《爾雅翼》云：「蜣蜋似有雌雄，以足撥取糞，頃之成丸，相與遷之。其一前行，以後兩足曳之；其一自後而推致焉。乃掘地爲坎，納丸其中，覆之而去。不數日，而丸中若有動者，又一二日，則有蜣蜋自其中出而飛去。蓋是孚乳其中，以此覆裹之，藉之以生。」蓋此蟲與蜉蝣相似，二物均生糞土，同爲體圓而甲黑，有翼能飛，惟蜣蜋能以土裹糞，弄轉成丸。故亦名弄丸或轉丸。《莊子・齊物論》謂「蛣蜣之智，在於轉丸」者，即此。是則許氏此云一曰者，實所以存其異名也。

蝝蟟也。一曰蜉游，朝生莫死者。从虫瞏聲。^{十三上〈虫部〉}

按一曰蜉游者，徐鍇《繫傳》作蜉蝣，《藝文類聚》卷九十七，《太平御覽》卷九百四十五引《說文》竝作「蜉蝣」，《爾雅》、《毛詩》竝同。《爾雅・釋蟲》云：「蜉蝣、渠略。」舍人曰：「蜉蝣，一名渠略。南陽以東曰蜉蝣，梁宋之間曰渠略。」^{邢疏引}郭注云：「似蛣蜣，身狹長，有角，黃黑色，叢生糞土中，朝生暮死，豬好啖之。」〈曹風・蜉蝣〉「蜉蝣之羽」，毛傳云：「蜉蝣，渠略也，朝生夕死。」字亦作蜉蚰，《方言》云：「蜉蚰，秦晉之間，謂之蟒蟭。」^{卷十一}郭注云：「似天牛而小，有甲角，出糞土中，朝生暮死。」《玉篇》：「蟟，蜉蚰，渠蟟。」亦作浮游，《大戴禮・夏小正》「五月浮游有殷」，《傳》云：「浮游者，渠略也。」綜觀諸訓，蜉游者，蝝蟟之異名也。蝝蟟、渠略、蟒蟭，均係同聲之字。蝝蟟爲正字，渠略爲叚借字。許書無蟒蟭，乃後起形聲字。蜉游、蜉蝣、蜉蚰、浮游，亦係同聲之字。其名曰渠略者，劉師培《爾雅蟲名今釋》云：「渠略者，以其與蛣蜣同類，渠略之音即蛣蜣之音也。」又云：「浮游者，《廣雅》

云翱翔浮游也，蓋以其能飛翔得名也。」其說蓋是。其狀則陸璣《詩疏》、王夫之《詩經稗疏》說之詳矣。陸氏曰：「蜉蝣，方土語也，通謂之渠略。似甲蟲有角，大如指，長三四寸，甲下有翅能飛。夏月陰雨時地中出。今人燒炙，噉之美如蟬也。」王氏曰：「蜉蝣之說有二：一生水上，一生糞中。生水上者，一名朝菌，狀如蠶蛾，一名孳母。其一似蜣螂而小，大如指頭，身狹而長，有角，黑色，甲下有翅能飛。夏月雨後，叢生糞土中。此則一名渠略者也。二蟲彷彿相似。」按水上之蟲，或稱爲浮游，則以翱翔于水得名，與渠略別爲一類。若夫朝生莫死之說，大要未足深信。《淮南子・詮言篇》云：「浮游不過三日。」高注曰：「浮游，渠略也。生三日死也。」〈說林篇〉云：「蜉蝣不食不飲，三日而死。」阮籍〈詠懷詩〉亦云：「蜉蝣玩三朝。」王筠《句讀》以爲朝生莫死者，謂其雌者也，三日而死者，謂其雄者也，姑存其說而已。如上所考，知許氏此云一日者，實所以存其異名也。

六、一曰以備殊說者

🝔 水出隴西首陽渭首亭南谷，東入河。从水胃聲。杜林說〈夏書〉以爲出鳥鼠山。雝州浸也。_{十一上〈水部〉}

按杜林說〈夏書〉以爲出鳥鼠山者，《尚書・禹貢》「導渭自鳥鼠同穴」，《漢書・地理志》隴西郡首陽縣下注云：「〈禹貢〉鳥鼠同穴山在西南，渭水所出。」班〈志〉以鳥鼠同穴竝稱，則似以爲一山之名也。《淮南・地形篇》「渭出鳥鼠同穴」，高注：「鳥鼠同穴山在隴西首陽西南，渭水所出。」《後漢書・郡國志》隴西郡首陽縣下云：「有鳥鼠同穴山，渭水出。」《史記・夏本紀》「涇屬渭汭」，司馬貞《索隱》：「渭水出首陽縣鳥鼠同穴山。」凡此皆與班說同也。然鄭注《尚書》曰：「鳥鼠之山有鳥焉，與鼠飛行而處之。又有止而同穴之山焉，是二山也。」則鄭說以爲二山。酈注《水經・渭水》云：「地說曰：鳥鼠山，同穴之枝幹也。渭水出其中，東北過同穴枝間。既言其過，明非一山也。」據此，鄭與地說符合。馬宗霍《說文解字引通人說考》云：「孫星衍《尚書今古文注疏》：『鄭氏《尚書》本於杜林，杜氏單名鳥鼠，鄭析同穴而別言之。』如孫說，則地說蓋以鳥鼠爲幹，同穴爲枝，枝附於幹，鳥鼠當爲大名，舉鳥鼠足以包同穴。同穴之名，本起於鳥鼠共處，謂爲一山亦無不可。」按山勢之行，連綿起伏，鳥鼠既爲主

山，而同穴附焉，則馬氏謂鳥鼠足以包同穴，說蓋可採也。考《水經》云：「渭水出隴西首陽縣渭浴亭南鳥鼠山，東入於河。」酈注曰：「渭水出首陽縣首陽山渭首亭南谷，山在鳥鼠山西北。此縣有高城嶺，嶺上有城，號渭源城，渭水出焉。三源合注，東北流，逕首陽縣西，與別源合。水南出鳥鼠山渭水谷，《尚書‧禹貢》所謂渭出鳥鼠者也。」酈氏此注，以渭之別源所出，即〈禹貢〉之渭出，即知杜林所說，正渭水之別源也。《渭源縣志》云：「縣城西二十五里有南谷山，與鳥鼠同穴相聯，渭水之源出此。」又云：「縣西二十里有鳥鼠同穴山，一名青雀山，渭水出焉，禹導渭自此始。」<small>並見《古今圖書集成‧山川典》引</small> 然則南谷與鳥鼠，均屬甘肅渭源縣西境，相距甚近，且二山相聯綴也。段注云：「云以爲出鳥鼠山者，冡上省文。謂杜云渭水出隴西首陽縣之鳥鼠山。鳥鼠與首陽山南谷同縣而異地，故別爲異說。」王筠《句讀》亦云：「鳥鼠山亦在隴西郡首陽縣，而其西五里，乃爲南谷山，故區別之爲兩說。」其實二山要在一山脈之內，以故〈禹貢〉、《水經》俱渾言之；酈注謂渭凡三源，一出渭首南谷，一出渭源城，一出鳥鼠山，蓋細言之；而許氏《說文》，則舉其二源也。今渭水源出甘肅省渭源縣鳥鼠山，東南流，經隴西、天水，至清水縣入陝西省境，經寶雞、郿縣，折向東偏北，經咸陽、長安，至高陵縣會涇水。再東，經臨潼、渭南、華陰諸縣，至朝邑縣會洛水，入黃河。如上所考，知許書渭篆下引「杜林說夏書以爲出鳥鼠山」者，固所以備殊說，然二說各言其一端，蓋皆能成立也。

𣲖水出太原晉陽山，西南入河。从水分聲。或曰出汾陽北山。冀州浸。
<small>十一上
〈水部〉</small>

按或曰出汾陽北山者，《漢書‧地理志》太原郡汾陽縣下注云：「北山汾水所出，西南至汾陰入河。過郡二，行千三百四十里，冀州浸。」《水經》云：「汾水出太原汾陽縣北管涔山，至汾陰縣北，西注於河。」後之說者，多遵從之。《周禮‧職方氏》「河內曰冀州，其浸汾潞」，鄭注云：「汾出汾陽。」《淮南‧地形篇》「汾出燕京」，高注云：「燕京山在太原汾陽，汾水所出，西南至汾陰入河。」《山海經‧海內東經》「汾水出上窳北，而西南注河」，郭注云：「今汾水出太原晉陽故汾陽縣，東南經晉陽西，南經河西平陽，至河東汾陰入河。」《左》僖十六年傳「涉汾」，杜預《釋例》云：「汾水出太原故汾陽縣，東南至晉陽縣西，

南經西河平陽，至河東汾陰縣入河。」是皆與《說文》或說符合。然則汾水出自汾陽北山，蓋無可疑也。考出太原晉陽山者，止有晉水而無汾水。《漢志》太原郡晉陽縣下注云：「晉水所出，東入汾。」《水經》亦云：「汾水東南過晉陽東，晉水從縣南東流注之。」又於晉水云：「晉水出晉陽縣西懸甕山，又東過其縣南，又東入於汾水。」是則許云汾出晉陽山，與班〈志〉、《水經》皆不合。蓋出晉陽山者爲晉水，其委則注於汾，是乃汾水之支流耳。段注曰：「許云出晉陽與〈志〉、《水經》不合者，〈志〉、《水經》舉其遠源，許舉其近源也。汾出管涔山，東南過晉陽東，晉水從縣南東流注之，許意謂晉水即汾水之源。」其說是矣。今汾水（亦曰汾河）源出山西省寧武縣西南管涔山，西南流，經靜樂縣，折東南經陽曲，環太原，又南流，左納壽水，右納文峪水，再西南流經介休、靈石、趙城、臨汾諸縣，至新絳縣，折而西，至河津縣西南注黃河。古汾亦作盆，《莊子・消遙遊》「汾水之陽」，司馬彪、崔譔本皆作「盆水」是也。據上考知，許書汾篆下出或曰出汾陽北山者，實所以備殊說，蓋可據信也。

𣲏 水出東海費東，西入泗。从水斤聲。一曰沂水出泰山蓋。青州浸。
十一上
〈水部〉

按一曰沂水出泰山蓋者，《漢書・地理志》泰山郡蓋縣下注云：「沂水南至下邳入泗，過郡五，行六百里，青州浸。」《水經》云：「沂水出泰山蓋縣艾山，南過琅邪臨沂縣東，又南過開陽縣東，又東過襄賁縣東，屈從縣南，西流。又屈南過郯縣西，又南過良城縣西，又南過下邳縣西，南入於泗。」是則班〈志〉、《水經》皆以沂水出泰山蓋縣也。後之說者，多遵從之。《周禮・職方氏》「其山鎮曰沂山」，鄭注：「沂山，沂水所出，在蓋。」《國語・吳語》「北屬之沂」，韋注：「沂，水名，出泰山蓋，南至下邳入泗。」《左》襄十八年傳「東浸及濰南及沂」，杜注：「沂水出蓋縣，至下邳入泗。」張華《博物志》云：「沂出太山。」《後漢書・郡國志》泰山郡蓋縣下云：「沂水出。」是皆與《說文》或說合，而與許說水出東海費東乖異。段氏爲之說曰：「沂山即東泰山，是山盤回數縣，今沂水出沂水縣之雕厓山，即沂山西峯也。」又曰：「許分爲二說，則不謂雕厓山即沂山矣。如渭下之謂渭首亭與鳥鼠山爲二說。」而王筠《句讀》則云：「案《水經注》引《說文》至斤聲而止。然則一曰以下八字，乃校者以其水道不合，用

《漢志》、《水經》改之也。」與段說異。按沂水之源，班〈志〉、《水經》以下，皆謂出泰山蓋，說者無異辭。且桑、班二氏俱在許前，其說必有所據，許氏一曰之說，蓋即本之，是斯說實不容置疑。王氏謂一曰以下八字為後人所益，蓋屬肊測也。許云水出東海費東，惟酈注《水經》引此文，又曰呂忱《字林》亦云是矣，然無可考。許著《說文》，博采通識，稽撰舊說，容有所本，以其無徵，姑以存參。今沂水源出山東省蒙陰縣雕崖山，即沂山之西峯也。東南流經沂水、臨沂、郯城諸縣，入江蘇省邳縣境，分二支，各入運河^{今運河之上游爲泗水，入泗即入運河也。}。如上所考，知許氏此篆出一曰沂水出泰山蓋者，固所以備殊說，殆可信也。

鮿　魚名，出樂浪潘國，从魚匊聲。一曰鮿魚出江東，有兩乳。^{十一下〈魚部〉}

按一曰鮿魚出江東，有兩乳者，徐鍇《繫傳》作「出九江」，《爾雅釋文》引《說文》、《字林》竝作「出江」，無東字^{《晉書音義》同。}段玉裁《說文解字注》從鍇本作九江，王筠《句讀》據《晉書音義》所引，以為大徐江東應刪東字，小徐九江，應刪九字，未審孰是。《廣雅·釋魚》：「鱄鮥，鮿也。」《玉篇》：「鱄鮥魚，一名江豚，欲風則踊。」《文選》郭璞〈江賦〉：「魚則江豚海狶」，李善注引《南越志》云：「江豚似豬。」是鮿即江豚，亦曰江豬，一名鱄鮥^{《繫傳》作溥浮同。}魏武帝食制謂之鮥鮄，《南方異物志》謂之水豬是也。陳藏器《本草拾遺》云：「海豚生海中，候風潮出沒，形如豚，鼻在腦上作聲，噴水直上，百數為群。」又云：「江豚生江中，壯如海豚而小，出沒水上。」李時珍《本草綱目》海豚魚下釋名：「海狶生江中者名江豚、江豬。」據此，則知海豚、江豚蓋本一物，以生地有殊，而其稱遂異，故有此別。李時珍曰：「其狀大如數百斤豬，形色青黑如鮎魚，有兩乳，有雌雄，類人。數枚同行，一浮一沒，謂之拜風。其骨硬，其肉肥不中食，其膏最多。」今按海豚屬哺乳類齒鯨類，體延長而豐肥，呈紡錘狀，長丈許，吻尖，耳小，背面及體側均暗黑，腹色白，常群集同游，多至百千，出沒水上。許云魚名，出樂浪潘國者^{段懋堂曰樂浪潘國，眞番也。嚴可均《校議》引應劭曰故眞番，朝鮮胡國。}謂海豚也；云一曰鮿魚出江東，有兩乳者，謂江豚也，所以別於出樂浪之海也。非謂出於江者有兩乳，而出於海者無之。《釋文》引此作「鮿魚，有兩乳，出樂浪，一曰出江」，即其證。段玉裁曰：「樂浪潘國與九江同產此物，云一曰者，載異說，殊其地也。」其說甚是。然則許云一曰鮿魚出江東云云者，固所以備

殊說也。

鮺 鮺也，一曰大魚爲鮺，小魚爲鮺。从魚今聲。^{十一下〈魚部〉}

　　按一曰大魚爲鮺，小魚爲鮺者，《說文》鮺下云：「藏魚也。南方謂之鮺，北方謂之鮺。」《玉篇》：「大魚爲鮓，小魚爲鱻。」^{《玉篇》鮺作鮺，重文作鮓。鱻重文作鮺，《廣雅》亦作鮺。鮓鮺竝《說文》所無。}戴侗《六書故》云：「鮺，鹵魚也。越人以大者爲鮺，細者爲鮺。」^{鮺通鮺}是許說一曰大魚云云者，蓋謂藏魚之大者爲鮺，小者爲鮺也。許書鮺訓藏魚，鮺訓鮺也，二字爲聲近轉注^{鮺音側下切、古聲屬精紐，鮺音徂慘切，古聲屬從紐，二字同爲齒頭音。}藏魚者，即今之鹹魚也。以鹽酒等漬製之鹹魚，所以藏而供食者。《釋名》所謂「鮓，菹也。以鹽米釀魚爲菹，孰而食之」者是也。賈思勰《齊民要術》有作裹鮓，蒲鮓、魚鮓、乾魚鮓等法，取魚去鱗臠切之，淨洗後，乃以鹽散之，又炊秔米飯爲糝，并茱萸、橘皮、好酒以合和之。許云「南方謂之鮺，北方謂之鮺」^{《集韻》亦云南方謂鮺曰鱃（鱃即鮺之叚借）。《周禮·庖人》「共祭祀之好羞」，鄭注云「若荊州之鱃魚」。是南方亦言鮺，不獨北方也。}又云「大魚爲鮺，小魚爲鮺」者，斯乃方俗之異稱，無涉於製字之初誼。蓋所以明方語之殊異耳，非謂鮺有二義也。然則許云一曰大魚爲鮺云云者，實所以備殊說也。

第二章　質　難

第一節　字形一曰之質難

　　許氏《說文》，據形說其本義，其釋形既符其義矣，而猶有兼採別說以示存疑者，雖其慎以備參，然亦難辭迷惑後世之譏。且有兼存二說，而二說俱與本形不合者，或謂其知之未審，而實有其因由存焉。第以時值東漢，上距造字之初，懸隔遼遠，古聖人造字之原委，未必盡得而傳。代遠則肊說紛呈，字疑則私測鮮據，縱得詳稽舊說，而以訛傳訛，勢所不免。且夫文字衍變，時代愈遲，則失真愈甚。秦統字內，議書同文，李斯整齊，或頗媚改史籀大篆，務趨約易。是秦書雖存，而於本原或多浸泯。繼則程邈造隸，又多詭更正文，繆妄益甚。降及劉漢，隸體大行，世人每任意增減筆畫，尤乖于古，而古文之傳習幾絕矣。是故文字之道，在漢已不能無疑也。許〈敘〉雖有郡國於山川得鼎彝之語，而篇中屢引秦石刻，不及鼎彝一字，故吳大澂以爲郡國所出鼎彝，許氏實未之見。其說雖未盡允塙，然許所依據者，不過「小學家錄自鼎彝之零星古字，展轉傳抄而已」_{孫次丹《說文所稱古文釋例》語}，非如容庚《金文編》者比也。是其所錄古文，當多爲壁中書及張蒼《左氏傳》之屬，然經典傳鈔，未必猶存原形。是故許書所錄字體，其間固有籀篆，而以眞古文考之，頗有出入。況許書但就秦篆立說，於古籀造字之原，多闕而弗論，而於兼存別說者，亦每不能盤根探源，就古初以斷其是

非也。斯猶馬遷述史，網羅舊聞，博綜三古，而事實或未免參差；康成注禮，兼採諸家，上溯夏殷，而制度亦寧能悉合。此固不必爲許氏諱也。本節所分細目，凡有三端：一曰本說是而一曰非者，二曰本說一曰皆非者，三曰一曰申釋字形爲非者。良以一字一形，造字之初惜實不容有二說，許書或採字形之別解以資博聞，實則其說謬誤，徒啓人疑，斯所以不得不質之也；又或二說皆實未洽，徒增紛擾，斯所以不得不難之也；又有一曰之言實以申釋本說，而立言有誤，亦並質之。

一、本說是而一曰非者

祝 祭主贊詞者。从示从人口。一曰从兌省。《易》曰兌爲口爲巫。<small>一上〈示部〉</small>

按一曰从兌省者，向來以祝爲从兌省者蓋有三途：其一爲許說，且引《易》以說字之構體。段注云：「引《易》者，〈說卦〉文，兌爲口舌，爲巫，故祝从兌省。此可證虙羲先倉頡製字矣。」段氏之說殊牽強，故徐灝辨之云：「段意謂虙羲有兌卦即有兌，迨倉頡造字而祝从兌省也。若然，則乾坤等八字皆有之矣，此等多偏旁相合而成，豈其然乎？」<small>《說文解字注箋》</small>徐說辨段氏之非蓋是也。王筠《釋例》云：「祝下云从人口，一曰從兌省，此一曰，似是許君本文，蓋上字可疑，不可以爲从兄，因分爲人口，人口又不成詞，故又以爲从兌省。然兌字从儿㕣聲，省㕣之儿而留口，既無此省法，且省形聲字以成會意，尤無此法，蓋此字失傳，許君所訪通人，於其說皆不安，故聊且存之如此。<small>〈大祝禽鼎〉作祝，乃人跪而向神之形。</small>」則王氏亦以从兌省爲非。其二，徐鍇以爲从兌省者取巫祝悅事鬼神之意，其《繫傳》云：「《易》兌，悅也，巫所以悅神也。」<small>《說文·儿部》兌下云「說也，从儿㕣聲」，說者，今之悅字。</small>推繹其意，似謂祝之从示从兌省者，以巫祝皆所以事鬼神者，故云然。此蓋亦臆說耳。《說文》以祝主贊詞，巫掌降神。《周禮》祝與巫分職，大祝掌六祝之辭，以事鬼神示，祈福祥，求永貞。其屬有小祝、喪祝、甸祝、詛祝；司巫掌群巫之政令，若國大旱，則帥巫而舞雩。其屬有男巫、女巫。二職雖相須爲用，但所事固各有所專。陳夢家據甲骨刻辭以考殷商求雨之祭，有云：「卜辭舞作 𡙕 或 𡙕，象人兩袖舞形，即無字。巫祝之巫乃無字所衍變。巫之所事，乃舞號以降神求雨，名其舞者曰巫，名其動作曰舞，名其求雨之祭祀行爲曰雩。巫舞雩都是同音，都是從求雨之祭而分衍出來。」<small>《卜辭綜述》600頁</small>亦可爲《周禮》旱暵則舞雩之證，而益可

明巫祝各有所司，不容殽混。祝於卜辭作⿰示(字形)《前》4.18.7、⿰(字形)(字形)《前》4.18.8、⿰(字形)(字形)《前》6.31.8、⿰示(字形)《前》7.31.1、(字形)《甲》2.25.6，金文作⿰示(字形)〈大祝禽鼎〉。羅振玉曰：「⿰(字形)(字形)與〈大祝禽鼎〉同。⿰示(字形)从示者殆从丁从∷，∷象灌酒於神前，非示有示形也。⿰(字形)(字形)从(字形)象手下拜形。」《增訂殷虛書契考釋》卷中十五叶

王國維曰：「殷虛卜辭祝作⿰(字形)(字形)、作⿰(字形)(字形)，〈大祝禽鼎〉作⿰示(字形)，皆象人跪而事神之形。古禱《說文》禱告事求福也祝二字同誼同聲，疑本一字。」《海寧王靜安先生遺書》第五冊《史籀篇疏證》2069頁郭沫若曰：「祝象跪而有所禱告」《甲骨文字研究·釋祖妣》十二叶。王恒餘曰：「祝與禱同意，皆爲祈福祥，求永貞也。然禱不如祝之專與廣。」《史語所集刊》第二十二本〈說祝〉106頁又曰：「由殷甲骨文所書祝字看，初似人跪拜形，謂(字形)，李孝定則謂(字形)爲省文，且云但具跪拜之形，亦可見祝意。加丁，即面神而拜，由簡而繁，更能表明祝義。及至周器〈大祝禽鼎〉所書之祝字，已將所从之(字形)形，簡而爲(字形)，〈盂鼎〉再簡化〈盂鼎〉作⿰示(字形)見《三代》4.44，至〈阿侯鐘〉已定大篆之形〈阿侯鐘〉作⿰示(字形)，見《漢金文錄》卷二、十七葉。，石鼓、《說文》本而定式，隸書以後即爲今之祝形。」〈說祝〉26頁李孝定曰：「卜辭金文祝爲人跪於示前有所禱告之形。」《甲骨文字集釋》第一、八四頁諸家之說竝是，而王氏論祝字字形之衍變尤詳。其字原象人跪拜示前有所禱告之形，由卜辭之祝率爲禱祝義，益足徵信。且祝官之載，李孝定疑卜辭早已有之。其言曰：「『乎祝』當爲名詞，或即祝官。衡諸貞人之例，祝亦當有專司其事者。」祝之爲官，藉令殷已有之，然由祝之形義觀之，其職掌當與《周禮》不異，皆所以爲「祈福祥，求永貞」，此可斷言者也。是據祝之職掌及祝之本形本義言之，字不當从兌省爲說亦審矣。其三，陳夢家曰：「祝，或省示，甲文兄象人仰首開口呼求狀，兌从兄口上吐氣，與祝同意，故《說文》一曰之說不誤。」又曰：「許書祝下一曰从兌省，兌祝意同。兌說求雨時之祝告，甲文兌象兄口上有气，表上達訴辭。」《燕京學報》第十九期〈古文字中之商周祭祀〉第108～109頁其說祝或省示是也；而謂兌祝意同，《說文》一曰之說不誤，則非。魯師實先曰：「祝於卜辭自有專字，俱作祝或兄，無須借兌爲之，亦無借兌爲祝之證，是以卜祀之辭未見兌字。」《殷契新詮》之一〈釋兌〉觀乎此，則亦可知陳氏之謬矣。通檢卜辭，兌字作(字形)《後》2.9.12、(字形)《甲》6.26、(字形)《甲》2007、(字形)《佚》437、(字形)《粹》254，金文作(字形)〈元年師兌簋〉《三代》卷九、三十二葉、(字形)〈三年師兌簋〉《三代》卷九、三十葉，其文竝與小篆同體，無一作跪拜之形。甲金文祝字偏旁大氐作(字形)，作跪拜之形，與兌之作(字形)絕異。惟〈盂鼎〉祝作⿰示(字形)《三代》4.4，長由盉作⿰示(字形)《錄遺》293，與兌之結構相近，此蓋字體之譌變耳。就卜辭祝字而言，皆無以見其从兌省之痕跡。許云从兌省者，蓋以字之从「兄」與(字形)相近，又因《易·說卦》文予以附會而致誤也。

𨮁 試力士錘也。从鬥从戈。或从戰省。讀若縣。 ^{三下}〈鬥部〉

按或从戰省者，段《注》、王筠《句讀》、朱駿聲《通訓定聲》，皆以爲或下當補曰字，其說是也。字从鬥者，徐鍇《繫傳》云：「謂爲錘以試力士，舉之較其彊弱，故从鬥。」考〈戈部〉戰下云鬥也^{大徐本作鬭，蓋鬭之俗體，小徐本作鬥，段注曰鬥，各本作鬭，今正。}，戰義爲鬥，則𨮁既言从鬥，自不當再言从戰省，良以从鬥从戰省，無以會「試力士錘」之義也。王筠《釋例》云：「此句不妥，蓋後人校語也。從戈從戰省，皆會意，本無分別。且既云試力士錘矣，則戈與錘意尚相近。若鬥即是戰字，既從鬥，即不當再從戰省。」王氏謂此句爲後人校語，查無塙證，然謂既從鬥，即不當再從戰省，其說極是。段氏或亦知从戰省會意之未安，故謂「从戰省當作从戰省聲」，王氏《句讀》、朱駿聲《通訓定聲》、苗夔《聲訂》、葉德輝《讀若考》說同。𨮁之聲韵，戰音之扇切，鬥音胡畎切，二字於古音同爲十四部，尚無窒塞。然許氏《說文》，每字之下，依形說義，義固宜求其脗合。云从戰聲，則專取其聲，或不兼其義，是其形義未協也。且戈爲戰省，無不省之字，可資徵驗，是不免有牽附之嫌，實未若「从鬥从戈」爲允切。林義光《文源》逕刪「或从戰省」四字，蓋亦如王筠《釋例》以爲後人所加。^{按王氏《釋例》先成，《句讀》晚定，其《句讀》謂當作或曰从戰省聲，是其於前說已有更正也。}林說雖未必是，但許書从戰省之非，蓋無可疑也。

昏 日冥也。从日氐省。氐者，下也。一曰民聲。 ^{七上}〈日部〉

按一曰民聲者，張參《五經文字》云：「緣廟諱，偏旁準式省從民。凡泯昏之類皆从氐。」^{卷中〈心部〉愍下注}戴侗《六書故》云：「唐本《說文》從民省，徐本從氐省。晁說之曰：因唐諱民，改爲氐也。」^{二卷九叶}據此，則昏元本作昬，从日民聲^{錢大昕曰「民者冥也，與日冥之訓相協」，陳詩庭曰「民之爲言萌也，萌之爲言盲也。《說文》民，眾萌也。《書·多士·序》遷頑民，鄭注民，無知之稱。《荀子·禮論》外是民也，楊倞注民泯無知者，皆是昏昧之意。義存乎聲，昬是字宜從民聲矣。《論語·泰伯》民可使由之，《書·呂刑》苗民弗用命，鄭注直訓民爲冥矣。昏字从日从民，故云曰冥。古人訓詁以聲爲義，从氐之說，聲義俱無所取。」}，唐本蓋以避諱而減一筆作氐也。沈濤《古本考》、徐承慶《段注匡謬》、桂馥《義證》、錢大昕《養新錄》、陳詩庭《讀說文證疑》、苗夔《聲訂》，俱主斯說，謂从氐省八字，後人加之。段懋堂以爲昏字古音在十三部，不在十二部。昏古音同文，與眞臻韵有斂侈之別，字當从氐省會意，一曰民聲四字，蓋淺人所增，與沈、錢諸家說適相反。又《玉篇》、《廣韵》昏下引《說文》竝有重文昬，且昬亦屢見於偏

旁^{嚴可均曰《說文》偏旁從
昏者有腦散齡蟲凡四見}，故嚴可均《校議》、王筠《句讀》、許槤《讀說文雜識》，據以爲說，以從氏省之昏爲正體，從民聲之昬爲或體。而徐灝《段注箋》以《詩‧召南‧何彼穠矣》「維絲伊緡」，〈大雅‧桑柔〉「多我覯痻」，《釋文》竝從昬，《玉篇》、《廣韵》亦同，乃謂昏昬異字異義，昬音武巾切，昏音呼昆切，兩不關涉，一曰民聲者，蓋後人妄增。眾說紛紜，各是其是，似有不易辨識者。

徵之經典，昏昬互見。《書‧大禹謨》「昏迷不恭」，〈益稷〉「下民昬墊」，《禮記‧曲禮》「昏定而晨省」，〈月令〉「昏參中」^{昬孤中，昬七星中，昬翼中，昬亢中，昬
火中，昬建星中，昬牽牛中，昬虛中，昬
危中，昬東壁中，
昬婁中，皆同。}，《左》莊二十九年傳「水昏正而栽」，襄二十三年傳「昏而受命」，皆其例。甚有一篇之中，二字竝用者，《禮記‧哀公問》云「昏姻疏數之交也」，又云「大昏既至」，是也。《居延漢簡》亦昏昬兩存^{見《漢簡文字
類編》五十叶}，知《漢隸字源》所收昬字雖俱從民作，但李唐以前，固有從氏省之昏。是則唐人避諱，或有其事，但省筆之說，蓋不足採信。

考昏於卜辭作^{《粹》}715、^{《粹》}717、^{《京津》}4450、^{《寧滬》}1.70、^{《佚》}292，從日從氏^{卜辭氏字郭沫若釋爲匙
之初文，李孝定從之}。其所以從日從氏，不得其說，惟卜辭亦用爲紀時字，疑即用其本義，與許說日冥合。辭云「疊夕至昏不雨」^{《粹》715，郭沫若云疊殆假
爲彤，明日也，夕假爲曦}，「日至于昏不雨」^{《京津》
4450}，「今日辛至昏不雨」^{《寧滬》
1.70}，是也。兩周彝銘未見昏字，然氏作^{〈毛公鼎〉}、^{〈長由盉〉}、^{〈頌鼎〉}、^{〈齊鞄
氏鐘〉}、^{〈曑氏鐘〉}，與卜辭昏字所從之氏竝同。詛楚文昏作^昏，則已與篆體無異。而民於金文則作^{〈盂鼎〉}、^{〈克鼎〉}、^{〈秦公簋〉}諸形，與甲金文氏之構體絕遠，可知昏字實不從民作也。抑又考之，先秦古文，凡從昏聲者，俱作昏不作昬。古璽䣝作^{《古璽文字徵》6.8上字從
邑從昏，《說文》所無}，詛楚文婚作^婚，《說文》載聞之古文作^聞，亦其明證。又證之許書，晚下云莫也，從日免聲。凡免聲之字多含低下之義^{見楊樹達〈字義同緣於語
源同例證〉，又〈釋晚〉。}晚從免聲，正謂日之低下，故義訓爲莫。莫下云日且冥也，從日在茻中，茻亦聲^{〈茻部〉}。日在茻中，亦言日已低下，故義訓日且冥。昏從日氏省，許云氏下也，故義訓日冥。昏莫晚三字，俱取於日之低下，故其義亦同。古人製字取義之悟如此。斯以晚莫昏三文對勘，又爲昏不從民聲之佐證。段懋堂曰：「隸書淆亂，乃有從民作昬者。」^{民於漢器或作民民，漢簡或作民氏，氏於漢
器或作氏氏氏，漢印或作氏氏，形極相近。}又曰：「凡全書內昏聲之字，皆不從民，有從民者譌也。」^{昏篆
下注}徵之殷周古文，足證段氏之卓識，

可釋千載之疑案。惟段氏云「一曰民聲四字，蓋淺人所增，非許本書」，似有可商。蓋漢隸昏昬竝行，驗之漢器^{〈陳昏家行〉}作圅、漢簡、漢碑，墻無可疑。許叔重生值東漢之世，其見已然。且昏字古音在十三部，民在十二部，兩部旁轉相通<small>陳師伯元曰眞（段氏十二部）讀æn，諄（段氏十三部）讀ɛn，元音密切，韵尾又同，故旁轉眾多。</small>。本書〈蚰部〉蠠之或體作蟁，俗體作蚊，即可證<small>段氏曰「俗沾一曰民聲，而蟁篆上亦沾蠠篆」，說有未墒。考古匋蠠作（丁佛言《說文古籒補補》引），與篆文同體。古匋所从之竹，蓋即蚰之異體。此猶蚰部鼄之古文作，蟊之古文作，竝同例。雖本篆聲不示義，當以重文蟁爲本字，但古匋既有之，固是先秦文字，不得謂後人所增也。</small>疑許氏於昏之構體，蔽於漢隸之淆混，而未知其審，且見民昏韵近，疑不能定，故別出一曰以兩存之。《玉篇》、《廣韵》承之，且逕肯定昬即昏之或體，而昏昬兩收，其乖許意亦遠矣。

　　 萬物之精，上爲列星。从晶生聲。一曰象形，从○，古○復注中，故與日同。，古文星；星，曐或省。^{七上〈晶部〉}

　　按一曰象形，从○，古○復注中，故與日同者，字作曐而釋其形曰象形，不可通。故段注云：「此說當入生部，解云从生象形。」朱駿聲《通訓定聲》則謂「象形生聲」。今案段、朱之說，竝有未審。

　　考晶於卜辭作^{《前》7.14.1}、^{《後》2.9.1}、^{《甲》675}、^{《佚》560}，皆象眾星羅列之形。其中注點畫者，所以示其精光，非从三日以構字也。上出第三字，即如許氏所謂「从○，古○復注中」者是也。三之者，所以示其繁多<small>蟲篆下段注曰：凡積三爲一者，皆謂其多。</small>，蓋猶品義眾庶而从三口，雥義群鳥而从三隹，众義眾立而从三人，毳義獸細毛而从三毛，磊義眾石兒而从三石之比。卜辭或作^{《前》7.26.3}、^{《拾》14.6}、^{《乙》6664}、^{《存·下》147}、^{《簠雜》120}，、、、，亦象眾星相聚之形，又加爲聲符。，甲文生如此。蓋爲後起形聲字。金文作^{〈麓伯星父簋〉《周金》3.41}，與篆文同體。可知晶即曐之初文，晶曐古實一字。晶爲獨體象形，其別加聲符生者，猶网加亡聲作罔^{〈网部〉}，厂加干聲作屵^{〈厂部〉}，尤加坣聲作尲^{〈尤部〉}同例。蓋以古人於象形之字，輒加注聲符也。以晶爲曐之初文，是以曑字訓爲商星<small>〈毛公鼎〉作、〈克鼎〉作。段云商當作晉。</small>，曟字訓爲房星，字皆从晶以示其爲星名。且按之聲韵，晶星今音雖異，而古則無殊。蓋星从生聲，从生聲之字有旌，讀子盈切，與晶音正同，星古音殆亦當爾。又《文選·東京賦》「五精帥而來摧」，薛注云：「五精，五方星也。」〈王文憲集序〉「德精降祉」，李注云：「精，星也。」此以精爲星，精今音子盈切，與晶同音，知星之古讀亦當與晶同也。凡此竝得爲晶星一字之

佐證。曑之或體作星，甲金文未見，蓋猶曟之或體作晨^{古璽曟正作，古匋亦作，見《古籀補補》7.2}之比，皆後世之省體耳。徐灝《段注箋》云：「晶即星之象形文，故曑曟字从之。古文作 二形，因其形略，故又从生聲，小篆變體有似於三日，而非从三日也。古書傳於晶字別無他義，精光之訓，即星之引申，因聲轉爲子盈切，遂岐而二之耳。」^{晶篆下}王筠《釋例》云：「晶蓋當作，而又有古文作。云從○者，謂也；云古○復注中者，謂於中加點也。故曟之古文作𨑃，曑之或體作也^{原注：亦當是古文}。云故與日同者，乃牽合之誤。」又云：「吾謂 皆當爲古文星字，迨加生爲星，而晶改爲子盈切，訓曰精光，遂各爲音義。」^{星篆下}孫詒讓《名原》亦云：「晶即星本字，象其小而眾。原始象形當作，《說文》曑亦从，金文〈梁上官鼎〉曑分字省作，是也。後人增益作曟，遂生分別耳。」諸家之說是也。晶原爲星宿之星，商周時或加生爲聲符作曟，秦篆仍之，或省作星，故晶與星本爲一字，說解釋爲精光，是即星之引申。宜合晶曟爲一，而列曟𨑃星於晶下爲重文。惟王筠謂「一曰象形以下四句，爲部首晶下之說，挩誤在此」，其說疑未必然。蓋許氏以晶爲精光，解云从三日，曟爲列星，二字畫然，或已不知晶即星之初文矣。猶永羕並訓水長^{〈水部〉永訓水長，據小徐本}，永與羊古音同屬第十部，知永爲初文，羕爲加聲符羊也，羕殆永之或體。《詩·周南·漢廣》「江之永矣」，韓詩作羕。又金文〈郳子簠〉^{《三代》10.23}永作羕，皆其證。而許氏別爲二字，不以永即羕之初文也。或以許氏見古文所從之非爲三日，乃象眾星羅列之形。注中作，乃與从三日之晶混同，遂疑曟所从之晶爲象形，非訓精光之晶，故有一曰象形之說。此猶裘篆下既云从衣求聲，又云一曰象形之比，據文字孳乳之序，其說皆有未安也。

又按本字加聲符，於六書雖亦隸屬形聲，而與形聲字實貌似而有殊。形聲字如江河，以水示其類別，以工可注其聲音，二者不可缺一。去其聲符工可，則其義不知所謂矣。本字加聲符者，其聲符之音，當與本字音同，去其聲符，於其音義無害也。本字增益聲符與形聲字本質不同者如此。故罟、斦、楻諸字，去其聲符與否，皆無涉於音義。許云曟从晶生聲，乃辨之爾。

牖 穿壁以木爲交𥦗也，从片戶甫。譚長以爲甫上日也，非戶也，牖所以見日。^{七上}^{〈片部〉}

按譚長以爲甫上日也，非戶也，牖所以見日者，徐鍇《繫傳》云：「譚長亦

當時說文字者,記其言廣異聞也。其言以爲戶字當作日字也。」段注亦云:「許篆作牖,而稱譚說者,字久從戶作,譚說有理,故稱之。」徐、段二家於譚說無駁,蓋兼存之。嚴可均則更進而謂牖牗爲一字之異構,其《校議》曰:「據譚長則牖字作牗,此重文之附見于說解中者。」王筠《釋例》云:「牖下補或體牗。許君引譚長說甫上日也,非戶也,蓋謂牖而從戶,則夾褾也。今人牖內作戶以防盜,古蓋無此制。案譚長乃辨正之詞,不當列爲兩字,然流傳既久,許君尙不改戶爲日,則分而爲二,不亦可乎?」按許氏不出牗篆,而但引譚說於牖篆下,似許氏亦以此字本一體。王氏謂譚說爲辨正之詞,不當列爲兩字,其說是矣。但謂牖下補或體牗,則其以牗爲牖之重文,與嚴說不異,蓋非。

考戶於卜辭作 戶 《甲》589、戶 《後》2.36.3、戶 《輔仁》92,金文作 戶 〈戈辰彝〉(見丁佛言《說文古籀補補》12.1引) 漢〈少室石闕銘〉作 戶 見商承祚《石刻篆文編》12.5,皆與卜辭同體。今篆曲其上樞之筆作 戶,略有譌變。疑譚說蓋緣 戶 與 日 形似而致誤。楊樹達〈釋牖〉云:「按從戶者是也,譚長說從日,非是。字從戶甫者,甫之爲言旁也。古音甫在模部,旁在唐部,二部對轉。《周禮‧考工記‧匠人》記夏世室之制云:『四旁兩夾窗』,鄭注云:『窗助戶爲明,每室四戶八窗。』賈疏云:『言四旁者,五室,室有四戶,四戶之旁皆有兩夾窗,則五室二十戶四十窗也。』按囪窗窓字並同。〈考工記〉之窗,指在牆者爲言,正當云牖。窗牖對文有別,散文則通也。蓋世室有五室,室每方一戶,每戶之旁,以兩牖夾之,故云四旁兩夾窗。牖在戶之兩旁,故字從戶甫。義爲旁而字從甫,猶面旁之爲䩉 原注:九篇上〈面部〉云䩉,頰也。又〈頁部〉云:頰,面旁也。是䩉爲面旁也。,水頻之爲浦矣 原注:十一篇上〈水部〉云:浦,水頻也。。許君不暸牖從戶甫之義,故別引譚長甫上從日之說。」《增訂積微居小學金石論叢》卷一 又於〈造字時有通借證〉云:「按此字許君不得其會意之旨,故又引譚長從日之說。今按古人在牆曰牖,從片即爿之反文,古文反正之形無別,此從爿爲牆也。從甫者,甫假爲旁,古宮室之制,牖在戶旁也。水旁曰浦,面旁曰䩉,皆其證也。」《積微居小學述林》卷四 楊說甫叚爲旁,牖在戶旁,故字從戶甫,而以譚說從日爲非,說可信從。考古宮室之制,後儒據禮書所載,多謂室有戶有牖,戶在東,牖在西,皆南鄉,是牖位在戶旁也。甫之借旁,他書雖無明證,但《說文‧二部》「旁,溥也」,〈木部〉「榜,所以輔弓弩也」。《廣雅‧釋詁》「榜,輔也」,王念孫《疏證》云:「《楚辭‧九章》『有志極而無旁』,王逸注云:『旁,

輔也。』旁與榜通，榜輔一聲之轉，榜之轉爲輔，猶方之轉爲甫，旁之轉爲溥矣。」是則甫旁可相通作，蓋無可疑，或據《倉頡解詁》「窗，正牖也；牖，旁窗也，所以助明者也」爲說，云：「助亦輔也。《說文·人部》『俌，輔也』，『傅，相也』，〈車部〉『輔，人頰車也』。凡甫聲之字有夾輔之義。甫之爲言輔也，牖之从甫或即取甫爲輔義。」見龍宇純〈造字時有通借證辨惑〉說亦可通。

　　裘 皮衣也。从衣求聲。一曰象形，與衰同意。求古文省衣。八上〈裘部〉

　　按一曰象形，與衰同意者，謂裘从衣象形，與訓艸雨衣之衰，字从衣象形，其制字之意同也。然考象裘形，與訓毛冄冄之形雖偶合而表義有別，斯乃一無獨立音義，而取象於實象之形體，與夫裘所从之求，爲一有獨立音義之文不同，是其構體不得謂與衰同意，蓋可知也。

　　考字於卜辭作《甲》143、《甲》568、《粹》5，金文作〈君夫簋〉、〈番生簋〉、〈齊鎛〉、〈郭君求鐘〉、〈召鼎〉，石鼓文作，古璽作《古璽文字徵》8.2下，詛楚文作，皆與許書所載古文同體，羅振玉以爲象獸皮未製時之形是也說見《增訂殷虛書契考釋》四十三叶。卜辭或作《前》7.6.3、《後》2.8.8、同上，象毛在外之形。《說文》裘篆下許氏曰「古者衣裘，故㠯毛爲表」，段注云：「衣皮時毛在外，故裘之制，毛在外。」今觀卜辭裘字，毛正在外，足爲許說佐證。王國維曰：「爲已製爲裘之形。」商承祚《說文中之古文考》80頁引其說甚塙。郭沫若釋曰：「卜辭象死獸之皮，其字大抵中畫垂直而左右對稱，以此求之，百無一失。」李氏《甲骨文字集釋》第八、2734頁引《甲研·釋餂》一叶下。李孝定因郭說而更論證之云：「契文作上出二形，象已製成裘獸毛在外之形，古者衣裘毛均在外也。則象獸皮一喙兩耳四足一尾之形。製獸皮者，恒於鼻端穿孔懸之，正作此形也。作者，在卜辭爲地名。作者，其辭多爲雨、年、禾、生、于岳、于河、于×原注：數字示，釋爲求以讀諸辭，無不辭從理順，形合義諧。金文作、、……與卜辭作者形近，弟首微左屈爲異，此爲許書古文所自昉。」《甲骨文字集釋》第八、2736～2737頁。郭、李之說是也。夫古者食鳥獸之肉，而衣其皮，疑原始皮衣，即以獸皮披也。字作者，即象其形。後聖因以製爲衣裘，而字作，於衣外作毛文，故字有二形。以獸皮之，叚爲勹求字，因此二形，遂生二義，別爲二字。又以外象毛文之，叚借立名，而爲地名之用，故金文更制〈又卣〉、〈爺伯簋〉、〈庚壺〉，而本字遂廢。楊樹達曰：「裘字甲文作，象衣裘之形，

此純象形字也。金文〈次卣〉作🔣，爲第一步之發展，此於象形初文加聲旁又字也。裘與又古音皆在咍部，故以又爲裘字之聲也。第二步之發展爲〈虘白簋〉之🔣，以衣字爲其形，而以象形加聲旁🔣字之又聲爲其聲，變爲形聲字，而初文🔣字象形之痕跡，全然消逝不可尋矣。」^{《積微居金文餘 說‧自序》201頁}楊氏謂卜辭裘作🔣，象形，繼則从又聲作🔣，再則省毛形，从衣作🔣，而爲形聲字，其說字體之衍變，大致可信。惟謂🔣乃从又聲，疑有未塙。考金文裘或作🔣^{〈不嬰簋〉}，古匋裘子里导亦作🔣^{《古籀三補》8.7}，竝从衣求聲，與篆文同體，當即篆體所由出。故張瑄以爲🔣所从之🔣，即🔣之省^{見《中文常用三千 字形義釋》700頁}，殆可信從。蓋金文作🔣、作🔣，或从衣作🔣，再省🔣爲又而字作🔣，固有徵驗也。

　　許書裘求同字，小篆作🔣，古文作🔣是矣。古文🔣乃象衣裘之形，爲獨體象形；篆體🔣乃从衣求聲，爲後起形聲字。而云一曰象形者，則有未審。徐鍇《繫傳》謂「古象衣求形，後則加衣也」，其說甚允。猶厶厷一字，厷加形符又也^{〈又部〉}；朋鵬一字，鵬加形符鳥也^{〈鳥部〉}；互笁一字，笁加形符竹也^{〈竹部〉}；丘坴一字，坴加形符土也^{〈丘部〉}；勿旐一字，旐加形符㫃也^{〈勿部〉}；云雲一字，雲加形符雨也^{〈雲部〉}。一爲初文，一爲加形符字，初文先有，加形符字後出，文字孳乳之序，固當如此。此初文加形符字，據六書而言，其構體實即以初文爲聲符。蓋以初文已爲有獨立音義之形體，與無獨立音義之體有異，故許氏於裘下云从衣求聲。惟許氏於此，釋形頗不一例。其誤以初文爲小篆，加形符字爲古文，不足論矣^{如以戶爲小篆，以屎 爲古文戶从木是也。}。即以《說文》明言初文爲古文者，說解亦互有不同。若厷下云：「臂上也，从又从古文厷。𠃐古文厷，象形。」雲下云：「山川气也，从雨云象回轉之形。🔣，古文省雨。」而裘下云：「皮衣也，从衣求聲。🔣，古文省衣。」厷雲裘三字皆由初文厶云求所孳乳，而許氏說厷从又从古文厷，於六書爲會意；說雲从雨，云象回轉之形，於六書爲合體象形；說裘从衣求聲，於六書爲形聲。而以古文厶爲象形，以古文云求竝爲雲裘之省，其例之不純，於斯可見。是以段氏改此篆說解作「从衣象形，與衰同意。🔣，古文裘」，而以「从衣求聲一曰象形」爲「淺人妄增」。段說🔣爲古文裘，說無可議，然據許書雲、笁、箕、淵、畽等字之例，改「从衣求聲」爲「从衣象形」，殊有未允。蓋求既爲古文裘，則其字形音義三者已備，自不應由求所孳乳之裘，仍爲從衣之合體象形。惟其致誤之由，則肇自許氏也。

煩　熱頭痛也。从頁从火，一曰焚省聲。　^{九上}〈頁部〉

按一曰焚省聲者，許書有燓無焚，故嚴可均《校議》云：「當作燓省聲。」〈火部〉云：「燓，燒田也，从火棥，棥亦聲。」段玉裁改篆文燓爲「焚」，改注从棥棥亦聲爲「从火林」，且云：「《玉篇》、《廣韵》有焚無燓，焚符分切，至《集韵》、《類篇》乃合焚燓爲一字，而《集韵》二十二元固單出燓字，符袁切。竊謂棥聲在十四部，焚聲在十三部，份古文作彬，解云焚省聲，是許書當有焚字，況經傳焚字，不可枚舉，而未見有燓，知〈火部〉燓即焚之譌。元應書引《說文》焚燒田也，字从火燒林意也，凡四見。然則唐初本有焚無燓，不獨《篇》、《韵》可證也。」段說是也。字於卜辭作 ^{《鐵》}87.1、 ^{《乙》}4994、 ^{《寧滬》}2.29，皆从火从林，可爲段說佐證。惟謂唐初有焚無燓，則有未審。鈕樹玉《校錄》云：「隋〈石裏村造橋碑〉作燓，當出六朝所作。」是燓字唐前已有之矣。

考煩音附袁切，古音屬並紐十四部，焚音符分切^{見《廣韵》}，古音屬並紐十三部，二字聲同韵近，故段氏謂从頁火會意，一曰焚省聲，此謂形聲也，而兩存其說。惟王筠頗有異辭，其《釋例》曰：「煩下從頁從火，與熱頭痛之訓貫串，會意字也。又云一曰焚省聲，此人因火而生焚，兼意與聲，自以爲巧妙矣，校者不察而錄之。」則王氏以一曰以下爲後人增益者矣。

通檢許書省聲之說，數以百計。其說不惟於《說文》有據，而殷商刻辭，姬周款識，亦可得徵論，實合造字之法，無悖於六書之理者也。若旬爲勻省聲，籀文作旬不省；讋爲龘省聲，籀文作讋不省^{〈言部〉}；融爲蟲省聲，籀文作融不省^{〈鬲部〉}；秋爲龜省聲，籀文作龝不省^{〈禾部〉}；麋爲囷省聲，籀文作麕不省^{〈鹿部〉}；宜爲多省聲，古文作宜不省^{〈宀部〉}；巠爲壬省聲，古文作巠不省^{〈川部〉}；鼓爲責省聲，重文鼖从責不省^{〈鼓部〉}；盥爲農省聲，重文膿从農不省^{〈血部〉}。又若受下云舟省聲，卜辭作 ^{《後》}1.18.3、 ^{《存·下》}206、 ^{《寧滬》}1.1，金文作 ^{〈盂鼎〉}、 ^{〈毛公鼎〉}、 ^{〈秦公簋〉}，竝从舟不省。貞下引京房說从鼎省聲，金文作 ^{〈散盤〉}、 ^{《貞松》}4.3，从鼎不省。凡此，證之《說文》或體及商周古文，皆有不省之形可考，決非後人肊造妄竄者也。然許書省聲之字，無不省之體可稽者居多，而其說牽強離奇者，亦復不少，蓋以字形譌變，古說失傳，造字之原無考，因就篆體立說耳。如〈示部〉齋下云从示齊省聲，考字於金文作 ^{〈蔡侯盤〉}，即齊字，殷周古文多如此，齋本从示齊（）聲，而許云齊省聲。又如〈臥部〉監

下云从臥臽省聲，考字於金文作𦣻〈頌鼎〉、𦣻〈頌簋〉、𦣻〈鄧孟壺〉，竝象人俯首就皿，自視之形。故義爲視也，爲臨下也，而所監之具，亦以爲名，而許氏乃云臽省聲。抑有進者，兩字同音，同諧一字，而一云某聲，一云某省聲。若鉛船竝从㕣聲，而船下云鉛省聲嚴章福《校議議》、段《注》、王筠《句讀》、朱駿聲《通訓定聲》皆云㕣聲；涼䣛竝从京聲，而䣛下云涼省聲段《注》、桂馥《義證》、朱駿聲《通訓定聲》皆云京聲。，斯者，皆不可憭也。故段氏於哭篆下注曰：「按許書言省聲，多有可疑者。取一偏旁，不載全字，指爲某字之省。若家之爲豭省，哭之从獄省，皆不可信。獄固从狀，非从犬，而取狀之半，然則何不取嗀獨候猲之省乎？竊謂从犬之字，如狡獪狂默猝……三十字，皆从犬，而移以言人，安見非哭本謂犬嘷而移以言人也？凡造字之本意，有不可得者，如禿之从禾。用字之本義，亦有不可知者，如家之从豕，哭之从犬。愚以爲家入豕部，从豕宀，哭入犬部，从犬吅，皆會意，而移以言人，庶可正省聲之勉強皮傅乎！」蓋爲精塙之論。黃以周〈與譚仲修書〉云：「凡字省皆可尋聲，其有竝無其聲，而《說文》仍曰某省聲者，必古文籀文或體有不省其字者可決，如秋爲龝省聲，旬爲勻省聲……以籀文之作𪚰、𤔔……不省決之也。……則家爲豭省聲，亦以古文作𠖒，象即豭字或體，亦有不省作豭，自可以例推之矣。且《說文》省聲字，亦有既不見聲，又無別文可證。如宕宮……之類，其字之省聲多出於或體。或體之字，《說文》例不備載，故至今無證。然人不必因其無證而疑之也。」其說曲護許書甚矣，然如唐蘭所說：「凡省者，當本有不省之字，不然皆誤也。」《天壤閣甲骨文存考釋》35頁家下 則似過於武斷。夫省聲者，古人之約繁就簡也。或省其一二，或省其大半體，取一偏旁，而指其爲某字之省，是未免啓人之疑。王筠《釋例》言形聲字而省者，其例有四：曰聲兼意，曰所省之字即與本篆通借，曰有古籀文之不省者可證，曰所省之所即以所從之字貿處其所。非然者，或爲傳寫者所私改，或爲古義失傳，許氏從爲之辭。其說除所從貿處其所者外，不失卓闓之見，殆可信從。

　　許說煩从焚省，霙之韵部，尚無窒閡，於聲兼義之恉亦合。然〈火部〉諸字，聲義與煩相涉者如燔《說文》燔，爇也；爇，燒也。，證以《說文》番或从足从煩作𨇠，考之載籍，膰亦作燔《穀梁》定十四年「熟曰膰」，《釋文》云：「膰本作燔」。，煩鶩或作番鷔《文選·上林賦》「煩鶩庸渠」，《史記集解》引徐廣曰：「煩鶩一作番鷔」，蹯讀若蹯《淮南·覽冥篇》「路無莎蹯」高注云：「蹯讀猿猴蹯噪之蹯。」，是則番煩通作，皆有明證，既符於聲兼義，且合通段之例，而許氏不從燔省獨取焚省，於古文字中亦無依據，殊不可

解，且煩从頁从火，以會熱頭痛之義，形義已足，實不須更取焚省聲，勉強之
說也。

     易　蜥易、蝘蜓、守宮也，象形。祕書說日月爲易，象陰陽也。一曰从
　　　勿。^{九下}〈易部〉

　　按祕書說日月爲易，象陰陽也者，《參同契》曰：「日月爲易，剛柔相當。」
許說蓋本此。惠棟《讀說文記》云：「《參同契》，《易緯》篇名，猶《孝經援神
契》也。所謂祕書者，《參同契》也。」又於《九經古義論說文》云：「所謂祕
書者，《參同》之類也。」段《注》、桂馥《義證》、王筠《句讀》、曾釗《日月
爲易解》、宋育仁《部首箋正》，皆與惠說同，以祕書爲緯書也。陶方琦《日月
爲易說》則以祕書爲中祕書，其言曰：「此云祕書，即中祕書。劉向以中古文校
《易經》，祕書即中古文之類，非緯書也。」丁福保以爲許書通例，凡引書用曰，
引各家說用說，乃據慧琳《音義》引《說文》作賈祕書說，而謂此爲許引師說
之語^{見《說文詁林》}_{易篆下案語}。陶說少塙證，不足以據，丁說蓋亦未得其實。馬宗霍《說文
解字引群書考》云：「賈逵兩校祕書，謂校理中祕之書耳，非爲祕書之官也。又
尋慧琳之書卷四百九十三『無易』下注云：『賈注《國語》云變易也，異也。古
文作易，象形，如蜥蝪蟲形也。《說文》賈祕書說日月爲易字，一云從勿省，此
皆情斷，非正也。』據此，則祕書上之賈字，蓋涉上文賈注《國語》之賈而誤
衍。且慧琳引賈注《國語》之變易爲第一義，而以下文日月爲易之說爲情斷非
正，尤爲後說不出於賈之确證。由此卷所引推之，則卷六所稱之賈祕書，其賈
字亦爲傳寫誤衍無疑。又卷三引《說文》一曰日月爲易字云云，不作賈祕書說，
卷四百七十二引《說文》，又出一曰云上日下月共爲易，亦不作賈祕書說，又其
旁證也。」^{二卷十五}_{至十六叶}又云：「〈目部〉瞔下亦稱祕書，彼則與《易經》無涉。尋《禮
記・檀弓》正義引鄭志：『張逸問，禮注曰書說，書說何書也？答曰：《尚書緯》
也。當爲注時，在文網中，嫌引祕書，故諸所牽圖讖，皆謂之說。』是又漢世
以緯書爲祕書之一證。然則惠、段之說，要爲近實。」^{同上}馬說甚精審。且許引
賈逵之說，例稱賈侍中，無稱賈祕書者。然則許所引祕書者，當爲緯書，蓋無
可疑也。

　　《周易釋文》引虞翻注《參同契》云：「易字从日下月。」嚴可均《校議》
本之，以爲祕書作**易**體，爲易之重文。其言曰：「祕書**易**體，亦重文之附見于說

解中者。」然考許書不出冐篆,但引祕書說於易篆下,則似許氏不以易字有異體也。段玉裁、王筠亦本虞說,而以爲字形之別說。段氏說之曰:「謂上从日象陽,下从月象陰。緯書說字,多言形而非其義,此雖近理,要非六書之本然。下體亦非月也。」王氏說之曰:「此說是會意也。《參同契》云:『離巳日精,坎戍月光。』……然以坎離爲日月,固見於〈說卦〉,而八卦之中,獨取坎離爲易,終是曲說,且易字下半固非月。」段、王皆知易之下體非月,而猶據以說六書之體,殊有失當。夫虞氏之注「日月爲易」,牽附緯書,強爲之說,而不撢造字之本始,故有易字从日下月之謬說。且許稱祕書者,實爲證義,非說字形。朱駿聲《通訓定聲》謂「此說專以解義」,林昌彝〈日月爲易〉一文謂「《參同契》所云日月爲易,剛柔相當,乃言日月交會之象,非論六書之體」,是也。段、王、嚴諸家,蓋皆爲虞注所惑,故云爾。以昔儒有以此爲字形之別說者,故辨之如此。

又按一曰从勿者,王氏《句讀》謂「不言从日者,承上文也」,其說是矣。《釋文》引虞注《參同契》云「正从日勿」,羅泌《路史》謂勿爲月彩之散者,蓋純憑肊說耳。段氏以爲从旗勿之勿,亦與蜥易義無涉。饒炯《部首訂》乃爲之說曰:「一曰从勿者,又爲簡易本字,从勿易省聲。勿,州里所建旗,以趣民者,取其簡便从之。」是亦強爲之辭,不足據焉。桂馥《義證》則舉《尚書・堯典》「平在朔易」,《尚書大傳》、《史記》竝作「伏物」,以爲一曰从勿之證,但其取義亦不可曉。考〈虫部〉蜥下云「蜥易也」;蝘下云「在壁曰蝘蜓,在艸曰蜥易」;蚖下云「榮蚖、蛇醫,以注鳴者。」《爾雅・釋魚》曰:「蠑螈,蜥蜴;蜥蜴,蝘蜓;蝘蜓,守宮也。」朱駿聲辨之曰:「在壁爲蝘蜓、守宮也,蘇俗謂之壁虎。在草爲蜥易、榮蚖也,蘇俗謂之四腳蛇。蛇醫,即蜥易之轉語。二者同類,故《爾雅・釋魚》通名之。」朱說甚是。據今動物學,蜥易多生熱帶,體色多變,以適應環境。以其體色隨時改易,故引申得有變易之義,此猶冐爲小蟲〈肉部〉,故得有小義,如〈水部〉涓爲小流,〈金部〉銷爲小盆,皆其證。又引申爲簡易之稱。是以徐灝《段注箋》曰:「陸佃《埤雅》曰『蜴善變,《周易》之名蓋取乎此』。李時珍《本草綱目》曰『蜴即守宮之類,俗名十二時蟲,《嶺南異物志》言其首隨十二時變色』。蓋物之善變者莫若是,故易之爲書有取焉。」字本象蜥易之形,上象其首,下象其四足。因借爲難易字,故孳乳爲蜴。

後世蝪字專行，而易之本義晦矣。許別云从勿者，蓋緣易之下體，與篆體勿字相似，而牽爲之說，非其朔也。

衝　車搖也。从車从行，一曰衍省聲。^{十四上}〈車部〉

按一曰衍省聲者，徐鍇《繫傳》作「從車從衍省聲」，無「行一曰」三字。田吳炤《二徐箋異》云：「按大徐本是也，惟衍當依小徐作衍乃合。」王筠《釋例》則云：「衝下云從行，一曰衍省聲，此校異文也，故小徐祇從衍省聲四字。衍當作術，術衍皆會意字，故可省，然不知孰爲本文矣。」二說互有不同。覈之聲韵，衝、衍、衍三字均在古音十四部^{《說文》術，重文从玄作衍，重文必與本字同音。}，是就聲音而言，衝從衍省聲，固無不宜也。然考《說文・水部》衍訓水朝宗于海，字從水行；〈行部〉術訓行且賣，字從行言，重文從玄作衍。衡以形義必相密合之理，衝從車從行，以會車搖之義，蓋已足矣。謂衍省聲或衍省聲者，似嫌迂曲，而亦無不省之體可驗。疑衝衍衍古音同屬十四部，乃有斯說。猶煩下既云从頁从火，其形義已合矣，而又云一曰焚省聲，蓋牽於聲韵而爲之說也。段注云：「車搖也，未聞，以篆之次第詳之，此篆當亦謂車上一物，而今失傳，車搖當是譌字。」馬敍倫《六書疏證》據其說，而云：「按衝蓋衡輗之衡本字，從車行聲。車搖蓋俗名，非本名。」考衝篆厠於轟載之前，轙軜之後，前爲登載之事，後爲車上物名，是其義固未必即車上之一物。且字從車從行而義謂車上一物，亦非其義也。惟車搖之說，經傳無徵，段氏之疑，或以此。如上所考，許氏於此篆所列字形異說，謂衝爲從衍省聲，實有未安也。

二、本說一曰皆非者

局　促也。从口在尺下，復局之。一曰博所以行棊，象形。^{二上}〈口部〉

按一曰博所以行棊象形者，博當作簙，《說文・竹部》云：「簙，局戲也，六箸十二棊也。」是也。《方言》云：「簙或謂之棊，所以行棊謂之局。」此蓋許說所本。段注云：「簙有局以行十二棊，局之字象其形。」是乃據許書而申之耳。然局字象簙局之形，說不可解。朱駿聲《通訓定聲》云：「此字當訓分也，猶界也，從尺從口會意。尺猶手也，手口所以分部之，尺亦其度寸咫尺仞尋，常皆於人手取法。」又曰：「《說文》一曰博所以行棊象形，按謂畫界以分疆者。

段借爲曲，《說文》局促也。」徐灝《段注箋》云：「戴氏侗曰：局言有所局不得伸也，從口尺聲。引其義爲卷局、曲局、局促。博有局以限棊也，官有局以限職守也。」朱說字从尺从口，會意，徐說字从口尺聲，形聲，釋形雖殊，而以棊局爲局義之引申，則無二致。章太炎《小學答問》云：「簙所以行棊爲局，此本誼也。字當从尺口聲，口局同在侯部，尺所以指尺規巨事，棊局本有方卦尺寸，故从尺。其訓促者，曲之耤爾。」章氏謂局以棊局爲本誼，字當从尺口聲，與朱、徐之說不同。考今本《說文》局篆下，說解形義竝存兩說，治許學者，蓋知二說之不瞭，但多泥「从口在尺下復局之」句，是故其說或容有差異，而要不出許說之藩籬。案慧琳《一切經音義》卷五十局注引《說文》云「促也，從口在尸下復句之，一曰博局所以行棊，象形」，又《音義》卷一百引《說文》作「從口在尸下復勹之」，是古本《說文》从尸不从尺，而古璽局作 ^{《說文古籀} 局 ^{補補》2.5}，亦不从尺作。故魯師實先爲之釋曰：「局當爲從尸句省聲，句於古音屬謳攝，局於古音屬謳攝入聲，音轉最近，故以句爲聲。从尸者象屋形，猶屚屋層屝四字之從尸也。從句聲者，句義爲曲，謂蜷伏於窄屋之下，以示促迫之義也。局於古璽作 局，隸定爲冏，乃從厂句聲。考厂與广古籀通作，是則 局 之從厂猶局之從尸，皆所以象屋形，其從句者，正足以證篆文之局爲從句省也。局與曲聲同義近，故局有曲義，〈小雅・正月〉云『不敢不局』，〈采綠〉云『予髮曲局』是也。局從句聲，句與區古音同爲謳攝，故局有區分之義，《爾雅・釋言》以分釋局是也。若夫行棊之局，蓋以假借爲名，其本字當作梮，《廣雅・釋器》云『曲道梮梮』是也。」^{〈說文〉}^{正補〉}師說局之形義極詳，足證今本《說文》之譌誤及許氏說解之偶疏。考金文句字，〈鼎比盨〉作 句 ^{《三代》}_{10.45}，〈其疋句鑃〉作 句 ^{《三代》}_{18.1}，〈姑口句鑃〉作 句 ^{《三代》}_{18.2}，與古璽 局 字所从偏旁同體。蓋篆體局乃由古文 局 易厂作 尸，省 句 作 句 而成。許氏據後世蛻變之體，而以「從口在尸下復句之」釋之，宜其形義不副矣。復以後世傳鈔竄改，遂使構體疑昧不明，故學者雖多諟正，而無一得其塙詁。局之形義既明，則局象博局形，其說之非，則可斷言。而博所以行棊之局，乃以叚借立名，非其朔義亦甚明矣。

禺 母猴也。其爲禽好爪，爪、母猴象也，下腹爲母猴形。王育曰爪，象形也。 禺 古文禺，象兩母猴相對形。 ^{三下}_{〈爪部〉}

按王育曰爪象形也者，段注云：「此博異說，爪衍文。王說全字象母猴形

也。」是段意以爲王育說爲字全象母猴形也。桂馥《義證》云：「王育因古文象
兩猴相對，故知爪象形。」王筠《句讀》云：「此說由古文得之。⿰字分爲二，
便是兩爪相對。王育謂爪本象母猴形，小篆增加之也。」錢坫《斠詮》云：「王
育以爪爲象形者，意云爪即爲字也，故兩爪象母猴相對。」鄭知同《說文商義
殘本》云：「古文象兩猴相對，即作⿰是一猴形，似爪而非爪字。王意以爲省
古文之半作⿰已是一猴。」諸家之意，蓋以爪乃古文⿰之半，⿰象兩母猴相對，
故王育以⿰象一母猴形，說皆與段異。馬宗霍《說文解字引通人說考》以《集
韵》、《類篇》引此皆有爪字，謂今本不誤。且從桂、王之說，而更申辨之曰：
「古文爲作⿰，既象兩母猴相對，則⿰與⿰本各象一母猴之全形。其形上曲者
象頭，下蟠者象後足之踞，中二畫象前足之拱，非爪字也。僅舉一爪，何足以
象猴形，故王育之說，當作『⿰象形也』，其語當在古文⿰說解之末，意謂⿰即
象一猴之形也。然則如王育說，⿰與⿰皆即猴之初文，爲獨體象形字，後始加
以聲旁之矦而爲形聲字。其字蓋本作猴，⿰與⿰形近，作小篆者遂改从犬作
猴，而許君入之犬部。猴性好動，犬性好鬥，兩猴相對而爲⿰，猶兩犬相竝而
爲狀。狀以犬相齧爲本義，則⿰之本義當訓兩猴相作，不當訓母猴。金文中有
作⿰者〈齊侯鎛鐘〉、有作⿰者〈晉姜鼎〉，皆⿰之變形。其左體尚略如故，右體變而稍
縣，象猴欲起行之狀。石鼓作⿰，右體變而益縣，去⿰形漸遠，幾與爲之小篆
全同，蓋即小篆之所從出，然其象猴之動作，固猶可見也。」三卷一至二叶馬氏以爲「王
育曰爪象形也」之爪非衍文，且云字當作⿰，其語當在古文⿰說解之末，說蓋
是也。然謂⿰爲爲之初文，則猶未塙。

　　考卜辭有⿰《乙》2307、⿰《前》5.304、⿰《後》2.10.2諸字，羅振玉釋爲，謂「卜辭作手牽象
形。古者役象以助勞，其事或尚在服牛乘馬之前。」《增訂殷虛書契考釋》卷中六〇叶其說甚允。金
文作⿰〈召鼎〉、⿰〈益公鐘〉、⿰〈姞氏簋〉、⿰〈曾伯陭壺〉、⿰〈叔男父匜〉，竝从爪从象，會意。
卜辭从又，金文从爪者，爪又義皆爲手，故可通作。列國時楚〈鑄客鼎〉爲字
作⿰⿰，亦作⿰⿰《三代》3.12，則省其身軀及尾，而存其巨首長鼻之形。于省吾
以爲《說文》古文作⿰，即⿰之形誤見《金文詁林》引《雙劍誃古文雜釋》，說蓋可信。秦金文作
⿰〈大馭權〉、⿰〈二十六年詔權〉、⿰〈大良造鞅方量〉，與篆文形近，其下體所从者，乃爲象之譌變。
許說解云「母猴也」，蓋以初形既失，不得其解，遂以从爪，下象母猴形說之。
魯師實先曰：「許氏以母猴訓爲，形既不肖，義亦不傳。許氏曰其爲禽好爪，似

許氏之意，以母猴好用其爪，故其字從爪，且引申有造作之義。然考母猴屬，如夒禺蝯蠬，蜼玃猶狙，并無與作同義者，知其說必非是。謂〔字〕乃古文之爲，象兩母猴相對形，則其形尤懸遠，益爲臆說。」〈說文正補〉師說極是。考古代中土有象，此徵之卜辭載籍，皆有明證。羅振玉《增訂殷虛書契考釋》卷中三十叶、徐中舒〈殷人服象及象之南遷〉《史語所集刊》二本一分及胡厚宣〈氣候變遷與殷代氣候之檢討〉《甲骨學商史論叢續集》，皆有說，而魯師實先於〈說文正補〉論之尤詳，固非一二人之言也。許氏因以象爲南越大獸，中土所未見，故於爲之字形字義，俱生謬解，而古文〔字〕象兩母猴相對者，即以誤釋爲之本義而云然。清儒之注《說文》者，囿於許書，復不見殷契古文，故與許說誤同。而馬宗霍據《韓非子·解老篇》有「希見生象」之說，以爲古之中土未嘗有象，遂以羅氏「古者役象以助勞」爲臆說見《說文解字引通人說考》，謂篆體爲字，乃由古文〔字〕衍變而來，是又曲護許說者矣。

　　〔幷〕相從也。从从开聲。一曰从持＝爲幷。八上〈从部〉

　　按一曰从持＝爲幷者，段氏據《韻會》於「从持＝」下補干字，且云：「干，經典用爲竿，二人持二竿，是人持一竿幷合之意。」徐灝《段注箋》從之。桂馥《義證》亦云：「當云从持二干爲幷。」然徵之卜辭彝銘，干作〔字〕《前》2.27.5、〔字〕《郼》三下39.2、〔字〕〈毛公鼎〉、〔字〕〈虜簋〉、〔字〕〈干氏叔子盤〉諸形，其構體既與幷字不類，而干戈字篆體作〔字〕，亦不作干，故王筠《釋例》云：「段氏依《韻會》所引，改爲从持二干，蓋據羋下云二干也。不知彼說原可疑。篆作〔字〕，隸作干，以隸爲篆，豈有當乎？」王說是也。且二人各持一干，亦非幷義。是則幷之構體，不得以「从持二干」爲說甚明也。

　　考幷於卜辭作〔字〕《前》4.47.5、〔字〕《戩》33.13、或省作〔字〕《後》2.34.3、〔字〕《乙》3429、〔字〕《存》1466，審其結體，俱从「从」，而以「二」或「一」幷之之形。疑當以兼幷爲本義，元周伯琦《六書正譌》以「二人幷合」說之，可謂灼見。《戰國策·中山策》「魏幷中山，必無趙矣」，高注云「幷，兼也」，《廣雅·釋言》云：「幷，兼也。」即用其本義者也。其字於兩周彝銘無見。秦權量數十器，竝云「幷兼天下」見《小校》卷十一及《秦金文錄》，字俱作〔字〕，或作〔字〕〈大馬權〉〈旬邑權〉。漢金文亦作〔字〕〈壽成室鼎〉、〔字〕〈龍淵宮鼎〉〈中水鼎〉、或作〔字〕〈上林鼎〉二、〔字〕〈鄘偏鼎〉、〔字〕〈苗川鼎〉、〔字〕〈雒棫陽鼎〉，其所从之「从」或有譌變，但以「二」象幷之之形則無異。漢簡、漢印、漢碑、漢瓦諸幷字，亦莫不然

見《漢簡文字類編》三十五叶，《漢印文字徵》八卷十二叶，《漢隸字源》下平十四清廿一叶，《隸篇》八卷十三叶，《金石大字典》十一卷四十叶，《石刻篆文篇》八卷八叶　。抑又考之，《說文》篆體凡并聲之字，所從之「二」，中皆斷之。然金文鮮作 𦫳〈鮮爵〉《綴遺》十九卷二十九叶，古璽邢作 𨙷《古璽文字徵》6.6，漢簡駢作 𩦡，或作 𩦡《漢簡文字類編》三叶，漢印鮮作 𨥒《漢印文字徵》5.13，屏作 𡱂《漢印文字徵》8.19，汫作 𣲳《漢印文字徵》11.14，漢碑并作 𠈧，迸作 迸《漢隸字源》去聲四十五勁五十二叶，凡此諸字，其偏旁之「二」，俱不中斷，而與上述并字同體，則字不從幵作甚審。且覈諸聲韵，并音府盈切，古音屬幫紐十一部，幵音古賢切，古音屬見紐十四部，二字聲韵懸遠，是并固不當從幵爲聲也。許氏別存「从持二爲幵」一說，其義亦不明。此所以段氏依《韻會》補幵字也。王筠《句讀》謂：「二非物而可言持者，猶白部云從入合二也。」蓋亦牽附之說。是許書於此篆下所列釋形二說，實皆有未安也。

又按許書自敘云「今敘篆文，合於古籀」，則其所據字形，固有所承。通考卜辭以迄漢世篆隸，并字演變之形跡，由甲文之 𠀕、𠀕、𠀖，而周彝之 𠀖〈鮮爵〉所從之并，而秦器之 𠀖、𠀖，而漢金之 𠀖、𠀖、并，漢簡漢碑之 并，一脈相承，無一例外秦〈兩詔權〉并字，《薛氏》作 𠀖，〈平陽權〉，《薛氏》、《石索》俱作 𠀖，蓋皆摹刻失眞，《奇觚》、《小校》拓本可證。漢〈孝成鼎〉并字，《嘯堂》、《薛氏》並作 𠀖，當亦摹刻失眞，《博古》、《積古》正作 并。泰山頌辭，原石至宋始見，當時石已剝泐，文字磨蝕者頗多，故宋劉跂摹拓本、明安國所藏北宋拓本，眞僞莫辨，見疑後人。惟二世皇帝詔二十九字拓本，尚可信耳。《石刻篆文編》據宋人摹刻本錄并作 𠀖，實不足爲據。徵之今秦彝數十器拓本，並从「二」作，亦足證其非。　。許氏據篆體釋形，而曰从从幵聲，與形體乖隔，殊有可疑。疑「从从幵聲」句，蓋後人據俗體幵而妄增，非許本書，甚而改許書 𠀖聲之字皆作 𠀖。蓋與 𣂶本从斤斷艸，後人誤增 𣂶篆，从手从斤，乃盡改从斷之字作折同一例。考唐玄度《九經字樣》作 𠀖作 并，且云：「從从從幵，上《說文》，下隸省。」則所見已非許書之舊，且誤以俗體并爲隸省矣。李文仲《字鑑》云：「隸作 并，俗作 𠀖。」其說當作「隸作 𠀖，俗作 并」，蓋亦承《九經字樣》之疏失也。是知後人以隸體并誤爲俗體，俗體幵誤作隸體，證之載籍，蓋昉自胡元，而遡其本始，當出唐前，彰彰明矣。

𠀉　土之高也，非人所爲也。从北从一，一、地也。人居在丘南，故从北。中邦之居，在崐崙東南。一曰四方高中央下爲丘，象形。𡎚，古文从土。八上〈丘部〉

按一曰四方高中央下爲丘，象形者，蓋孔子命名之義也。《史記·孔子世家》云：「禱于尼丘，得孔子。生而首上圩頂，故因名曰丘云。」司馬貞《索隱》曰：

「圩頂言頂上窊也，故孔子頂如反宇。反宇者，若屋宇之反，中低而四旁高也。」蓋相傳如此，故許氏取以爲說。有清一代，許學大家如段玉裁、桂馥、王筠、朱駿聲等，於此俱無異詞。獨徐灝不以爲然，其《段注箋》曰：「四方高中央下爲形，猶未合丘之形。或有四方高中央下者，而非凡丘皆然也。今按戴侗曰 ⌒ 小山也。嶽古文作 ⌇，其上即 屵 字。漢隸 屵 字正从 屵，屵 形高峻，故以小山加於大山也。《爾雅・釋山》、〈釋屵〉各自爲篇，正以 屵 爲小山之通名，故別著之。」徐引戴侗釋丘爲小山，且謂四方高中央下之形，未合丘之形，頗具卓識。

考丘於卜辭作 ⌃⌃ 《鐵》202.4、⌃⌃ 《前》5.9.1、⌃⌃ 《前》6.35.5、⌃⌃ 《後》2.15.13、⌃⌃ 《佚》773；金文作 ⌃⌃ 〈子禾子釜〉、⌃⌃ 〈商丘弔簠〉、⌃⌃ 〈鬭丘戈〉；古璽作 屵 闐丘邊、屵 闐丘口（《說文古籀補補》8.4）；古匋作 屵 丘齊□□杉彫里□□、⌃⌃ 丘齊沾里王口（同上）；漢彝作 屵 〈廢丘鼎蓋〉、⌃⌃ 〈法丘鼎〉；漢印作 屵、屵 《漢印文字徵》8.12，皆與篆文同體。孫詒讓釋甲文之形曰：「甲文有 ⌃⌃ 字，以金文證之，當即 屵 之原始象形字，蓋象山而小，猶 阝 爲 阜 之小者也。」《名原》上，十九至二十叶 商承祚亦曰：「魏三體石經之篆文作 屵，古文作 屵，與《說文》相似。丘爲高阜，似山而低，故甲骨文作兩峯以象意。金文〈子禾子釜〉作 ⌃⌃，將形寫失，〈商丘叔簠〉再誤爲 屵，《說文》遂有从北之訓矣。」《殷契佚存》八十六叶上 又曰：「甲骨文作 ⌃⌃，正象兩丘形。金文〈子禾子釜〉作 ⌃⌃，外筆寫析，已失丘形，〈商丘叔簠〉再變作 屵，遂誤爲北，爲小篆所本，失彌甚矣。」《說文中之古文考》七十七叶 孫、商二家說是也。丘本亦象山峯聳峙之形，惟與山有大小之殊異耳。山於卜辭作 ⛰ 《甲》3642、⛰ 《乙》9103，金文作 ⛰ 〈父丁觚〉、⛰ 〈毓且丁卣〉，竝象三峯之形。三有多意，亦有重疊高峻之義。至於丘則不然，丘象山而低小，故畫二峯以象其形。其減一峯者，即所以示小於山之意。猶 阝 爲 阜 之小者，亦減一堆而成文，此先聖製字之恉也。許氏據後世訛變之體，致有从北从一之說。宜乎形義不相比附矣。其言四方高中央下，雖即 ⌃⌃ 形之說解，但亦未得其實。徐灝云「四方高中央下者，非丘皆然」，其言甚是。許氏此說，殆本聖人命名之義。〈孔子世家〉謂孔子命名因禱於尼丘，又謂因於圩頂，推太史公意，實無定見，姑記所傳耳。至《白虎通》專用後說，乃有「孔子首類丘山故名丘」之言 見〈姓名篇〉，合丘山與圩頂爲一，謂孔子首四方高中央下，有似於丘，故取名焉。然如《白虎通》丘山圩頂之說，亦不能以概凡丘皆然。蓋後人或有不察，因孔子名字而附會之，遂以丘乃象四方高中央下之形。許氏

因之，取爲釋形之依據，是亦不能無失矣。此由甲骨刻辭山丘二文比勘之，可證許氏於此篆下所列字形二說，實皆無當於制字之恉也。

　　𡈼善也。从人士，士、事也。一曰象物出地挺生也。^{八上〈壬部〉}

　　按一曰象物出地挺生也者，段注云：「此說象形，與前說別。上象挺出形，下當是土字也。」王筠《句讀》云：「此說謂下從土，上半則象形。地即土也。」饒炯《部首訂》云：「从土象物挺生之形。」章太炎《文始》云：「按挺生爲本義，上象其題，下象土，聲義與耑屮皆相近。」諸家之說，辭或小殊，但以字从土象物挺生之形則不異。

　　考壬於卜辭作𡈼^{《前》6557}、𡈼^{《林》2.4.13}、𡈼^{《珠》524}、𡈼^{《金》534}、𡈼^{《後》2.6.1}，孫海波釋之曰：「象人立于土上之形。」^{《古文聲系·陽部》八叶}其說是也。卜辭遠視之𡈼作𡈼^{《前》5.20.7}、𡈼^{《前》6.8.2}、𡈼^{《前》1.18.2}，竝象一人挺立地上或土上眺望之形^{本葉玉森說}。姬周款識，𡈼字所从之偏旁作𡈼若𡈼，林義光亦釋之云：「从人从土，象人挺立地上形。」^{《文源》}是則壬之从人，信如許氏所言矣。小篆譌變作𡈼，其下之土，已與篆文士混同。許據篆體，乃誤以土爲士，而解云「从人士」，又疑斯說之未安，故別存「象物出地挺生之形」一解。證諸商周古文，从人士之非，固不待言，而以象物出地挺生說之，雖稍存古誼，而實亦未盡符合其初形。徐鉉曰：「人在土上，壬然而立也。」徐灝《段注箋》本之云：「《繫傳》人士爲善，會意。按一曰象物出地，則當从土。壬蓋古挺字。鼎臣云人在土上，壬然而立是也。」朱駿聲《通訓定聲》亦云：「按此字从人立土上，會意。𡈼從此爲義。」諸家說極是。字蓋从人立土上會意，而爲挺之初文^{饒炯《部首訂》、邵瑛《群經正字》亦皆以壬挺爲一字}。挺立拔萃則爲善，故引申之得有善也之誼。明趙宧光《說文長箋》謂「十一爲士，千一爲壬，皆人中之選也，故有善也之訓」^{徐灝《段注箋》引}，蓋爲望文生訓之說，尤不足據矣。是知許氏於此篆下所列釋形二說，實各得其一耑，非爲牾論也。

　　甲東方之孟，陽气萌動，从木戴孚甲之象。一曰人頭宜爲甲，甲象人頭。𠬝古文甲始於十，見於千，成於木之象。^{十四下〈甲部〉（「一曰人頭宜爲甲」又見「本說一曰之義皆誤」）}

　　按一曰人頭宜爲甲，甲象人頭者，徐鍇《繫傳》作「《大一經》曰：頭玄爲甲，甲爲人頭」。嚴章福《校議議》云：「許所引是《太玄經》。本作太玄，轉寫誤作大一，又誤作一曰人，一與人乃大之誤，又涉下文人頭誤也。小徐無人字，

宜者玄之誤。《集韵》三十狎引作空爲甲，空亦玄之誤。疑此當作《太玄經》曰頭爲甲，故下云甲象人頭。」段注作「《大一經》曰人頭空爲甲」，云：「考〈藝文志〉陰陽家有〈大壹兵法〉一篇，五行家有《泰一陰陽》二十三卷，《泰一》二十九卷，然則許稱《大一經》者，蓋此類。」又云：「空，各本作宜，今依《集韵》作空爲善。空腔古今字，許言頭空、履空、頷空、脛空，皆今之腔也。人頭空謂髑髏也。」王筠《句讀》作「《大一經》曰頭玄爲甲，甲象人頭」，且云：「〈藝文志〉陰陽家有《太壹兵法》一篇，五行家有《泰一陰陽》二十三卷，《泰一》二十九卷。又天文家、雜占家、方技家，以泰壹名者，凡五。不知此《太一經》何屬也。《韵會》引《大一經》頭玄爲甲，似謂頭玄象天色也。」又於《釋例》云：「甲下云頭玄爲甲，玄爲天色，頭圓象天，色亦象之。」段、王二氏之說，與《校議議》異。然以小徐本作「《大一經》曰」爲是，則無異辭。而頭玄爲甲者，段氏改玄爲空，謂人頭空爲髑髏，王氏則釋玄爲天色。桂馥《義證》云：「頭色玄，如玄天之在上，故曰頭玄爲甲。」段、王、桂諸家言人人殊，以無引證，疑未能決。

考字於卜辭作十 《鐵》176.1、十 《後》1.3.16、十 《佚》200，或作田 《甲》632、田 《甲》2667，金文作十 〈杠觶〉、十 〈頌鼎〉、十 〈元年師兌簋〉，或作田 〈甲盉〉、田 〈兮甲盤〉，秦金文作甲 〈新郪兵符〉、甲 〈陽陵兵符〉，漢金文作甲 〈甲鈁〉、甲 〈光和七年洗〉、甲 〈宣曲鼎〉，〈袁敞碑〉作甲，〈天璽紀功碑〉作甲 《石刻篆文編》14.19。王國維釋卜辭之形曰：「田 中十字，即古甲字，甲在囗中，與乙丙丁之乙丙丁三字在匚或匚中同意。」 《觀堂集林》卷九〈殷卜辭中所見先公先王考〉 羅振玉亦曰：「田 字即小篆甲字所從出。卜辭田 字十外加囗，固以示別，與匚丙囗同例。然疑亦用以別於數名之十，周人尚用此字，〈兮作吉父盤〉之兮田，即兮甲也。小篆復改作甲者，初以十嫌於數名之十 古七字而加囗作田，既又嫌於田疇之田而稍變之。秦〈陽陵虎符〉甲兵之字作甲，變囗爲⊃，更譌⊃爲⌐，譌十爲丅，如《說文》甲字，而初形全失，反不如隸書甲字尚存古文面目也。」 《觀堂集林》卷九〈殷卜辭中所見先公先王考〉附羅叔言參事二書 羅、王二家說是也，而羅說甲字遞嬗之迹，尤爲詳晰。田從十加囗者，所以示別於常甲也。王國維謂从囗者，或取匰主及郊宗石室之誼 見《戩壽堂所藏殷虛文字考釋》五叶，說皆精當。此字自卜辭即叚爲十干之首，惟以時代渺遠，古說未傳，其初形本誼，蓋已蒙昧難求矣。林義光謂甲者皮開裂也，十象其裂文 見《文源》。郭沫若謂十爲魚鱗之象形，魚鱗爲甲之最古義 見《甲骨文字研究》下冊〈釋干支〉八至九叶。高鴻

縉引丁山說十為切斷之切之初文^{見《中國字例}_{三篇》70頁}，蓋皆肊測之辭耳。許云東方之孟，
陽气萌動者，此陰陽五行家之說，非其朔義也。又云从木戴孚甲之象者，此據
篆體為說耳。段玉裁曰：「甲本十干之首，从木戴孚甲之象，因引申為甲冑字。」
_{鎧篆}_{下注}又於甲篆下注云：「凡艸木初生，或戴穜於顛，或先見其葉，故其字像之。
下像木之有莖，上像孚甲下覆也。」徐灝《段注箋》云：「甲之本義謂孚甲，引
申為凡皮甲之稱，假借為十干之首。鐘鼎文甲或作十，象孚甲之開坼也。卂象
其苞，十象其坼。」朱駿聲《通訓定聲》云：「甲，鎧也。象戴甲於首之形。」
俞樾《兒笘錄》云：「鱗甲字其本義也。甲蟲以龜為主，故甲字即象龜形。其上
作〇，與龜字頭同；其中作一者，象其肩也；其下作丨者，象其尾也。」諸家
之說，或據許書戴孚甲之象而推衍，或就譌變之體而立說，要不出許書之窠
臼。許引《大一經》以下，為異說穿鑿，此猶《周易》以八卦配人身云：「乾為
首，坤為腹，震為足，巽為股，坎為耳，離為目，艮為手，兌為口。」^{〈說卦〉}
故《大一經》謂甲象人頭，乙象人頸，丙象人肩，丁象人心，戊象人脅，己象
人腹，庚象人臍，辛象人股，壬象人脛，癸象人足^{段玉裁、徐灝、王筠、朱駿聲、饒}_{炯、章太炎等皆謂《大一經》說。}，聯
十幹字，為一大人形，或亦有所因也。陳邦福謂《大一經》為陰陽五行之書
_{見《說文十}_{幹形誼箋》}，說蓋可信。許氏以推陰陽五行之恉者，引以說造字之本始，固多傅會，
非古義如此，殊不足據信。然則許氏於此篆下所列字形二說，蓋皆未得造字之
本柢也。

　　己 用也，从反巳。賈侍中說己意己實也，象形。^{十四下}_{〈巳部〉}

　　按賈侍中說己意己實也，象形者，徐鍇《繫傳》作「己意己實，象形也」，
其〈類聚篇〉又云「己為薏以」^{己隸作己，或加人作㠯，}_{隸作以，為《說文》所無}，戴侗《六書故》承其說，
云：「賈侍中說意己即今薏苢字。」《說文》薏意非一字，〈艸部〉無薏，字當作
薏為正。然則所謂象形者，乃象薏苢之實也。既以己象薏苢之實，則賈說當於
己字句絕，薏苢實也為說解。上己字用本篆，而意己二字為薏苢之異文也。清
儒之治許書者，若嚴可均《校議》、苗夔《繫傳校勘記》、徐承慶《段注匡謬》、
徐灝《段注箋》、桂馥《義證》、朱駿聲《通訓定聲》、孔廣居《疑疑》、毛際盛
《述誼》、錢大昕《十駕齋養新錄》，俱本諸小徐，謂意己即薏苢也。惟段玉裁
《說文注》與王筠《句讀》^{《釋例》同}，獨異諸家，別出新解。段氏曰：「己各本

作已謂上
巳字，今正。己者我也，意者志也，己意已實謂人意已堅實，見諸施行也。
凡人意不實，則不見諸施行；吾意已堅實，則或自行之，或用人行之。是以《春
秋傳》曰『能左右之曰以』，謂或ナ或又，惟吾指撝也。賈與許無二義。云象形
者，巳篆上實下虛，吕篆上虛下實，由虛而實，指事亦象形也。一說象己字之
上而實其下。」王氏曰：「愚意賈說謂吕字當屬戊己之己部，ㄋ而屈其尾以入
其腹則爲ㄋ，是己意己實之象，然是會意非象形。」按段、王二說，牽強迂遠，
純憑肊測立意，未見合於賈氏原意。且淆混六書之畛域，說蓋無當也。夫象形
之別於指事者，端在字形。象形有具體之實物可象，故依客觀實象以造文；指
事無具體實物可象，乃憑主觀肊構之虛象而造文，二者本甚畫然。段氏以ㄋ之
上體缺口爲虛，下體封口爲實，缺口既非虛象，封口亦非實體，是故上虛所指
何事，下實所象何物，皆不可憭；而乃以指事亦象形說之，實未合六書之理也。
至若會意者，會合二以上之成文以構字者也。王氏以ㄋ屈尾入腹爲吕，藉如其
說，則吕之構體，特因己而稍變其形耳，亦不符許氏會意之義例，其說之非，
甚爲曉白。

考字於卜辭作ㄋ《甲》393、ㄋ《甲》1268、ㄋ《甲》1439、ㄋ《後》1.25.7、ㄋ《戬》7.2，金文作
ㄋ〈者女觥〉、ㄋ〈曶鼎〉、ㄋ〈大鼎〉、ㄋ〈散盤〉、ㄋ〈秦公簋〉，其字形義，近儒聚
訟，紛紜難解。林義光謂即始之本字，象物上端之形說見《文源》；徐中舒謂即耜之
象形字說見〈耒耜考〉，高鴻縉、周法高竝從之；高田忠周謂乃矣之古字，象語氣盡而
止之意說見《古籀篇》；張與仁謂字象蛇形說見《已巳文字與彝器畫紋考釋》，諸家之說，疑皆有未安
林義光謂即始之本字，實有所見，
然以象物上端之形釋之，蓋非。。章太炎《文始》云：「《說文》巳巳也，包字說解云『象
人裹妊ㄆ在中，象子未成形』，然則ㄆ者未成之子，非必訓已然也。反巳爲ㄋ，
賈侍中說爲意吕實，緣禹母吞薏苡實生禹，故爲姒姓。薏苡宜子，其得名由于ㄋ，
ㄋ非即薏苡也。ㄆㄋ左右詘曲，當爲同字。吕訓用者，雙聲相借。已ㄋ相變，
又相變則爲胎，婦孕三月也。臣鍇曰李暹《文子》注：『胎如水中蝦蟆』，然則ㄆㄋ
正象其形。胎得聲于吕，古音吕亦如胎，三字無異，巳吕皆初文，胎後出也。
又孳乳爲始，女之初也。又孳乳爲佀，象肖也。《廣雅·釋言》『子、巳，似也』，
《詩》箋曰『似讀如巳午之巳』見〈小雅·斯干〉「似續妣祖」箋，則子肖其父之義也。」又《小學
答問》云：「《說文》包字解曰『象人裹妊，ㄆ在中，象子未成形也』，則巳則
胎字。反巳爲吕，形少異而音誼同。胎得聲于吕，古音巳吕本如胎，《說文》言

苤苡令人宜子，蓋苤苡得名于胚胎。緯書說禹母吞意苡生禹，故姓姒氏，意苡亦得名于胎。賈侍中說吕爲意吕實，蓋由此也。子肖其父謂之似，亦取胎誼。子繼其父謂之嗣，《廣雅》『子、巳，似也』，明巳吕胎嗣本吕一文衍爲數誼，更相孳乳，其體遂多。」蔣禮鴻《讀字肊記》、陳獨秀《文字新詮》、馬敍倫《六書疏證》，並同章說。章氏以吕巳一字，爲胎之初文，考之卜辭，字之正倒相反，每無差別。證以由吕所孳乳之字，義皆與子有關，^{古文子巳同字 說者無異辭}覈之聲韵，自吳棫、顧炎武以來，諸家證明古讀巳已無二音^{δ隸作吕，又變爲已。巳已二字古音並屬定紐一 部。吳棫說見《韵補》，顧炎武說見《日知錄》}，皆足爲其說之證。魯師實先曰：「吕於彝銘作δ 𝕊，文從到巳，乃示胎兒初生，猶之到子爲㐬，以示育子之義，是吕之本義爲生子。自吕而孳乳爲佀，乃示後嗣之肖先人。自吕而孳乳爲允，乃示後嗣之相承續。吕允及用誠胤胄古爲雙聲，故經傳假吕爲用，叚允爲誠，以其借義專行，故自吕而孳乳爲始，乃以示初生之義。自允而孳乳爲胤胄，乃示子嗣相承之義也。」^{〈轉注 釋義〉}師說與章氏小異，而驗以胎兒之生恒倒出，故以生子爲義，實契合其形構。綜此二說，巳吕是否即一字之異構，雖莫敢肊斷，然古文二字同源，埤不可移易。其形體則實從倒巳，非從反巳也，而許氏以用釋吕，實說叚借之用。賈侍中說吕象意已實者，蓋非其朔。考《禮含文嘉》云：「夏姒氏，祖以薏苡生。」^{《御覽》卷 一三五引}《禮緯》云：「禹母脩己，吞薏苡而生禹，因姓姒氏。」^{《史記·夏本 紀正義》引}趙曄《吳越春秋》云：「鯀娶於有莘氏之女，名曰女嬉，年壯未孳，嬉於砥山，得薏苡而吞之，意若爲人所感，因而妊孕，剖脅而產高密。」皇甫謐《帝王世紀》亦云：「伯禹，夏后氏，姒姓也。母曰修己，見流星貫昴，夢接意感，又吞神珠薏苡，胷拆而生禹於石紐，名文命，字高密。」^{《御覽》卷 八十二引}蓋禹以母吞薏苡而生，自古相傳如此。賈侍中於吕之說解，殆即牽於傳說，以爲夏姓姒氏，乃緣禹母之吞薏苡，故據薏苢實爲說，猶史稱契母吞燕卵而生契，故殷姓曰子，后稷母踐巨人跡而生后稷，故周姓曰姬也^{見《史記·殷本紀》 及〈周本紀〉}似不可據以說字之本始。

三、一曰申釋字形爲非者

𢧐施身自謂也。或說我，頃頓也。从戈从手。手，或說古垂字。一曰古殺字。㩧，古文我。^{十二下〈我部〉 （「或說我頃頓也」與 「一曰古殺字」說見「有本字之叚借」）}

按手，或說古垂字者，徐鍇《繫傳》無或說二字，故段《注》、王筠《句讀》

竝從之而刪，嚴可均《校議》以此二字乃涉上或說而衍，嚴章福《校議議》亦以或說二字議刪。然許書無手篆，垂下亦無重文手，且《說文》別無从手之字，是許氏實亦以手不定為何字，故引或說以釋之，蓋以疑傳疑耳，當以有「或說」二字為是。許引或說云云者，乃所以釋我从手之意。猶醫下說醫从殹之意，既云「殹，惡姿也」，又云「一曰殹，病聲也」。《說文・巫部》云：「巫，艸木華葉巫，象形。𧺰，古文。」巫之古文作𧺰，與我之古文𣎆，其所从之𣎆近似，故說者多謂手為古文巫。惟於釋形，亦有數說，而互有小異。桂馥《義證》、王筠《句讀》、俞樾《兒笘錄》，俱從許說，以為从戈巫會意。段《注》、宋保《諧聲補逸》、陳立〈釋我〉、吳錦章《讀篆臆存》，皆以為从戈巫聲。苗夔《聲訂》謂从戈手，手亦聲，宋育仁《部首箋正》謂从手戈聲，朱駿聲《通訓定聲》則謂从古文巫省聲，殆皆不逾許說手為古垂字之藩籬也。

　　考我於卜辭作𢦏 ⟨《粹》878⟩、𢦏 ⟨《林》2.25.2⟩、𢦏 ⟨《甲》2752⟩，或作𢦏 ⟨《甲》949⟩、𢦏 ⟨《乙》4604⟩、𢦏 ⟨《前》5.46.7⟩、𢦏 ⟨《拾》3.12⟩、𢦏 ⟨《前》5.33.1⟩，金文作𢦏 ⟨孟鼎⟩、𢦏 ⟨召伯簋⟩、𢦏 ⟨散盤⟩、𢦏 ⟨命瓜君壺⟩，或作𢦏 ⟨沈子簋⟩、𢦏 ⟨毓且丁卣⟩，古璽作𢦏、𢦏 ⟨《說文古籀補補》12.6⟩，古匋作𢦏 ⟨《說文古籀補補》12.6⟩，石鼓文作𢦏，詛楚文作𢦏 ⟨《石刻篆文編》12.19⟩，三體石經古文作𢦏。其作𢦏者，正與《說文》所載古文同體，作𢦏者，其中雖有變化，而實亦無異。卜辭諸形，羅振玉釋為我字而無說 ⟨見《考釋》七十一叶下⟩，王國維云：「我字疑象兵器形，訓余為借義。」⟨朱芳圃《甲骨文字編》十二卷八叶下引⟩商承祚云：「我之本義殆為多刺兵名。」⟨《說文中之古文考》二五一叶⟩郭沫若云：「我字即《詩・豳風》『既破我斧，又缺我錡』之錡，傳『鑿屬曰錡』，《說文》『錡，鉏鋙也』。古之所謂鉏鋙，即今人之所謂鋸矣。鋸之齒不相值，故鉏鋙引申而為齟齬齟牙。鋸音居御切，正鉏鋙之促音。」⟨《殷契粹編考釋》一九七叶⟩朱芳圃從郭說而略有修正，云：「我象長柄而有三齒之器，即錡之初文。原為兵器，〈破斧〉三章以斨錡銶並言，是其證。」⟨《殷周文字釋叢》一七五叶⟩李孝定從王說而更釋之曰：「契文我象兵器之形，以其柲似戈，故與戈同，非从戈也。器身作𢦏，左象其內，右象三銛鋒形。」⟨《甲骨文字集釋》第十二，三七九九叶⟩以上諸家，皆謂我象兵器形，雖未云字為全體象形，而推其說可知矣。然三銛鋒形之兵器，證之典籍，求之實物，皆無徵驗。且據許書所載，上溯古匋、古璽、兩周彝銘及殷商刻辭，其字偏旁从戈而作，歷歷不爽，則字非據實體之物而制為獨體象形者甚審。魯師實先為之釋曰：「《說文・我部》載我之古文作𣎆，乃從戈從勿以會意。戈者示其武力，勿者示其族徽，以其文為從勿，而勿弗同

音，故《說文》載墨翟書之義字作羛，乃以弗代我所從之勿也。篆文作手即勿之蛻變。」_{之二、四〇叶}^{〈殷契新詮〉}師說是也。蓋以字從勿作，故卜辭金文皆作ㅋ或作彡，以象徽幟飄揚或微垂之形。陳獨秀《文字新詮》謂我字甲文皆象干戈上懸旗，其識見與魯師同。疑我之結構，與族不異。字從勿猶族之從㫃，從戈猶族之從矢；戈矢皆示其武力，勿㫃皆示其族徽。《說文》訓族爲矢鋒，疑有未塙。考諸刻辭彝銘族從㫃從矢，與許說同，然訓曰矢鋒而字從㫃，義無所取，段注據《韵會》、《集韵》、《類篇》所引，於從矢下補「㫃所㠯標眾，眾矢之所集」十字，亦與矢鋒之義無涉。且證諸經傳，其用爲屬也_{「工立三族」韋注}^{《國語·晉語》}，眾也_{月更刀，折也」崔注。}^{《莊子·養生主》「族庖}，聚也_{「族鑄大鐘」高注}^{《淮南·要略》}，類也_{「方命圮族」孔傳}^{《尚書·堯典》}，群也_{「工不族居」注}^{《周書·程典》}，實皆即族類之引申，與矢鋒絕無關涉。前儒於此字之構形取義，獨具卓見者，唯俞樾一人而已。其《兒笘錄》云：「族者軍中部族也。從㫃者所以指麾也，從矢者所以自衛也。」近人丁山據卜辭以立說，其於《甲骨文所見氏族及其制度》中，釋族之形義曰：「族從㫃從矢，矢所以殺敵，㫃所以標眾。其本義應是軍旅之組織。族制的來源，不僅是自家族演來，還是氏族社會軍旅組織的遺蹟。」_{三十四叶}^{三十三至}李孝定然其說，而云：「字從㫃從矢，其本義當爲族類。蓋古者同一家族或同一氏族，即爲一戰鬥單位，故於文從㫃從矢會意。」_{第七、二二三三叶}^{《甲骨文字集釋》}諸家之說，容有小異，而以字爲從㫃從矢則一，蓋符制字之怡也。此由族我二字形體結構比勘，知我從戈從勿，益爲顯然。許氏引或說以手爲古垂字，蓋以我厇二字古文之所從近似而牽附，實則篆文從手，手即勿之譌變。故字從戈從手，而義訓施身自謂，宜其形義不相比附也。然則許氏於此篆下所列申釋字形之異說，以手爲古垂字者，實有未然也。

第二節　字音一曰之質難

　　古人一字每有數音，或聲韻有別，或音調有殊，多與意義之歧分有關。蓋以一字所代表之意義有不同，則音讀或隨之而異也。故有一義因轉移引申，以意義之小變，而分作二讀，以避殽混者。若卑訓賤也，執事者^{〈十部〉}，音補移切，古音在幫紐十六部。引申爲卑下之稱，則音讀如婢，在並紐十六部。《禮記·中庸》「譬如登高必自卑」，《釋文》云：「卑音婢。」《周禮·匠人》注「禹卑宮室」，《釋文》云：「卑，劉音婢。」是其例也。若此者無論矣。其有一字叚爲他

字之用，而音讀致歧者，若屮爲艸木初生，讀若徹^{〈屮部〉}，古音在透紐十五部。古文或以爲艸字，則必具艸字之音，讀蒼老切，古音在清紐三部矣。《漢書·禮樂志》「屮木零落」、〈地理志〉「屮繇木條」，顏注竝云：「屮，古艸字。」則屮非讀徹而應讀艸，此音隨義變也。又若疋義爲足^{〈疋部〉}，音所菹切，古音在心紐五部。古文以爲《詩》大雅字，則必具雅字之音，讀五下切，古音在疑紐五部矣。《爾雅釋文》云：「雅字亦作疋。」拓拔魏有侍中和疋，《通鑑》注云：「疋音五下翻。」^{桂馥《義證》引}則疋非讀所菹切，而應讀五下切之音，此亦音隨義變也。推原其故，良由字既借爲他字之用，則或亦叚他字之音以傅此字之形也。亦有具獨立之音義，而無其字，乃叚音同之字以託其義者，相沿日久，爲避借義與本字音讀之相溷，借義之音遂有變異，乃區爲二讀，此亦音隨義而變者也。若葉爲艸木之葉^{〈艸部〉}，音與涉切，古音在定紐八部，叚借爲地名，則音式涉切，在透紐八部。《左》宣三年傳「及葉」，杜注云：「葉，楚地，今南陽葉縣。」《釋文》：「葉，式涉反。」《通志·氏族略》亦云：「葉氏，舊音攝，後世與木葉之葉同音。《風俗通》：『楚沈尹戌生諸梁，食采於葉，因氏焉。』」即其例。《說文》乃形書也，凡篆一字，先訓其義，次釋其形，次釋其音，合三者以完一篆。是知其所訓之義，必爲本義，所釋之形，當爲本形，所注之音，宜爲本音。雖一字之音，容以古今遞變，方域差殊，而有轉變遷迻，然其宜爲本形本義之音讀，要無可疑。然考許書所著讀若，有與本義無涉，而爲借義之音讀，此與因本義之轉移引申，而音分二讀者，固不可竝論，實非許書所宜有，是不可不辨也。此例雖少，要是一宗，故別爲一節以論辨之。

一、一曰之讀實屬叚借而音變者

珡石之次玉者，以爲系璧。从玉丰聲。讀若《詩》曰瓜瓞菶菶，一曰若盦蚌。^{一上〈玉部〉}

按珡音補蠓切，古音屬幫紐九部。讀若《詩》曰瓜瓞菶菶者，《詩·大雅·生民》之文。《說文·艸部》曰：「菶，艸盛。从艸奉聲。」音亦補蠓切，古音竝同幫紐九部。是珡菶二字音同也。又以諧聲偏旁考之，菶从奉聲，奉从丰聲^{〈廾部〉}，珡亦从丰聲，衡以凡从某聲古必讀某之條例，是古音二字全同也，故云珡讀若菶。然則此引《詩·大雅·生民》文者，蓋以擬其音讀也。

一曰若畬蚌者，《說文・虫部》曰：「蚌，蜃屬。从虫丰聲。」音步項切，古音屬並紐九部。是玤蚌二字韵同聲近也^{幫並二紐為旁紐雙聲}。又凡从某聲，古皆讀某，玤蚌竝从丰聲，是二字古音宜同。幫並異紐者，蓋聲之變也。王筠《句讀》云：「《玉篇》引此句于以為系璧之下，然則非讀若也。謂玤之文似蚌，故同從丰聲，猶璊虋同色，故同聲也。」又《釋例》云：「《韵會》引作讀若蚌，《詩》曰十字竝無。特《玉篇》引此句於以為系璧之下，是謂玤形似蚌，故同從丰聲，則是義非音。」案王說蓋非。《玉篇》收布孔、步講二切，《廣韻》講韵收步項切，音同蚌，是固有此音也。考《左傳》莊二十一年「虢公為王宮于玤」，杜注云「玤地」，《釋文》：「玤，蒲項反。」則是玤於嬴秦以前亦叚為地名，音則讀如蚌，與石之次玉者一義之音讀，略有小異。此蓋音隨義轉也。許知玤有蚌之一讀，故云爾。

據上所考，是許書玤下云一曰讀若蚌者，其音實屬叚借而音變者也。許氏《說文》據形說其本義，其所箸讀若，當為本形本義之音讀。今以叚借義之音而入諸字書，是有未安也。

第三節　字義一曰之質難

《說文》之為書，以文字而兼聲韵訓詁者也，其書據形以立義，所釋之義，必契合其本形，故後之學者，咸信許書但言文字之本義，是固然已。惟許敘云博采通人，則亦有未必悉契乎先民制作之精微者矣。推原其故，蓋以本義唯一，引申義無限，而古人用字，則多本借兼行。是以一字之義，因時久而遞有增廣，通行既徧，則不免有隨俗訓釋者，以故容有以引申或叚借為其初義者矣。此或緣古義失傳，或緣形體譌變，自不足為許書病也。是故許氏之於本訓，意有未得，輒采別說，亦所以欲求合其朔也。然許書所存別說，實兼有廣異聞，備多識，而不拘一隅之作用，故其書首列制字之本義，而亦不廢叚借，凡所引經、引通人說，類多有之。鞄訓柔革工，而引《周禮》「柔皮之工鮑氏」，釋云「鮑即鞄也」；斁義訓解，而引《詩》「服之無斁」，釋云「斁，猒也」。又亞下引「賈侍中說以為次弟」，龞下引「杜林以為朝旦」，斯蓋許氏明言叚借之例也。凡言一曰者，亦多類此。然而《說文》字書也，凡篆一字，先訓其義，次釋其形，次釋其音，合三者以完一篆，是其書恉在因形課義，故凡字宜但言

其本義，借義原不當言，非如《爾雅》初哉首基肇以次，即正叚兼施者也。蓋《爾雅》一書，乃訓詁之淵海，六藝之鈐鍵，故其施用，不必求合字之本義，此所以爲異耳。因是而論，許氏以借義而入字書，實猶《爾雅》之兼收並蓄，混本義借義於無別矣。斯者大乖其立說之體例，不可不辨。又許書所存一曰之說，有顯然謬誤者，亦於此節論之。故本節所分細目，凡有三端：一曰一曰之說實屬叚借義者，二曰一曰之說實有謬誤者，三曰一曰之義實屬方言叚借者。前二者又分細目爲二。

一、一曰之說實屬叚借義者

（一）無本字之叚借

𦺇 華盛。从艸不聲。一曰茉苜。 ^{一下}〈艸部〉

按一曰茉苜者，《詩・周南・茉苜》「采采茉苜」，毛傳云：「茉苜，馬舄；馬舄，車前也，宜懷任焉。」^{陸璣《詩疏》云：「茉苜一名馬舄，一名車前，一名當道，喜在牛跡中生，故曰車前當道也。今藥中車前子是也。幽州人謂之牛舌草，可鬻作茹，大滑，其子治婦人難產。」}《爾雅・釋草》同。此蓋許說所本。考《說文・不部》云：「不，鳥飛上翔不下來也。从一，一猶天也。象形。」許氏上篆說解，宋鄭樵以下多疑之。鄭氏《通志・六書略》云：「不象華萼蒂之形。《詩》曰『常棣之華，萼不韡韡。』」周伯琦《說文字原》云：「不，鄂足也。象形。」王筠《釋例》云：「不字以〈常棣〉篇鄂不爲本義，鄭箋云：『承華者曰鄂。』不字之形，即鄂足之形，乃象形字。ㅜ正是花萼形，㐺之中直爲枝莖，左右垂者爲細葉，凡葉之近花者，皆細於它葉而下垂也。是鄂不爲其本義，後爲借義所奪耳。《左》成二年傳『三周華不注』，杜注弟云山名。十六年傳『有韎韋之跗注』，杜注：『跗注，戎服若袴而屬於跗，與袴連。』案杜以屬釋注，知華不注即華跗注也，即鄂不也。華跗注者，上華下跗，相連屬也。不字本義，於經僅兩見，是以毛公不釋不字，許君亦別作解釋，蓋皆疏忽於其義也。」饒炯《部首訂》亦謂不即《詩》「鄂不韡韡」之不。是皆以不爲鄂不字，非爲不然之詞也。字於卜辭作 𣎴 ^{《甲》1565}、𣎴 ^{《乙》9094}、𣎴 ^{《鐵》7.1}，金文作 𣎴 ^{〈大豐簋〉}、𣎴 ^{〈敔簋〉}、𣎴 ^{〈毛公鼎〉}，皆與篆文同體。羅振玉釋之曰：「象花不形，花不爲不之本誼，許君訓爲鳥飛不下來，失其旨矣。」^{《增訂殷虛書契考釋》卷中三十五叶}王國維亦曰：「帝者蒂也，不者柎也。古文或作 𣎴 𣎴，但象花萼全形。」^{《觀堂集林》六卷十叶〈釋天〉}羅氏以不爲花不，王氏以不即柎，其說無殊，蓋

俱以不爲鄂足也。是則以不爲鄂足，實非一家之言，蓋所見多同也。《詩·小雅·常棣》「常棣之華，鄂不韡韡」，鄭箋云：「承華者曰鄂，不當作柎，柎、鄂足也。」此不義之僅見於傳注者。《左傳》「三周華不注」，蓋亦取義於華柎，竝其證。以不叚爲非然之詞，經時既久，遂爲借義所專，故加艸作芣，以還其原。是芣者實由不所孳乳，猶聿借爲發語之詞，故孳乳爲筆〈聿部〉；云借爲言詞之曰，故孳乳爲雲〈雲部〉；其借爲指稱之詞，故孳乳爲箕〈箕部〉；昔借爲夙昔，故孳乳爲腊〈日部〉；求借爲祈求，故孳乳爲裘〈裘部〉；皆由初文增益形符，亦所以俾異於借義者也。徐鍇《繫傳》云：「鍇以爲愼意以此（芣）爲『棠棣之華，萼芣韡韡』之芣也。」說甚允塙。段注云：「許君之意，必以芣爲鄂不之不之專字。〈小雅〉『常棣之華，鄂不韡韡』，傳曰：『鄂猶鄂鄂然，言外發也。韡韡，光明也。』箋曰：『承華者曰鄂，不當作柎，柎、鄂足也。鄂足得華之光明，則韡韡然盛。』許說曰盛，與鄭君同。」錢坫《斠詮》亦云：「此當即《詩》鄂不字，箋：『承華者鄂，不當作柎，柎、鄂足也。鄂足得華之光明，則韡韡者盛』，與此解正同。」說竝是也。芣義華盛，而許氏別訓芣苜者，其於引申之義絕不相通，覈之聲韵，亦非佗字之叚借，斯乃叚借立名，蓋可瞭然。朱駿聲《通訓定聲》謂許訓芣苜者，乃叚借爲疊韵連語，說不可易。今經典芣苜作芣，而華盛之義，俱無所見矣。然則許云一曰芣苜者，實以叚借而入諸字書矣。

芨 艸根也。从艸友聲。春艸根枯，引之而發土爲撥，故謂之芨。一曰艸之白華爲芨。 〈艸部〉 一下

按一曰艸之白華爲芨者，《爾雅·釋草》「黃華蔈，白華芨」，舍人曰：「黃華名蔈，白華名芨，別華色之名也。」許說蓋本《爾雅》。許云春艸根枯，引之而發土爲撥，故謂之芨者，撥芨音同〈古音二字竝同 幫紐十五部〉，故許氏用以爲說，蓋以申明艸根爲芨之義也〈見《段注》〉。考凡从友聲之字多含根本義，故王引之《經義述聞》云：「芨之言本也，故橐本謂之橐芨，燭本謂之跋。《方言》曰：『芨、杜，根也。東齊曰杜，或曰芨』，《淮南子·地形篇》曰：『凡根芨草者生於庶草，凡浮生不根芨者生於藻』，皆其證也。」楊樹達於〈說髮〉亦云：「《說文·髟部》云：『髮，根也。从髟友聲。』」按髮訓根義頗難通，故段氏改爲頭上毛，蓋疑之也。然友聲字多含根本之義。〈艸部〉云：『芨，艸根也。』《方言》云：『芨、杜，根也。〈卷二 十八〉

東齊曰杜,或曰芺。』《淮南子‧地形篇》云:『凡根芺草者生於庶草,凡浮生不根芺者生於藻。』《山海經‧中山經》云:『青要之山有草焉,其本如藁本。』又〈西山經〉云:『皋塗之山有草焉,其狀如藁芺。』藁芺即藁本也。故郭璞注〈上林賦〉云:『藁本,藁芺』,是也。《禮記‧曲禮》篇云:『燭不見跋』,鄭注云:『跋,本也。』_{《增訂積微居小學金石論叢》卷二}是芺訓艸根,由語根字根皆可徵焉。且考藁下說解云:「苕之黃華也,從艸票聲,一曰末也。」段注曰:「金部之鏢,木部之標皆訓末,藁當訓艸末。〈禾部〉曰:『秒,禾芒也』,秋分而秒定。按《淮南‧天文訓》作秋分藁定,此藁爲末之證也。」段說甚是。藁從票聲,而義爲艸末;芺從夭聲,而義訓艸根。芺指其本,藁指其末,此以二文對勘,義尤明塙。則艸根一訓,爲芺之朔誼,則斷然無疑。艸之白華爲芺一訓,其於引申實不相通,斯蓋「本無其字,依聲託事」之例,段借立名者耳。然則許云一曰艸之白華爲芺者,實以段借義而入諸字書矣。

　藝　艸木不生也,一曰茅芽。從艸埶聲。_{一下〈艸部〉}

　　按一曰茅芽者,經傳固無徵,而訓藝爲艸木不生,清儒之爲許學者亦多疑之。鈕樹玉《校錄》云:「不字疑衍,《玉篇》訓芽也,又草木生皃,藝之上下文與草木不生義不類。《左》昭十六年傳『有事于山,藝山林也』,杜注:『藝,養護令繁植。』」張文虎《舒藝室隨筆》云:「《玉篇》『藝,茅芽也,又草木生皃』,蓋本許書。此文不字當即木字之譌衍。」鈕、張二氏俱據《玉篇》以不字爲衍,此一說也。桂馥《義證》云:「不當爲才,《玉篇》『藝,草木生貌。』」王筠《句讀》同,此又一說也。段注則於《說文》、《玉篇》二說未有以決。沈兼士曰:「《說文》『藝,艸木不生也,從艸埶聲。』段注:『藝之言蟄也,與蓮反對成文。』《玉篇》云艸木生皃,未知孰是。按從埶聲者,如摯,摯足也;穎,屋傾下也;褺,重衣也;𩅦,寒也;蟄,藏也;墊,下也;縶,絆馬足也;皆有攝藏之意,似《說文》艸木不生之義爲長。」_{〈右文說在訓詁學上之沿革及其推闡〉}沈氏據由埶所孳乳諸形聲字,以證藝義爲艸木不生,說至精塙。考《說文》埶下云:「捕皋人也,從丮卒,卒亦聲。」字於卜辭作 _{《前》4.19.7}、作 _{《前》5.36.4},正象一人兩手加梏之形_{說見李孝定《甲骨文字集釋》}尤見許說允爲塙詁。以埶義捕皋人,故引申而有拘執、持守、攝藏之義,是從之爲聲之諸形聲字,亦多兼有埶義。然則艸木不生爲藝之本義,固

亦無可置疑矣。疑《玉篇》蓺訓艸木生兒，乃誤以蓺爲埶^{《說文》無蓺篆，字作埶，云種也（〈丮部〉）}。據許書埶爲持種，蓺爲草木不生，義有殊異。桂氏以爲蓺埶形聲雖異，而實一字，故以不爲才之譌，說蓋非是。故一曰茅芽者，實非蓺義之引申，斯乃叚借爲稱，非其朔義也。然則許氏此云一曰茅芽者，乃以叚借義而入諸字書也。

<!-- 字頭 -->
擇菜也。从艸右，右、手也。一曰杜若香艸。^{一下〈艸部〉}

按一曰若香艸者，《楚辭‧九歌》「華采衣兮若英」^{王注：若杜若也}，又「采芳洲兮杜若」^{王注：芳洲香草蘩生水中之處}。此古以若爲杜若也，蓋許說所本。杜若一名杜衡，一名杜連，一名白連，一名白苓，亦名若芝，生川澤^{見《本草》及《名醫別錄》}陶弘景曰：「葉似薑而有理，根似高良薑而細，味辛香，又絕似旋覆根。殆欲相亂，葉小異耳。」^{《植物名實圖考長編》引}其性狀於此略可見之。考卜辭有^{《甲》205}、^{《甲》411}、^{《甲》2443}、^{《佚》745}、^{《甲》1032}諸字，羅振玉釋若，曰：「卜辭諸若字，象人舉手而跽足，乃象諾時巽順之狀。古諾與若爲一字，故若字訓爲順，古金文若字與此略同，擇菜之誼，非其朔矣。」^{《增訂殷虛書契考釋》卷中五十六叶}葉玉森《殷虛書契前編集釋》、陳獨秀《文字新詮》，均從羅氏說，而各有修正。葉氏曰：「卜辭若字象一人跽而理髮使順形。《易》『有孚永若』，荀注：『若，順也。』卜辭之若，均含有順意。象髮蓬亂，故須手理使順。」^{二卷三叶}陳氏曰：「甲骨然諾字作或，古金文〈母敦〉作，與甲文同。〈孟鼎〉作，〈毛公鼎〉作，形稍變矣，然猶未加口，〈師虎敦〉則有口作；初形蓋象俘人諾降時散髮舉二手跽而巽順之形，後加口作若，後又加言作諾，以爲然諾字。故《書》傳若訓敬順，《詩》傳若亦訓順。〈魯頌〉『及彼南夷，莫不率從，莫敢不諾，魯侯是若』，此正用諾、若爲被征服者順從之義。」^{三叶}諸家之說，均能合於傳注訓若爲順之義，而其釋形言人人殊，蓋以古說未傳，故爾紛紜若此，殆無定說也。疑諸家所釋卜辭若字與許書訓擇菜之若，非同一源，而各有其義。考之卜辭，別有^{《甲》990}、^{《乙》6343}、^{《前》4.53.2}諸字，羅振玉釋芻，研契者多從其說。唐蘭釋艾，且解其形曰：「字从艸又聲，即《說文》訓擇菜也，从艸右聲之若字，《詩》『薄言有之』，有當作艾或若，擇之也。」^{《天壤閣甲骨文存考釋》三十六叶}唐說是也，惟謂若艾均爲形聲字，則有未碻，艾當爲从艸从又會意。金文〈散盤〉有三艾字，作、作、作，皆與卜辭同體。古璽作^{《說文古籀補補》1.6}，與〈散盤〉同。阮元釋之曰：「《說文》若字从艸从右，此作，又、古右字。」^{《積古》8.8〈散盤〉}

王國維則稍作修正云:「芰舊謂釋若,其字从又持屮,與《說文》訓擇菜之若相近。」^{《觀堂古今文考釋》}2004頁〈散盤考釋〉 實則芰字蓋即擇菜之古文,以芰借爲地邑之稱^{見〈散盤〉},故加口作若^{古ナ又字與}_{右相通作}。與🌿之加口作🌿者,固有殊異。高田忠周曰:「芰若作字之怡無異。初有芰🌿二字,如🌿字从口🌿聲,後芰變作若,依鐘鼎古文,凡爲如義之若字,皆作🌿,無一用若字者,蓋古文借🌿爲如也。秦漢以後寫經傳者,以🌿🌿相似,悉改🌿爲若,🌿字遂隱矣。如許書,元當作🌿擇菜也,从屮从又,又、手也。🌿篆文芰。」^{《古籀篇》}_{79.11}說頗精當。惟以🌿🌿混同爲一,乃爲秦漢後寫經者改之者,或李斯之徒,省改史籀大篆,乃混於一同,亦有此可能也。故許書但見🌿,而無🌿字。潘石禪先生曰:「《說文》每字之說解,一以本義爲主,不必求合經典,亦不必隨順通俗,若以《爾雅》、《方言》斤斤求之則誤。蓋《說文》爲純粹之字書,爲超然獨立之字書,專爲文字本身而立說者也。如若訓擇菜爲動詞,从屮,故若可爲菜。从右者,借右爲又,又、手也。以手擇屮,所以釋爲擇菜。」^{《說文》}_{約論}說至允塙。此據其字之流變及其構形言之,可知擇菜爲若之本義,固憭無疑昧者也。若夫香屮名杜若者,屮木字諸多隨音叚用,是乃叚借爲稱,蓋以許氏見古多以若爲杜若,故亦兼采以存之。段注云:「一曰杜若香屮,此六字依《韵會》恐是鉉用鍇語增,今人又用鉉本改鍇本耳。」按小徐《繫傳》引《本屮》說杜若,未必即鉉用鍇語增,段說疑有未審。如上所考,知許氏此云一曰杜若香草者,實以叚借義而入諸字書也。

🌿 乾芻。从屮交聲。一曰牛蘄屮。^{一下}_{〈屮部〉}

按一曰牛蘄屮者,《爾雅・釋草》「茭,牛蘄」,郭注云:「今馬蘄,葉細銳,似芹,亦可食。」是茭一名牛蘄,一名馬蘄,一物而三名也。許說蓋本諸《爾雅》。朱駿聲《通訓定聲》云:「牛蘄爲本訓。」又云:「此草馬牛喜食,故凡芻以茭名。」朱氏以牛蘄爲茭之本訓,而以乾芻爲引申義,似泥於牛蘄、馬蘄之名,因謂馬牛喜食,故以之爲本義,疑有未塙。知者,凡物之大者,古人或以牛名,蓋牛者物之大者也。故《爾雅・釋草》蓍曰牛藻^{郭注云:「似}_{藻葉大。」},蕢曰牛^{郭注云:「今江東呼草爲牛蕢者,}蕢_{高尺餘許,方莖,葉長而銳。」},〈釋木〉終曰牛棘^{郭注云:「其}_{刺粗而長。」}。亦以馬名,〈釋草〉葴曰馬藍^{郭注云:「今大}_{葉多藍也。」},茉葟曰馬舄^{郭注云:「今車前草,大葉長穗,}_{好生道邊,江東呼爲蝦蟆衣。」},〈釋蟲〉蝒曰馬蜩^{郭注云:「蜩中最}_{大者爲馬蟬。」},蚬曰馬蜩^{郭注云:「馬蠲蚼俗呼馬蝼。」},郝懿行《義疏》:「《方言》馬蚿,北燕謂之蛆蝶,其大者謂之馬蚰。蚰蜒同。」,而牛藻亦名馬

藻，牛棘亦名馬棘^{並見《爾}^{雅》郭注}，皆是也。然則牛蘄、馬蘄也者，非以馬牛喜食而得名，蓋可知也。李時珍《本草綱目》曰：「凡物大者多以馬名，此草似芹而大故也。」其說蓋是。考本書交下云交脛也，故凡从交得聲之字，除多有交會義外，亦多含纒束之義，筊訓竹索^{〈竹部〉}，校訓木囚_{注云：「以木夾足止行也。」}^{〈木部〉。《易》屨校滅趾侯，}，絞義訓縊_{絞，許云从交糸，段玉裁、}_{朱駿聲並謂交亦聲是也。}，是其例。茭義乾芻，蓋謂既刈之草，所以飲牛馬者也。既刈而以索束之，故字从交聲。衡以形義必相密合之理，則乾芻爲其本義，憭無可疑也。其云牛蘄名茭者，是乃叚借爲稱。蓋以草木字諸多隨音叚用也。然則許云一曰牛蘄艸者，實以叚借義而入諸字書也。

趩 止行也，一曰竈上祭名。从走畢聲。^{二上}_{〈走部〉}

按一曰竈上祭名者，《玉篇》、《廣韻》皆有禪字，云竈上祭也。考《說文‧畢部》云：「畢，田罔也。从華象畢形微也。」《爾雅‧釋天》「濁謂之畢」，孫炎曰：「掩兔之畢，或謂之噣，因以名星。」_{噣與濁通。據孫氏之意，蓋以製器先有定稱，星名}_{由於後起。而郭璞則云「因星形以名」，與孫說有}_{異。孔穎達曰：「孫謂以網名星，郭謂以畢名網，郭說是也。」（《詩‧盧令》疏）邵晉涵亦曰：「古人觀象以制器}_{，未聞因器以名象也。郭說較長。」（《爾雅正義》）然許氏以田罔訓畢，而不以爲星名，且徵諸卜辭，畢本象田罔}_{之形，則字蓋因器名而制}_{甚審，郭說未必然也。}陳奐《詩毛氏傳疏》云：「〈盧令〉箋：『畢，噣也。』《正義》引〈釋天〉噣謂之畢，李巡云：『噣，陰氣觸起，陽氣必止，故曰畢。畢，止也。』《史記‧律書》：『北至於濁，濁者觸也，言萬物皆觸死也，故曰濁。』《索隱》引《爾雅》濁謂之畢，今郭本作濁，李本作噣，噣濁其義皆與觸同也。」^{〈小雅‧漸}_{漸之石〉疏}是蜀聲字含有觸止義_{黃永武先生曰：郭璞〈遊仙詩〉}_{「退則觸藩羝」，是觸有止義。}，故畢亦爲止，而諸畢聲字，其義亦多近止。如縪義爲止_{〈糸部〉}，斁義爲盡^{〈攴部〉。《段注》：「事畢之字，當作此。}_{畢行而斁廢矣。」《廣雅》：「斁，竟也。」}，足气不至曰痹_{〈病部〉。}_{不至即止義}，飲酒俱盡曰醳^{《玉篇》}，字雖異而音義同也。趩从走畢聲，而義訓止行，形與義協，斯乃趩之本誼，蓋憭無可疑。據許書通例，凡字从某則必有某義，趩从走而許氏別訓竈上祭名，形義乖隔，非其朔也。且趩義止行，其於引申亦不相通，斯蓋叚借爲名，其本字當作禪，《玉篇》云「禪，竈上祭」，是也。《說文》無禪，蓋爲後起本字。或謂《說文》「祉，以豚祠司命」，禪即祉字_{見徐松《段}_{注札記》}。此乃混司命與竈神爲一，而以祉爲本字，禪爲後起俗字，其說蓋非。《禮記‧祭法》云：「王爲群姓立七祀：曰司命、曰中霤、曰國門、曰國行、曰泰厲、曰戶、曰竈。王自爲立七祀。諸侯爲國立五祀：曰司命、曰中霤、曰國門、曰國行、曰公厲。諸侯自立五祀。大夫立三祀：曰族厲、曰門、

曰行。適士立二祀：曰門、曰行。士庶人立一祀，或立戶，或立竈。」天子立七祀，諸侯五，大夫三，適士二，士庶人一，此即所謂「名位不同，禮亦異數」<small>《左傳》莊公十八年文</small>是也。司命與竈既竝列七祀之中，則二者非一，不言而諭。鄭注云：「司命，小神，居人之間，司祭小過，作譴告者。」《風俗通義》云：「《周禮》橚燎祠司中、司命。司命、文昌也。」是則司命有二：鄭康成以爲人間小神，應仲遠以爲文昌也。《白虎通》云：「五祀者，謂門、戶、井、竈、中霤也。」鄭注〈曲禮〉五祀云：「戶、竈、中霤、門、行也。」蓋皆去司命與泰厲，而非即以竈爲司命也。以司命爲竈神，初見於宋孟元老之《東京夢華錄》，自五祀之目視之，則後世有以司命爲竈者矣。是乃後起之異名，非可以範圍漢世之稱謂。然則祂襌固非一字之異體，蓋可明矣。是知許云一曰竈上祭名者，實以叚借義而入諸字書也。

　　翬 大飛也。从羽軍聲。一曰伊雒而南，雉五采皆備曰翬。《詩》曰如翬斯飛。<small>四上〈羽部〉</small>

　　按一曰伊雒而南，雉五采皆備曰翬者，《爾雅‧釋鳥》云：「伊洛而南，素質五采皆備成章曰翬。」<small>郭注：「翬亦雉屬，言其毛色光鮮。」</small>此蓋許說所本。考《說文‧車部》云：「軍，圜圍也，四千人爲軍。从包省从車。車，兵車也。」軍義圜圍，引申則含有大之義，《說文‧口部》云：「喗，大口也。从口軍聲。」〈目部〉云：「睴，大目出也。从目軍聲。」〈鳥部〉云：「鶤，鶤鷄也。从鳥軍聲。」按《爾雅‧釋鳥》：「鷄三尺爲鶤。」則是鶤爲大鷄之名也。〈日部〉云：「暉，光也。从日軍聲。」〈火部〉云：「煇，光也。从火軍聲。」按光大義近。〈心部〉云：「惲，重厚也。从心軍聲。」按重厚亦與大義近。〈水部〉云：「渾，混流聲也。从水軍聲。」按《說文》混下云豐流也，豐大義相通。〈手部〉云：「揮，奮也。从手軍聲。」按奮者翬也<small>〈奞部〉</small>。〈糸部〉云：「緷，緯也。从糸軍聲。」按《玉篇》：「緷，大束也。」凡此諸字，皆从軍聲，而義俱近大，是凡軍聲字多有大義也。翬从羽軍聲，故其義大飛，衡以形義必相契合之理，可知翬以大飛爲本義，固憭無可疑。其云伊雒而南，雉五采皆備曰翬者，求之義訓，非本義之引申，覈之聲韵，亦非佗字之叚借，蓋爲叚借立名，所謂「本無其字，依聲託事」者也。然則許氏於此出一曰者，乃以叚借義而入字書也。

僗癡行僗僗也。从人翏聲。讀若雚。一曰且也。　　^{八上}_{〈人部〉}

按一曰且也者，其義無徵，蓋即今所謂聊且字，經傳多叚聊為之^{聊僗二字古音}_{竝屬來紐三部。}《廣雅・釋詁》：「聊，且也。」《詩・邶風・泉水》「聊與謀」，鄭箋：「聊，且略之辭。」是也。考《說文・羽部》云：「翏，高飛也。」求之古訓，翏聲孳乳之字，多含有遲緩之義。若經繆殺曰闠^{〈鬥部〉}，縛殺曰摎^{〈手部〉}。闠下段注曰：「若^{縛殺之。」二者}_{皆殺之緩慢者。}摎下注曰：「以束_{縛殺之。」二者}，蚴蟉曰蟉蟉^{〈虫部〉}。司馬相如〈大人賦〉「騶赤螭青虬之蚴蟉蜿蜒」，《漢書》作「蚴^{蟉蜿蟺」，顏注云：「蚴蟉宛蜒，皆其行步進止之貌。」蓋謂宛轉遲緩而行也。}，微風曰飂^{〈廣雅・釋詁〉「飂、飀，風也」，王念孫曰：「飂亦飀也，語之轉}_{耳。」《初學記》引《通俗文》云微風曰飂。」微風蓋風之舒緩者。}，是其例。僗从翏聲，故義訓癡行僗僗，謂行動遲緩也^{徐灝《段注箋》云：「〈黽部〉曰先黿詹諸也，其行先先}_{詹諸即蟾蜍，行動遲緩，蓋即癡行僗僗之義。」是也。}此以翏聲字證之，癡行僗僗宜為僗之本誼也。又考語詞之字，證以許書，多有本義可求。若但義為裼^{〈人部〉}，而義為須^{〈而部〉}，然義為燒^{〈火部〉}，苟義為艸^{〈艸部〉}，蓋為覆苫^{〈艸部〉}，爾為麗爾^{〈㸚部〉}，焉為焉鳥^{〈鳥部〉}，則為等畫^{〈刀部〉}，方為併船^{〈方部〉}，亦為臂亦^{〈亦部〉}，惟為凡思^{〈心部〉}，夫為丈夫^{〈夫部〉}，聊為耳鳴^{〈耳部〉}，姑為夫母^{〈女部〉}，也為女陰^{〈乁部〉}，雖為蟲名^{〈虫部〉}，山川气曰云^{〈雲部〉}，主聽者曰耳^{〈耳部〉}，所以薦曰且^{〈且部〉}，伐木聲曰所^{〈斤部〉}，如此之類，其用為語詞，既非本義之引申，又非它字之叚借，斯正「本無其字，依聲託事」之例，是乃無本字之叚借。許氏以且釋僗，蓋猶經傳叚耳鳴之聊為聊且之比，亦無本字之叚借，非專為語詞而製此也。段注以僗為聊且正字，聊為叚借字，但就許說而未窮其本耳。蓋僗从人翏聲，字形有定，而《說文》二訓，一實一虛，其義絕殊，兩不關涉，則二者之一必為叚借可知矣。朱駿聲《通訓定聲》云：「僗叚借為發聲之詞，《說文》一曰且也。」其說至塙。然則許氏此云一曰且也者，乃以叚借義而入諸字書矣。

廔屋麗廔也。从广婁聲。一曰種也。　　^{九下}_{〈广部〉}

按一曰種也者，謂種樓，蓋為播種之具，〈木部〉曰「椳，種樓也」，即此。亦即《玉篇》、《廣韻》之耬，《玉篇》：「耬，耬犁也。」耬犁即耬車。《廣韻》：「耬，種具也。」樓耬竝與廔通。賈思勰《齊民要術》引崔寔曰：「武帝以趙過為搜粟都尉，教民耕殖。其法三犁共一牛，一人將之，下種挽耬，皆取備焉，日種一頃。」自注云：「按三犁共一牛，若今三腳耬矣。」又云：「兩腳耬種壠概，亦不如一腳耬之得中也。」然則耬之制不同，有獨腳、兩腳、三腳之異矣。

張自烈《正字通》云：「耬，下種具。一曰耬車，狀如三足犁，中置耬斗，藏種，以牛駕之，一人執耬，且行且搖，種乃隨下。」徐光啓《農政全書》有耬車圖，其形制則今無可驗。考《說文‧女部》曰：「婁，空也。」段注云：「凡中空曰婁，今俗語尚如是。凡一實一虛，層見疊出曰婁，人曰離婁，窗牖曰麗廔，是其意也。」麗廔猶玲瓏也，蓋漏明之象。房屋通明，故字从广婁聲，而義訓屋麗廔，則屋麗廔爲廔之本訓，蓋無可疑也。其云種曰廔，而字从广，形義不協，非其朔也。覶之聲韵，非桵字之叚借〔桵於古音屬定紐十六部，廔屬來紐四部〕；求之義訓，亦非本義之引申。斯乃叚借爲稱，其正字當是《玉篇》、《廣韵》之耬。《說文》無耬，蓋爲後起正字。字从耒者，所以示其爲農器；从婁者，所以取麗廔之意也〔桂馥《段注鈔案》云：「今按種具曰廔，亦取離樓之意。會驗其器，旁施兩柱，其中爲斗，斗下二穿，旁通柱下。其柱爲孔，與鐵趺通，爲刺土投漏下其種。大斗之背，復爲小斗，施機於前斗，搖動之，令其種分灑調勻布。其形如樓櫓，故又謂之樓矣。」〕許氏於桵下云「種樓也」，樓亦借字。〈木部〉云：「樓，重屋也。从木婁聲。」〔《釋名‧釋宮室》：「樓，言牖戶諸射孔婁婁然也。」〕與播種之具無涉。如上所考，是許氏此云一曰種也者，實以叚借義而入諸字書也。

夷　平也。从大从弓。東方之人也。〔十下〈大部〉〕

按東方之人也者，蓋說夷字之別一義也，與冠以一曰者無殊。考之經傳，夷之蹤跡，實徧及東西南北，非東海沿線而始有之。其曰西夷者，見《孟子‧梁惠王下》、〈滕文公下〉、〈離婁下〉、〈盡心下〉。其曰南夷者，見〈魯頌‧閟宮〉，及《鹽鐵論‧崇禮篇》。其曰北夷者，見《公羊》僖四年傳、《鹽鐵論‧國病篇》、《法言‧孝至篇》。而《竹書紀年》紀夏殷之世，有淮夷、畎夷、風夷、黃夷、于夷、方夷、白夷、赤夷、玄夷、陽夷、藍夷，則其種類亦繁矣。金文夷狄之夷，竝作尸，如〈宗周鐘〉云「南尸東尸，具見二十又六邦」〔《三代》一卷六十五叶〕，〈虢仲盨〉云「虢仲以王南征，伐南淮尸」〔《三代》十卷三十七叶〕是也。蓋四裔之族，統名曰夷，故有四夷之稱，《左》昭二十三年傳云「古者天子守在四夷」是也。《禮記‧王制》云：「中國戎夷，五方之民，皆有性也，不可推移。東方曰夷，被髮文身，有不火食者矣。南方曰蠻，雕題交趾，有不火食者矣。西方曰戎，被髮衣皮，有不粒食者矣。北方曰狄，衣羽毛穴居，有不粒食者矣。」許說蓋本此。此篆說解異論紛紜，段注據《韵會》所引刪「平也」二字，而以東方之人爲本義，以夷訓平爲易之叚借。其以東方之人爲夷之本義者，段氏爲之說曰：「按天

大地大人亦大，大象人形，而夷篆从人則與夏不殊。夏者中國之人也，从弓者，肅慎氏貢楛矢石砮之類也。」徐灝《段注箋》則謂段氏未明字形，而泥於夷狄爲本義，字當從一弟省聲，夷與弟皆訓易，故其義相通。高翔麟《說文字通》謂夷从弓無義，似應从己得聲。于鬯《說文職墨》謂夷所从之弓爲尸之變體，非弓矢字。《周禮・凌人》職『大喪共夷槃冰』，鄭注云『夷之言尸也』，是當爲夷字之本義。苗夔《聲訂》謂夷從大從弓，當補大亦聲。林義光《文源》謂夷即遲之本字，从大象人形，乙絆之，與後退久同意。夷遲古同音，故《詩・四牡》『周道倭遲』，韓詩作威夷。吳楚《說文染指》謂从大从己，大謂人也，己爲人己之己。夷从大而己在其中，謂人爲大人，己則合而爲一，是己之與人其大均也。均則平矣，此夷字會意之本恉。諸說之非，魯師實先於〈說文正補〉辨之詳矣。或據卜辭彝銘爲說，以夷爲尸之後起異體，其初文當作𡰥，而說亦有歧異。吳大澂《字說》云：「古夷字作𡰥，即今之尸字也。夷爲東方之人，𡰥字與𠂌字相似，象人曲躬蹲居形。東夷之民蹲居無禮義，別其非中國之人，故𡰥與𠂌相類而不同。𡰥爲蹲居，賤之之詞。」李孝定《甲骨文字集釋》云：「古文夷衹作𡰥，象人高坐之形，與席地而坐者異^{原注：𡰥即象席地而坐之形。}蓋東方之人，其坐如此，故即以𡰥名之。其作夷者，蓋東方之人俗尚武勇，行必以弓身隨，故製字象之。」^{第十、3207頁}審其立說，蓋亦皆泥於夷狄爲本義，而據古文之形以推斷，其於夷之構形仍不出許說从大之窠臼也。魯師實先以爲夷字之結體，乃爲从弓矢聲^{夷音以脂切，古音屬定紐十五部，矢音式視切，古音屬透紐十五部，是二字韻同，又爲旁紐雙聲。}，篆文之夷即卜辭所見之方名陵、𨿸諸字所從之夷，字本從矢，而篆文譌爲從大，乃爲之說曰：「夷，夷並隸定爲夷，示以矢注弦之意，夫矢之注弦必居兩彄之中，無差累黍，故其本義爲平。以其本義爲平，故孳乳爲平易之恞；鼻液流於人中，亦猶矢安兩彄之中，故孳乳爲洟；妻之女弟與妻相平，故孳乳爲姨。以矢注弦，則必大彎其弓，故鳥之大胡者，曰鵜胡；以矢注弦則必施人以創傷，故孳乳爲傷人之痍，與騂羊之羠。此以字形字義乃夷所孳乳之字證之，可知夷之本字必爲從矢，本義必爲訓平，固憭無可疑。夷與矢古音同爲衣攝，是其結構，乃爲从弓矢聲。夷弟尸遲古音同部，以故《爾雅》以夷弟同訓，《周禮》則假夷爲尸，韓詩則假夷爲遲，此並音同通借。……考之金文，第有東尸、南尸或淮尸，而未一見東夷、南夷或淮夷，蓋以尸夷古相通作，此鄭玄所以訓夷爲尸也。夫東夷之名，既未一見金文，此可

證夷之本義，非謂東方之人也。案〈小臣守簋〉云『王使小臣守使于🔲』，斯乃諸夏之地名^{原注：案春秋之時，周齊晉楚并有夷地。周夷見《左傳》莊十六年，齊夷見《春秋》僖元年，晉夷見《左傳》文十六年，楚夷見《左傳》僖二十三年}，未可證其為東夷也。考之典籍，於東夷、南夷、淮夷外，復有西夷、北夷。徵之《周禮》，則蠻服之外曰夷服（〈夏官・職方〉），檢之《左傳》，則荒遠之地統名四夷，是知夷乃四裔之通稱，非必限於東夷。其名四裔曰夷或尸者，俱為假借之名，非其本義也。許氏以平訓夷，復以東方之人訓夷者，蓋以求其字形不得其解，又見傳記多有東夷之名，故兩存其說，因之後人遂昧以東夷為之本義也。」^{〈說文正補〉}魯師據古文字形，經傳及文字孳乳之例，以論證夷之構形得義，至精且審，而知平為夷之本訓，固無疑昧。是以《詩・小雅・出車》「玁狁于夷」、〈節南山〉「式夷式巳」、〈大雅・桑柔〉「亂生不夷」、〈召旻〉「實靖夷我邦」，毛傳竝云：「夷，平也。」實有所本而言。段氏刪平也二字，殆千慮之一失者也。東方之人而曰夷者，蓋猶訓兵之戎^{〈戈部〉}，段為戎狄之戎之例，皆本無其字之叚借也。

🔲長流也。一曰水名。从水寅聲。^{十一上〈水部〉}

按一曰水名者，段注云未詳。王筠《釋例》則云：「案《玉篇》曰又水門也，門名雙聲，名似門之譌，而《廣韵》亦無水門之義。渲下一曰水門，《玉篇》同，《廣韵》則曰水名，此名門互譌之比也。」王氏據《玉篇》以為名似門之譌，然又云《廣韵》無水門之義，是亦疑有未定也。疑許云水名，當有所據，或以演水故瀆巳湮，故不可詳耳。考《說文・寅部》云：「寅，髕也。正月陽气動，去黃泉，欲上出，陰尚彊。象宀不達，髕寅於下也。」許氏據陰陽五行之說以解寅字，殆不足據信。字於卜辭作🔲_{1.31.10}^{《後》}、🔲₇₀₉^{《甲》}、🔲₄₉₃^{《戩》}、🔲_{1.15.3}^{《林》}、🔲₂₃₉₄^{《甲》}，金文作🔲^{〈臣長盉〉}、🔲^{〈戊寅鼎〉}、🔲^{〈坒角〉}、🔲^{〈克鐘〉}、🔲^{〈彔伯簋〉}，郭沫若據甲金文而釋之曰：「字於骨文作🔲若🔲，均象矢若弓矢形，有作🔲者，象二手奉矢之形，如〈戊寅父丁鼎〉作🔲，〈甲寅父癸角〉作🔲是也。入周以後，字形頓變，如〈師奎父鼎〉之庚寅作🔲，〈師趛鼎〉之庚寅作🔲……要之，十二辰之第三位，其最古者為矢形，弓矢形，若雙手奉矢形，當即古之引字，寅引音相近。」^{《甲骨文字研究・釋干支》二十三叶}魯師實先亦曰：「寅於彝銘作🔲、🔲，字从臼矢，以示張弓發矢，而為引之初文。」^{〈轉注釋義〉}師說字从臼矢，其視象二手奉矢形者，尤為明塙。蓋寅

者，亦古之引字^{《說文·弓部》}，自叚爲十二辰之第三位，遂爲借義所專。寅引古
音竝屬定紐十二部，二字音同，故螾之或體从引作蚓^{〈虫部〉}。以故寅引申而得
含有延長之義。《禮記·月令》注「此云孟春者，日月會於娵訾，而斗建寅之辰」，
孔疏：「寅，引也。」〈小雅·楚茨〉、〈大雅·召旻〉，毛傳皆曰：「引，長也。」
是其證。故凡寅聲字，其義亦多近長。《說文·戈部》云：「戭，長槍也。从戈
寅聲。」〈虫部〉云：「螾，側行者。从虫寅聲。」^{螾體細長}又遠謂之殨^{遠長其義相附}，《淮南
子·地形篇》「九州之外乃有八殥」，高注云：「殥猶遠也。」皆其例。演从水寅
聲，故義爲長流。段注曰：「演之言引也，故爲長遠之流。」其說甚塙。《釋名·
釋言語》云：「演，延也，言蔓延而廣也。」《小爾雅·廣言》云：「演，遠也。」
《文選·西都賦》注引《倉頡篇》、《漢書·五行志》注，竝云：「演，引也。」
蓋皆演引申之義也。繩以形義必相密合之理，長流爲演之本訓，固憭無可疑也。
水名曰演者，實非本義之引申，蓋爲叚借之名，非其朔也。

滋 益也。从水茲聲。一曰滋水，出牛飲山白陘谷，東入呼沱。
> 十一上〈水部〉。二徐本篆文竝作滋，段注本改篆作滋，注曰：「篆文作滋，解作茲聲，誤也。今正。」
> 段氏所改是也。嚴章福《校議議》、席世昌《讀說文記》、朱駿聲《通訓定聲》說皆同。今據從。

按一曰滋水，出牛飲山白陘谷，東入呼沱者，此謂水名也。《漢書·地理
志》「常山郡南行唐」下注曰：「牛飲山白陸谷滋水所出，東至新市入虖池。」
^{陸，《說文》作陘}水今出山西省五臺縣東烏牛山，入河北省境，與沙河合。考《說文·艸
部》云：「茲，艸木多益。从艸絲省聲。」^{大徐本絲省聲作「茲省聲」，非也，今從小徐本。}此草木之茲盛
也，引申則爲茲益之義。孳下云：「汲汲生也，从子茲聲。」^{〈子部〉}段注曰：「按
此篆从艸木多益之茲，猶水部之滋也，形聲中有會意。」段說是也。孳爲蕃
生，故字从茲以取義；滋義爲益，故字从水茲聲，字雖異而音義近同也。此由
茲所孳乳之字證之，滋以益爲本訓，形與義合，實得造字之恉。今經典滋字，
亦多用爲滋益義，如《書·泰誓》「樹德務滋」，《左》隱元年傳「無使滋蔓」，
昭三年傳「庶民罷敝而宮室滋侈」，《公羊》宣六年傳「靈公聞之怒滋」，《國
語·周語》「故能保世以滋大」，皆其例。其云水名曰滋者，於引申之義實不相
通，斯蓋叚借立名，非其朔也。朱駿聲《通訓定聲》以滋水爲本訓，益也一義
爲茲之叚借，恐有未審。是則許云一曰滋水云云者，乃以叚借義入諸字書，蓋
可知也。

潘 淅米汁也。一曰水名，在河南滎陽。从水番聲。^{十一上}〈水部〉

按一曰水名，在河南滎陽者，徐鍇《繫傳》作「潘水在河南滎陽」《玉篇零卷》引作「潘水在河南滎陽」，滎作熒。段注曰：「熒陽故城在今河南開封府滎澤縣西南。潘水，未聞。」考《說文・釆部》云：「釆，辨別也。象獸指爪分別也。」又云：「番，獸足謂之番。从釆，田象其掌。」徐灝《段注箋》、王筠《釋例》、朱駿聲《通訓定聲》皆謂釆番蓋一字，由宋之重文作審證之，諸家說蓋是。按番字無色白之義，然求之古訓，番聲孳乳之字多訓白。蓋番白聲同二字古聲竝同並紐，故番聲字亦含有色白之義。如魯之寶玉曰璠〈玉部〉，書兒拭觚布曰幡〈巾部〉。朱駿聲曰：「若今書僮及貿易人用粉版，既書可拭去再書者。」，老人白曰皤〈白部〉，白鼠曰鱕《說文》：「鱕，鱕鼠也。」《廣雅・釋獸》：「白鱕。」《玉篇》：「鱕，白鼠也。」，瓮底白粉蟲曰蟠《說文》：「蟠，鼠婦也。」陸璣《詩疏》云：「伊威一名委黍，一名鼠婦，在壁根下甕底土中生，似白魚者是也。」《通志》謂之瓮底白粉蟲。，馬之白鬣謂之蕃鬣說見王引之《經義述聞》卷十五蕃鬣條，是皆以聲為義也。淅米汁色白，故其字从番為聲。衡以形義必相契合之理，淅米汁宜為潘之朔義，蓋可據信者也。其云水名曰潘者，求之義訓，非本義之引申，斯蓋「本無其字，依聲託事」之例，叚借立名者耳。然則許云一曰水名云云者，實以叚借義而入諸字書矣。

鮞 魚子也。一曰魚之美者，東海之鮞。从魚而聲。讀若而。^{十一下}〈魚部〉

按一曰魚之美者，東海鮞者，《呂氏春秋・本味篇》云：「魚之美者，洞庭之鱒，東海之鮞。」此蓋許說所本。高誘注云：「鮞，魚名。」是也。考《說文》兒下云孺子也〈儿部〉，孺子者，幼小之名，故兒聲之字亦多含有小義。嬰兒曰婗《說文・女部》：「婗，嫛婗也。」《釋名・釋長幼》：「人始生曰嬰兒，或曰嫛婗。」，小蟬曰蜺《爾雅・釋蟲》「蜺，寒蜩」，《說文》同。郭注云：「寒螿也，似蟬而小。」，鹿子曰麑《國語・魯語》「獸長麑䴠」，韋注云：「鹿子曰麑。」，小魚曰鯢《莊子・外物篇》「守鯢鮒」，《釋文》引李注云：「鯢鮒皆小魚也。」，老人齒落更生細齒者曰齯《說文・齒部》：「齯，老人齒。」《釋名・釋長幼》：「九十或曰齯齒，大齒落盡，更生細者，如小兒齒也。」，是其證也。而兒二字聲同韵近古音兒在泥紐十六部，而在泥紐一部，是二字聲同也。又之咍與支佳古韵每多相通，此段氏第一部與第十六部合韵之說也。，故凡而聲之字亦多訓小，此蓋語源然也。小栗曰桸《爾雅・釋木》「栵栭」，舍人曰：「江淮之間呼小栗曰栭。」，乳子曰孺《說文・子部》，孺从需聲，需从而聲，兔子曰毻《廣雅・釋獸》：「毻，兔子也。」，鹿子曰麎《說文・鹿部》：「麎，鹿麛。」又「麛，鹿子也。」麎从辰聲，辰从而聲。，小雞曰鸄《玉篇》：「鸄，鸄雞也。」《爾雅・釋鳥》「雛之暮子為鸄」，郭注：「晚生者，今呼少雞為鸄。」，字雖異而意義皆近同也。鮞从而聲，故其義為魚子《魯語》「魚禁鯤鮞」，韋注云：「鮞，未成魚也。」未成魚謂未成大魚也。。此求之字根語根，而知其義當然者也。則鮞以魚子為初誼，固無疑昧。其云魚名曰鮞者，求之義訓，非本義之引申，斯蓋「本無其字，依聲託事」之例，叚借立名者耳。然則許氏此云一曰魚

之美者，東海之鰕者，實以叚借義而入諸字書也。

　　㿽 大皀也。一曰右扶風鄠有陪皀。从皀告聲。^{十四下〈皀部〉}

　　按一曰右扶風鄠有陪皀者，朱駿聲《通訓定聲》謂在今陝西鳳翔府鄠縣。考《說文・告部》云：「告，牛觸人角箸橫木，所以告人也。从口从牛。」字从口从牛，而訓曰「牛觸人角箸橫木，所以告人也」，形義不相傅合。故段注曰：「如許說，則告即楅衡也，於牛之角寓人之口爲會意。然牛與人口非一體，牛口爲文，未見告義，且字形中無木，則告意未顯。且如所云，是告未嘗用口，何以爲一切告字見義哉？此許因童牛之告而曲爲之說，非字意也。」按凡字之形義不能密合者，其形義二事，必有一誤。考字於卜辭作 㞢^{《甲》186}、㞢^{《甲》722}、㞢^{《戩》8.14}，或省作 㞢^{《甲》603}、㞢^{《乙》6476}，金文作 㞢^{〈告田簋〉}、㞢^{〈告田鼎〉}、㞢^{〈沈子簋〉}，其字形皆與篆文同體。是許說字形，蓋可無疑，而其釋義殆非矣。惟其初誼爲何，說者亦言人人殊。或謂告者籠牛口勿使犯稼^{見徐灝《段注箋》引戴侗說。}。或謂告爲牿之初文，口象檻穽形，牛陷入口爲告^{見劉心源《奇觚》3.11。}。或謂告之本義爲斧，屮象斧柄^{見吳其昌〈金文名象疏證〉（《武大文哲季刊》五卷三期）}。凡此，或失之迂遠，或失之牽傅，俱無當意者。陳詩庭《證疑》云：「告从牛从口，謂一牛告神也。」張文虎《舒藝室隨筆》云：「案从口从牛者，用牛以告天也。」魯師實先亦曰：「告从口从牛，以示用牲曹告，引伸爲人相告語。」^{〈轉注釋義〉}諸家之說，雖未必盡同，然以从牛以祭祀，从口以祝之，則無二致，斯說近是。蓋古者告祭天神地祇人鬼必有牲，牛、物之大者也，祭牲以之爲最，故天子諸侯用之以祭神祇、社稷、先王與先祖。造字之時，蓋當從天子告祭以制字，故从牛从口以會意，謂用牛以告祝也。引申爲人相告語。又以其所以告上也，是引申亦得含有大之義，而諸告聲字亦多取義於此。《說文・鳥部》云：「鵠，鴻鵠也。从鳥告聲。」〈日部〉云：「晧，日出皃。从日告聲。」按《廣韵》：「晧，光也，明也。」《國語・鄭語》「必光啓土」，韋注云：「光，大也。」〈酉部〉云：「酷，酒厚味也。从酉告聲。」按厚大其義相通。〈牛部〉云：「牿，牛馬牢也。从牛告聲。」〈水部〉云：「浩，澆也。从水告聲。」按段注：「澆當作沆，字之誤也。」^{《說文》沆下云莽沆、大水也。}《玉篇》：「浩浩，水盛也，大也。」皆其例。陪从告聲，故以示大皀之義。此由告所孳乳之字證之，大皀宜爲陪之本義，蓋可無疑也。其皀而名曰陪者，斯蓋叚借立名耳。朱駿聲以大皀爲本義，

是也。惟以陪皀爲其本義之引申，恐有未安。今《說文》以陪廁隃阮與賦隄閒，疑非其次，當與陵縣二字同列於首。《玉篇》祇云大皀也，《廣韵》引《說文》亦然，亦可爲陪義大皀之旁證。王筠《釋例》謂「一曰以下乃原文，讀者以陪是皀名，改爲皀也，率意加大耳」，蓋亦肛測之辭。如上所考，是許云一曰右扶風有陪皀者，實以叚借義而入諸字書矣。

孨 乳也。从子㲉聲。一曰㲉瞀也。^{十四下}
〈子部〉

按一曰㲉瞀也者，《說文・目部》瞀下不見此義。徐鍇《繫傳》曰：「㲉瞀，愚闇也。」蓋謂無知之皃。考《說文・殳部》云：「㲉，從上擊下也。」求之古訓，諸从㲉聲義多近幼小。《說文・鳥部》云：「鷇，鳥子生哺者。从鳥㲉聲。」〈豕部〉云：「豰，小豚也。从豕㲉聲。」是其證。許氏以乳訓㲉，段注曰：「此乳者謂既生而乳哺之也。」是即指初生之子而言。故《廣雅・釋親》「㲉、婗、兒」皆訓爲子；《莊子・駢拇篇》「臧與穀二人相與牧羊」，崔譔本穀作㲉，云：「孺子曰㲉。」則㲉亦从㲉聲以取義也。又〈牛部〉云：「犢，牛子也。从牛賣聲。」〈羊部〉云：「羔，羊子也。从羊照省聲。」〈馬部〉云：「駒，馬二歲曰駒，三歲曰駣。从馬句聲。」《爾雅・釋畜》云：「未成豪，狗。」^{郭注：「狗子，未生毳毛者。」}《玉篇》云：「豰，熊虎之子。」按牛子曰犢，羊子曰羔，馬子曰駒，^{《禮記・月令》云：「犧牲駒犢，舉書其數。」犢爲牛子，則駒爲馬子也。}犬子曰狗，熊虎之子曰豰，其義近同，俱謂幼稚。㲉聲字而得有幼小之義者，與諸字同，是乃語原而然也^{古音羔在二部，㲉聲與犢皆在三部，句聲則在四部，蕭豪、幽尤與侯，古韵每多相通，此叚氏二部三部四部合韵之說也。}。此由㲉所孳乳之字及語原證之，乳爲㲉之本義，固憭無可疑也。許云一曰㲉瞀者，朱駿聲《通訓定聲》謂叚借爲疊韵連語，是也。蓋凡爲連語，多不製作本字，但取聲諧，亦即借聲以託其義而已。故輾轉變易，義雖無殊，而名多不同。㲉瞀一語，《荀子・儒效篇》作溝瞀，《漢書・五行志》作傋霿，《楚辭・九辨》作恂愁，《廣韵》五十候作恂愁，又作瞉瞀，又作嫯瞀。段氏曰：「其字皆上音寇，下音茂，其義皆謂愚蒙也。此別一義，故言一曰。」其說是也。此義蓋非㲉乳之引申，亦非它字之叚借，乃叚㲉瞀之音以託愚蒙無知之意耳。斯亦本無其字，依聲託事之例。然則許氏此云一曰㲉瞀也者，實以叚借義而入諸字書矣。

（二）有本字之叚借

玫　火齊玫瑰也，一曰石之美者。从玉文聲。〈玉部〉^{一上}

按一曰石之美者者，經傳無徵。考《說文》玫訓火齊玫瑰，瑰訓玫瑰，蓋合二字以爲珠名。《倉頡篇》云：「玫瑰，火齊珠也。」此蓋許說所本。《廣雅》云：「玫瑰，珠也。」呂靜《韵集》云：「玫瑰，火齊珠也。」^{並見《左》成十七年孔疏引}《史記·司馬相如傳》「其石則赤玉玫瑰」，裴駰《集解》引郭璞曰：「玫瑰，石珠也。」皆本斯說。其物形圓，故以珠名。單呼亦曰瑰，杜注《左傳》云：「瑰，珠也。」^{見《左》成十七年傳}是也。以其形圓質好，故引申爲凡圓好之稱，《說文》瑰下云一曰圓好是也。是以玫以玫瑰爲本義，說者俱無異辭。許云石之美者，其於本義無涉，蓋即珉之叚借。《說文》珉下云石之美者，字亦作磻若瑤，《禮記·聘義》「君子貴玉而賤磻」，鄭注：「磻，石以玉。」孔疏引《字林》云：「磻，美石。」《釋文》：「字亦作瑤，似玉之石也。」《荀子·法行篇》引正作「貴玉而賤珉」，楊注云：「珉，石之似玉者。」以其爲石之美者，故云石似玉^{見〈聘義〉孔疏}；又以其爲略次於玉之美石，故云石之次玉也。磻瑤皆《說文》所無，作珉爲正。鄭注〈聘義〉曰：「磻，或作玫。」斯正叚玫爲磻（珉）之例。覈之古音，珉玫二字，於聲同屬明紐，於韵玫在十三部，珉在十二部，亦旁轉相通也。以其聲同韵近，故得相通叚。《說文·虫部》蟁之重文从文作蚊，《尚書·禹貢》「岷嶓既藝」，《史記·夏本紀》作「汶嶓既藝」。〈玉藻〉「士佩瓀玫」，《詩·鄭風·子衿》傳引作「瓀珉」。又《穀梁》僖二十年「以是爲閔宮也」，《漢書·五行志》作「以爲慜公宮也」。〈鄘風·載馳·序〉「閔其宗國顛覆」，《釋文》：「閔本作慜。」玄應《一切經音義》卷三引《字詁》：「古文慜，今作閔同。」皆其證。王筠《釋例》云：「玫下云一曰石之美者，此玫借爲珉。」朱珔《叚借義證》亦云：「一曰石之美者，是以玫爲珉之叚借。」說並得之。然則許云一曰石之美者一訓，實以叚借義而入諸字書矣。

麤　鹿藿也。从艸麃聲，讀若剽。一曰蔽屬。〈艸部〉^{一下}

按一曰蔽屬者，戴侗《六書故》謂「蔽屬即爲履者」^{二十四卷三十六叶}，是也。《儀禮·喪服》「疏屨」，《傳》云：「藨蒯之菲也。」此蓋許說所本。《禮記·曲禮》「苞屨，扱衽，厭冠，不入公門」，鄭注曰：「苞，藨也，齊衰藨蒯之菲

也。」陳澔《禮記集說》云：「苞讀爲藨，以藨蒯之草爲齊衰喪屨也。」
《說文》無蒯字，葴、艸也，即蒯之正體。《左》成九年傳無棄菅蒯，《玉篇》引作葴，或體即作蒯，是其證。其艸可爲繩索，可爲席，亦可爲屨。　《漢書·司馬相如傳》「其高燥則生葴析苞荔」，張揖曰：「苞，藨也。」是苞藨二字古或通用也。段注謂：「藨是正字，苞是叚借。故〈喪服〉作藨葴之菲，〈曲禮〉作苞屨；〈南都賦〉說艸有藨，即〈子虛賦〉之苞。」苞篆下注，徐承慶不然其說，其《段注匡謬》以爲苞藨字通用，無所謂正字叚借之分。按段、徐二氏說蓋非。考《說文》苞訓艸也，南陽以爲麤履；藨訓鹿藿，《廣雅》同。《爾雅·釋草》：「蔨，鹿藿，其實莥。」郭注云：「鹿藿，今鹿豆，葉似大豆，根黃而香，蔓延生。」蘇恭《唐本草》注云：「此草所在有之，苗似豌豆，有蔓而長大，人取以爲菜，亦微有豆氣，名爲鹿豆也。」據此，則知鹿藿實不宜以爲履，與苞義異。毛際盛《述誼》云：「鹿藿葉似葛，故可爲履。」證之歷代本草，俱無鹿藿葉似葛之言，惟陶弘景曰：「葛根之苗，一名鹿藿。」《植物名實圖考長編》引　毛氏似因此說而致誤。苞者葴之類，茅屬也《史記·孟嘗君傳》「猶有一劍耳，又蒯緱」，《集解》云「蒯，草名，茅之類。」，可作麤履，其形狀今無可考。覈之古音。苞屬幫紐三部，藨屬並紐二部，二字聲韵俱近，故得相通假。許以藨爲葴屬者，實即叚藨爲苞。朱駿聲《通訓定聲》謂苞叚借爲藨，其說甚允。然則許云一曰葴屬者，實以叚借義而入諸字書也。

胖　半體肉也，一曰廣肉。从半从肉，半亦聲。　二上〈半部〉

按一曰廣肉者，徐灝《段注箋》謂廣肉即肥胖，王筠《句讀》以爲是俗說，二家說疑是。考許訓胖爲半體肉，說者或據玄應《一切經音義》卷二引刪肉字，餘皆無異辭。《周禮·天官·腊人》「膴胖」，鄭注曰：「鄭大夫云：『胖讀爲判』，杜子春讀胖爲版。又云：『膴胖皆謂夾脊肉。』又云：『禮家以胖爲半體。』玄謂胖之言片也，析肉意也。」許說蓋即用禮家言。又考許書半訓物中分，諸半聲字，若叛訓半也段注謂半亦聲，朱駿聲《通訓定聲》謂从反半聲，判訓分也，斗訓量物分半也，與中分義俱近，是則胖訓半體肉，形義密合，其爲本義，蓋憭無可疑。廣肉一訓，疑即伴之叚借。《說文·人部》云：「伴，大皃。从人半聲。」段注曰：「〈大雅〉『伴奐爾游矣』，傳曰：『伴奐，廣大有文章也。』箋云：『伴奐，自縱弛之意。』按廾部奐下一曰大也，故伴奐皆有大義。《大學》注：『胖，猶大也。』胖不訓大，云猶者，正謂胖即伴之叚借也。《廣雅》、《孟子》注皆曰：『般，大也。』亦謂

般即伴。」朱駿聲《通訓定聲》云：「胖叚借爲伴。《禮記・大學》『心廣體胖』，注：『胖，猶大也。』今俗謂人體肥盛曰胖子。」朱琪《叚借義證》亦云：「人部伴大兒，胖訓大，蓋伴之叚借也。」諸家說蓋是。胖大之胖，及今俗謂人體豐肥之胖，皆宜以伴爲正字。蓋以伴胖竝从半聲，二字音同，故相通作。今肥胖義專行，本義廢矣。而伴侶之伴，本作夶，《說文》云「夶，竝行也」^{〈夫部〉}是也，後人叚伴爲之，今則伴侶字行而夶亦廢矣。是則許云一曰廣肉者，乃以叚借義而入諸字書也。

　　犟牛很不從引也。从牛从臤，臤亦聲。一曰大兒，讀若賢。^{二上
〈牛部〉}

　　按一曰大兒者，經傳無徵。考《說文・臤部》云：「臤，堅也。」從之得聲者，〈手部〉訓掔爲固，段注云：「掔之言堅也，謂手持之固也。」〈金部〉訓鏗爲剛，段注云：「鏗者，金之堅。」〈臤部〉訓堅爲剛，段注云：「土之堅也。」^{鏗篆
下注}又緊訓纏絲急，段注云：「絲之堅也。」^{同上}〈石部〉礥訓餘堅者^{段注云：當
作餘堅聲}，又《廣雅・釋親》以堅訓腎，是知凡諸臤聲字，皆含有堅義。犟从牛臤聲，正示其爲牛很不從引之義^{林義光曰犟象牛很
難牽，與堅意近。}，則牛很不從引爲犟之本義，蓋憭無疑昧者矣。又臤義爲堅，求之古訓，凡從其得聲之字，義亦近大，《說文・目部》瞖訓大目，〈貝部〉賢訓多才是也^{多大義
相附}。許云犟爲大兒者，非其本義之引申，斯即賢之叚借也。本師周先生曰：「犟賢均以臤聲，凡從某聲，古皆讀某，同以臤爲聲母，是二字音本相同。《廣雅・釋詁》：『賢，大也。』〈考工記・輪人〉『五分其轂之長，去一以爲賢』，注曰：『鄭司農云賢，大穿也。』與犟一曰大兒之訓正合，是借賢爲犟也。」是也。蓋《說文》讀若，非僅擬其音讀，且多兼明經籍文字通叚之用，不特寓其音，亦可通其字，以犟賢二字同音叚借，故許云犟讀若賢。馬敘倫謂大兒爲瞖字義^{見《說文解字
六書疏證》}，似昧於許書讀若，亦可兼通其字之恉，故云爾。是則許云一曰大兒者，乃以叚借義而入諸字書也。

　　逑斂聚也。从辵求聲。〈虞書〉曰旁逑孱功。又曰怨匹曰逑。^{二下
〈辵部〉}

　　按又曰怨匹曰逑者，《左》桓二年傳：「嘉耦曰妃，怨耦曰仇，古之命也。」此蓋許說所本。考逑訓斂聚，說者無異辭，蓋皆以爲其初義也。《詩・周南・關雎》「君子好逑」，〈兔罝〉「公侯好仇」，〈秦風・無衣〉「與子同仇」，〈大雅・皇

矣〉「詢爾仇方」，鄭箋竝云：「怨耦曰仇。」怨匹曰逑，即怨耦曰仇也。逑與仇
古多通用，《詩》「君子好逑」，《禮記・緇衣》、《漢書・匡衡傳》、《爾雅釋詁》
郭注、《後漢書・邊讓傳》李賢注、《文選》何平叔〈景福殿賦〉、嵇叔〈夜琴
賦〉及〈贈秀才入軍詩〉李善注，竝引作「好仇」。毛傳云：「逑，匹也。」
《釋文》：「逑，本亦作仇。」鄭箋云：「怨耦曰仇。」是鄭亦作「仇」。此逑仇
通作之證。且《說文》兩引〈堯典〉「方鳩僝功」^{今傳本}，此篆下作「旁逑屛功」，
僝篆下作「旁救僝功」〈人部〉。又《韓非子・外儲說》之「田鳩」，《漢書・藝
文志》作「田俅」，皆其佐證。蓋以逑救俅竝从求聲，仇鳩竝从九聲，九聲求聲
相近故也^{九求竝屬}_{古音第三部}。然逑从辵與匹耦義遠，仇从人與匹耦義近^{見王筠}_{《句讀》}，固當以仇
為正字。考《說文》仇下云讎也^{〈人部〉}，讎猶應也^{〈言部〉}，應者當也^{〈心部〉}，應
當亦匹對也。故《爾雅・釋詁》仇讎竝訓匹，毛傳亦以匹釋仇^{見〈秦風・無衣〉}_{與〈大雅・皇矣〉}，皆
能得其恉者也。《左傳》「怨耦曰仇」，此仇義之引申，李巡《爾雅》注：「仇
讎，怨之匹也。」竝同。然則許訓「怨匹曰逑」，實叚逑為仇，其為叚借義亦明
矣。

跌　踢也。从足失聲。一曰越也。^{二下}_{〈足部〉}

　　按一曰越也者，《說文・走部》越下云度也，越訓度，與過字義同。故《公
羊》莊二十二年傳「肆者何，跌也」，何注云：「跌，過度。」《太玄經》「大跌」，
范^{晉范望}注云：「跌、過也。」許書訓跌為踢，跌踢曰踢^{《聲類》云}_{踢，跌也}，跌踢聲同定紐，
二字為轉注，蓋皆失足而顛仆之義。《方言》：「跌，蹶也。」《廣雅・釋言》同。
《通俗文》：「失躓曰跌。」《玉篇》：「跌，仆也。」《文選・吳都賦》「魂褫氣懾
而自踢跌者」，劉注云：「踢跌，皆頓伏也。」義皆同也。惟踢从易聲，義無所
取，當以跌為本字。《廣韻》「跌踢，行失正也」，亦即以雙聲而用為連語。跌義
為踢，而別訓越也者，朱駿聲《通訓定聲》謂叚借為軼，其說是也。〈車部〉云：
「軼，車相出也。」段注曰：「車之後者，突出於前也。」與踰越義合。故《廣
雅・釋詁》以過訓軼。按軼之通跌，蓋猶軼之通佚、通逸^{軼、佚、跌、逸，古}_{音皆屬定紐十二部}。《說文》
逸下云失也，而《爾雅・釋言》、《廣雅・釋詁》竝云：「逸，過也。」又佚下云
佚民也，而何注《公羊》宣十二年傳「令之還師而佚晉寇」云：「佚猶過也。」
此佚逸竝為軼之叚借。《詩・小雅・魚麗・序》「終於逸樂」，《釋文》云：「逸，

本或作佚。」《文選‧蕪城賦》「佚周令」，李注云：「軼，過也，佚與軼通。」
玄應《一切經音義》卷九：「逸，古文軼同。」皆其證。又《一切經音義》卷二
十三：「佚，古文泆同。」《公羊》成二年傳「佚獲也」，《釋文》云：「一本作失。」
是凡失聲之字，古多相通作，此亦跌軼通叚之旁證。是許云一曰越也者，乃以
叚借義而入諸字書矣。

　　𤴕　足也。上象腓腸，下從止。〈弟子職〉曰問疋何止。古文以爲《詩‧大
　　　　疋》字，亦以爲足字，或曰胥字，一曰疋記也。　_{二下}〈疋部〉

　　按或曰胥字者，經傳無徵。考《說文‧足部》云：「足，人之足也，在體
下，從口止。」許說此字囫圇不明，故說者紛紛，莫衷一是。段注云：「口猶人
也，舉口以包足已上者也。」段氏以口即口舌之口，人足而字從口，不可通
也。嚴章福《校議議》云：「止上之○即踝，踝下爲止，合而爲足。」其說視段
說爲近理矣，然踝骨在足旁，不當位於止上也。饒炯《部首訂》云：「說解當云
已也，從止，○其盡也。蓋止者趾也，爲人之盡，而已止爲凡事將盡之詞，故
足盡義從之，指事。」說尤牽附無義。按疋足古當是一字，疋字古音屬心紐
五部，足字屬精紐三部，二字聲韵俱近_{精心二紐爲旁紐雙聲，幽尤與魚模音近每多相通，此段氏三部五部合韵之說也。}。徐灝《段
注箋》云：「疋乃足之別體，所菹切，亦足之轉聲。許云上象腓腸，是象足形以
製字也。」是也。篆文疋足分衍爲二，遂導成歧說。實則𤴕乃足之譌變，其上
竝象腓腸之形_{腓者脛腨也，謂腳脛後腹，肥似中有腸者}，亦猶𤴔或譌變作𤴓之無別也，故古文以疋爲足。
王筠《句讀》於疋下注曰：「〈足部〉云從止口，當依此文（上象腓腸）改之。」
說至允塙。朱駿聲亦知疋足義同，然謂足從○靜象也，疋從𤴓動象也_{《說文通訓定聲》足篆下}，
不免穿鑿矣。許氏說疋之字形既已，續引〈弟子職〉文者，所以證字之本義也
_{段注曰謂問尊長之臥，足當在何方也。}此以字形字義證之，疋以足也爲其本義，固無可疑。其云或曰胥
字者，蓋以胥從疋聲，二字同音叚借也。然則許云或曰胥字者，乃以叚借義而
入諸字書矣。

　　又按一曰疋記也者，《說文‧言部》云：「記，疏也。」《廣雅‧釋詁》云：
「疏，識也。」段注云：「記下云疋也，是爲轉注，後代改疋爲疏耳。」今覈之
古音，疋屬心紐五部，記屬見紐一部，二字聲韵隔遠，其形亦無由相通，則段
氏謂疋與記二字互爲轉注，其說葢非。疋之訓記，實叚疋爲疏耳。非其本義也。

然則一曰疋記也者，亦以叚借義而入字書矣。若夫許云古文以爲《詩‧大疋》字者，此《說文》明言古文叚借之例，茲不具論。

　　𧨍 大也，一曰人相助也。从言甫聲，讀若逋。^{三上〈言部〉}

　　按一曰人相助也者，《廣韻》誧下引《文字音義》云「助也」，惟經傳無徵。考《說文‧用部》云：「甫，男子之美稱也。」美大義近，故又爲大，《詩》之「無田甫田」^{〈齊風‧甫田〉}及「東有甫草」^{〈小雅‧車攻〉}，毛傳竝云「大也」^{《爾雅‧釋詁》同}，是其例。甫有大義，故訓大曰溥^{〈水部〉。朱駿聲云水之大也}，大通曰博^{〈十部〉}，大鐘曰鎛^{〈金部〉}，王德布大飲酒曰酺^{〈酉部〉}，博謂之圃^{《詩》「東有甫草」，《文選‧東都賦》注引韓詩作圃，薛君曰：圃博也}，大謂之敷^{《詩》「鋪敦淮濆」《釋文》引韓詩作敷，云大也}，是凡从甫聲之字亦多含大義。誧从言甫聲，故義當爲大言^{見《玉篇》。朱駿聲亦云言之大也}，許釋大也者，疑即大言之引申。此以諸甫聲字證之，則誧以大言爲本訓，蓋無可疑也。其云人相助曰誧者，求之義訓，非本義之引申，蓋即偗之叚借也。本書〈人部〉偗下云輔也，李富孫《辨字正俗》曰：「按〈釋詁〉『弼、棐、輔、比，俌也』，此俌爲本字，而累辭以釋之。今經傳多叚輔爲俌，而俌廢矣。」承培元《廣答問疏證》亦曰：「〈人部〉俌，助也^{原注各本作輔也}，是俌助正字，輔、車輻轑也，古雖通用，而各有嫥訓。凡輔相、輔弼，皆以俌爲正。」李、承二家說極是。蓋俌爲俌弼，輔爲車輔^{車之一物}，誧爲大言，義有殊異，特以三字俱从甫聲，故相通作。《易‧泰》「輔相天地之宜」^{鄭注云：輔，助也}，《書‧湯誓》「爾尚輔予一人」^{孫星衍曰：輔者，〈釋詁〉云俌也，又云弼輔也。}，《禮記‧文王世子》「慎其身以輔翼之」^{孔疏云：輔相也}，《國語‧越語》「憎輔遠弼」^{韋注云：相導爲輔}，《呂覽‧愼行》「齊晉又輔之」^{高注云：輔，助也}，《國策‧秦策》「士倉又輔之」^{高注云：輔猶助也}，《淮南‧修務篇》「立三公九卿以輔翼之」^{高注云：輔，正也}，諸輔字皆當作俌，作輔者叚借字也。許訓誧爲人相助，蓋猶叚輔爲俌，而訓相助之比。《爾雅釋文》云「俌音輔」；《詩‧杕杜》孔疏云「比輔〈釋詁〉文，彼輔作俌」，竝俌輔通叚之證。然則許云一曰人相助也者，實以叚借義而入諸字書也。

　　孚 卵孚也。从爪从子。一曰信也。𩁝古文孚从㝭。㝭，古文保。^{三下〈爪部〉}

　　按一曰信也者，《爾雅‧釋詁》：「孚，信也。」《詩‧大雅‧文王》「萬邦作孚」，毛傳：「孚，信也。」蓋即許說所本。許孚訓卵孚，解云从爪从子。徐鍇

《繫傳》申之云：「鳥之乳卵，皆如其期，不失信也。鳥抱恒以爪反覆其卵也，會意。」後之治許學者多遵從之。蓋皆以爲鳥之孚也，爪覆其卵，故字从爪；子爲人子，借以爲鳥卵意，故字从子。而一日信也者，謂即孚卵引申之義也。按卵孚爲孚，而字从爪子，借子爲卵，頗嫌牽附。考卜辭有_{《甲》2049}、_{《菁6.1》}、_{《簠征四》}諸字，羅振玉釋爲《說文》訓軍所獲之俘，且云「此从行省不从人」_{見《增訂殷虛書契考釋》卷中二十三叶}，李孝定從其說，以爲字象以手逮人之形，增彳示於道中逮人_{見《甲骨文字集釋》第八2663頁}。金文孚作_{〈過伯簋〉}、_{〈貞簋〉}、_{〈盂鼎〉}、_{〈䇷鼎〉}、_{〈孚公狄甗〉}，林義光《文源》云：「古以孚爲俘字，即俘之古文。象爪持子。」諸家之說蓋是。卜辭或作_{《乙》6694}，从又从爪相通。字於彝銘多用作俘義，〈䵼鼎〉云「孚戈」_{《兩周金文辭大系考釋》二〇叶}〈呂行壺〉云「孚貝」_{同上二五叶}〈盂鼎〉云「孚人萬三千八十一人」，又「孚車十兩」，又「孚牛三百五十五牛」_{同上三五叶}，〈敔簋〉云「襄孚人三百」_{同上一〇九叶}，〈師袁簋〉云「歐孚士女牛羊」_{同上一四六叶}，皆其證。此以字形字義證之，知俘獲爲孚之本義，蓋可信也。許云卵孚者，殆後起之義，非其朔也。其云一日信也者，覈之聲韵，蓋符之叚借。〈竹部〉云：「符，信也。从竹付聲。」《說文》稃或从米付聲作秿_{〈禾部〉}。《尚書·高宗肜日》「天既孚命正厥德」，《史記·殷本紀》作「天既附命正厥德」，《漢書·孔光傳》、漢石經竝作「天既付命正厥德」。《禮記·聘義》「孚尹旁達」，鄭注云：「孚或作浮。」《詩·漢廣》傳「方，泭也」，《釋文》：「泭，本作桴，又作柎。」《史記·律書》「言萬物剖符甲而出也」，司馬貞《索隱》：「符甲猶孚甲也。」《說文》甲下云東方之孟，陽气萌動，从木戴孚甲之象，亦作「孚甲」。此皆符孚通叚之證也。_{孚符二字於聲爲旁紐雙聲，孚屬滂紐、符屬並紐。於韵孚在三部，符在四部，三、四兩部古韵旁轉每多相通。}故魯師實先曰：「孚爲俘之初文，彝銘多見，《說文》釋孚義非是。」又曰：「孚借爲孚信，故孳乳爲俘。」_{《轉注釋義》}師說是矣。然則許云一日信也者，實以叚借義而入諸字書也。

_{（羽部）}捷也，飛之疾也。从羽夾聲。讀若澀。一日俠也。_{四上}

按一日俠也者，經傳無徵。考《說文·大部》云：「夾，持也。」翣从夾聲，而義訓捷也，聲不示義，夾聲蓋走之叚借。《說文·目部》云：「睞，目旁毛也。」字或作睫。《釋名·釋形體》：「睫，插也，接也。插於眼匡而相接也。」《廣韵》睫下引《釋名》曰：「睫，插也，插於眶也。」并引《說文》睞，又云：「睞同

睫。」《漢書・賈誼傳》「陛下不交睫解衣」，顏注云：「睫，目旁毛也。」又《列子・仲尼篇》「而眠而睫」、《爾雅・釋鳥》注「取以爲睫攤」，《釋文》竝云：「睫本作睞。」是睞睫蓋一字之異體，《說文》無睫，睫乃後起俗字。此夾捷通作之證也。又《儀禮・鄉射禮》「兼挾乘矢」、〈大射禮〉「挾乘矢於弓外」，鄭注竝云：「古文挾皆作接。」《荀子・解蔽篇》「雖億萬已不足以浹萬物之變」，楊注云：「浹或當作接。」是夾與妾通也。《說文・竹部》：「箑，扇也。从竹疌聲。篓，箑或从妾。」《左》莊十二年傳「宋萬弒其君捷」，《公羊》作接。《公羊》僖三十二年傳「鄭文公接」，《左》、《穀》二傳皆作捷。《莊子・則陽》「接子」，《漢書・古今人表》作「捷子」。《莊子・人間世》「必將乘人而鬥其捷」，《釋文》：「捷本作接。」是妾又通疌也。然則夾之通疌，猶妾之通疌矣。是又夾疌通作之旁證也。《說文・止部》云：「疌，疾也。」燊之叚夾爲疌，正所以示飛疾之義。其叚夾爲疌，亦正猶睫之叚疌爲夾也。是則「捷也，飛之疾也」爲燊之本訓，蓋憭無可疑也。

　　考形聲字所從之聲符或形符（或會意字所從之文），於造字之時，有叚借之現象，此徵之許書說解，及所載重文，知斯說之不可移易也。《說文・艸部》云：「若，擇菜也，从艸右。右，手也。」此許氏明言若所從之右爲又之叚借也。按右義手口相助，又義爲手，右又音同，故叚右爲又。今經典广又字俱作右，此二字通叚之證。〈魚部〉云：「鱷，海大魚也，从魚畺聲。鯨或从京。」按鯨字从京，京訓人所爲絕高丘，高大其義相附，故京有大義，而諸京聲字，亦多含大義，王念孫《釋大》、郝懿行《爾雅義疏》、錢繹《方言箋疏》、劉師培《字義起於字音說》及《物名溯源》說之詳矣。鯨从京聲，故義爲大魚。若鱷之从畺，畺爲田界，不含大義，則其叚畺爲京，固煥朗可知也。又〈革部〉云：「鞼，攻皮治鼓工也，从革軍聲。韗，鞼或从韋。」按許訓獸皮治去其毛曰革，皮革義同，故攻皮治鼓工之鞼，字从革作。若韗之从韋，韋爲相背，借爲皮韋之義，此明箸許書，則其叚韋爲形符，亦斷然無疑也。凡此，皆造字之時有叚借之明證。所以知者，蓋凡文字之構體，必以形義契合爲依歸也。是故蘄春黃氏有「形聲字有無意可說者，即假借之故也」之說，林師景伊證之云：「祿，《說文》：福也。按《說文》彔、刻木彔彔也。福意从彔聲則無所取義，此則當以假借說之。蓋鹿與彔同音，田獵獲鹿則有福，知祿字聲母本當作鹿也。造字之時，聲母假

借彔爲鹿，遂成祿字。《說文》麓重文作𣓹，漉重文作淥，是彔聲與鹿聲古多借用之證也。」〈黃先生季剛研究說文之條例〉實爲至塙之論。而楊樹達作〈造字有通借證〉一文，魯師實先著《假借溯原》一書，以探索古人造字之時有叚借之目。其說容有小異，而以聲符有叚借者一也。是則㚒所从夾聲，爲疌之叚借，固非嚮壁虛構，前賢師說，論之備矣。㚒義爲捷，而許云一曰俠也者，其於引申之義絕不相通。段注曰：「人部俠，俜也。漢人多用俠爲夾，此俠當爲夾，或當爲挾。」段氏以爲俠當爲夾，或當爲挾，實於㚒之所以訓俠，亦無解說。考㚒俠竝从夾聲，古者依聲託事，凡字之同音者，或可通叚，則是㚒之訓俠，蓋即叚㚒爲俠。王筠《句讀》云：「一曰俠也，蓋謂兩字同從夾聲，可通借也。」朱駿聲《通訓定聲》亦云：「㚒叚借爲俠，《說文》一曰俠也。」王、朱二氏說是也。然則許氏云一曰俠也者，乃以叚借義而入諸字書也。

小蟲也。从肉口聲。一曰空也。四下〈肉部〉

按一曰空也者，經傳無徵。許氏訓肙爲小蟲，而釋形云从肉口聲，以爲形聲字，說實可疑。段注云：「各本有聲字，非也。从肉者，狀其耎也；从口者，象其首尾相接之狀。」朱駿聲《通訓定聲》云：「从肉，無骨也；口象首尾可接之形。」段、朱二氏於从口之義，皆勉強說之，實不足以爲篤論。又許書凡言从某則必有某義，此其全書之通例。通考从肉之字，無一釋爲蟲者，是肙之从肉，殆非其義。字本爲獨體象形，○象其首，象其身尾，篆體譌變，故許誤屬肉部。林義光《文源》云：「肙象頭身尾之形。」說甚允塙。《說文・虫部》云：「蜎，肙也。从虫肙聲。」蜎實即由肙所孳乳之後起形聲字，王筠《句讀》、朱駿聲《通訓定聲》皆謂肙即蜎之古文，是也。《爾雅・釋魚》「蜎，蠉」，郭注云：「井中小蛣蟩赤蟲，一名孑孓。」孑孓，即蛣蟩，又作結蟨，《淮南・說林篇》「孑孓爲䖤」，高注曰：「孑孓，結蟨，水上倒跂蟲。」是也。《廣雅・釋蟲》「孑孓，蜎也」，王念孫《疏證》云：「到跂蟲，今止水中多生之，其形首大而尾銳，行則掉尾至首，左右回環，止則尾浮水面，首反在下，故謂之到跂蟲。《爾雅翼》云俗名釘到蟲，即到跂之義，釘到之言顚到也。今揚州人謂之翻跟頭蟲。將爲蚊，則尾端生四足，蛻于水面而蚊出焉。〈考工記・廬人〉：『刺兵欲無蜎』，鄭注云：『蜎，掉也，謂若井中蟲蜎之蜎。』蜎蟲屈曲搖掉而行，故舉以相況與。

蜎之言冤曲也，蠉之言回旋也，蛣蟩之言詰屈也，皆象其狀。」王說其蟲之形狀及其名義之所由詳矣。玄應《一切經音義》卷三引《通俗文》云「蜎化爲蚊」，故王氏據以爲說，則蜎者，實爲蚊之幼蟲明矣。井中子孓，蟲之至小者也，故引申而含有小義，是以小流曰涓〈水部〉，小盆曰銷〈金部〉，皆以肙聲爲義也。此以字形字義及肙所孳乳之字證之，可知肙之本義必爲小蟲，固憭無可疑。其訓肙曰空者，引申之義不相通，蓋即空之叚借也古音肙在影紐十四部，空在溪紐九部。章太炎《文始·敘》所附紐表分溪影爲深淺喉音。又云：「諸同類者爲旁紐雙聲，深喉淺喉亦爲同類。」。以肙叚空爲義，故麥莖中空曰稍〈禾部〉云，麥莖也，以孔下酒曰醑《玉篇》，盆底孔曰瓬《廣韻》，環謂之捐《爾雅·釋器》「環謂之捐」，郝氏《義疏》云：「環中空以貫轡，故謂之捐。」字雖異而音義近同也。是則許云一曰空也者，乃以叚借義而入諸字書矣。

解 判也。从刀判牛角。一曰解廌獸也。 四下〈角部〉

按一曰解廌獸也者，徐鍇《繫傳》作「解豸獸也」，豸乃廌之同音叚借二字古音竝同定紐十六部。《說文·廌部》云：「廌，解廌獸也，似山牛一角，古者決訟，令觸不直。象形，从豸省。」徐灝《段注箋》云：「廌象形，从豸省三字衍文。獸从勿象足之字甚多，不必豸省也。」王筠《釋例》云：「廌下云從豸省，非也，通體象形。」徐、王二氏說是也。金文灋字所从作〔圖〕、作〔圖〕見《金文編》10.3，正象頭角足尾之形。考解於卜辭作〔圖〕《後》2.21.5，商承祚釋其形曰：「此象兩手解牛角，�: 象其殘麋。卜辭从彐之字，或省从勹，與刀形相似，而非刀字也。卜辭从卣彐，篆文又省从彐，由彐又省作勹，遂與刀形相混矣。」《殷虛文字類編》四卷十六叶 商氏說解甲文之形蓋是。惟謂篆文解字，乃由卜辭从臼省變，而誤與刀形相混，斯乃泥於古文以律後造字，似有未安。故魯師實先辨之曰：「篆文从刀作解者，是猶敱之作劇〈支部〉，蓋以剖判牛角必須以手，故其字从臼作斝，攴義爲杖，丈與刀所以供手使用，故其字或从刀作解。商氏之說是未知斝之从臼，其義爲《說文》訓叉手之臼，而從手與從刀，義可相通也。」《殷契新詮》之三、二〇叶則知从刀之解，未必即从彐之譌，後世更制从刀之字，說俱可通也。王國維曰：「斝字祇以从兩手判牛角，與从刀判牛角同意。」《殷虛文字類編·王序》一叶 實爲篤論。《左》宣四年傳「宰夫將解黿」，《莊子·養生主》「庖丁解牛」，即用其字之本義者也。此以字形字義證之，解宜以判也爲其初義，則斷然無疑。其云解廌獸者，與判義絕殊。其本字當作廌，爲獨體象形。以解廌古音同部，故亦叚爲疊韵連語，以爲廌獸之稱

^{說見朱駿聲}
^{《通訓定聲》}，亦即叚解爲廌也，斯猶叚豸爲廌，而稱解豸之比。其作獬者，蓋後起形聲字，以別於解判之義，爲許書所無。然則許云一曰解廌獸也者，實以叚借義而入字書也。

豈　還師振旅樂也，一曰欲也，登也。从豆微省聲。^{五上}_{〈豈部〉}

按一曰欲也者，《倉頡篇》云：「豈，冀也。」此蓋許說所本。考《說文》豆訓古食肉器^{〈豆部〉}，微訓隱行^{〈彳部〉}，與還師振旅樂之義，皆不相涉。故段懋堂說之曰：「豆當作壴省二字，豈爲獻功之樂，壴者陳樂也。」復據鉉本散下注語，改「微省聲」作「散省聲」^{〈人部〉散下：鉉}_{等曰豈字从散省}。其說豆當作壴省得之，而散義爲眇，字从散省聲，亦失之形義不副也。朱駿聲《通訓定聲》說與段同。桂馥《義證》、王筠《句讀》雖均以豈字當从散省，而於从豆則無說。其或別出新解者，若孔廣居《說文疑疑》云：「豈从𠂇从豆，𠂇即左本字，吉事尚左，兵事尚右，文用俎豆，武用干戈，師還故不尚右而尚左，舍干戈而俎豆也。」吳錦章《讀篆臆存》云：「豈從自省聲，自訓小𨸏，有眾多之意。其篆形作𠂤，省去二𡈼畫，即成𠂤矣。且師還振旅，士卒眾多，歡謳而返，是爲豈。」林義光《文源》云：「豈即愷之古文，樂也，象豆豐滿上出形，豆豐滿見之者樂。」諸說之非，魯師實先於〈說文正補〉辨之詳矣。饒炯《部首訂》曰：「凡軍中還師振旅樂，謂揚旆而返，鼓譟而還，歌以樂之。如《左傳》僖二十八年云：『振旅愷以入於晉』，是也。其篆不从微省从豆甚明。初以爲从壴从旗省會意，壴者鼓之古文。从旗壴者，蓋軍中耳目，指揮在於旗鼓也。」又引周席珍之說曰：「从微省，當是徽省之譌，徽下說識也，《後漢書》注云：『徽號，旌旗之名也。』」其說構形信合初誼，惟稍欠通明。故魯師乃爲之說曰：「豈乃從壴省微省聲，微於古音屬威攝^{段氏古十七部諧}_{聲表在第十五部}，豈屬衣攝^{段氏古十七部諧聲表}_{豈字亦在第十五部}，旁轉相通，故豈從微聲。微，典記通作徽，《左傳》昭二十一年云：『揚徽者公徒也』，《禮記·大傳》云：『易服色，殊徽號』，《國策·齊策》云：『章子爲變其徽章』，義皆謂旌旗。夫旌旗所以號令師旅，豈之從壴從微省者，乃謂揚徽奏樂以還師也。豈非從微不足見師旅之義，非從壴不足見陳樂之義，此以字形字義證之，可以塙信無疑者。」^{〈說文}_{正補〉}然則豈以還師振旅樂爲本義，蓋可知也。其別訓欲也者，於引申不相通，朱駿聲《通訓定聲》、朱玚《段借義證》竝謂覬之叚借，其說蓋是。《說文·見部》覬下云

「欲幸也，从見豈聲」，欲為欲幸之意，即冀義也。是許云一曰欲也者，乃以段借義而入諸字書也。

又按登也者，經傳無徵。桂馥《義證》、王筠《句讀》並引登下云豆象登車形為說，章太炎《小學答問》亦謂其訓登者，以字从豆與登从豆同意，然豈字非从豆以構形，已詳前述，則諸家之說，實有可商也。朱駿聲謂一曰登也，即《詩》「于豆于登」之登。考本部鼻下云：「禮器也。从𠬞持肉在豆上，讀若鐙同。」段注曰：「〈生民〉曰『于豆于登』，〈釋器〉、毛傳皆曰瓦豆謂之登。登鐙皆假借字。《詩》、《爾雅》皆作登，《釋文》、唐石經、《篇》、《韵》皆無豋字，《玉篇》有鼻字，俗製豋字改經，非也。」段說是也。鼻即于豆于登之登本字，其字从豆，亦與豈字絕遠。且豎之古音，豈屬溪紐十五部，登屬端紐六部，二字聲韵俱乖，不可相通。疑登也一訓，為隥之段借《說文》無隥字，《方言》云：「隥企，立也。東齊海岱北燕之郊，委痿謂之隥企。」卷七。郭注云：「腳躄不能行也。」《廣雅·釋詁》云：「隥、佥，立也。」佥為企之古文登車必正立執綏，立之與登，義得相通說見章太炎《小學答問》。然則豈之訓登，其為隥之段借，蓋可知也隥从豈聲，故可通段。

眾微杪也。从日中視絲。古文以為顯字。或曰眾口皃。讀若唫唫。或以為繭，繭者絮中往往有小繭也。七上〈日部〉

按或曰眾口皃者，經傳無徵。字从日中視絲，而義為眾口皃，形與義不相比附。王筠《句讀》云：「此義直謂字作矣，絲者眾之象。」又《釋例》亦云：「蓋謂此字從日，非從日也。」然考〈頌鼎〉「不顯魯休」，字作《積古》4.34，又〈彔伯段〉顯字所从偏旁作《三代》9.27，〈頌段〉作《三代》9.38，〈虢季子白盤〉作《三代》17.19，皆與篆文同體。其所从日字，作或作者，蓋以古籀凡圓形之中有繁省其點畫之例。若星之古文作見《說文·晶部》。卜辭作、作，亦象星之輪郭，與《說文》所載古文同。，參之或體作見《說文·晶部》。〈宗周鐘〉、〈毛公鼎〉、〈臼鼎〉，并與《說文》或體同，嘗於〈晉姬段〉作《三代》8.5此皆於圓形之中省其點畫者也。若豆於〈大師虘豆〉作《三代》10.47，或於〈毛公鼎〉作《三代》4.46，鼓於〈齊侯壺〉作《三代》12.33，此皆於圓形之中繁其點畫者也。㬎从日中視絲，則微杪皆見，是顯明也，所以《廣韵》有眾明也之訓。以㬎有明義，故孳乳為頭明飾之顯，此以字形字義及㬎所孳乳之字證之，可知㬎之本形必从日，本義必為眾微杪，蓋無可疑也。其別訓眾口皃者，於引申不相通，朱駿聲《通訓定

聲》以爲叚借爲喦爲譶。《說文・品部》云：「喦，多言也。从品相連。」又〈言部〉云：「譶，多言也。从言畾聲。」叕之聲韵，㗊喦譶三字古音皆屬第七部，音近相通。然則此亦以叚借義而入諸字書矣。

又按或以爲繭者，段注云：「謂或用爲繭字也。其字从絲，故或用爲繭字。」是也。此與古文以爲者，無有二致，所以明言叚借之例也。王筠《句讀》乃謂「此義謂Ө非日字，乃象繭形也。」其說恐有未塙。

佸　會也。从人昏聲。《詩》曰曷其有佸。一曰佸佸，力皃。^{八上〈人部〉}

按一曰佸佸力皃者，經傳無徵。考《說文・會部》云：「會，合也。」又〈口部〉云：「昏，塞口也。」昏會疊韵^{二字古音竝同十五部}，且昏爲塞口，塞之使合，義與會近，故昏聲之字亦多含會合之義。《說文・言部》云：「話，合會善言也。从言昏聲。」〈示部〉云：「祜，祀也。从示昏聲。」朱駿聲《通訓定聲》：「祜與禬略同，刮除災禍之意。」按《說文》禬下云會福祭也。〈刀部〉云：「刮，掊把也。从刀昏聲。」王筠《句讀》：「所謂掊把者，摟而聚之也。」〈木部〉云：「栝，檃也，从木昏聲。一曰矢栝築弦處。」《釋名・釋兵》：「矢，其末曰栝。栝，會也，與弦會也。」〈禾部〉云：「稉，舂粟不潰也。从禾昏聲。」段注：「〈水部〉潰漏也，舂粟不潰者，謂無散於臼外者也。」按無散於外，是會集於內也。〈髟部〉云：「髻，潔髮也。从髟昏聲。」潔，段注本作絜，注曰：「絜各本作潔，今依《玉篇》、《韵會》正。絜，麻一耑也，引申爲圍束之稱，絜髮指束髮也。」按圍束亦會合之義。〈耳部〉云：「聒，讙語也。从耳昏聲。」《倉頡篇》：「聒，擾亂耳孔也。」《釋文》：「強聒其耳而語之也。」按謂強會其耳孔而語之也。〈手部〉云：「括，絜也。从手昏聲。」段注：「括爲凡物總會之稱。」皆其證也。佸从昏聲，故其義爲會。許引〈王風・君子于役〉文，即所以證字之本義也。^{毛傳：「佸，會也。」}是佸訓爲會，形義脗合，其爲本義，斷可識也。其云佸佸力皃者，與本訓會義絕殊，朱駿聲《通訓定聲》謂叚借爲重言形況字。疑此義乃仡字之叚借。《說文》仡訓勇壯也。^{論其聲韵，佸音古活切，古音屬見紐十五部，仡音魚訖切，古音屬疑紐十五部，是二字韵同聲近也}重言之則曰仡仡。《廣雅・釋訓》云：「仡仡，武也。」義與力皃近。《尚書・秦誓》「仡仡勇夫」，《釋文》：「仡仡，強狀。」《漢書・李尋傳》「任仡仡之勇」，顏注：「仡仡，壯健也。」皆其例。然則許云一曰佸佸力皃者，蓋以叚借義而入諸字書也。

假 非眞也。从人叚聲。一日至也。〈虞書〉曰假于上下。 ^{八上}〈人部〉

按一日至也者，《詩‧大雅‧雲漢》「昭假無贏」，〈魯頌‧泮水〉「昭假烈祖」，毛傳竝云：「假，至也。」又《方言》云：「假，至也。」此蓋許說所本。其引〈堯典〉假于上下者，即爲證此義也。今《尚書》作格。攷假義非眞，說者無異辭。至與非眞，義殊遠隔，其爲叚借之義，不言可諭。檢諸典籍，〈西伯戡黎〉「格人元龜」，《史記‧殷本紀》作假。〈君奭〉「格于皇天」、「格于上帝」，《史記‧燕召公世家》竝作假。〈高宗肜日〉「惟先格王」，《漢書‧成帝紀》作假。《公羊》隱八年注「歸格于禰祖」，《釋文》：「格本又作假。」是假與格通也。《方言》：「假、佫，至也。邠唐冀兗之間曰假，或曰佫。」郭注：「佫，古格字。」《爾雅釋文》：「格，或作佫。」《廣韵‧馬韵》：「假，《說文》又作徦，至也。」是假格又與徦佫通也。本篆下段注曰：「此引經說假借也。〈彳部〉曰『徦，至也』，經典多借假爲徦，故稱之。《毛詩‧雲漢》傳、〈泮水〉傳：『假，至也。』〈烝民〉、〈元鳥〉、〈長發〉箋同此，皆謂假爲徦之僭字。其〈楚茨〉傳：『格，來也。』〈抑〉傳：『格，至也。』亦謂格爲徦之叚借字也。」又格篆下注曰：「木長皃者，格之本義，引申之長必有所至，故〈釋詁〉曰：『格，至也。』〈抑〉傳亦曰：『格，至也。』凡《尚書》『格于上下』、『格于藝祖』、『格于皇天』、『格于上帝』是也。」段氏云假爲徦之叚借字，是矣。而云格爲徦之假借字，又云格義引申爲至，前後互歧，蓋其疏失。實則格之用爲至也，與木長之義無涉，當是佫假之叚借。

考卜辭各字，作 ^{《佚》}665、^{《乙》}479、^{《甲》}639、^{《甲》}256、^{《乙》}478，又作 ^{《燕》}691、^{《輔仁》}92、^{《福》}8，金文作 ^{《舀壺》}、^{《趙曹鼎》}、^{《頌鼎》}、^{《敔簋》}、^{《善鼎》}，又作 ^{《沈子簋》}、^{《師虎簋》}，亦作 ^{《庚嬴卣》}，羅振玉釋其形義曰：「各从夊，象足形自外至；从口，自名也。此爲來格之本字。」^{《增訂殷虛書契考釋》卷中六十四叶}楊樹達於羅說頗有修正，其言曰：「各字甲文作 作，夊即止字，口凵皆象區域。足達區域，故其義爲至，爲來，至與來，義相因也。《方言》卷一云：『佫，至也。』《說文‧彳部》云：『徦，至也。』佫徦皆各之後起字也。羅振玉云：『各从夊，象足形自外至；从口，自名也。此爲來格之本字。』按云來格之本字，是也。云足自外至，非是。云从口，則沿許君之誤說也。各爲初形，來與至爲初義，今初義爲後起之佫假所專，而各但爲各自之各矣。」^{《積微居小學述林》卷五〈文字初義不屬初形屬後起字考〉}魯師

實先亦曰：「卜辭有各徦二字，作各者乃徦之初文，各義爲至，見於卜辭及彝銘者，不勝殫算。字从ㄆ口，示倒止以入居邑，猶出於卜辭作ㄓ，示芈止以離居邑，其取義相同。此以各之形義證之，知其本義爲至，《說文》訓爲異詞者，乃其假借義。古文之口與囗相混，故許氏誤爲從口也。〈師虎殷〉、〈庚嬴卣〉二器之徦逄，亦即它器之各，其從行省作徦，或從辵作逄者，皆各之緐文，篆文作徦者，所從叚聲乃各之借。《方言》卷一云：『假、徦，至也。』其以至釋徦，正符古義。其云假者，即《說文》之徦，乃徦之後起字。至與來同義，故《方言》卷二云『徦，來也。』」^{《假借}諸家釋各之構形，容有小異，但以至爲其本義則一，而魯師解說此字之孳乳，尤爲詳明。證之姬周銘器，其用各爲至者，如〈頌鼎〉「王各大室」^{《三代》}_{4.37}，〈師奎父鼎〉「王各于大室」^{《三代》}_{4.34}，〈善鼎〉「王各大師宮」^{《三代》}_{4.56}，皆用其本義者也。《方言》作徦者，實前有所承，爲各之加形旁字也；《說文》作徦者，又爲後起之形聲字也。許書無徦，經傳作格作假者，皆徦（或徦）之同音借字也^{徦假格假古音}_{皆爲見紐五部}。王鳴盛《蛾術編》云：「假訓至，與假訓借，其義不同，但古書多借假爲徦，徦與格通用，假皆當作徦，格皆當作徦。」雷浚《引經例辨》亦云：「〈虞書〉曰『假于上下』，此用假爲徦字，許引之說假借。今書作格，孔傳曰『格，至也』，格亦徦之假借。徦假固同叚聲，叚聲各聲亦相近。」王、雷二家說皆得之。

𧝓 新衣聲，一曰背縫。从衣叔聲。　^{八上}_{〈衣部〉}

按一曰背縫者，《左》閔二年傳「公衣之偏衣」，服虔曰：「偏衣，偏裻之衣，異色駁不純，裻在中，左右各異，故曰偏衣。」《國語・晉語》「衣之偏裻之衣」，韋注：「裻在中，左右異色，故曰偏。」背縫即服、韋所謂在中者也。故《史記・趙世家》「王夢衣偏裻之衣」，張守節《正義》云：「裻，衣背縫也。」則裻訓背縫，蓋塙然有徵。攷《說文》以新衣聲爲裻之初義，而字从叔聲，聲不示義。猶嚶从嬰聲，狀鳥鳴嚶嚶之聲：喔从屋聲，狀雞鳴喔喔之聲；呦从幼聲，狀鹿鳴呦呦之聲；嗾从族聲，狀嗾使畜犬之聲^{均見}_{〈口部〉}；鼟从隆聲，狀擊鼓鼟鼟之聲_{〈鼓部〉}是也。亦猶玉聲曰玲瑲玎琤_{〈玉部〉}，鐘聲曰鎗鏓_{〈金部〉}，竹聲曰籟_{〈竹部〉}，雨聲曰霣_{〈雨部〉}，風聲曰颭_{〈風部〉}。若斯之屬，其聲符唯以肖聲，而無取義乎本義，此所謂狀聲之字是也。是知新衣聲爲裻之初義，蓋憭無可疑。朱駿聲《通

訓定聲》以新衣聲一訓爲叚借，疑有未審。其云背縫曰裻者，求之義訓，非其本義之引申，覈之聲韵，斯蓋褚之叚借也。《說文·衣部》云，「褚，衣躬縫。從衣毒聲。讀若督。」^{唐寫本《廣韵》三十七號褚注引《說文》衣背縫，今二徐本背作躬。}許書褚讀若督，〈艸部〉薄讀若督。《尚書·微子》「天毒降災荒殷邦」，《史記·宋微子世家》作「天篤下災亡殷國」。《左》昭二十二年傳「司馬督」，《漢書·古今人表》作「司馬篤」。又《方言》褚作䙱，云繞繝謂之䙱裺，郭注云：「衣督脊也。」皆其證。《玉篇》褚下列重文褶，亦其旁證。則叚裻爲褚，固有徵驗。王筠《釋例》云：「裻下云一曰背縫，此必後人亂道也。褚下云衣躬縫，讀者以裻褚同音，遂謂其相通，不知《玉篇》兩字亦較然也。裻下云新衣聲也，此下即繼以褚字，云衣背縫也，又有䙱褶二重文，是知與裻非一字也。《韵會》引之，遂亦通褚，蓋據〈晉語〉衣之偏裻之衣也，不知彼是聲借字，假借之義，不勝書也。」王說背縫一訓爲後人所增，未可遽信，而謂裻褚二字較然，是矣。許書褚裻二字相距超遠，是亦不以褚裻爲音義相同之轉注字，亦可證二字固畫然有別也。是則許云一曰背縫者，乃以叚借義而入字書也。

頒 大頭也。从頁分聲。一曰鬢也。《詩》曰有頒其首。^{九上〈頁部〉}

按一曰鬢也者，經傳無徵。段注云：「鬢者頰髮也，引申之頰亦曰頒。〈玉藻〉：『笏，大夫以魚須文竹。』鄭云：『文猶飾也，大夫士飾竹以爲笏。』按須乃頒之誤，故《釋文》音班，崔靈恩作魚班。知唐初故作頒，須無音班之理。魚頒者，謂魚頰骨。〈考工記〉注曰：『之而，頰頜也。』是也。」徐灝《段注箋》云：「段氏謂須乃頒之誤是也，訓爲頰骨則非也。魚頰骨無飾竹之理。」按〈玉藻〉魚須文竹，鄭氏於魚須無說，孔疏以爲鮫魚之鬚，謂以魚須飾其竹也。清儒之治《禮記》者，多無異議。惟王念孫以爲「須乃頒字之誤，頒班古字通。鮫魚皮有班，可以爲飾，故大夫用之以飾笏」^{見《經義述聞·魚須文竹條》}，二說雖有不同，而以〈玉藻〉之「魚須」，乃爲飾笏之物則一也。然則段氏此說實牽強無理，徐說是矣。徐氏又曰：「一曰鬢蓋頒之譌。〈須部〉云『頒，須髮半白也』，頒即頒白字，古與頒班通，故崔靈恩作魚班也。」嚴章福《校議議》、桂馥《義證》、王筠《句讀》、朱駿聲《通訓定聲》、承培元《引經證例》，亦皆引《孟子》頒白以說，是諸家俱以許書一曰鬢者，鬢當作頒，謂即頒白字也。斯說蓋是，今從之。

攽頒从分聲，分者別也〈八部〉，乃以刀分別物之稱，無大之義。然攽《說文・巾部》云：「楚謂大巾曰帗。从巾分聲。」〈土部〉云：「坋，大坊也。从土分聲。」〈衣部〉云：「衯，長衣皃。从衣分聲。」按高大長遠其義相附。〈皿部〉云：「盆，盎也。从皿分聲。」按《急就篇》顏注云：「缶即盎也，大腹而斂口，盆則斂底而寬口。」寬者屋寬大也。〈林部〉云：「棼，複屋棟也。从林分聲。」按複屋，〈考工記〉謂之重屋，重屋之棟必大於常屋。又《詩・大雅・韓奕》「汾王之甥」，毛傳云：「汾，大也。」《廣雅・釋詁》云：「忿，怒也。怒，多也。」按多大義相通。是凡从分聲之字多含大義。頒从頁分聲，故義訓大頭，衡以形義必相契合之理，大頭爲頒之本訓，蓋無疑也。是以〈小雅・魚藻〉「魚在在藻，有頒其首」，毛傳云：「頒，大首貌。」此頒之正義，僅存于今者也。《說文・須部》云：「頿，須髮半白也。」段注曰：「此《孟子》頒白之正字也。趙注曰：『頒者斑也，頭半白斑斑者也。』卑與斑雙聲，是以《漢書・地理志》卑水縣，孟康音斑，蓋古頿讀若斑，故亦叚大頭之頒。」段說是也今本趙注「頒者班也」作班不作斑、下班班同。頒白字本作頿，《孟子・梁惠王篇》則叚頒爲之。趙注「頒者班也，頭半白班班者也」，則又叚班爲之。《說文》班訓分瑞玉〈玨部〉，爲班賜之意，《尚書・舜典》「班瑞于群后」，是其本義也，與頿迥異。又或叚班爲之，《禮記・王制》「斑白者不提挈」，〈祭義〉「斑白者不以其任行乎道路」，是也。《說文・文部》云：「辬，駁文也。」許書無斑，斑蓋辬之俗。段注曰：「謂駁襍之文曰辬也，馬色不純曰駁，引申爲凡不純之稱。」則知辬本專指馬色駁襍之文，亦與頿義有別。今頿白字，則多以斑字爲之。嚴章福、徐灝、朱駿聲皆謂《說文》一曰乃頒叚借爲頿，是也。然則許云一曰頿也者，實以叚借義而入諸字書矣。

硈　石堅也。从石吉聲。一曰突也。 九下〈石部〉

按一曰突也者，經傳無徵。考《說文・口部》云：「吉，善也。」引申之則得有堅實之義。吉訓善而有堅實義，猶賢从臤聲而訓爲多才，亦猶婐義訓美〈女部〉，蔱爲香蒿〈艸部〉。蓋堅實與美善，義自相成，故吉人、善人、賢人，得相通稱。以賢婐蔱有美善義，可比知吉有堅實義，是以《釋名・釋言語》云：「吉，實也。」故凡从吉聲之字，亦多與堅實義近。《說文・齒部》云：「齚，齒堅聲。从齒吉聲。」〈黑部〉云：「黠，堅黑也。从黑吉聲。」〈衣部〉云：「袺，執衽

謂之袺。从衣吉聲。」〈壹部〉云：「壺，專壹也。从壺吉、吉亦聲。」^{俗作壹}〈糸部〉云：「結，締也。从糸吉聲。」〈言部〉云：「詰，問也。从言吉聲。」蓋謂窮究而堅問之，《禮記·月令》鄭注所謂「詰謂問其罪窮治之」者是也^{〈月令〉「詰誅暴慢」注}。故《尚書·立政》「其克詰爾戎兵」，馬注云：「詰，實也。」〈頁部〉云：「頡，直項也。从頁吉聲。」蓋直挺不撓之謂，亦取義於堅實也。又壯健謂之佶，《詩·小雅·六月》「四牡既佶」，鄭箋云：「佶，壯健之兒。」壯健、堅實其義相通。仡仡謂之奠，《玉篇》引《倉頡篇》云：「奠，仡仡。」《說文》云：「仡，勇壯也。」勇壯、堅實其義相通。然則硈从石吉聲，而義訓石堅，形與義協，衡以形義必相密合之理，則石堅為硈之本訓，蓋憭無可疑也。是以《爾雅·釋言》云：「硈，鞏也。」郭注曰：「硈然堅固。」即石堅一義之引申也。其云突也一訓，突者犬從穴中暫出也^{〈穴部〉}，引申為凡猝乍之稱，與石堅義絕遠。且硈从石而義訓為突，形義亦乖違不會，則此義必為叚借可知也。覈諸古音，硈屬十二部，突屬十五部，十二、十五部古韵對轉每多相通。是以突釋硈，蓋即借硈為突。是知許氏此云一曰突也者，蓋以叚借義而入字書也。

鼦鼠也。从鼠番聲、讀若樊。或曰鼠婦。^{十上〈鼠部〉}

按或曰鼠婦者，《說文·虫部》云：「蚰，蚰^{二徐本並作蚰，據段注正}威、委黍。委黍，鼠婦也。」委黍，《名醫別錄》作蛜蝛同。又云：「蟠，鼠婦也。」《爾雅·釋蟲》云「蟠、鼠負」^{婦負通，《釋文》負又作婦}，郭注：「甕器底蟲。」又云「伊^{伊蚰通}威，委黍」，郭注：「舊說鼠婦別名。」《詩·豳風·東山》「伊威在室」，陸璣《詩疏》云：「伊威，一名委黍，一名鼠婦，在壁根下甕底土中生，似白魚者是也」。《本草》亦云：「鼠婦，一名負蟠^{郝懿行《爾雅義疏》云：「此蟲名蟠，不名負蟠，《本草》鼠婦一名負蟠，非也。《廣雅》以蟠為負蠜，蠜一作蟠，蓋沿《本草》而誤。《玉篇》云：蟠鼠婦，負蠜也。則又沿《廣雅》而誤。《說文》蠜訓螽，〈秋官·赤友氏〉注以蟠為貍蟲，是許、鄭皆不以蟠為鼠婦也。」段玉裁亦謂許書之蠜謂螽，絕非鼠婦。二家說是也}，一名蚰威。」然則鼠婦一名蟠、一名蚰威、亦名委黍，郭璞謂甕器底蟲，《通志》稱甕底白粉蟲^{〈昆蟲草木略第二·蟲魚類〉}，皆異名而同實者也。其狀則郝懿行《爾雅義疏》云：「鼠婦長半寸許，色如蚯蚓，背有橫文，腹下多足，生水缸底，或牆根溼處。」朱駿聲《通訓定聲》亦云：「今蘇俗謂之草鞋蟲，大者長半寸許，背有橫文，腹下多足，井中亦有之，大抵溼生也。」

許書訓鼦為鼠，蓋以統名為說。《廣雅》謂之白鼦^{王念孫曰「鼦之言蟠也，〈釋器〉云蟠，白也。」}《玉篇》

名曰白鼠《玉篇》云「鼺，白鼠也，一名瓮底蟲」，合白鼠與瓮底蟲爲一，非也。則兼形色而言。攷从番聲之字多含白義，璠訓魯之寶玉〈玉部〉，幡訓書兒拭觚布〈巾部〉，皤訓老人白〈白部〉，潘訓淅米汁〈水部〉，均以白色得名《禮記·明堂位》「周人黃馬蕃鬣」，王引之曰「馬之白鬣謂之蕃鬣」，亦其例。鼺从鼠番聲，故義爲白鼠，蟠从虫番聲，故義訓鼠婦瓮底白粉蟲。桂馥《義證》曰：「鼺之於蟠，猶鼢作蚡也。《玉篇》鼺一名瓮底蟲。」按許書鼢之或體从虫作蚡，故桂氏以蟠鼺爲一字之異構，其說蓋沿《玉篇》合白鼠與瓮底蟲而誤也。《爾雅》入鼠婦於〈釋蟲〉《爾雅》：「蟠，鼠婦。」郭注云：「瓮器底蟲。」《廣雅》入白鼺於釋獸鼠屬，《廣韻》鼺訓鼠名，蟠訓蛜蝛即鼠負，一爲蟲屬，一爲鼠屬，判然二物，實非鼢蚡之比。蓋以鼺爲鼠屬，虫則統同之名也，是以《說文》釋鼠之義云：「穴蟲之總名也。」以故鼢字或从虫作蚡，乃以統同之名代之也。斯猶彙爲「蟲似豪豬而小者」《說文·希部》：「彙，蟲似豪豬者。从希胃省聲。」《廣韻》引作「蟲也，似豪豬而小。」其狀似鼠。字本从希，而重文則或从虫作蝟俗作蝟。至若鼠婦之蟠，本爲蟲類，故不得以專名之鼺名代之也。王筠《句讀》曰：「蟠鼺與鼢蚡不同，鼢本是鼠，虫則統同之名也。蟠本是蟲，以其穴居，故借鼺也。」朱駿聲亦曰：「叚借爲蟠，《說文》鼺或曰鼠婦。」王、朱二家說是也。覈之聲韻，鼺蟠竝从番聲，故可相通叚。蓋猶〈秦誓〉「番番良士」，叚番爲皤江聲《尚書集注音疏》，孫星衍《尚書今古文注疏》，王鳴盛《尚書後案》皆有說；《文選·魏都賦》「行庖皤皤」，叚皤爲蕃之比《文選》李注：「皤皤，豐多貌。」按《說文》皤下云：老人白也，蕃下云艸茂也，二字義異。如上所攷，知許氏此云或曰鼠婦者，實以叚借而入諸字書矣。

囹圄、所以拘罪人。从㚔从囗。一曰圉、垂也。一曰圉人掌馬者。
十下〈㚔部〉（「一曰圉人掌馬者」見「一曰以說引申者。」）

按一曰圉，垂也者，《爾雅·釋詁》云：「圉，垂也。」《詩·大雅·桑柔》「孔刺我圉」、〈召旻〉「我居圉卒荒」，毛傳竝云：「圉，垂也。」此蓋許說所本。攷字於卜辭作〔圖〕《前》4.4.1、〔圖〕《中大》35、〔圖〕《前》6.1.8，或作〔圖〕《前》6.52.5、〔圖〕《前》6.53.1、〔圖〕《乙》7142，从㚔从囗，或从執从囗。卜辭〔㚔〕字，乃象所以桍皋人兩手之刑具，其初誼當是手械。金文作〔㚔〕〈兮甲盤〉執字所从偏旁，已與小篆相同，是爲蛻變之體。〔執〕字象一人兩手著械之形，金文作〔執〕〈兮甲盤〉若〔執〕〈虢季子白盤〉，亦形體之蛻變，小篆仍之作〔執〕，許氏解云捕罪人也，至塙。李孝定《甲骨文字集釋》云：「契文从執从囗爲圉之本字，作圉者其省體也。古文偏旁中，凡義類相近之字，每得通用，非〔執〕〔㚔〕一字也。」

^{第十、}_{3236頁}其說是也。圉从執从口，即象捕人而拘於圄圉中之形，許氏以「所以拘罪人」釋之，形與義會，得其朔矣。其云垂也者，乃邊垂之義，與引申實不相通，徐灝《段注箋》謂圉有圉守義，故引申爲邊垂之稱，蓋非。朱駿聲《通訓定聲》謂即宇之叚借，其說蓋是。《說文・宀部》云：「宇，屋邊也。」引申有邊垂之義，故《倉頡篇》訓宇爲邊也。覈諸聲韵，圉宇二字，古音竝同五部，得相通叚。然則許云一曰垂也者，實以叚借義而入諸字書也。

    慰 安也。从心尉聲。一曰恚怒也。^{十下}_{〈心部〉}

    按一曰恚怒也者，《詩・小雅・車舝》「以慰我心」，《釋文》云：「慰，怨也。王^{王肅}申爲怨恨之意。韓詩作『以愠我心』，愠，恚也。」是則許訓慰爲恚怒，蓋用韓詩爲說也。攷《說文・火部》云：「𤓽，从上案下也。从尸又持火，以尉申繒也。」^{尉俗}_{作熨}徐灝《段注箋》云：「置火於銅斗從上按下以申繒謂之尉，所以使其平也，故尉有平義。《漢書・張釋之傳》曰：『廷尉者，天下之平也。』掌兵者曰大尉，亦取平定禍亂之意。其後武職皆以爲稱。」徐說是也。尉者，所以平繒也，即俗稱熨斗之本字，《通俗文》所謂火斗曰尉者是也。引申而爲官名之稱，故俗又加火作熨。猶然義爲燒，叚爲語詞，而俗加火作燃之比，是乃重形俗字也。尉義以上案下，引申之則凡自上案下，亦謂之尉。以网捕鳥或由上向下捕，故孳乳爲捕鳥网之罻^{〈网部〉}。以上案下所以使之平，衽席者，所以荐平也，故孳乳爲衽席之褽^{〈衣部〉}_{據段注本}。平則有安穩之義，故孳乳爲訓安之慰。此由𤓽所孳乳之字證之，可知慰之本義必爲安，固憭無可疑。是以《詩・邶風・凱風》「莫慰我心」、〈小雅・車舝〉「以慰我心」、〈大雅・緜〉「迺慰乃止」，毛傳竝云：「慰，安也。」《方言》云：「慰，居也。江淮青徐之閒曰慰。」慰義爲安，引申無恚怒之義，斯乃愠之叚借。《詩》「以慰我心」，韓詩作「以愠我心」，是其證也。《說文》愠訓爲怒，愠音於問切，古音屬影紐十三部，慰音於胃切，古音屬影紐十五部，二字聲同韵近^{段氏云：十三部與}_{十五部合用最近}，故韓詩叚愠爲慰，而云恚也。然則許云一曰恚怒也者，乃以叚借義而入字書也。

    惷 亂也。从心春聲。《春秋傳》曰王室日惷惷焉。一曰厚也。^{十下}_{〈心部〉}

    按一曰厚也者，經傳無徵。攷《說文・艸部》云：「春，推也，从艸从日，

艸春時生也。屯聲。」段注曰：「日艸屯者，得時艸生也。屯字象艸木之初生。」
《漢書・律歷志》云：「春，蠢也。物蠢生，乃動運。」則是春有動義。動亂其
義相附，故凡从春聲之字亦多有亂義。若鬢髮謂之鬒〈髟部〉，段注云：「鬒爲墮
髮。」王筠《句讀》云：「鬒乃自落之髮，與鬀爲鬀落者不同，而云鬒髮者，其
爲墮落同也。」引申亦爲亂髮之名，是以《禮記・喪大記》「君大夫鬒爪實于綠
中」，鄭注云：「鬒，亂髮也。」《漢書・天文志》云：「有黑雲狀如焱風亂鬢。」
蟲動謂之蠢〈蚰部〉，蠢爲蟲擾動，擾動則亂，義本相因，是以《左》昭二十四
年傳「王室日蠢蠢焉」，杜注云：「擾動皃。」《爾雅・釋訓》「蠢，不遜也」，郭
注云：「蠢動爲惡，不謙遜也。」亦亂之義。動謂之偆，《白虎通・五行篇》云：
「春之爲言偆，偆、動也。」偆與蠢通，《禮記・鄉飲酒義》云：「東方者春，
春之爲言蠢。」是偆蠢義一也。是其證。惷从心春聲，故義訓爲亂。《說文》以
惑恨恦惷相厠，而義訓皆爲亂，則許氏蓋以亂爲惷之本訓，亦可知矣。是以《廣
雅・釋詁》亦以亂釋惷。若夫厚也之訓，其於引申實不相通，《說文・心部》云：
「惇，厚也。」惷義訓厚，蓋即惇之叚借。《說文》臺下云讀若純〈高部〉，奄下
云讀若鶉〈大部〉。是臺屯二字同音也。以其音同，故相通作。《詩・大雅・抑》
「誨爾諄諄」，釋文：「諄本作訰。」《尚書大傳》、《洪範五行傳》作「誨爾純純」，
《禮記・中庸》注引作「誨爾忳忳」。《爾雅・釋訓》「訰訰，亂也」，《釋文》：「訰
本作諄。」玄應《一切經音義》卷十二：「諄，古文訰同。」又《文選・甘泉賦》
「敦萬騎於中營中」，李注：「敦與屯同。」《周禮・天官・內宰》「出其度量淳
制」，鄭注：「故書淳爲敦，杜子春讀敦爲純。」《荀子・禮論》「是君子之所以
爲惇詭，其所敦惡之文也」，楊注云：「敦讀爲頓。」是皆臺與屯通之證也
《說文》从臺之字隸皆作享。《說文》釋春之字形云：「从艸从日，屯聲。」惷从春聲，春从屯聲，
是惷惇可通叚也。朱駿聲《通訓定聲》云：「惷叚借爲惇，《說文》一曰厚也。」
其說是也。或曰《說文》偆訓富也，《廣雅》偆訓厚也，惷下一曰厚也，乃偆之叚
借，然考偆義爲富，經傳無徵、且春聲字義多近亂，許說不能無疑也。

渾　混流聲也。从水軍聲。一曰浯下皃。十一上〈水部〉

按一曰浯下皃者，玄應《一切經音義》卷一引作「一曰汙」，卷九引作「渾，
浯也」，故桂馥《義證》、王筠《句讀》，竝引老子「渾兮其若濁」，以證其義，
謂「渾，濁也」，其說蓋是。攷《說文・車部》云：「軍，圜圍也。四千人爲軍。

从包省从車。車、兵車也。」軍爲圜圍，故引申之而得含有大之義。《說文・口部》云：「暉，大口也。从口軍聲。」〈目部〉云：「睴，大目出也。从目軍聲。」〈羽部〉云：「翬，大飛也。从羽軍聲。」〈鳥部〉云：「鶤，鶤雞也。从鳥軍聲。」按《爾雅・釋鳥》謂雞三尺爲鶤，是鶤乃大雞之名也。〈日部〉云：「暉，日光也。从日軍聲。」〈火部〉云：「煇，光也。从火軍聲。」按光大義近，《詩・大雅・皇矣》「載錫之光」，毛傳云：「光，大也。」是也。〈心部〉云：「惲，重厚也。从心軍聲。」按重厚亦與大義近。〈手部〉云：「揮，奮也。从手軍聲。」奮者翬也〈奞部〉。〈糸部〉云：「緷，緯也。从糸軍聲。」《玉篇》：「緷，大束也。」是諸軍聲字義多相近也。混流聲也者，混下云豐流也〈水部〉，水流既豐，必作大聲，豐大義亦相通也。此由軍所孳乳之字證之，渾以混流聲爲本訓，實得制字之恉也。其云滒下兒者，於引申實不相通，朱駿聲《通訓定聲》謂即溷之叚借，其說蓋是《說文》溷下云亂也，一日水濁兒。論其聲韵，渾溷古音竝屬匣紐十三部，二字音同，故得相通叚。

〰 水中可居曰州。周遶其旁，从重川。昔堯遭洪水，民居水中高土。或曰九州。《詩》曰在河之洲。一曰州，疇也，各疇其土而生之。〰，古文州。十一下〈川部〉（「或曰九州」說見「一曰以說引申者」）

按一曰州疇也，各疇其土而生之者，應劭《風俗通》曰：「《周禮》五黨爲州。州，疇也，州有長使之相周足也。」《太平御覽》卷一百五十七引 是訓州爲疇，固有明徵。玫字於卜辭作〰《前》4.13.4，〰《乙》5327，〰《輔仁》24，金文作〰〈井侯簋〉，〰〈鬲比盨〉，〰〈散盤〉，古璽作〰，作〰竝見《說文古籀補補》11.4，皆與《說文》所載古文相合。羅振玉釋之曰：「州爲水中可居者，故此字旁象川流，中央象土地。」《增訂殷虛書契考釋》卷中十叶 魯師實先亦曰：「皆虛中以象川中有地之形。」《說文正補》是也。金文或作〰〈州戈〉，中著·形，亦以示川中有地可居。蓋凡卜辭字之虛中者，金文或填實作。若土字卜辭作〰《前》5.10.2，金文塡實作〰〈孟鼎〉；𠂤字卜辭作〰《甲》3372，金文或塡實作〰〈陳侯瑚〉陳字偏旁；山字卜辭作〰《甲》3642，金文或塡實作〰〈父乙簋〉。是其例。則許氏以水中可居以釋州之本義極塙。其云州疇也者，《說文・田部》云：「畴，耕治之田也。从田象耕屈之形。〰，畴或省。」畴，隸作疇。義與水中可居之地有殊，段注云：「其實前義內可包。」本篆「一曰州疇也」下注 徐灝《段注箋》云：「一曰州疇者，原

其立名之始，非州之別義也。州之言疇也，以其有土可疇也。」按段、徐說疑有未審。叕之聲韵，州音職流切，古音屬端紐三部，疇音直由切，古音屬定紐三部，二字於聲同屬舌頭音，爲旁紐雙聲，於韵同在三部。以其韵同聲近，故得相通叚。許訓州爲疇，亦即叚州爲疇也。《說文・酉部》醻^{隸作醻}，或體从州作酬。《左》成十年傳「晉厲公名州蒲」，《史記・十二諸侯年表》作「壽曼」。《詩・小雅・彤弓》「一朝醻之」，《釋文》：「醻，本又作酬。」《玉篇零卷》訓下云：「《說文》亦譸字。」慧琳《一切經音義》卷五十七：「譸，又作訓。」皆其證。《國語・齊語》「群萃而州處」，亦叚州爲疇。是則許云一曰疇也者，實以叚借義而入字書也。

靁也，齊人謂靁爲霣。从雨員聲。一曰雲轉起也。，古文霣。
　　十一下〈雨部〉。二徐本靁也，均作「雨也」。今據嚴章福《校議議》、
　　桂馥《義證》、朱駿聲《通訓定聲》說正。段注則刪雨也二字。

按一曰雲轉起也者，經傳無徵。攷《說文》靁下云：「陰陽薄動靁雨生物者也，从雨畾象回轉形。」霣義訓靁，是靁霣二字爲轉注。靁蓋中夏之通語，霣則齊地之方言。蓋文字所以寫語言，語言有古今之異，有方域之殊。諸方制字，各適語言，是以構形容有歧異，聲音或有小變，而其義則無殊也。叕之古音，靁在十五部，霣在十三部，二字韵部相近^{周師一田曰：諄文欣魂與脂微齊皆灰古韵的對轉，每多相通}，所謂聲變而存其韵者是也。霣从員聲，無所取義，此乃由靁所孳乳之後起形聲字。又許書自靁篆至震篆皆言雷電，而霣列靁霆間，則霣以靁爲本義，蓋憭無可疑也。許云雲轉起者，其於引申實不相通，斯則雲之叚借也。《說文》貟讀若鄖〈員部〉，是員云同音也。以其音同，故每多通作。證之《說文》重文，若穦之或體作〈禾部〉，妘之籀文作〈女部〉。攷之經籍異文，若《左》成二年傳「隕子辱矣」，《說文・手部》引作「抎子辱矣」。《詩・商頌・玄鳥》「景員維河」，鄭箋：「古文作云。」〈鄭風・出其東門〉「聊樂我員」，《釋文》：「本亦作云，韓詩作魂。」〈小雅・正月〉「昏姻孔云」，《釋文》：「本又作員。」《左》宣四年傳「若敖娶於䢵」，《釋文》：「本又作鄖。」皆其例也。近人高瀗子曰：「一曰雲轉起也，當屬雲之別體。」^{《師大國學叢刊》一卷二期〈釋云〉}其說殆非。王筠《句讀》云：「霣雲音相近，爲雷聲，象雲回轉形，形義皆相近，故得此義。」蓋亦牽附之說，非其義也。如上所攷，是許氏此云一曰雲轉起也者，實以叚借義而入字書也。

魟 大貝也，一曰魚膏。从魚亢聲，讀若岡。 _{十一下}〈魚部〉

按一曰魚膏者，謂魚膏曰魟也。《淮南萬畢術》云：「取魟脂為鐙，置水中，即見諸物。」_{《義證》引。}_{魟魠通}明楊慎《丹鉛雜錄》云：「魟魚即嬾婦魚也，多膏以為燈，照酒食則明，照紡績則暗，佛經謂之饞燈云。」嬾婦魚，即江豚也。任昉《述異記》云：「在南方有懶婦魚，俗云昔楊氏家婦為姑所溺而死，化為魚焉。其脂膏可燃燈燭。」陳藏器《本草拾遺》亦云：「江豚生江中，狀如海豚而小，出沒水上，舟人候之占風。其中有油脂，點燈照樗蒱即明，照讀書工作即暗。俗言懶婦所化也。」據此，魚膏本指江豚（懶婦魚）之脂膏可知也。攷《說文》亢下云：「人頸也，从大省，象頸脈形。」蘇林曰：「亢，頸大脈也，俗所謂胡脈也。」_{《漢書·張耳陳}_{餘傳》顏注引}是亢有大義，故大水曰沆_{《說文》沆下云：「莽沆，}_{大水也，一曰大澤皃。」}大坂曰阬_{揚雄〈羽獵賦〉「踱巒阬」，李善}_{注引《音義》：「阬，大坂也。」}，大瓮曰瓨_{《方言》「甖，靈桂之郊謂之瓨」，}_{郭注：「今江東通名大瓮為瓨。」}，大乾曰炕_{《說文》：「炕，乾也。」《倉頡篇》：}_{「炕，乾極也。」乾極即大乾也。}，其義一也。魟从亢聲，故義訓大貝，據字根以求，知大貝為魟之朔誼，蓋無可疑。魟亦作蚢，《爾雅·釋魚》「貝大者魟」_{《爾雅》介蟲}_{皆入〈釋魚〉}，《釋文》引《字林》作蚢，云「大貝也」，是也。魟義大貝，而許別訓魚膏，義與大貝絕遠，以聲求之，實為鮪之叚借。按江豚俗呼懶婦魚，亦名鱅鰒_{《廣雅·釋魚》：「鱅鰒，鮪也。」}_{《玉篇》：「鱅鰒魚，一名江豚。」}字亦作溥浮_{見徐鍇}_{《繫傳》}，其本字則作鮪。《說文·魚部》曰：「鮪，魚名，出樂浪潘國。一曰鮪魚出江東，有兩乳。」是也。其生江中者名江豚，生海中者名海豚，蓋本一物，以生地有殊，而其稱遂異耳。李時珍《本草綱目》云：「其狀大如數百斤豬，形色青黑如鮎魚，有兩乳，有雌雄，類人。數枚同行，一浮一沒，謂之拜風。其骨硬，其肉肥不中食，其膏最多。」是也。蓋以魟鮪聲同見紐，故鮪魚亦呼為魟魚，《丹鉛雜錄》謂魟魚即嬾婦魚，即其證。以其魚多脂膏，故魚膏亦以名焉。是許氏此云一曰魚膏者，實即叚魟為鮪，乃以叚借義而入字書也。

撟 舉手也。从手喬聲。一曰撟，擅也。 _{十二上}〈手部〉

按一曰撟，擅也者，段注云：「擅，專也。凡矯詔當用此字。」王筠《句讀》引玄應《一切經音義》云：「撟，擅也，假詐也。」是皆以許書訓撟為擅者，即矯詔、矯詐之義也。攷《說文·夭部》云：「喬，高而曲也。」許言曲者，喬从夭，夭、屈也，故云。引申則為凡高之稱，《詩·小雅·伐木》「遷于喬木」、〈周

頌・時遇〉「及河喬嶽」，毛傳竝云：「喬，高也。」是也。凡從之得聲者，亦多合有高義。《說文・足部》云：「蹻，舉足行高也。從足喬聲。」〈人部〉云：「僑，高也。從人喬聲。」〈馬部〉云：「驕，馬高六尺爲驕。從馬喬聲。」〈金部〉云：「鐈，似鼎而長足。從金喬聲。」長足者高足也。〈鳥部〉云：「鷮，走鳴長尾雉也。從鳥喬聲。」長高其義相附。〈木部〉云：「橋，水梁也。從木喬聲。」橋蓋高架於水面上者之稱。又《爾雅・釋樂》：「大管謂之簥」，李巡注云：「聲高大故曰簥，簥、高也。」《爾雅・釋山》云：「銳而高，嶠。」《玉篇》云：「䅺，禾長也。」皆其例。撟從手喬聲，故義爲舉手，衡以形義必相密合之理，其爲撟之本訓，蓋無可疑也。以撟義舉手，引申之凡舉亦謂之撟，古多叚矯爲之。《楚辭・惜誦》「矯茲媚以私處兮」王注，《文選・嘯賦》「中矯厲而慨慷」李注，竝云：「矯，舉也。」陶淵明〈歸去來辭〉云：「時矯首而遐觀。」矯亦舉也，皆其證。《說文・矢部》云：「矯，揉箭箝也。」段注曰：「柔箭之箝曰矯，引申之爲矯枉之稱。凡云矯詔者，本不然而云然也。」徐灝《段注箋》亦云：「揉箭欲其直也，引申之凡以曲爲直者謂之矯，而矯誣之義生焉。又因之以無爲有亦謂之矯。」是則矯擅、矯詐，皆當以矯爲正字，而古率用撟。《周禮・秋官・士師》「撟邦令」，鄭注云：「稱詐以有爲者。」《漢書・武帝紀》「殊路而撟虔，吏因乘埶以侵蒸庶邪」，顏注引韋昭曰：「凡稱詐爲撟。」〈元帝紀〉「撟發戊巳校尉，屯田吏士」，顏注云：「撟與矯同，矯，託也。」即其例。良以撟矯同音，二字古多通用。《易・說卦》「坎爲矯輮」，《釋文》：「矯一本作撟。」《左》哀十四年傳注「知其撟命」，《釋文》：「撟本又作矯。」《公羊》僖十三年傳注「撟君命聘晉」，《釋文》：「撟本作矯。」此其塙證。是《說文》撟下擅也之訓，實即矯字之叚借，其爲叚借義亦審矣。

挾 以手持人臂也。從手夜聲。一曰臂下也。十二上〈手部〉。二徐本臂下皆有投地二字，鈕樹玉《校錄》云：「《左》僖二十五年傳「挾以赴外」，《釋文》引作「以手持人臂曰挾」。《玉篇》注從手持人臂也，從即以之譌，竝無投地二字。」沈濤《古本考》、段《注》、王筠《句讀》、《釋例》，亦據《左傳釋文》所稱引，而謂投地二字爲後人所增，諸家說是也。今據以刪正。

按一曰臂下也者，《禮記・儒行》「衣逢掖之衣」，鄭注：「當掖之縫也。」《漢書・高后紀》「入未央宮掖門」，顏注：「非正門而在兩旁，若人之臂掖也。」是許訓挾爲臂下，當有所本。夋《說文・亦部》云：「亦，人之臂亦也。從大象

兩亦之形。」字从大象人正立之形，而以左右兩點示兩亦之所在，斯乃「臂亦」正字《史記‧趙世家》云「且有伉王，亦黑龍面而鳥濁」，即用其本訓也。而扶持人者，亦正於臂下，故引申而爲扶掖之稱。《書‧皋陶謨》「亦行有九德」，舊說「亦行」爲「掖行」，謂以九德扶掖其行，即用扶掖義。亦字，卜辭彝銘多見，與篆文竝同，自卜辭即叚爲重累之詞。段氏謂用爲重累之詞，乃臂亦之引申，說殊牽附。以亦借爲重累之詞，久而爲借義所專，故別作腋从肉夜聲爲臂亦字腋字不見載《說文》，但古璽江掖作㐭，是古文中自有腋字，非秦漢以後所製可知。，變指事爲形聲也。又作掖爲扶掖字，而元本一字者，遂分畫爲二。惟經典臂亦字，多叚掖爲之，故《集韻》云：「腋，通作掖。」叕之聲韻，亦（腋）掖同爲羊益切，於古音竝屬定紐五部，故相通作。。特以許書無腋，且掖下復有一曰臂下之語，故說者或即以亦（腋）掖爲一字之異構見王筠《繫傳校錄》與徐灝《段注箋》。，此說殆非。段注云：「一曰臂下，此義字本作亦，或借掖爲之。」朱駿聲《通訓定聲》云：「掖叚借爲亦，《說文》一曰臂下也。」李富孫《辨字正俗》云：「亦本爲臂亦字，掖爲扶掖字，今俗以亦爲語詞，臂亦字作掖，或借掖爲之，而亦之本義久廢。」嚴章福《通用考》云：「一曰臂下也，此假借，非本訓。」諸家謂掖訓臂下，乃段掖爲之，極塙。許云臂下者，蓋以經典多以掖爲亦，故特存此義，非掖即臂亦字也。

嫛 嫛婗也。从女兒聲。一曰婦人惡兒。^{十二下}〈女部〉

按一曰婦人惡兒者，經傳無徵。考《說文‧儿部》云：「兒，孺子也。从儿象小兒頭囟未合。」段注曰：「孺，乳子也。乳子，乳下子也。〈褥記〉謂之嬰兒，〈女部〉謂之嫛婗。」引申爲凡幼小之稱。故兒聲之字，亦多含有小義。《說文‧齒部》云：「齯，老人齒。从齒兒聲。」《釋名‧釋長幼》：「九十或曰齯齒，大齒落盡，更生細者，如小兒齒也。」〈人部〉云：「倪，俾也。从人兒聲。」徐灝《段注箋》云：「孟子之旄倪，即此字本義，與嫛婗之婗字異義同。」《孟子‧梁惠王》「反其旄倪」，趙注：「倪，弱小繫倪者也。」〈魚部〉云：「鯢，刺魚也。从魚兒聲。」段注：「或作剌者誤。刺魚者乖剌之魚，謂其如小兒，能緣木。」〈虫部〉云：「蜺，寒蜩也。从虫兒聲。」郭注〈釋蟲〉：「寒螿也，似蟬而小，青赤。」〈攴部〉云：「敤，敤也。从攴兒聲。」王筠《句讀》：「當作敤敤也。」《廣韻》：「敤敤，擊聲。」按城上女牆謂之俾倪〈自部〉陴篆下，女牆即小牆也，然則敤敤蓋狀擊聲之小者也。又《國語‧魯語》「獸長麑麌」，韋注：「鹿子曰麑。」皆其例也。婗从兒聲，故義訓

嬰婗,《釋名・釋長幼》云:「人始生曰嬰兒,或曰嬰婗。」是也。婗實由兒所孳乳,二字音義竝同。此以兒所孳乳之字證之,可知婗之本義爲嬰婗,固憭無可疑。王筠《句讀》云:「嬰,婗也。本文互訓。婗篆下云嬰婗也,則是疊韵連語,互文見意也。故小徐《韵譜》婗下云兒始生,《廣雅・釋親》云婗、子也,皆單字成義。而《釋名》、《玉篇》、《廣韵》則皆嬰婗連文也。《釋名》曰:『人始生曰嬰兒,或曰嬰婗。』〈襍記〉曰『中路嬰兒失其母』,鄭注:『嬰猶鷖彌也。』案鷖彌,嬰婗之借字,要是形容之詞,以聲爲義,故單字連文,祇是長言短言之分。」其說極是。許書別訓婦人惡兒者,其於引申之義不相通,當爲佗字之叚借。馬敍倫《六書疏證》疑婦人惡兒一訓爲嬰字之借義。考《說文》嬰義訓惡,又嬰婗二字古音竝同十六部,則其說或爲近是。然則此亦以叚借義而入諸字書矣。

� 絶也,一曰田器。从从持戈。古文讀若咸,讀若《詩》云攕攕女手。
十二下
〈戈部〉

按一曰田器者,徐鍇《繫傳》在「从从持戈」句下。段注絶「一曰田器古文」爲句,且云:「一說謂田器字之古文如此作也。」王筠《釋例》則云:「古文二字或係衍文,或連讀若咸,謂古讀咸,今讀攕邪。」又云:「鉄橋謂古文下有挩文,蓋是。」似王氏亦無定說。據許書之例,讀若皆不言古文,而以古文二字爲衍,或其下有挩文,亦無塙證,茲從段說。考𢦒義爲絶,而釋形云从从持戈,形與義不相比附。字於卜辭作𢦒《乙》2260、𢦒《前》1.32.7、𢦒《明藏》468,皆與篆文同體。李孝定釋其形曰:「契文象戈擊二人之形,未見有从持戈之象。」《甲骨文字集釋》12.3779 其說近是。字當作从戈从从。从戈,謂以戈擊𢦒;从从,人多之象 說本林義光《文源》。以戈𢦒从,故其義爲絶。猶伐从人从戈,而義訓爲擊,謂援戈加人頸也。許書云从人持戈,則與守邊之戍無異,疑非是。 𢦒蓋殲之初文,《說文・歺部》云:「殲,微盡也。从歺韱聲。」殲从韱聲,韱訓山韭〈韭部〉,義無所取,是乃後起形聲字。王筠《句讀》云:「〈文王世子〉『其刑罪則纖剸』,纖蓋𢦒之借字。」是也。此由字形字義證之,絶爲𢦒之本訓,蓋憭無可疑也。其云田器者,於引申之義絶不相通,蓋說字之叚借也。段氏曰:「田器字見於全書者,銚、鈂、鈐皆田器,與𢦒同音部 古音皆同第七部,未宋爲何字之古文,疑銚字近之。」朱駿聲《通訓定聲》說同。徐灝

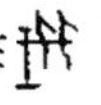

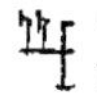

《段注箋》則謂：「古文以爲鈴字，〈金部〉曰：『鈴鑣、大犂也，一曰類耜。』正與戝之音義相合。」二說於音義皆可通，未知孰是。然則此亦以段借義而入諸字書矣。

$\begin{array}{c}\end{array}$ 我 施身自謂也。或我，頃頓也。从戈从手。手，或說古垂字。一曰古殺字。𢦠，古文我。十二下〈我部〉（「手，或說古垂字」，說見字形質難「一曰申釋字形爲非者」）

按或我，頃頓也者，經傳無徵。段《注》及朱駿聲《通訓定聲》竝以施身自謂爲本義，而以此義即俄之段借。俞樾《兒笘錄》云：「許君說此字以施身自謂爲本義，失之矣。印台朕陽之類，皆發聲之詞，古人以之自謂，取其聲非取其義也。我自當以頃頓爲本義，其字从戈从古文巫。今巫篆下有古文陽，無古文手，然我字古文作𢦠，即从古文陽而省，則手亦巫之古文明矣。許書收陽而不收手，是其小失也。《書》曰『稱爾戈，立爾矛』，矛長故言立，戈稍短故言稱，稱者舉也，舉戈於手，其勢不能不頃頓，故我字从戈从巫會意，象舉戈者之巫下，故爲頃頓義。因而人之頃頓者从人作俄，人部俄行頃也。馬之頃頓者从馬作騀，〈馬部〉騀馬搖頭也，搖頭亦頃頓意也，凡此皆其孳乳之字也。」宋育仁《部首箋正》亦云：「我，古俄字，頃頓爲本義，當从手戈聲。頃頓，不正也。頃即傾，頓，下首也。《詩》『側弁之俄』，鄭說頃兒。許君俄下說傾也，俄本作我，篆增偏旁作俄，手古文垂，當作巫，巫者頃頓之意。其用爲吾我者，乃本無其字，依聲託事。原古自稱多發語之詞，欲達其言引耑而已，原無正字。」俞、宋二氏之說我形，雖有不同，而以頃頓爲朔誼，施身自謂爲段借者無殊，與段、朱說有異。考我於卜辭作 戈 《甲》949、戈 《乙》4604、戈 《前》5.46.7、戈 《拾》3.12、戈 《前》5.33.1，或作 戈 《粹》878、戈 《林》2.25.2、戈 《甲》2752，金文作 我 〈沈子簋〉、我 〈毓且丁卣〉、或作 我 〈孟鼎〉、我 〈召伯簋〉、我 〈散盤〉、我 〈命瓜君壺〉，字乃从戈从勿以會意或謂字从戈从勿，戈亦聲。，篆文从手，手即勿之譌變。以我之古文作𢦠，巫之古文作陽，其所從之勿易近似，故許書乃有「手，或說古垂字」之說，非其義也。魯師實先曰：「凡自稱之詞，必取近身之物以示意，若國族必有干戈與族徽，故我字從戈從勿。」《殷契新詮》之二、四一叶以我爲國族自稱，故引申之爲施身自謂之詞。若夫頃頓一義，其於引申絕不相通，段、朱二氏以爲我訓頃頓，乃俄之段借，其說甚是。《說文・人部》云：「俄，行頃也。从人我聲。」俄訓行頃，而字从我聲，聲不

示義，然其義說者無異辭。段注云：「俄頃皆偏側之意，小有偏側，爲時幾何，故因謂倏忽爲俄頃。〈匕部〉曰：『頃，頭不正也。』〈小雅・賓之初筵〉箋云：『俄，傾兒。』《廣雅》：『俄，衺也。』皆本義也。單言之，或曰俄，或曰頃；絫言之曰俄頃。」又於我下注曰：「我，頃頓也，謂傾側也。頃、頭不正也，頓、下首也，故引申爲頃側之意。〈賓筵〉『側弁之俄』，箋云：『俄、傾貌。』〈人部〉曰：『俄，頃也。』然則古文以我爲俄也，古文叚借如此。」^{《說文》俄訓行頃，段注本刪行字。} 是也。俄从我聲，二字音同，故可通叚。然則許氏此云或說頃頓也者，實以叚借義而入諸字書也。

又按一曰古殺字者，段注云：「我从殺則非形聲，會意亦難說也；殺篆下載古文三，有一略相似者。」是段氏以爲一曰古殺字，乃承或說古垂字而言，謂我之从手，手即古殺字。據其說，則許云一曰古殺字，乃說我所以从手之意，當屬之字形。嚴章福《校議議》、朱駿聲《通訓定聲》、孔廣居《疑疑》、苗夔《聲訂》、陳立《釋我》、吳錦章《讀篆臆存》，皆同段說。惟嚴可均《校議》引陳鱣云：「許言我古殺字，非謂手古殺字。我從戈必取義于戈，今字失本訓，則我爲古殺字，必有所承。」王筠《句讀》亦云：「一曰下當有我字，非謂手是古殺字。」與諸家說異，蓋以許云古殺字，爲我字字義之別說也。按謂我字从戈从手（殺），與施身自謂之義訓未能相合，古人創制我字，何取乎殺之義。以許氏之博習五經，精研文字，縱以古說未傳，而廣采通人，殆亦不至取斯虛妄之說，而以我或从殺爲義。是嚴、王二氏以許云一曰古殺字，非說字所以从手之意，說蓋可信。又我字爲國族自稱，引申爲施身自謂之詞，已如前述，而孫星海曰：「陳鱣以![字]爲身字，說可取，戈自爲殺，會意。」^{陳鱣云行艸身字作![字]，說並見《校議》引} 蓋爲望文生訓，非制字之恉也。考《說文・殺部》云：「殺，戮也。从殳杀聲。![字]，古文殺；![字]，古文殺；![字]，古文殺。」按![字]本希之古文，字於卜辭作![字]^{《甲》455}、![字]^{《前》4.50.4}、![字]^{《前》6.48.5}，孫詒讓首釋爲《說文》訓脩豪獸之希^{見《契文舉例》上二十六叶}。卜辭多叚希爲殺，金文則多借希爲蔡，故郭沫若謂殺蔡古音相同^{二字與希古音皆屬第十五部}，互相通叚，而皆以希字爲之^{見《卜辭通纂》八十七叶}，其說是也。證之經傳，《左》昭元年、定四年傳，兩言「周公殺管叔而蔡蔡叔」，《釋文》云：「上蔡字《說文》作![字]。」魏三體石經，蔡古文作![字]，即其例。蓋以上古叚希爲殺，故許亦入殺下爲重文。其古文![字]![字]二形，蓋即由卜辭![字]^{《後》2.6.7}衍變而來。商承祚云：「![字]與此古文![字]相似，从![字]與古金文考老字

所從之 光，殆是一字，ㅣㅣ象血滴形。」《殷虛文字類編》舒連景從其說，云：「殺卜辭作 㓞，與 粠形近，商承祚曰『ㅣㅣ象血滴形』，是也。《書‧無逸》『亂罰無辠殺無辠』，正始石經殺古文作 粠同。」《說文古文疏證》二十四叶商、舒二氏說蓋是。卜辭殺字從攴以擊 弟，而以 ㅣㅣ象鮮血下滴之形。許書古文所從之 𢼄，即攴之異體，徹之古文作 徹，敗之籀文作 敗〈攴部〉，教之古文作 斆〈教部〉，養之古文作 𢼢〈食部〉，即其例。攴殳皆主動作，義近相通，故篆文從殳杀聲作殺，猶般古文從攴作 𣪩〈舟部〉；毀，古匋或從攴作 𣪠《說文古籀補補》3.10之比。杀即 㣇之譌變也。至古文 㳊形，粠或為 粠之譌誤，仆乃增益之聲符，蔡惠堂《說文古文考證》、胡吉宣〈釋蔡殺〉，並以為從介聲，說蓋可從。據上所考，可知殺下所列古文三體，無一與從戈從勿之我相近，是許書謂我即古殺字，非謂我殺為一字之異構，乃所以說叚借之用也。覈諸聲韵，古音殺在十五部，我在十七部，二部相近，故可通叚。考《孟子‧滕文公下》「殺伐用張」，《尚書‧泰誓》作「我伐用張」，〈泰誓〉一篇雖出後人偽託，然多採輯舊文，其作「我伐用張」者必有所據，此我殺二字音近通叚之證也。然則許氏此云一曰古殺字者，亦以叚借義而入諸字書也。

二、一曰之說實有謬誤者

（一）本說未誤一曰有誤

沔水出武都沮縣東狼谷，東南入江。或曰入夏水。從水丏聲。十一上〈水部〉

按或曰入夏水者，《漢書‧地理志》南郡華谷縣下注云：「夏水首受江東入沔。」《水經》云：「夏水出江津於江陵縣東南，又東過華谷縣南，又東至江夏雲杜縣，入於沔。」又云：「沔水過江夏雲杜縣東，夏水從西來注之。」然則夏水入沔，非沔注夏，與《說文》或說異。考《漢志》武都郡沮縣下注云：「沮水出東狼谷，南至沙羨，南入江。過郡五，行四千里，荊州川。」《水經》云：「沔水出武都沮縣東狼谷中，南至江夏沙羨縣北，南入江。」酈注云：「沔水一名沮水。闞駰曰：以其初出沮洳然，故曰沮水也。」《漢志》之沮水，《水經》、《說文》之沔水，俱云出武都沮縣東狼谷朱駿聲曰今陝西漢中府略陽縣東南狼谷，則其實即一水可知也。其水於古但稱「漢」，《尚書‧禹貢》「嶓冢導漾，東流為漢」，《周禮‧職方氏》「正南曰荊州，其川江漢」，《左》僖四年傳「漢水為池」，是也。故段注曰：「《尚書》、《周官》、《春秋傳》曰漢，漢時曰沮水，曰漢水，是為古今異名。」又釋其名

義曰：「漢時漢水之道與〈禹貢〉時其源本同，其委則一。常璩云始源曰沔，玉裁謂漢言其盛，沮與沔皆言其微，沔者發源綿然之謂。」其說蓋是。又前儒言及漢水之源委者，杜預於《春秋釋例》有云：「漢水一名沔水，出武都沮縣東，經襄陽至江夏安陸縣入江。」是許云沔水東南入江者，蓋無可置疑也。而段氏乃爲之說曰：「《水經》夏水東至江夏雲杜縣入于沔。注云當其決入之所，謂之堵口。按堵口當在今湖北漢陽府沔陽州境內，沔水與夏水合，至漢陽府入江，或曰沔口，或曰夏口，然則入夏即入江也。劉澄之〈永初山川記〉云：夏水是江流沔，非沔入夏。今按二水相合，互受通稱，謂沔入夏亦無不可。」^{沔篆下注}段說固亦可通，然夏爲沔之別流，水應由沔，故鄭注〈禹貢〉「又東爲滄浪之水」云：「滄浪之水，言今謂夏水來同，故世變名焉，即漢河之別流也。」^{孫星衍《尚書今古文注疏》引}且檢諸載籍，皆言沔入江，而入夏者則別無他徵，則是前儒皆以夏入沔，而不謂沔入夏也。桂馥《義證》、王筠《句讀》^{《釋例》同}、徐灝《段注箋》亦均以沔入夏爲非，是也。

（二）本說一曰之義皆誤

中　東方之孟，陽气萌動，从木戴孚甲之象。一曰人頭宐爲甲，甲象人頭。
命　古文甲。始於十，見於千，成於木之象。^{十四下〈甲部〉}

按一曰人頭宐爲甲者，或謂此乃字形之別說，然下云甲象人頭，實爲釋形，則此當屬之字義可知也。徐鍇《繫傳》作「《大一經》曰頭玄爲甲」，《韵會》引作「《大一經》頭玄爲甲」。嚴章福《校議議》云：「許所引是《太玄經》，本作太玄，轉寫誤作大一，又誤作一曰人，一與人乃大之誤，又涉下文人頭誤也。小徐無人字，宐者玄之誤。《集韵》引作空爲甲，空亦玄之誤。疑此當作《太玄經》曰：頭爲甲，故下云甲象人頭。」段注引作「《大一經》曰人頭空爲甲」，曰：「考〈藝文志〉陰陽家有〈大壹法〉一篇，五行家有《泰一陰陽》二十三卷，《泰一》二十九卷。然則許稱《大一經》者，蓋此類。空腔古今字，人頭空謂髑髏也。」桂馥《義證》曰：「鍇本作《大一經》曰頭玄爲甲，頭色玄，如玄天之在上，故曰頭玄爲甲。」王筠《句讀》作「《大一經》曰頭玄爲甲」，曰：「《韵會》引《大一經》頭玄爲甲，似謂頭玄象天色也。」又於《釋例》曰：「甲下云頭玄爲甲，玄爲天色，頭圓象天，色亦象之。」嚴、段、桂、王諸家，言人人殊，以佗無佐證，莫敢肊斷。惟諸家以一曰之說，出自《大一經》則無異辭也。

《大一經》爲何書，今無可考，段、王二氏俱舉《漢志》陰陽家、五行家以說，蓋以爲陰陽五行之類也。陳邦福則逕謂《大一經》爲陰陽五行之書^{說見《說文十幹形誼箋》}，說蓋可從。

考字於卜辭作十^{《鐵》176.1}、十^{《後》1.3.16}、十^{《佚》200}，或作田^{《甲》632}、田^{《甲》2667}，金文作十^{〈杠觶〉}、十^{〈頌鼎〉}、十^{〈元年師兌簋〉}，或作田^{〈甲盉〉}、田^{〈兮甲盤〉}，秦金文作甲^{〈新郪符〉}、甲^{〈陽陵兵符〉}，羅振玉曰：「田即小篆甲字所從出。卜辭於十外加囗，所以示別，與𡗗𡆥可之加匸同例。而小篆以甲代十者，蓋因古文甲作十，與數名之十相混也。小篆之甲，初作甲从十，觀秦陽陵新郪兩虎符『甲兵之符』字作甲，吳天發神讖刻石作甲可知，許書作甲乃寫失也。然以田代十，周代已然，不始於小篆，〈兮田盤〉之兮田即兮甲也。小篆變田爲甲者，蓋作田又與田疇之田相混，故申其直畫出囗外，以別於田疇字，蓋小篆變囗爲口，而缺其下口，今隸作甲，尙不失古文初形。惟直畫申長，與古文略異耳。此字初以嫌於數名之十，而以田代十，既又嫌於田疇之田，而申長其直畫以示別，既又變囗爲口，更由口譌甴，由十譌丁而初形遂晦矣。反不如今隸作甲尙存古文面目也。」^{《雪堂金石文字跋尾》}羅說甲字遞嬗之迹，至爲詳塙。字自卜辭即叚爲十干之首，其初誼形構，殊難索解。《說文》所釋「東方之孟，陽气萌動」，蓋陰陽五行家之說，非其本義，別訓人頭宜爲甲者，實亦據陰陽五行家傅會之言，且義亦不能盡曉，殆不足據信也。故後儒聚訟，異論滋夥。段氏謂「甲本十干之首，从木戴孚甲之象，引申爲甲冑字」，徐灝《段注箋》謂「甲之本義爲孚甲，引申爲皮甲之稱」，朱駿聲《通訓定聲》謂「甲，鎧也，象戴甲於首之形」，孔廣居《疑疑》謂「甲，長也，象艸木戴孚甲而生長之形」，俞樾《兒笘錄》謂「甲以鱗甲爲本義」。凡此，或據許書說解而推衍，或就譌變之體而立說，要皆不出許書之窠臼者也。近世學者，有依卜辭立論者，或謂甲爲皮裂開^{見林義光《文源》}，或謂魚鱗爲甲^{見郭沫若《甲骨文字研究》}，或謂十爲切斷之切之初文^{見高鴻縉《中國字例》引丁山說}，蓋亦皆臆測之辭耳。考許書諸甲聲字，〈木部〉柙字訓檻，所以藏虎兕也，〈穴部〉窫訓入衇刺穴謂之窫，〈門部〉閘訓開閉門，〈匚部〉匣義訓匱，多含有閉藏之義，益知諸家之說，無一涉其藩籬。楊樹達據柙之古文作𤓰，魏三字石經〈無逸〉篇祖甲字作𤓰，乃謂甲爲柙之初文，象欄檻中有物之形^{說見《小學述林》卷五、200頁}，其說雖尙合甲聲所含之義，而實無以解殷契周銘甲字之形構。蓋古說未傳，其義湮失，故爾紛紜若此。惟據上所考，許氏所

謂「東方之孟，陽氣萌動」及「人頭宜為甲」之說，實皆無當於初誼，其說之非，蓋可知也。

三、一曰之義實屬方言叚借者

蕅 林薄也，一曰蠶薄。从艸溥聲。^{一下〈艸部〉}

按一曰蠶薄者，《方言》云：「薄，宋魏陳楚江淮之間謂之苗，或謂之麴。自關而西謂之薄，南楚謂之蓬薄。」^{卷五}《說文》此說，蓋即本此。考薄訓林薄，說者無異辭。徐鍇《繫傳》云：「木曰林，艸曰薄，故云叢薄。」草木同屬植物，故許兼二者而言。是則林薄為薄之本訓，蓋無可疑也。是以《廣雅・釋草》云：「草蕞生為薄。」《漢書・司馬相如傳》：「奄薄水陼」顏注引張揖說、〈揚雄傳〉「列新雉於林薄」顏注，並云：「草叢生曰薄。」又王注《楚辭・涉江》云：「草木交錯曰薄。」皆其義也。《說文・艸部》云：「苗，蠶薄也。」又〈曲部〉云：「曲，象器曲受物之形。或說曲，蠶薄也。」疑曲苗蓋即一字之異構，苗由曲所孳乳，所以養蠶之器也。《禮記・月令》「具曲植籧筐」，鄭注云：「曲，薄也。」《呂覽・季春紀》「具挾曲蒙筐」，高注云：「曲，薄也。青徐謂之曲。」是也。其質或以艸，故字从艸作。《詩・豳風・七月》「八月萑葦」，毛傳云：「豫畜萑葦，可以為曲。」《史記・絳侯世家》「勃以織薄曲為生」，司馬貞《索隱》引許慎《淮南子》注云：「曲，葦薄也。」即其證。或以竹為之，故字又从竹作。《廣雅・釋器》云：「笛謂之薄。」是也。苗蓋宋魏陳楚江淮之間所造之後起字，薄則關以西之方言。自關而西方言稱養蠶器音薄，薄音旁各切，古音屬並紐五部，苗音丘玉切，古音屬溪紐三部，二字韵近。見並異紐者，蓋聲之變也。魚虞模與幽尤古韵次旁轉，每多相通，此段氏三部、五部合韵之說也。是乃聲變而存其韵者也。蓋以自關而西有此方語，而未造其字，故爾叚同音之薄，以為養蠶器之稱，此許氏所謂依聲託事者也。子雲採異方之語，入諸《方言》，許氏《說文》，因採斯說，所以明方俗殊語也。然則是以叚借義而入諸字書也。

曈 目多精也。从目蘿聲。益州謂瞋目曰曈。^{四上〈目部〉}

按益州謂瞋目曰曈者，《方言》云：「曈、矚也。梁益之間，瞋目曰曈，轉

目顧視亦曰矚，吳楚曰瞲。」^{卷六}《說文》此說，蓋即本此。考矚訓目多精也，說者無異辭，蓋皆以目多精爲矚之本訓也。惟其義經傳無徵耳。《說文·目部》云：「瞋，張目也。」是張目字，當以瞋爲正。瞋蓋中夏之通語，矚則梁益之閒方言。梁益之間方言謂瞋目音矚，矚音古玩切，古音屬見紐十四部，瞋音昌眞切，古音屬透紐十二部，二字韵近。見透異紐者，蓋聲之變也。元寒與眞臻古韵次旁轉，每多相通，此段氏十二、十四部合韵之說也。是乃聲變而存其韵者也。蓋以梁益之間有此方語，而未造其字，故爾叚同音之矚，以託瞋目之義，此許氏所謂依聲託事者也。子雲採異方之語，入諸《方言》，許氏《說文》因本斯說，所以明方俗殊語也。

盱 張目也。从目于聲。一曰朝鮮謂盧童子曰盱。^{四上}^{〈目部〉}

按一曰朝鮮謂盧童子曰盱者，《方言》云：「矑瞳之子謂之䁖。宋衞韓鄭之閒曰鑠，燕代朝鮮洌水之閒曰盱，或謂之揚。」^{卷二}《說文》此說，蓋即本此。考《說文·亏部》云：「亏，於也。」求之古訓，凡亏聲之字多訓大^{芋篆下}^{段注}，如大葉實根駭人故謂之芋^{〈艸部〉}，齊楚謂大曰訏^{〈言部〉}^{據段注正}，滿弓有所向曰弙^{〈弓部〉}^{者張大其弓也}，笙之大者謂之竽^{《呂覽·仲夏紀》}^{「調竽笙塤篪」高註}，宇義訓大^{《爾雅·}^{釋詁》}，夸亦訓大^{《廣雅·}^{釋詁》}，是其例也。據此可知，盱从目于聲，正示其爲張目之義。衡以形義必相密合之理，張目爲盱之本訓，蓋無庸置疑也。是以《列子·黃帝篇》「而睢睢而盱盱」，《釋文》引《倉頡篇》云：「盱，張目貌。」《文選·魏都賦》「乃盱衡而誥」，李注引《字林》云：「盱，張目也。」《荀子·非十二子篇》「學者之嵬谷盱盱然」，楊注云：「盱盱，張目之貌。」又劉良注〈魏都賦〉「盱衡」云：「盱，舉目大視也。」《漢書·谷永傳》「又廣盱營表」，顏注引晉灼曰：「盱，大也。」皆其義也。《說文》䁖下云盧童子也，段注曰：「按《方言》䁖字，當是矑之字誤。」是也。矑盧瞳童古通用。是知䁖者盧童子正字也。䁖蓋中夏通語，盱則燕代朝鮮洌水之閒方言。蓋以文字所以寫語言，語言因時地而有殊異。雖或語出同原，良以時經世易，地阻山川，容有微變，而大氐音相鄰近。或韵變而存其聲，或聲變而存其韵，故有屬雙聲者，有係疊韵者。雙聲或爲發聲同類，非必聲紐相同；疊韵或兼對轉旁轉，無庸韵部契合。燕代朝鮮洌水之閒方語，稱盧童子音盱，盱音況于切，古音屬曉紐五部。中夏通語曰䁖，䁖音胡畎切，古音屬匣紐十四

部。二字韵部隔遠，蓋韵之變也。而曉匣異紐，雖亦聲之變也，然二紐同屬喉音，古同類爲旁紐雙聲，是乃韵變而存其聲者也。蓋以燕代朝鮮洌水之閒有此方語，而未造其字，故爾叚同音之盰以爲盧童子之稱。子雲採異方之語，入諸《方言》，許氏作《說文》，亦閒採之，所以明方俗殊語也。

篇　書也，一曰關西謂榜曰篇。从竹扁聲。^{五上〈竹部〉}

按一曰關西謂榜曰篇者，此說不見於揚雄《方言》。考《說文・冊部》云：「扁，署也。从戶冊。戶冊者，署門戶之文也。」黃永武《形聲多兼會意考》云：「許氏謂題署門戶之文者，蓋自其用言之，如篇爲竹簡而許書謂書也。扁篇之音非取義於書署，乃取之於扁薄。扁爲方木板，《說文》楄字訓爲方木，楄即扁字所孳乳也。古時扁薄之義，但有音而無字，以戶冊之木扁薄，乃名爲扁，而諸扁薄字遂叚扁爲之，後世又分木之扁者爲楄，加木旁；竹之扁者爲篇，加竹旁；衣之狹小者爲褊，加衣旁，皆叚扁字爲聲，並取扁薄義，不取題署義也。」又引《說文・竹部》篇字，〈木部〉楄字，〈片部〉牖字，〈衣部〉褊字，〈虫部〉蝙字，〈犬部〉猵字，以證凡從扁得聲之字多有扁薄卑小之義，其說是也。《漢書・武帝紀》「著之于篇」，顏注云：「篇謂竹簡也。」〈公孫弘傳〉「著之于篇」，顏注亦云：「篇，簡也。」按篇爲竹簡，蓋取扁薄之義。《說文》訓篇爲書，乃自其用言之，非自其形質言之。猶訓扁爲署，亦自其用而言也。許云「扁，署也，署門戶之文也」，即榜額之義。惟《說文》榜訓所以輔弓弩也^{〈木部〉}，義與榜額無涉，蓋俗叚榜爲榜額之稱，其本字則當作扁。謂榜曰篇，是乃關西之《方言》。蓋以關西名榜額音篇，與扁音小異^{扁音方沔切，古音屬幫紐十二部，篇音芳連切，古音屬滂紐十二部，幫滂二紐，古同類爲旁紐雙聲}，故爾叚同音之篇以爲榜額之稱，實即叚篇爲扁也。此許氏所謂依聲託事者也。朱駿聲云：「篇叚借爲扁，《說文》一曰關西謂榜曰篇。」傅雲龍《說文古語考補正》亦云：「謂榜曰篇，則扁之叚藉。」朱、傅二氏說甚是。是許稱引此者，乃所以明方俗殊語，以叚借義而入諸字書也。

笘　折竹箠也。从竹占聲。穎川人名小兒所書寫爲笘。^{五上〈竹部〉}

按穎川人名小兒所書寫爲笘者，此引穎川方言以見笘字之別義，此說亦不見於揚雄《方言》。考笘訓折竹箠，說者無異辭，許氏以笘笘笞相厠，亦以義近

故爾^{笘下云笘也，}^{笪下云擊也}，是則折竹箠爲笘之本訓，蓋無可疑也。惟此義經傳無徵耳。《說文》籥下云書僮竹笘，是書僮之笘，當以籥爲正字。籥蓋中夏通語，笘則潁川方言。笘音失廉切，古音屬透紐七部，籥音以灼切，古音屬定紐二部。二字韵部隔遠，蓋方言之韵變也。而透定異紐，雖亦聲之變也，然二紐同屬舌音，古同類爲旁紐雙聲，是乃韵變而存其聲者也。蓋以潁川人名小兒所書寫音笘，而未造其字，故爾叚同音之笘以爲小兒所書寫之稱。許造《說文》，亦採斯說，所以明方俗殊語也。傅雲龍《說文古語考補正》云：「笘之本義爲折竹箠，則名所書寫爲笘，其叚藉也。《說文》『籥，書僮竹笘也』，『紙，絮一笘也』。〈學記〉『呻其佔畢』，春秋齊陳書字子占，然則苫佔占竝與笘通。」其說是也。然則許氏是以叚借義而入字書也。

厃　仰也。从人在厂上。一曰屋栺也，秦謂之桷，齊謂之厃。　^{九下}^{〈厂部〉}

按一曰屋栺也，秦謂之桷^{段《注》、嚴可均《校議》}^{皆曰桷當作楣，蓋是}，齊謂之厃者，所以明方俗之殊語也。此說不見於揚雄《方言》。《說文‧木部》云：「楣，秦名屋檔聯也，齊謂之檐，楚謂之梠。」又梠下云楣也，梠下云梠也，欂下云梠也，檐下云欂也，檔下云屋檔聯也，是則楣也，梠也，欂也，檐也，屋檔聯也，一物而五名也。檐與厃同。考凡字从某，則必有某義，以厃爲屋栺，形義不協。許訓仰也，而解云从人在厂上，義與字形亦未盡切。戴侗《六書故》云：「厃即危也，人在厂上，危之義也。」說蓋可採。厃者，當即安危之初文。〈危部〉云：「危，在高而懼也。」字从人在厓上，故爲危也。人所處高則可瞻仰，許義訓仰，蓋其引申之義。此以形課義，許訓厃爲仰，雖未盡契合其形，而實亦無可疑也。其云齊謂屋栺爲厃者，求之義訓，實非本義之引申。徐灝《段注箋》云：「人在广上危高之義，因謂屋上爲危。」說殊牽附。嚴章福《校議議》、朱駿聲《通訓定聲》、傅雲龍《古語考補正》俱謂厃叚借爲檐，是也。覈之聲韵，檐从詹聲，詹从厃聲^{八部云詹从言从八从厃，段《注》、朱駿}^{聲《通訓定聲》竝云當作厃聲，是也。}。據形聲字凡从某聲，古必讀某之例，聲子與聲母古必同音，則厃檐二字其音宜同，故得相通叚。是故許書一云齊謂之檐，一云齊謂之厃。大徐厃音魚毀切，與檐音聲韵俱異者，蓋無聲字多音之故也。按厃字古音或有數讀，一音入八部，《說文》詹字從之得聲是也。一音隷十六部，《說文》危字從之得聲是也。許書危字从厃卪會意^{危下云从}^{厃，自卪之}，疑有未審。實則厃

危一字^{王筠《句讀》亦
謂厃危蓋一字}，古音竝同疑紐十六部，危乃由厃所孳乳，今危懼之義爲危所據有而厃無與矣。《玉篇》厃音之嚴切，云仰也，屋梠也，又顏監、魚軌二切。《廣韻》鹽韵職廉切，引《說文》一曰屋梠也，又云本魚毀切，此亦可證厃音當有數讀也。然則齊謂屋梠，其字或作厃者，蓋叚厃爲檐，是以叚借義而入字書矣。

　　𨳿　大開也。从門可聲。大杯亦爲𨳿。^{十二上
〈門部〉}

　　按大杯亦爲𨳿者，《方言》云：「㼶、械、盞、溫、𨳿、㿻、𥥻，桮也。自關而東，趙魏之間曰械，或曰盞，或曰溫，其大者謂之𨳿。吳越之間曰㿻，齊右平原以東，或謂之𥥻。桮其通語也。」^{卷五}《說文》此說，蓋即本此。考凡從可之字多含有大義，故大言而怒謂之訶^{〈言部〉}，大陵謂之阿^{〈阜部〉}，磊砢謂之砢^{〈石部〉}。《文選・魯靈光殿賦》「磊砢相扶持」，李注云：「磊砢，壯大之皃。」。又大笑謂之㰤^{《玉篇》：「㰤，
大張口笑也。」}，芙渠葉謂之荷^{〈艸部〉}。段注云：「蓋
大葉駭人故謂之荷。」，是其例也。𨳿从門可聲，故義訓大開，衡以形義必相契合之理，則大開爲𨳿之本訓，蓋無可疑也。是以《廣韻》云：「𨳿，大裂也。」《廣雅・釋詁》云：「𨳿，開也。」皆其義。《說文・木部》云：「桮，𥥻也。」按〈匚部〉云：「𥥻，小桮也。」析言之；此云桮，𥥻也，渾言之。段注謂「《方言》之械即許書之𥥻，音同字異，許則械訓匧，各有本義」是也。𨳿从門而云大杯，形與義不相諧。桮蓋中夏之通語，𨳿則趙魏間方言。蓋以趙魏間方言稱大杯音𨳿，而未造本字，故爾叚同音之𨳿，以託大杯之義，此許氏所謂「本無其字，依聲託事」者也。許氏於此篆下云大杯亦爲𨳿者，實所以明方俗殊語，而以叚借義入諸字書矣。

　　娠　女妊身動也。从女辰聲。《春秋傳》曰后緡方娠。一曰官婢女隸謂之娠。^{十二下
〈女部〉}

　　按一曰官婢女隸謂之娠者，《方言》云：「燕齊之間養馬者謂之娠，官婢女廝謂之娠。」^{卷三}《說文》此說，蓋即本此。考凡从辰之字多含有動義^{娠篆下
段注}，故《說文》跟義訓動^{〈足部〉}，振義訓奮^{〈手部〉}，《易・恒》「振恒」，《釋文》引馬注，《禮記・月令》「蟄蟲始振」鄭注，《左》莊二十八年傳「而振萬焉」杜注，皆云：「振，動也。」震訓劈歷振物^{〈雨部〉}，《詩・大雅・生民》「載震載夙」毛

傳、《國語・周語》「土氣震發」韋注、《左》成二年傳「畏君之震」杜注，皆云：「震，動也。」又脣義訓驚〈口部〉，《文選・羽獵賦》注引《春秋緯》宋注云：「脣，動也。」晨訓房星，爲民田時者〈晶部〉，桂馥《義證》：「房星正而農時起，故謂之農祥。」是晨从辰聲，亦取動作之義。賑義訓富〈貝部〉，徐鍇《繫傳》云：「賑，振也，振起之也。」是賑从辰聲，亦取振動之義。皆其例也。娠从女辰聲，而義訓女妊身動，形與義相會。衡以形義必相密合之理，女妊身動爲娠之本訓，蓋無可置疑也。是以《漢書・高帝紀》「已而有娠」，應劭曰：「娠，動，懷任之意。」《左》哀元年傳「后緡方娠」，杜注云：「娠，懷身也。」《國語・晉語》「昔者太任娠文王」，韋注云：「娠，有身也。」皆其義。蓋以燕齊之閒方言謂官婢女廝音娠，而未造本字，因叚同音之娠，以託官婢女廝之義，此許氏所謂依聲託事者也。是其形義不相諧，亦宜矣。子雲箸之《方言》，許氏因採此說，所以明方俗殊語也。

𧉪蚗蛩，獸也，一曰秦謂蟬蛻曰蛩。从虫巩聲。^{十三上}〈虫部〉

按一曰秦謂蟬蛻曰蛩者，此說不見於揚雄《方言》。考蛩訓蛩蛩獸也，說者無異辭，蓋以蛩蛩獸爲蛩之本訓也。是以《漢書・司馬相如傳》「蹷蛩蛩，轔距虛」，張揖曰：「蛩蛩，青獸，狀如馬，距虛似驘而小。」《史記》則作卭卭^{《爾雅・釋地》作邛邛，}裴駰《集解》引郭璞曰：「卭卭似馬而色青，距虛即卭卭，變文互言之。」《山海經・海外北經》「有素獸焉，狀如馬，名曰蛩蛩」，郭注云：「即蛩蛩鉅虛也。」《急就篇》「豹狐距虛豺犀兕」，顏注云：「距虛即蛩蛩也，似馬而有青色。一曰距虛似驘而小。」皆其義也^{或謂蛩蛩距虛本二獸：或以爲即一獸，說有不同耳。}。蛩蛩，獸屬，而字从虫者，蓋猶蝯蠷蚨皆爲禺屬而字从虫之比。《說文》云：「蛻，蛇蟬所解皮也。」則知蟬蛻字，當以蛻爲正。蓋以秦地方語，名蟬蛻音蛩，而未造其字，故爾叚同音之蛩，以託蟬蛻之義，此許氏所謂依聲託事者也。蛻蓋中夏之通語，蛩則秦地之方言。蛩音渠容切，古音屬匣紐九部，蛻音輸芮切，古音屬透紐十五部，二字聲韵全異。斯猶《說文・艸部》云：「薩，芰也。楚謂之芰，秦謂之薢茩。」薩與芰聲韵俱異^{古音薩屬來紐六部，芰屬匣紐十六部}。又猶〈女部〉云：「姐，蜀人謂母曰姐，淮南謂之社。」母與姐聲韵俱異之類^{古音母屬明紐一部，姐屬精紐五部}。蓋以諸方語言，其語出同源，微有遷迻者，則猶可探尋，苟爲古今音變，或爲方國異言，則難究詰矣。此許氏稱

秦謂蟬蛻曰蚅者，蓋所以明方俗殊語，而以叚借義入字書也。

鏤剛鐵，可以刻鏤。从金婁聲。〈夏書〉曰梁州貢鏤。一曰鏤，釜也。

<small>十四上
〈金部〉</small>

按一曰鏤，釜也者，《方言》云：「鍑，北燕朝鮮洌水之閒或謂之錪，或謂之鉼。江淮陳楚之閒謂之錡，或謂之鏤。吳揚之閒謂之鬲。釜，自關而西或謂釜，或謂之鍑。」<small>卷五</small>《說文》此說，蓋即本此。考鏤訓剛鐵，可以刻鏤，說者無異辭。蓋以「鋼鐵，可以刻鏤」爲鏤之本訓。是以《尚書·禹貢》「厥貢璆鐵銀鏤砮磬」，鄭注云：「鏤，鋼鐵，可以刻鏤也。」《漢書·地理志》「貢璆鐵銀鏤砮磬」，顏注亦云：「鏤，剛鐵也。」皆其義也。《說文》云：「鍑，釜之大口者，从金复聲。」又〈鬲部〉云：「䰙，鍑屬也。从鬲甫聲。釜，䰙或从金父聲。」鍑音方副切，古音屬幫紐三部，釜音扶雨切，古音屬並紐五部，二字聲韵俱近<small>幫並二紐爲旁紐雙聲，三、五兩部韵亦相近，每得相通。</small>，是二篆爲轉注也。鏤音盧候切，古音屬來紐四部，字與鍑、釜異紐者，蓋聲之變也。又侯與魚虞模古韵旁轉，每多相通，幽尤與侯古韵亦旁轉，每多相通，此段氏三部四部，四部五部合韵之說也。鍑釜蓋爲中夏之通語，鏤則江淮陳楚之閒方言，此聲變而存其韵者也。蓋以江淮陳楚之閒方語，或稱鍑音鏤，而未造其字，故爾叚同音之鏤以爲釜鍑之稱。子雲採異方之語，入諸《方言》，許氏因本是說，所以明方俗殊語，而以叚借義入字書也。

第三章　存　疑

第一節　字形一曰之存疑

　　余讀許書，於其字形之別說，亦有不能斷其是非者，若㕚頪之例，其字形之本說，繩以形義密合之理，既已無疑，而其別說，據形求義，亦似可通，此其一也。又若雁字，《說文》釋之曰：「从隹瘖省聲，或从人人亦聲。」其本說、別說皆僅涉部分，會而觀之，庶幾全豹，其爲後世傳鈔以致譌，蓋可知也。然許書原本如何，學者眾說紛紜，頗難衡其是非，此其二也。故本節所分細目，凡有二端：一曰本說是而一曰有可疑者，二曰疑係傳鈔致譌者。

一、本說是而一曰有可疑者

　　🖼 出气詞也。从曰象气出形。《春秋傳》曰鄭太子㘡。🖼，籀文㘡。一曰佩也，象形。^{五上〈曰部〉}

　　按一曰佩也象形者，大徐曰：「案籀文作🖼^{當作🖼}，象形，義云佩也，古笏佩之。」^{《新附》笏篆下}是大徐之意以爲象佩笏形者，蓋謂籀文🖼也。徐承慶《段注匡謬》從之，云：「象气出形與曰字訓同，籀文㘡下作一曰佩也象形，許於重文下別舉一義，必皆有據。」惟段注則不以爲然，其言曰：「按六字當作一曰佩🖼也

五字，系於象气出形之下，《春秋傳》之上，淺人改易之，致不通耳。不得謂古笏可从口不可从曰，亦不得謂𣬛象笏形也。」王筠《釋例》亦云：「籀文從口，與曰同意。其象形則別說，不謂其從口，然其字或亦用正文𣬛。」是皆以佩笏字不專謂籀文而言也。按經典佩笏字，皆作笏，《說文》無笏，蓋爲許書失收，字今在《新附》，解云「公及士所搢也，从竹勿聲」，大徐以爲「此字後人所加」。徵之經典，《尚書·益稷》「在治忽」，《史記·夏本紀》作「來始滑」，裴駰《集解》引鄭注《尚書》作曶，云：「曶者臣見君所秉，書思對命者也，君亦有焉，以出納政教於五官。」是鄭玄所見《尚書》佩笏字古作曶，大徐之說或本此。《禮記·玉藻》云：「史進象笏，書思對命。」鄭注曰：「思，所思念將以告君者也；對，所以對君者也；命，所受君命者也。書之於笏，爲失忘也。」〈玉藻〉又云：「凡有指畫於君前，用笏；造受命於君前，則書於笏。」是故《釋名·釋書契》云：「笏，忽也。君有教命及所啓白，則書其上，備忽忘也。」然則笏之爲用，乃在記事而防忽忘也。其制則〈玉藻〉云：「笏，天子以球玉，諸侯以象，大夫以魚須文竹，士竹本，象可也。」又云：「笏度，二尺有六寸，其中博三寸，其殺六分而去一。」是則佩笏本有實物可象，意其字之初製，固當象具體之形也。是故王筠《釋例》云：「《禮記》『笏，畢用也[按《釋例》畢誤作備]，因飾焉。』字之輪郭以象其方正，內以象其飾也。」徐灝《段注箋》亦云：「《穆天子傳》搢笏，注：『長三尺，杅上椎頭，一名珽，亦謂之大圭。』此篆上屈象椎頭，下象方體，故以爲象佩笏形。此取字形以爲物形耳。」蓋俱從許說，以爲𣬛象佩笏之形，亦即笏之初文也。考許書𣬛訓出气詞，釋云从曰象气出形，籀文从口作𣬛，二形卜辭彝銘均未見，从曰从口相通，曶於卜辭从口作曶[卜辭皆如此，此不據引]，曶於金文或从口作曶[見於〈易鼎〉、〈叔姬簠〉、〈段簋〉、〈曾子中宣鼎〉、〈曾伯陭壺〉、〈曾大保盆〉、〈曾者鼎〉、〈曾子遷簠〉]，是其證。據形求義，義訓出气詞，確無可疑。隸變作曶，乃與初形大異，以其與忽音同，後遂通用無別。許氏引《春秋傳》鄭太子曶，《左》隱三年作鄭太子忽。《論語·仲忽》，《漢書·古今人表》作中曶，即其證。疑象物形之佩笏字，與出气詞之𣬛，二形相差頗遠，實不當相混爲一，非同𢎚既象相糾繚之形，亦象瓜瓠結丩起之狀也。且經典佩笏字，俱作笏，而許書不錄，僅附其形義於𣬛下，故朱駿聲《通訓定聲》以爲字象佩玉形，不象笏形，其說雖未必可信，而其疑之也，固非無因。再者，以曶爲佩笏，徵之文獻，唯鄭康成之注《尚書》，猶可與許書相印證，餘則無所

見矣。且《尚書》「在治忽」，《史記・夏本紀》作「來始滑」，《漢書・律歷志》作「七始詠」，《史記集解》引鄭注作曶，眾說紛紜，則以曶爲佩笏本字，實亦有可疑之處，安知夫作曶者非即笏之叚借乎？蓋此形此義，許氏亦疑有未定，故列爲別說。以其無考，錄此存參。

　　頹 難曉也。从頁米。一曰鮮白皃，从粉省。〈頁部〉（九上）

　　按一曰鮮白皃，从粉省者，本書〈米部〉云：「粉，傅面者也。」徐鍇《繫傳》云：「古傅面亦用米粉，故《齊民要術》有傅面英粉，漬粉爲之也。」段氏難之曰：「據賈氏說粉英僅堪妝摩身體耳，傅人面者固胡粉也，許云傅面者，凡外曰面，《周禮》傅於餌餈之上者是也。」〈粉篆下注〉考《釋名・釋首飾》云：「粉，分也。研米使分散也。」劉熙以粉繫之〈釋首飾篇〉，則小徐說是也。故《玉篇》云：「粉，可飾面。」顏注《急就篇》亦云：「粉謂鉛粉及米粉，皆以傅面取光潔也。粉之言分也，研使分散也。」良由米之色白，故以作傅面之粉也。《齊民要術》有作米粉法〈卷五〉，謂以米浸水，熟研取白汁，然後清澄，其中心圓如鉢形，酷似鴨子白光潤者，名曰粉英，曝乾以供粧摩身體。夫粉者，白之甚者也，傅粉而面白，故字从頁从粉省，而義訓鮮白皃。據形求義，尚合造字之恉也。許氏前說字从頁米，而義訓難曉，沈濤《古本考》謂从米不可通，當从唐本《說文》作从迷省。段注謂頁猶穜也，言穜緜多如米也。米多而不可分別，會意。林義光《文源》謂頁米者，視米之象，米繁碎難審視，故訓爲難曉。段、林二說，殊嫌牽強，沈說近是。惟沈氏以唐本爲是，今本爲非，則失之武斷。蓋米之言迷也〈迷从米聲、凡从某聲，古即讀某，二字於上古音讀當同〉，許書自有其例，正猶鑋之叚孫爲遜〈至部云：鑋，忿戾也。从至，至而復孫。孫，遁也。〉會之叚曾爲增之比〈會部云會合也。从𠓧曾省。曾，益也。〉〈辵部〉迷惑也，心部惑亂也，頭惑亂故難曉。其義雖於他書無所取證，然从之得聲者，類訓種類相似，唯犬爲甚〈犬部〉，纇訓絲節〈糸部〉。類似之義，從難曉引申；絲節難解，亦與難曉意近。是則頹訓難曉，其爲自來相傳之故訓明矣。若夫頹義鮮白皃，雖不違形義密合之理，然他書皆無可驗。且米色白，从米已足以示鮮白之義，固未必从粉省也。王筠《釋例》云：「頹下云難曉也，從頁米，此蓋本文，或有挩誤，從米不可解也。一曰鮮白皃，從粉省，此後人以前說不可解而易之。鮮白與粉，自謂貫串，不知頁人面也，鮮白非所以言人面也。《玉篇》亦竝引之，蓋屬入已

久。」王氏疑一曰以下爲後人妄增，雖不可遽信，然由頪所孳乳之字證之，一曰以下蓋有可疑。姑以存參。

二、疑係傳鈔譌亂者

雁 鳥也。从隹瘖省聲，或从人人亦聲。 雁籀文雁从鳥。 四上〈隹部〉

按此篆說解，疑竇甚多，殊不可憭。其云从隹瘖省聲者當作雁，其云或从人人亦聲者當作倠，今篆體作雁，則無一合其形構矣。故王筠《釋例》疑之，云：「字本从人，而說加或字，似篆體本作雁，不從人，而別有一字從人，爲其重文也。」又云：「亦有一字從兩聲者，然曰人與瘖省皆聲可矣，何必分之，成騎牆之見。」復按雁或从人人亦聲，二徐本竝同，然考雁音於陵切，古音屬影紐六部，人音如鄰切，古音屬泥紐十二部，二字聲韵俱異，則雁从人聲，說亦未協。宋保《諧聲補逸》謂「雁蒸部字，从人聲猶薐字同菠，从遴得聲矣」，其說殆非。菠聲古音在六部，遴聲在十二部，二字韵部雖乖隔，特以字同來紐，故司馬相如說薐从遴；其與雁人實非一例。以許書所陳二說皆不可通，故段注據《韵會》訂爲「从隹从人瘖省聲」。

考金文有 隹〈應公鼎〉、 隹〈應公觶〉、 隹〈應叔鼎〉、 隹〈大鼎〉、 隹〈毛公鼎〉，治彝銘者，竝釋爲雁之古文。其構形，方濬益說之曰：「字从隹从𠂆从丨，𠂆爲厂圻之形，與𣓤字同意。《說文》鳥在木上曰巢，在穴曰窠，鷹之窠多在山石巖穴閒，非林木之鳥，故古文以从𠂆見義。𠂆象厂圻，丨則象山石墜落之形。」《綴遺齋彝器考釋》卷四、二十一叶 王國維說之曰：「隹即《說文》雁字，其字从𠂆下隹。𠂆从人从丨，仐之側視形也。雁从亦下隹，古人養雁常在臂亦閒，故从此會意。」《海寧王靜安先生遺書》一九六八至一九六九叶（《毛公鼎銘考釋》） 方、王二家說，雖尚可通，終嫌迂曲，魯師實先於《周代金文疏證》三編〈應公鼎〉中辨之詳矣。其言曰：「考之鳥獸蟲魚之名，其以居處構字者，僅於螶爲蠹（螶乃蠹之或體，見《說文·蚰部》），良以蠹之爲物，生長木中，不可或離，故以從木見義。其從橐聲作蠹者，亦以橐爲櫜之初文，以示蠹居木中，歷時既久，則中空如櫜也。他若牛居於閑曰牢，鼠居於穴曰竄，兔在冖下曰冤，鳥在巢上曰西，固未嘗以爲一物之名，則不應於雁獨以宿止之所而造字也。且也崖穴之禽，尚有鷲、鶹、蝙蝠，依人之鳥有雀，狎習之獸則有犬，而鷲鶹不從崖穴，雀犬未嘗從人，乃謂隹所從之𠂆爲象厂圻之形，或謂

斤乃象一腋之形，是皆曲爲之說矣。又案孫楚〈鷹賦〉云：『生窟者則好眠，巢於木者則常立。』（《御覽》九百二十六引）是知鷹有窟處，亦有巢居。故方濬益謂鷹窠多在山石巖穴之間者，其說未可信也。至鷹之棲止人臂，斯乃馴服而然，非其天性如此。王國維乃偏據一隅，以說字義，益不可信。矧夫以斤爲厂墇之形，或以斤爲一腋之形，純憑臆解，渺無佗證者乎。」師駁方、王二說甚審。若夫謝彥華謂「雁从隹斤聲」《說文聞載》，其釋文雖云中矣，而謂斤聲則非。蓋斤於古音屬見紐十三部，雁於古音屬影紐六部，二字聲韵隔越，雁不當从斤聲甚明。馬敍倫強以二字皆破裂清音，舌根與喉又最近說之，蓋亦不免於鑿矣。魯師實先乃爲之說曰：「雁所從之斤與析戈所從斤同體。（析戈之析作𣂪，見《三代》十九卷二十二叶）隸定爲雁，乃從隹從斤會意。從斤者，猶兵之從斤，言其爲征伐之鳥也。以字例證之，雁之從斤，亦猶竊蟬之從丵，言人畜遇之皆驚遷也。亦猶鸇之從亶，謂伐擊之鳥也。（《說文》云：『鐘，伐擊也。』）亦猶鵽之從敦，謂殺伐之鳥也。（敦之初文作臺，於卜辭、金文有征伐之義，《莊子·逍遙遊》云：『斷髮文身。』《釋文》曰：『司馬本作敦，云敦斷。』）鵽雕雙聲（同爲端紐），故音轉而爲雕，（《說文》云：『鵽，雕也。』）鵽亦讀爲定紐，故音轉而爲鶉（鶉喻紐，古歸定紐。《說文》云：『鶉，鷙鳥也。』）敦而轉爲雕，猶鈍之轉爲鋼。即此可證雁之從斤，乃示其爲征伐之鳥，斷然無疑。後世音變，益瘖聲，故作雁，斤與人其形相近，故篆文譌斤爲人，而作雁，於其義不通矣。」又曰：「〈雁未鼎〉隹字，所從之斤作𠂤，即極與人字相混，此篆文譌變之由，而許氏所以誤釋爲人字也。」竝見《周代金文疏證》三編〈應公鼎〉師釋雁之結構，剖析至覈，允偁塙詁。考雁之爲物，捷疾嚴猛，屬諸征鳥，《禮記·月令》所謂「征鳥厲疾」是也，故字從隹從斤以會意。其字由雁譌變爲隹，而增益聲符作雁，脈脈可尋，乃知許云從人者，蓋據後世譌變之體而爲說，乃致形義不合也。惟雁從瘖省聲，實無所取義，蓋爲雁之後起譌變俗字，瘖聲止於明音而已。學者據篆體立說，故以从瘖爲非。蓋以瘖義不能言，雁能鳴，則不可謂之瘖，是以異說滋夥。周伯琦《六書正譌》、王筠《釋例》竝謂从广，取其飛迅。朱駿聲《通訓定聲補遺》、苗夔《繫傳校勘記》竝謂从疾省，亦取其飛迅。孔廣居《疑疑》謂雁从隹从人从疾省，以其攫鳥而食，同類相殘，人所疾惡也。張文虎《舒藝室隨筆》謂雁字本从疾省，疾者取其疾速，隹从雁省，雁體大而飛高，鷹似之。凡此，皆在

正許說之非，而別出新解，以求合其形構。諸說之未安，魯師辨之詳矣，茲不贅述。徐鍇《繫傳》謂「雁隨人所指輠，故从人」，是乃強爲之解，說雖可通，而上不合姬周古文甚明。林義光《文源》謂「雁古作𠂤，从人从隹，从人者，人所蓄也」，斯則據金文之譌體而誤說也。且夫人之所畜者多矣，豈以野禽而獨从人以構字者哉？益知其說之未達也。惟就篆體而言，段氏依《韵會》訂今本《說文》之謬，殊具卓識，固非他家之所及也。疑今本《說文》非許書之舊，以傳抄譌亂，致誤分二說耳。

第二節　字音一曰之存疑

　　《說文》讀若，凡一字音有二讀，則出一曰之例，其異讀之上，多有讀若可承。其無可承而出一曰以示音有重讀者，鉉本凡十有五見，除皀篆外，餘皆屬形聲之字[《說文》：「頛，頭不正也。从頁从耒，耒、傾頭也。」鉉本如此。徐鍇《繫傳》作「從頁耒，耒、傾頭，亦聲。」段《注》、王筠《句讀》、朱駿聲《通訓定聲》說同，今據補。]，此清儒所謂蒙某聲而言之異讀是也。至如皀字又讀若香，字非形聲，又讀無所承，余甚惑焉；又如盍繘輒諸字，其所附二讀，推諸古音本同，而猶別爲二讀者，亦不甚可解。凡茲之屬，均略加考述，以誌其疑。故本節所分細目，亦得二端：一曰一曰之讀無所承者，二曰二讀推諸古音本同者。

一、一曰之讀無所承者

　　皀　穀之馨香也。象嘉穀在裹中之形，匕所以扱之。或說皀，一粒也。又讀若香。[五下〈皀部〉]

　　按皀音皮及切，古音屬並紐七部。又讀若香者，徐鍇《繫傳》無又字。《說文·香部》曰：「香，芳也。从黍从甘。《春秋傳》曰：黍稷馨香。」音許良切，古音屬曉紐十部。是皀香二字聲韵全異也。嚴可均《校議》云：「皀據云又讀，則上文必有闕脫。〈鳥部〉鵖从皀聲，〈火部〉炰从皀聲，讀若駒，與此凡有三讀。」嚴章福《校議議》云：「又讀者，蒙上或說而言，無關音切。謂皀通用食，古文又以此爲香字，本無所關也。迣一讀若拾，蹸亦讀若躒，㕣又讀若玄，姎亦讀與彬同，刉又讀若殲，䋐又讀若繘，极或讀若急，邘又讀若區，頵讀又若骨，庳或讀若逋，狋讀又若銀，萩讀又若銀，雿又讀若芡，姑或讀若占，皆同此例。《校議》謂又讀上有闕脫，此其誤。」苗夔《聲訂》則云：「案香也

以同聲字爲訓，讀若香，自不須更有佗讀也。蜀堅調當是蜀豎謂三字之譌（《顏氏家訓‧勉學篇》云「有一蜀豎就視答云是豆逼耳」，徐鍇《繫傳》引作：「有蜀堅調豆粒爲豆皀。」故苗云然。）。食鶬當作卿鄉，以從皀得聲之字，祇此二字也。合下食讀若粒，知小徐韵部不清，皆爲《顏氏家訓》所惑。《通俗文》皀音方立反，《字林》方立反，竝非。」三說互異。考《顏氏家訓‧勉學篇》引《通俗文》皀方力反，《玉篇》收許良、方立二切，又《爾雅釋文》云：「鶬，彼及反。郭房汲反，《字林》方立反。」是皀字固有二音明矣。故段注謂「當云讀若某，在又讀若香之上，今奪。」據《說文》，凡音有二讀，則出一曰之例，其又讀之上，必有所承，則段說似是。然證諸許書，占字古音或有數讀，一音隸七部侵添韵，《說文》沾、拈、貼、阽、苫等字從之得聲；一音入十四部元寒韵，《說文‧竹部》箝讀若錢是也。炎亦有數讀，一隸八部覃談韵，《說文》琰、啖、談、淡等字從之得聲；一音入十五部脂微韵，《說文‧欠部》欻讀若忽是也。占炎均爲無聲字，後人並不以許氏未擬其音而疑其非有二讀。又皕字亦無聲字也，其古音亦或有數讀，一音入一部之咍韵，《說文》奭蠁等字從之得聲；一音隸五部魚模韵，奭讀若郝是也。又《爾雅‧釋訓》「赫赫、躍躍，迅也」，《釋文》：「赫本作奭。」《七略》「鄒赫子」，《漢書‧藝文志》作「鄒奭子」，奭音同赫，是亦皕入五部之證。而《說文》皕讀若祕，唯擬其一部之一音（祕音兵媚切，古音在十二部，字從必聲，必從弋聲，弋在一部，是弋爲無聲字，古亦當有數讀。說詳本師周先生〈說文讀若文字通叚考〉）皀皕俱爲無聲字，古音各有數讀，然以皕音彼力切，與祕音同，故後人不以爲疑。皀音彼及切，與香音絕殊，故說者眾。其實二字皆有數讀，無以異也。且安知夫又讀若香者，其又字非後人見讀若之文與標音隔遠，故增之乎？是《繫傳》無又字，未必即闕脫。以無可考，姑以存參。惟皀字古音或有數讀，此無可疑。本師周先生於其音讀，說之甚詳，曰：「此云讀若者，蓋無聲字多音之故也。按皀字古音蓋有數讀，一音隸七部侵鹽，今音彼及切。又《說文》鶬字從之得聲，亦音彼及切，同入緝韵者是也；一音入十部陽唐韻，《說文》鄉、響、饗、皛、鬮、蠁等字皆從之得聲者是也。此云讀若香者即在十部之音也。又《儀禮‧士虞禮》『香合』，《釋文》：『香，本又作薌。』〈公食大夫禮〉『腳以東』，注：『古文腳作香。』《荀子‧非相》『欣驩芬薌以道之』，注：『薌與香同。』《文選‧甘泉賦》『薌呹肸以棍枇兮』，注：『薌亦香字也。』是鄉音同香也。鄉從皀聲，則皀香音同，故皀讀若香。」蓋以皀有數讀，故鶬從皀聲，則爲彼及切，鄉從皀聲，則爲許良切，二字同從

皀聲，而音讀畫然有別也。

二、二讀推諸古音本同者

盉 小甌也。从皿有聲。讀若灰，一曰若賄。盉，盉或从右。 ^{五上}
^{〈皿部〉}

按盉音于救切，古音屬匣紐一部；讀若灰者，《說文·火部》曰：「灰，死火餘畫也。从火从又。又，手也。火既滅，可以執持。」音呼恢切，古音屬曉紐一部。是盉灰二字韵同聲近也。考《禮記·曲禮》鄭注：「府謂寶藏貨賄之處」，《釋文》引《字林》云：「賄音悔。」賄从有聲，悔从每聲，是有每同音也。以其音同，故相通作。玄應《一切經音義》卷四：「賄，古文脢同。」《儀禮·聘禮》「賄在聘于賄」，鄭注：「古文賄皆作悔。」是其例。又《易·咸》「九五：咸其脢」，《釋文》：「脢，王肅音灰。」脢从每聲，是灰每同音也。以其音同，故相通作。《淮南·道應篇》「墨墨恢恢」，《莊子》作「媒媒晦晦」，是其例。有與每通，每與灰通，然則有之通灰，猶每之通灰矣。盉从有聲，故《說文》云讀若灰。是此云讀若者，非僅擬其音讀，或亦兼明叚借之用也。

一曰若賄者，徐鍇《繫傳》作「或曰」。《說文·貝部》曰：「賄，財也。从貝有聲。」音呼罪切，古音屬曉紐一部。是盉賄二字韵同聲近也^{曉匣二紐爲}^{旁紐雙聲}。又凡从某聲，古皆讀某，盉賄均从有聲，是二字古音宜同。然則此云盉讀若賄者，蓋以擬其音讀也。

據上所考，是許書盉下所列二讀，推諸古音，實無異同。《玉篇》余救、余九二切，《廣韵》收上去二聲。惟《說文》讀若灰，在平聲灰韵，讀若賄，在上聲賄韵，則似《說文》讀若亦有四聲之分也。蘄春黃氏於《聲韵略說》云：「古雖有一字數讀，然不異紐，則異韵，未有不易紐韵，而徒以音之輕重表意者。漢人則厚薄、主簿有分^{簿即薄}^{字之變}，荼毒、茶遲有分，無爲、相爲有分，相與、干與有分，奇偉、奇偶有分，旅祭、旅陳有分，即四聲成立之漸。」據黃氏之說，漢人雖無四聲之名，而已有以音之輕重表意之實也。然盉爲小甌，其義唯一，而音分輕重者，疑莫能明也。豈當許氏之時，此篆音讀已有輕重二讀邪？抑讀若賄者，乃專擬其音，讀若灰者，或兼明叚借之用邪？抑其中一讀，乃因傳鈔而致誤（或後人誤增）邪？今無可考，錄此存參。

繀 維綱中繩也。从糸崔聲。讀若畫，或讀若維。 〈糸部〉十三上

按繀音戶圭切，古音屬匣紐十六部；讀若畫者，《說文·聿部》曰：「畫，界也。象田四界，聿所以畫之。」音胡麥切，古音與繀並同匣紐十六部。是繀畫二字音同也。本師周先生曰：「《說文》讔讀若畫，是崔音同畫也，故繀讀若畫。」是此云繀讀若畫者，蓋以擬其音讀也。

或讀若維者，段注曰：「維，疑當作絓。」朱駿聲《通訓定聲》亦云：「維當作絓。」本師周先生曰：「維絓形近易譌，且繀維音亦較遠，段、朱二氏之說作或讀若絓為是。」今據從。《說文·糸部》曰：「絓，繭滓絓頭也。一曰以囊絮練也。从糸圭聲。」音胡卦切，古音屬匣紐十六部。是繀絓二字亦音同也。考《廣雅·釋詁》：「絓，懸也。」《史記·齊太公世家》「車絓于木而止」，張守節《正義》：「絓，止也。」《楚辭·哀郢》「心絓結而不解兮」，王注：「絓，懸也。」是皆段絓為繀也 說見朱駿聲《通訓定聲》。繀訓維綱中繩，引申則有懸義。。又《說文》懱訓有二心〈心部〉，觟訓牝䍧羊生角者，《淮南·俶真篇》云：「萬民乃始懱觟離跂。」則又段觟為懱也，亦為繀絓通段之旁證。是此云繀讀若絓者，非僅擬其音讀，或亦兼明假借之用也。

據上所考，是許書繀下所列二讀，推諸古音，實無殊異。《玉篇》允恚、胡卦二切，《廣韻》收寘卦二韻，一注弦中絕，一注絃中繩，音亦無輕重之分。許書讀若，擬音為其本恉，則二讀畢同者，似不宜有之。疑此篆二讀，或許氏當時，音有小殊；或讀若畫者，專擬其音，讀若絓者，兼明叚借之用；或其中一讀，因傳鈔而有訛誤，或後人增益。今無可考，錄此存參。

輡 車輨鈇也。从車眞聲。讀若《論語》鏗尒舍瑟而作，又讀若掔。 〈車部〉十四上

按輡音苦閑切，古音屬溪紐十二部；讀若《論語》鏗尒舍瑟而作者，《說文》無鏗字，說解擬音不拘也。音口莖切《廣韻》，古音與輡並同溪紐十二部。是輡鏗二字音同也。本師周先生曰：「《說文》『讜，一曰若振』，是眞音同辰也。《儀禮·士喪禮》『抯用巾』，注：『古文抯皆作振。』《一切經音義》卷七：『振，古文宸抯二形。』是辰音又同臣也。又《說文》臤讀若鏗鏘之鏗，是臣音又同鏗也。然則眞音同辰，辰音同臣，臣音同鏗，是眞鏗音同也，故輡讀若鏗。」是此云輡讀若鏗者，蓋以擬其音讀也。

又讀若掔者，《說文·手部》曰：「掔，固也。从手臤聲。讀若《詩》『赤舄

揫揫』。音苦閑切,古音屬溪紐十二部。是輱揫二字音亦同也。本師周先生曰:
「眞音同臣,又揫从臤聲,臤从臣聲,是眞臣揫音皆同也,故輱讀若揫。」是
此云輱讀若揫者,蓋亦以擬其音讀也。

　　據上所考,是許書輱下所列二讀,推諸古音,實無以異,而音亦無輕重之
別。《廣韵》止收口莖切一音,與《說文》所箸二讀,皆同平聲。豈許時讀若鏗
與讀若揫,音有歧別邪?抑其中一讀,爲傳鈔致誤,或後人增益者邪?疑有未
明,姑存以備參。

第三節　字義一曰之存疑

　　《說文》釋義,凡義有兩歧,則出一曰之例,有兼採別說者,有以示名物
之異同者,其例爲一,其用則繁。其兼採別說者,容有廣異聞,備多識,而無
關於正譌者,如渭爲水名,而許說其源曰出隴西首陽渭首亭南谷,又引杜林說
云出鳥鼠山。又如時爲天地五帝所基址祭地,而許說好時鄜時皆黃帝時築,又
引別說曰秦文公立者是也。舍此而外,一字異義,猶當有本義,引申義,或叚
借義之差殊。然考之許書,二訓竝陳,其義實無不同者,時或可見。若禋下云
潔祀也,又云一曰精意以享爲禋;啖下云噍啖,又云一曰噉;詆下云苛也,又
云一曰訶也;矞下云治也,又云一曰理也。按之全書,實不宜有此二訓畢同之
例。蓋義既全同,則無須更端稱引也。又許書引經證義,例不出一曰。然通檢
許書,袢下云「一曰《詩》曰是紲袢也」,忼下云「一曰《易》忼龍有悔」,勢
下云「一曰〈虞書〉雉勢」,有此三見。又甌下云「一曰穿也」,碐下云「一曰
赤色」,徵之典籍,均有可議。耕下云「一曰古者井田」,語意未完。蓋必有譌
脫竄補,而非許書之舊者。故段氏曰:「《說文》一曰之例,多有淺人竄入者。」^{禋篆}
^{下注}是非無因也。若斯之屬,皆稍加考述,以存疑焉。故本節所分細目,凡有三
端:一曰本說一曰之義本同者,二曰一曰二字疑衍者。另有字義之別說有疑,
而不屬上舉二類者,別列「其他」一目以統之。

一、本說一曰之義本同者

　　禋　潔祀也。一曰精意以享爲禋。从示垔聲。　^{一上}〈示部〉

　　按一曰精意以享爲禋者,《國語‧周語》內史過曰:「不禋於神而求福焉,

神必禍之；不親於民而求用焉，人必違之。精意以享，禋也；慈保庶民，親也。」韋注云：「絜祀曰禋。」《尚書・堯典》「禋于六宗」，《釋文》：「王云絜祀也，馬云精意以享也。」孔疏引《國語》曰：「精意以享，禋也。」又引孫炎曰：「禋，絜敬之祭也。」而申之曰：「禋是精誠絜敬之名。」杜注《左傳》「而況能禋祀許乎」^{隱公十一年}，則云：「絜齊以享謂之禋。」是精意以享與潔祀，非有二義。故段注云：「凡義有兩岐者，出一曰之例。《國語》內史過曰『精意以享爲禋』，絜祀二字已苞之，何必更端稱引乎？」王筠《釋例》亦云：「案精意者潔也，以享者祀也，其非兩義矣。」是也。就許書通例言，精意以享爲禋，實未合一曰之恉，其非別一義甚明。惟段氏以一曰以下八字爲淺人所竄入，王氏以爲「《國語》在前，許君蓋即述之，後人易以王子雍說，而校者並錄之」，二家之說，互有殊異。考《初學記》卷十三引《說文》曰「潔意以享爲禋」^{潔爲絜之俗字}，《藝文類聚》卷三十八亦引《說文》曰「絜意以享曰禋」，俱無潔祀之語，疑王說近是。

🙷 嚙啖也。从口炎聲。一曰噉。^{二上〈口部〉}

按一曰噉者，《說文》無噉字。慧琳《一切經音義》卷七噉下引《說文》云：「噉，噍也。」又云：「或作啖，或作啗，並同。」^{噍當作嚙}《爾雅・釋草釋文》啗下云：「本亦作啖，又作噉，皆徒覺反。《說文》云嚙也。」《玉篇》噉下云：「亦作啖。」《廣韻》四十九敢噉下云：「或作啖。」且《玉篇》、《廣韻》俱列啖字爲或體，《集韻》亦以啖噉同字。據此，則噉啖同字蓋審矣。段注曰：「《韵會》無此三字，云或作噉。按〈口部〉無噉字，《玉篇》、《廣韻》皆正作噉，云啖同，以孿字例之，蓋《說文》本作噉。」丁福保亦疑古本啖爲噉之或體，謂爲傳寫者所誤倒。據段、丁二氏說，則《說文》本篆當作噉，啖爲或體，今本篆作啖者，乃後人傳抄致譌耳。鈕樹玉《校錄》云：「《玉篇》啖爲噉之重文，則一曰噉三字，乃後人語。」王筠《釋例》云：「啖下云一曰噉，《說文》無噉字，此校者謂啖篆一本作噉也。《玉篇》、《廣韵》皆噉爲正文，啖爲重文，或即本《說文》。似傳寫《說文》者，或挩噉字，或挩啖字，校者見其異，而記於篆文之旁，寫者誤入說解中，遂似以本字爲說解。」鈕、王二氏雖亦以噉字爲正文，啖字爲重文，然均以一曰噉三字非許氏原文。而朱駿聲《通訓定聲》則以爲噉當爲啖之或體。綜觀諸家之論，其說或容有小異，而以啖噉同字則一，與《玉篇》

以下諸書所說同。惟許氏原書如何，則不可究詰者矣。

𧩙 苛也，一曰訶也。从言氏聲。 ^{三上}_{〈言部〉}

按一曰訶也者，〈言部〉云：「訶，大言而怒也。从言可聲。」又〈口部〉云：「呧，苛也。从口氏聲。」玄應《一切經音義》卷十二引作「呵也」，呵即俗訶字，是詆與呧爲意義相同之轉注字，猶㘖之與訥，呰之與諣，叫之與訆，皆音義相同者也。據此，則訶之與苛，其義當同。然考《說文・艸部》云：「苛，小艸也。从艸可聲。」與訶義絕殊，蓋訶怒、訶責字本作訶，其作苛者，乃以音同而相叚也。《周禮・春官・世婦》「比外內命婦之朝莫哭不敬者，而苛罰之」，鄭注：「苛，譴也。」^{《倉頡篇》}_{云譴，呵也。}〈夏官・射人〉「不敬者苛罰之」，鄭注：「苛謂詰問之。」又《方言》卷二：「苛，怒也，陳謂之苛。」郭注云：「相苛責也。」是其證。然則詆下二訓，實爲一義，惟有正叚字之別耳。許書之例，凡義有兩歧者，出一曰之例。今詆下二義既無殊異，則知其一必爲後人所增明矣。惟許氏原文以何爲是，則無可考。蓋《說文》說解之中，雖用本義之字，而不廢叚借字，如假爲非眞^{〈人部〉}，叚義爲借^{〈又部〉}，而借下云假也。象爲南越大獸^{〈象部〉}，而像下云象也，倡下亦云象也^{〈人部〉}，即其例。故不得以正叚字爲斷。段注刪「苛也一曰」，蓋欲符其「許書說解不用叚借字」之條例，實則許書未必然也。

𤔦 治也。幺子相亂，𢿉治之也。讀若亂同。一曰理也。 ^{四下}_{〈𢿉部〉}

按一曰理也者，〈玉部〉理下云：「治玉也。从玉里聲。」治玉爲理，引申之則凡治亦爲理。《廣雅・釋詁》「理，治也」，《戰國策・秦策》「不可勝理」高注，《呂覽・勸學篇》「聖人之所在，則天下理焉」高注，《淮南子・原道篇》「夫能理三苗」高注，並以治爲訓，是其例。𤔦者與〈乙部〉之亂，音義並同^{亂篆下}_{云治也，}亂實𤔦所孳乳之後起字。故《玉篇》云：「𤔦，理也，亦作亂。」《尚書・大誓》「予有亂臣十人」，《論語・泰伯》引此，《集解》引馬注云治也。是理與治義實無別。段氏注云：「一曰理也與治無二義，當由唐人避諱，致此妄增。」王筠《釋例》亦云：「《玉篇》但云理也，此又校者詞也。唐高宗諱治，故有改此注爲理者，別本未改，故校者記其異。」段、王二氏均以一曰理也爲唐人避諱，而致

妄增，說無塙證。考《說文・辛部》辭下云𡪡理也，是𡪡下一曰理也，許書固有可徵。惟許書凡義有兩歧，始出一曰之例，治理義同，實非其例。

二、一曰二字疑衍者

袢　無色也。从衣半聲。一曰《詩》曰是紲袢也。讀若普。　^{八上}
〈衣部〉

　　按一曰《詩》曰是紲絆也者，〈鄘風・君子偕老〉文。毛傳曰：「是當暑袢延之服也。」陳奐《詩毛氏傳疏》云：「云是當暑袢延之服也者，以釋經是紲袢也句。……《論語・鄉黨篇》：『當暑袗絺綌，必表而出之。』孔注云：『必表而出，加上衣也。』皇疏云：『若在家，則衰葛之上，亦無別加衣，若出行接賓客，皆加上衣。當暑絺綌可單，若出不可單，則必加上衣也。嫌暑熱不加，故特明之。』案《詩》之綌絺，是當暑之裏衣，其上覆以展衣，覆猶表也。」馬端辰《毛詩傳箋通釋》云：「《說文繫傳》『袢煩溽也，近身衣也』。……絆延二字疊韻，與《方言》『襎裷謂之幭』，《玉篇》『䡈，車溫䡈也』，皆重疊字。延義近䃗，《說文》『䃗，以石扞繒也』，『扞，摩展衣也』，以石扞繒爲䃗，以衣揩摩汗澤，亦爲袢延。故段玉裁謂『袢延爲揩摩之義，綌絺爲衣，可以揩摩汗澤』。」陳、馬二氏之說是也。毛意正謂紲袢是當暑揩摩汗澤之裏衣^{徐鍇、馬瑞辰並謂之近身衣，朱駿聲}^{亦云袢當爲裏衣之稱，亦謂之袢䙁。}許袢訓無色，而字从衣，則無色當指衣言。《說文》普訓日無色，與衣無色爲袢，音近義同，《玉篇》作衣無色，蓋是。段注云：「暑天近汗之衣必無色。」朱駿聲《通訓定聲》云：「裏衣素無色。」馬瑞辰云：「衣無色對多服褐衣有緇素黃異色言，絺綌爲當暑近污之衣，則不分異色。」諸說並得之。毛舉衣名，許舉衣色，義似有異，而實相成，引《詩》證成本義而已，此與〈艸部〉蔦下引「《詩》蔦與女蘿」，芩下引「《詩》食野之芩」，蔞下引「《詩》四月秀蔞」，牛部犉下引「《詩》九十其犉」，〈鼓部〉鼛下引「《詩》鼛鼓不勝」，皆同。《詩》上有一曰二字，非其例，故段氏以一曰爲衍文。今存之備考。

礛　厲石也，一曰赤色。从石兼聲，讀若鎌。　^{九下}
〈石部〉

　　按一曰赤色者，徐鍇《繫傳》無一曰二字。《玉篇零卷》引作「厲石赤色也」，又《韻會》作「厲石赤色」，《廣韻》曰：「礛，赤礪石也。」^{礪、礣並後起俗}^{字，爲許書所無}然則厲石也，赤色，實非別義也。《尚書・禹貢》「礪砥砮丹」，鄭注曰：「礪，磨刀石

也。精者曰砥。」孔疏曰:「砥以細密爲名,礪以礱糲爲稱。」是礪砥皆磨刀石之名,而以精細別其稱。考《名醫別錄》「越砥」,陶弘景曰:「今細礪石也。」李時珍《本草綱目》曰:「俗稱羊肝石,因形色也。」則礛爲赤屬,正猶礪爲黑砥,廲爲青礪_{並見《廣韵》},各以色別。王筠《釋例》云:「礛下云屬石也,一曰赤色,《玉篇》、《廣韵》皆曰赤屬石,則此一曰尤謬戾也。」_{王氏《繫傳校錄》亦云:「赤色之上,大徐有一曰非也。」}段注則逕刪一曰二字_{王氏《句讀》同},皆是也。由知大徐本「一曰」二字爲衍文,斷然無疑。苗夔《繫傳校勘記》謂「赤色二字疑衍」,馬敍倫《六書疏證》謂「赤色二字涉碬字說解而譌羨」,蓋亦失之深考矣。

忼 慨也。从心亢聲。一曰《易》忼龍有悔。_{十下〈心部〉}

按一曰《易》忼龍有悔者,〈乾〉上九爻辭文,今《易》作亢。許稱《易》在一曰之下,當與本義有殊,然亦不出別義,疑引經以言叚借之例也。段注曰:「一曰易三字,乃易曰二字之誤。忼之本義爲忼慨,而《周易·乾》『上九忼龍』則叚忼爲亢。亢之引申之義爲高,《子貢傳》曰:『亢,極也。』《廣雅》曰:『亢,高也。』是今《易》作亢爲正字,許所據孟氏《易》作忼,叚借字也。凡許引經說叚借,如無有作妭,聖讒說,曰圜皆是。淺人以忼龍與忼慨義殊,乃妄改爲一曰矣。」段說《周易》叚忼爲亢是也。《說文·亢部》云:「亢,人頸也。从大省,象頸脈形。」人頸在上,故引申爲高,爲極,爲過。唐李鼎祚《周易集解》引王肅云:「窮高曰亢。」又引干寶云:「亢,過也。」又《禮記·明堂位》「崇坫康圭」,鄭注云:「康讀爲亢龍之亢。」《左》宣三年傳「可以亢龍」,杜注云:「亢,極也。」亦皆爲今《易》作亢乃正字之佐證。考許書引經證義,例不出一曰,今此引經說叚借,而增一曰於其上,非其例也。段氏以爲淺人妄改,徐承慶《段注匡謬》以爲「一曰易」三字爲傳寫致譌,未知孰是。

嫴 至也。从女執聲。〈周書〉曰大命不嫴,讀若摯同。一曰〈虞書〉雉嫴。_{十二下〈女部〉}

按一曰〈虞書〉雉嫴者,即〈舜典〉「一死贄」也。《釋文》云:「贄,本又作摯。」《說文》無贄,許所據古文作嫴也。《周禮·春官·大宗伯》云:「以禽作六摯,以等諸侯:孤執皮帛,卿執羔,大夫執鴈,士執雉,庶人執鶩,工商

執雞。」^{《釋文》云}_{摯本又作贄}則是雉摯者，士所執以爲禮者也。許書訓埶爲至，埶無執義，而嚴章福《校議議》、郭慶藩《經字正誼》竝以爲執贄乃埶義之引申，其說迂遠，非其義也。承培元《引經證例》、柳榮宗《引經考異》則以爲摯訓握持^{〈手部〉}，是爲執贄正字，作埶者借字也。據許書而言，承、柳之說是也。惟經傳摯贄互見，疑贄字漢時即有其字，而爲《說文》失收。以其不見於許書，故輒以爲俗，似亦無當也。意經傳作摯者，蓋贄之叚借，非其本字即作摯。許氏此篆上引〈西伯戡黎〉「大命不摯」，所以證成本誼，下引〈舜典〉「雉摯」，乃說叚借。猶言言部譸訓詶也，而引《周書》曰無或譸張爲幻；〈人部〉侗訓大皃，而引《詩》曰神罔時侗；假訓非眞也，而引《虞書》曰假于上下，皆引經以言叚借之例也。惟許書之例，凡引經證義，例不出一曰，獨此與袡忼凡三見，殊違許例。徐鍇《繫傳》作「虞書曰雉摯」，許書原文當如此。或後人見許氏兩引經文，前後義殊，乃疑摯兼至贄二義，故改《虞書》曰爲「一曰虞書」，或後人傳抄致譌，疑有未明，無由稽決。

甗 甑也，一曰穿也。从瓦鬳聲。讀若言。^{十二下}_{〈瓦部〉}

按一曰穿也者，疑當云一穿也，曰字衍，段懋堂刪之是也。《周禮・考工記》云：「陶人爲甗，實二鬴，厚半寸，脣寸。」又云：「甑實二鬴，厚半寸，脣寸，七穿。」記言甑七穿^{穿者空也，七}_{穿猶言七孔也}，於甗未言幾穿。鄭司農曰：「甗，無底甑。」無底，即所謂一穿也^{段注云甑七穿而小，甗一穿}_{而大，一穿而大則無底矣。}，故《儀禮・少牢饋食禮》「廩人摡甑甗匕與敦于廩爨」，鄭注云「甗如甑，一孔」。又《釋名・釋山》亦云：「甗，甑也。甑一孔者。」斯即本《說文》之一穿。則「曰」字或爲傳寫誤增。甗與甑之形制，大抵相同，所異者，甗一穿，甑七穿耳。故許書訓甑曰甗，訓甗曰甑，此渾言無別也。甗下復申之云一穿也者，此析言之，所以有別於甑之七穿也。段注云：「渾言見甗亦呼甑，析言見甑非止一穿，參差互見，使文義相足，此許訓詁之一例。」是也。

三、其 他

趞 趞趞也，一曰行皃。从走昔聲。^{二上}_{〈走部〉}

按一曰行皃者，《廣雅・釋訓》：「趞趞，行也。」王念孫《疏證》云：「《說

文》趞行皃，重言之則曰趞趞。」則似行皃乃所以申釋趞趞之義也。惟徐鍇《繫傳》趞趞作趬趞，《玉篇》引《說文》亦作趬趞，故說者紛歧。鈕樹玉《校錄》引顧廣圻曰：「《廣雅》趞趞行也，疑趞趞不誤。」田吳炤《二徐箋異》亦云：「《廣雅・釋訓》作趞趞行也，殆是《說文》舊本。」竝據《廣雅》以爲大徐本作趞趞不誤也。桂馥《義證》亦引《廣雅》爲說，葢亦從大徐者也。段氏於趬篆下注曰：「按趬趞雙聲字，疑篆當先趬後趞。趬下曰趬趞，行輕皃，一曰趬，舉足也，从走堯聲。趞下云趬趞也，从走昔聲。今本葢淺人所亂。」嚴章福《校議議》說亦如是。是以段氏乃逕改趞趞爲趬趞，王筠《句讀》、朱駿聲《通訓定聲》同。按今《玉篇》亦先趞後趬，而趞下引《說文》「一曰行皃」，趬下引《說文》「行輕皃，一曰趬舉足也」，皆與宋本同，是段、嚴二氏謂應先趬後趞，行皃間挩輕字，葢未必然。考許書訓釋，合二字成文者，如趌趨、鋃鏜之類，則以二字連稱，再爲釋義（趌下示趌趨，怒走也；鋃下云鋃鏜，不平也），而下篆則曰「趨，趌趨也」，「鏜，鋃鏜也」，不復釋義；其釋義而以一曰出之者，雖有葢寡（娓下云娓娓也，一曰弱也。是其例。）而但合二字以爲誼，不復申釋之者，亦多有之（謰謱二篆下竝云謰謱也，是其例。）又疊言本篆而爲重言形容詞者，其義亦必申釋於重言之詞下，如芮下云芮芮、艸生皃，湝下云湝湝、寒也，是也。通檢《說文》，此例凡二十有餘條，葢爲許書訓詁之一例，釋訓之比也。若夫趞篆解云「趞趞也，一曰行皃」，據《廣雅》，行皃之訓，實所以申釋趞趞也。依許書通例，本不當間以一曰，葢此與合二字成文者，固有殊異。是就鉉本而言，「也一曰」三字爲衍文，葢確然可知也。然據鍇本作「趬趞也」言之，則《說文》於此出一曰，自有其例。許氏元本如何，今無可考，姑以存參。

䧳鳥也。从隹支聲。一曰䧳，度。四上〈隹部〉

按一曰䧳度者，徐鍇《繫傳》云：「猶今言度支也。」桂馥《義證》引《晉書・職官志》有度支尚書，皆以度支連文也。然《玉篇》䧳下二訓，一云鳥也，一云度也，不以䧳度連文爲訓，是二字連文者葢非。段注曰：「䧳度，未聞。」葢亦不以雉度即度支，故又曰：「或曰葢如長三丈高一丈爲雉。」段氏或說葢是。徵之典籍，以雉爲度者多矣，而未一見以䧳名者，疑一曰度，本在雉篆下，而後人誤迻於此，《玉篇》亦沿此而誤。考《說文》雉下云：「有十四種，盧諸雉、喬雉、鳪雉、鷩雉、秩秩海雉、翟山雉、翰雉、卓雉，伊洛而南曰翬，江淮而

南曰搖，南方曰�，東方曰甾，北方曰稀，西方曰蹲。从隹矢聲。**𨿇**，古文雉从弟。」字於卜辭作**𨿇**《前》2.31.5、**𨿇**《前》7.24.1、**𨿇**《存下》805，石鼓文作**雉**，竝與篆文同體。又作**𨿇**《前》2.30.1、**𨿇**《前》2.30.4、**𨿇**《後》2.6.4，从隹夷聲，此即許書古文所自昉。《說文》作**𨿇**，蓋**弔**誤變爲**夷**，或夷弟音近通作，故許氏釋云：「古文雉从弟。」雉爲野禽，必獵而取之，故字从矢，猶鴙从矢聲，謂其須躲而獲也^{說見魯師實先《假借溯源》}雉从夷聲，聲不示義，蓋以夷與矢古音同部^{二字古音竝屬十五部，又夷屬定紐，矢屬透紐，亦爲旁紐雙聲}，多相通作故爾。《周禮·秋官·薙氏》，鄭注：「故書薙或作夷。」^{《釋文》云：薙或作雉同。}〈薙氏〉「夏日至而夷之」，《禮記·月令》注引作「夏日至而雉之」，是其證。據字形結構，及許書說解，則知雉本鳥名，固憭無疑滯。其若度高廣亦曰雉者，《左》隱元年傳「都城過百雉，國之害也」，孔疏云：「定十二年《公羊傳》曰『雉者何？五板而堵，五堵而雉。』何休以爲堵四十尺，雉二百尺。許愼《五經異義》、戴《禮》及韓詩說八尺爲板，五板爲堵，五堵爲雉。板廣二尺，積高五板爲一丈，五堵爲雉，雉長四丈。古《周禮》及《左氏》說一丈爲板，板廣二尺，五板爲堵，一堵之牆長丈高丈，三堵爲雉，一雉之牆長三丈高一丈，以度其長者用其長，以度其高者用其高也，諸說不同。」據此，知古雉之長短，實無定說，而陸佃《埤雅》以爲「雉不能遠飛，崇不過丈，修不過三丈，故雉高一丈，長三丈。古者數數以萬，度高以雉」，蓋以雉飛有度爲義，其說殊有未然矣。且雉从矢聲，矢亦非度量之器，檢《說文》凡从矢之字，無一而爲度量之名者，是雉字引申實無度高廣之義，則度高廣而曰雉者，斯乃叚借爲名，蓋亦審矣。若夫吳承志《垓古雉字說》據揚雄《太玄》「閑黃垓」之文，謂雉當爲垓之叚借，潘鴻《垓古雉字說》已辨其不然，而謂「閑黃垓」之垓，字當作矢，其義非度高廣之雉也。雉爲鳥名，而叚爲度高廣之稱，猶雎爲雎鳥，而叚爲雎水^{〈隹部〉}，雅本楚鳥^{〈隹部〉}，而叚爲樂器之名之比^{見《周禮·笙師》與《禮記·樂記》}皆爲本無其字之叚借也。如上所考，以雉爲度，實爲叚借之義。而今本《說文》「一曰度」一訓，誤置薙篆下，亦非許書之舊，故存以備參。

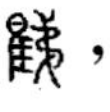

耕　犂也。从耒井聲。一曰古者井田。^{四下〈耒部〉}

按一曰古者井田者，此語不了，元黃公紹《古今韵會》引古者井田下有故從井句，段氏據以引補，而刪「一曰」二字。以爲「此說從井之意」^{王筠《句讀》說同，}

說蓋是也。然據《韻會》刪「聲」字，謂字从耒井，而以會意包形聲說之則非。蓋會意包形聲，既不可通，《韻會》引作从耒井，亦不可以爲碻據。慧琳《一切經音義》卷四十一引《說文》正作「从耒井聲」，可證。王筠《句讀》亦據《韻會》補「故從井」三字，且云：「上說謂爲形聲字，此說謂爲會意字。然井田之義甚廣，與耕不甚切，故列爲別說。」朱駿聲《通訓定聲》亦云：「一曰古者井田，謂从井會意。」王、朱以从耒井兼說耕之構形，以兩存其說，其誤與段氏有相同者。蓋覈之聲韻，耕音古莖功，古音屬見紐十一部，井音子郢切，古音屬精紐十一部，二字韻部相同，其聲紐隔異者，蓋由後世之音變故也。且形聲字之正例必兼會意，義訓曰犂，故字从耒井聲。許言古者井田^{《周禮‧小司徒》：「乃經土地，而井牧其田野，九夫爲井。」鄭注云：「言其五溝五塗之界，其制似井之字，因取名焉。」《釋名‧釋州國》：「周制九夫爲井，其制似井字也。」此竝謂田之形似井之字，故稱井田。}，正所以說从井爲聲之恉。此所以鄭樵^{見《通志‧六書略》}、段懋堂增補「故從井」三字也。或謂《玉篇‧田部》畊下云「古文耕字」，慧琳《一切經音義》卷四十一、希麟《續一切經音義》卷一引《說文》竝有「或作畊，古字也」一語，《集韻》引亦與《音義》合，遂謂古本當有重文畊字，今本奪而猶存其解於耕下^{見耕篆下丁福保案語及王筠《釋例》}，說又不同。要以一曰以下之說解，語意未足，故異說紛陳。今存以備參。

　　⎾ 抴也，明也。象抴引之形。虒字从此。^{十二下〈厂部〉}

　　按明也者，經傳無徵。《說文》抴下云捈也，捈下云臥引也，段注謂臥引者橫而引之也。蓋即牽引之意。抴引之形無實象，因以臆構之虛象以象之。許云象抴引之形，意謂象事之形也。據形求義，抴爲厂之初誼，蓋無可疑。王筠《句讀》、饒炯《部首訂》均以厂爲抴之古文，宋育仁《部首箋正》謂「厂即古文曳，晚出文曳从厂聲，即古文之增體。」宋說至允，而王、饒之說亦不爲非。良以訓抴之厂，形同訓又戾之 ⟋，故孳乳爲曳，《說文》云「曳，臾曳也，从申厂聲」是矣。變指事爲形聲也。其作抴者，是又後起形聲字，鄭注《儀禮‧士相見禮》云古文曳作抴，是曳抴一字之證。而曳字俗从手作拽，又其後也。其明也之訓，段懋堂謂爲衍文，錢坫《斠詮》謂《倉頡篇》恄明也，即此字。章太炎《文始》謂其訓明者，即圛之初文，而引鄭注《尙書》圛者色澤而光明也^{《商書》曰圛}，《詩》箋圛明也^{《詩》齊子豈弟}爲證，諸說互有歧異。張文虎《舒藝室隨筆》則云：「《玉篇》：『厂，扡身兒』。《廣韻》：『厂，施明也，又身兒。』」疑《說文》、《廣韻》

皆有譌衍之字，當以《玉篇》正之。〈手部〉挖曳也，抴捘也，捘臥引也。《儀禮・士相見禮》『舉前曳踵』，注『古文曳作抴』，是厂抴挖曳四字同義。《易・訟》『上九：或錫之鞶帶，終朝三褫之』，《釋文》引鄭本褫作挖。蓋褫从虒聲，遞从厂聲，諧聲而義在其中也。此解抴下衍也字，明乃身字之誤。《廣韻》衍也又二字，明亦身字之誤衍。此解之抴身也，即《廣韵》之施身兒，皆即《玉篇》之挖身兒也。」張氏據《玉篇》以爲《說文》此篆二訓，乃挖身兒之譌，復與諸家說異。然以厂所孳乳之字證之，其說亦恐有未然。蓋厂無明義，斯義亦未聞見用，故說者紛紜。疑莫敢斷，錄此存參。

　　𦅺　續也。从糸𢆶。一曰反𢆶爲𦅺。　^{十三上}〈糸部〉

　　按一曰反𢆶爲𦅺者，𦅺當作𢆶，說者無異辭。𢆶者，絕之古文，許云象不連體絕二絲是也，反之則爲繼續。《莊子・至樂》「得水則爲𢆶」，《釋文》引司馬本作繼，是𢆶爲繼之古文可知也。作繼者，是乃由𢆶所孳乳之後起形聲字。猶互之於笠，丘之於坴，求之於裘，勿之於𦙝，云之於雲，丂之於𣄸，一爲初文，一爲加形旁字，皆其比也。亦猶來之於秼，來爲初文，秼則後起，而許氏區爲二字，分隸二部^{許書來訓周所受瑞麥來麰，秼訓齊謂麥秼}，而爲異部重文，實則此與互笠、丘坴、勿𦙝、求裘、云雲、丂𣄸，無以異也。惟許氏於前述諸字之說解，或多乖於文字孳乳之常軌，說詳裘條，茲不贅述。然則許云反𢆶爲𢆶，蓋說繼之古文𢆶之構形，其上當有古文𢆶篆。是以段注云：「大徐無篆文，但有一曰反𢆶爲繼六字，不可了。小徐本云『或作𢆶，反𢆶爲𢆶』，今依以補一篆文，乃使文從字順矣。反之而成字者，如反人爲匕，反正爲乏是也。小徐本見《韵會》。《莊》、《列》皆云『得水爲𢆶』，此篆見古書者惟此，而《莊》譌作𢆶。」王筠《句讀》亦云：「此篆挩而說存也。當出古文𢆶，而注之曰古文反𢆶爲𢆶。」徐灝《段注箋》、桂馥《義證》、朱駿聲《通訓定聲》、王煦《說文五翼》等說皆同。惟諸家於一曰二字皆無說，段注則逕刪之。據許書之例，凡爲重文，皆不出一曰之例。然反𢆶爲𢆶之上，既挩古文𢆶字，而獨存其說解，復出一曰，殊不可憭，或後人不知上挩古文𢆶篆，見反𢆶爲𢆶，與上文不連屬，乃補一曰二字者也。今無可考，姑錄此存參。

劫 人欲去以力脅止曰劫，或曰以力止去曰劫。 ^{十三下}〈力部〉

按或曰以力止去曰劫者，徐鍇《繫傳》作「以力去曰劫」，故說者頗有歧異。段注從《繫傳》，云：「用力而逃也。」嚴可均《校議》云：「小徐作或曰以力去曰劫，無止字。《韵會》十六葉引同。按如大徐，則仍上一義也，何勞複說。議依小徐。」王筠《繫傳校錄》云：「以力去曰劫，大徐力下多止字。《廣韵》引同。然與上一義無別，蓋人欲去，以力脅止者，劫制之義也。以力去者，劫奪之義也。」田吳炤《二徐箋異》亦云：「按人欲去以力脅止曰劫，一義。或曰以力去曰劫，又一義。大徐以句下，衍一止字，義便與上複。人欲去以力脅止曰劫，謂劫止使不去也。以力去曰劫，謂劫而去之也。二義各殊。」諸家皆以小徐厶止字為是，此一說也。王筠《句讀》云：「或曰者，校者之詞，故與前義不異。小徐本作以力去曰劫，強分為兩義，試思劫者非禮之事也，若不受人之劫而以力去，豈得謂之劫乎？」《釋例》說同。王氏治許學垂三十年，《繫傳校錄》先成，繼以《釋例》，《句讀》為後。是其於前說，或頗有更正，則王氏蓋以或曰以下為後人增益，此又一說也。苗夔《繫傳校勘記》云：「鉉作以力止去，按止當作敆。《荀子‧修身篇》楊注：『劫，敆去也。』此又一說也。綜觀三說，王氏以或曰為後人增益，苗氏以止乃敆字之譌，俱無塙證，而以力去為訓，漢儒傳注皆無足徵。考許書凡篆一字，先訓其義，次釋其形，次釋其音，合三者以完一篆。觀其少釋形之文，可知此篆殘闕多矣。故段《注》、王筠《句讀》，均依《韵會》補從力去三字，而鈕樹玉不以為然，其《段注訂》曰：「上文云人欲去以力脅止曰劫，或曰以力去曰劫，已明會意，不應重複，則三字乃《韻會》增。」按人欲去云云，所以釋義也，從力去，所以說形也，許例固如此。若依鈕氏說，則凡會意字，皆可省從某某，或省從某從某矣。其說之非，不待辨也。惟劫從力去，說者復有異辭，王筠《句讀》謂臆補聲字，宋保《諧聲補逸》亦謂從去聲，苗夔《聲訂》則謂字當從力彊省亦聲。蓋此篆說解傳抄譌奪，今無可考，錄此存參。

曑 盛皃。从夰从日。讀若蘒蘒，一曰若存。曑 籀文曑，从二子。一曰曑即奇字旾。 ^{十四}〈夰部〉

按一曰曑即奇字旾者，謂旾曑古當為一字也。〈日部〉云：「旾，進也，

日出而萬物進。从日从㮨。」訓晉爲進，許說蓋本《爾雅・釋詁》，惟㮨義爲到〈至部〉，而謂晉從之以會意，則與本訓未能密合。晉於卜辭作□《拾》13.1，金文作□〈晉公盦〉、□〈屬羌鐘〉、□〈格伯簋〉，晉陽布作□《古錢大辭典》四二二圖、□《古錢大辭典》四一五圖、□《古錢大辭典》四一六圖，竝从日，而以□、□、□、□、□，象日光上射之形。以光無定體，故其上體乃有多作，此合體象形也。可知晉之初文，乃以日光上射之形，而示日出上進之義。□變作□，與㮨形近，故許書因釋晉之形曰：「从日从㮨。」《說文》云晉即奇字晉者，其初文當作□，从日，上體之□亦光芒之象，乃以□變作□，而許書誤爲从二子，實非从二子也。魯師實先於《說文正補・釋晉》一文，說之詳矣。然考訓盛之替，其篆體今傳二徐本互異。大徐作□从日，與重文相合。小徐作□从曰，鍇云：「曰音越，詞也。」鈕樹玉《校錄》、段《注》均從鉉本。嚴可均《校議》、王筠《繫傳校錄》竝謂篆體本从日作，今篆从曰者，乃沿籀文從曰而譌改。桂馥《義證》引鍇語爲證，是亦依小徐者也。二徐昆弟，同治《說文》，而楚金書先成，是小徐之說容或有本。然孨訓謹也，〈孨部〉唯孱孴二字，孱訓迮也，一曰呻吟也；孴義盛皃，而字从孨从日以會意，殊不可憭。據鉉本，篆文从孨从曰，亦無以示盛皃之義。是故許錟輝先生於其《說文重文形體考》云：「篆文所从□，當係□之譌變，蓋光無定體，故或二其形，或三其形也。日出上進，光芒至盛，許書云孴盛皃，此引申義也。籀文上體□，實乃光芒之象，非从二子，許書引又說曰晉即奇字晉，是其古義。孴、替、晉古當爲一字，當刪〈孨部〉孴及籀文晉，移厠〈日部〉晉下爲重文。」非無見也。惟考孴之籀文晉於〈叔晉妊簋〉作□《三代》7.26，从孖从口；古璽作□《說文詁林》引吳大澂《說文古籀補》，从孖从曰。从曰从口相通，如名籀文作□〈口部〉，協古文作叶旪〈劦部〉，即其例。則晉之从曰，固有根據，非憑臆虛構也。今籀文从曰者，或以曰曰形近而誤也。據此，則晉與孴之籀文从二子从曰作晉，二形各義，迥然有別。夫豈以晉从二子，篆文與□形相近，故許有奇字晉之說乎？今不敢妄斷，姑存乎此。

參考書目

（論文篇目附）

一、經 部

《周易注疏》，王弼注，孔穎達疏，藝文（十三經注疏）。

《周易集解》，李鼎祚，中新（古經解彙函本）。

《尚書注疏》，孔安國傳，孔穎達疏，藝文（十三經注疏）。

《尚書集注音疏》，江聲，復興（皇清經解本）。

《尚書後案》，王鳴盛，復興（皇清經解本）。

《尚書今古文注疏》，孫星衍，廣文。

《尚書大傳定本》，陳壽祺，中新（古經解彙函本）。

《尚書釋義》，屈萬里，華岡。

《毛詩注疏》，毛亨傳，鄭玄箋，孔穎達疏，藝文（十三經注疏）。

《毛詩草木鳥獸蟲魚疏》，陸璣，中新（古經解彙函本）。

《毛詩後箋》，胡承珙，藝文（續經解本）。

《毛詩補疏》，焦循，復興（皇清經解本）。

《毛詩傳箋通釋》，馬瑞辰，藝文（續經解本）。

《詩毛氏傳疏》，陳奐，學生。

《詩經稗疏》，王夫之，藝文（續經解本）。

《周禮注疏》，鄭玄注，賈公彥疏，藝文（十三經注疏）。

《儀禮注疏》，鄭玄注，賈公彥疏，藝文（十三經注疏）。

《禮記注疏》，鄭玄注，孔穎達疏，藝文（十三經注疏）。

《禮記集說》，陳澔，世界。

《大戴禮記解詁》，王聘珍，世界。

《白虎通疏證》，陳立，藝文（續經解本）。

《春秋左傳注疏》，杜預注，孔穎達疏，藝文（十三經注疏）。

《春秋公羊經傳解詁》，何休，藝文（十三經注疏）。

《春秋穀梁傳集解》，范甯，藝文（十三經注疏）。

《春秋釋例》，杜預，中新（古經解彙函本）。

《論語集解義疏》，何晏集解，皇侃義疏，中新（古經解彙函本）。

《孟子注疏》，趙岐注，孫奭疏，藝文（十三經注疏）。

《經典釋文》，陸德明，大通（通志堂經解本）。

《一切經音義》，玄應輯，商務（叢書集成本）。

《一切經音義》，慧琳輯，大通。

《經義述聞》，王引之，復興（皇清經解本）。

《爾雅注疏》，郭璞注，邢昺疏，藝文（十三經注疏）。

《爾雅正義》，邵晉涵，復興（皇清經解本）。

《爾雅義疏》，郝懿行，藝文。

《爾雅蟲名今釋》，劉師培，京華（劉申叔先生遺書）。

《爾雅艸木蟲魚鳥獸釋例》，王國維，商務（《王靜安先生遺書》冊五）。

《爾雅釋名》，丁惟汾，臺灣（中華叢書）。

《爾雅犍為文學注》（郭舍人），馬國翰輯佚本，文海（玉函山房輯佚書）。

《爾雅李氏注》（李巡），馬國翰輯佚本，文海（玉函山房輯佚書）。

《爾雅孫氏注》（孫炎），馬國翰輯佚本，文海（玉函山房輯佚書）。

《爾雅圖讚》（郭璞），馬國翰輯佚本，文海（玉函山房輯佚書）。

《方言》，揚雄，中新（小學彙函本）。

《方言疏證》，戴震，中華（四部備要本）。

《方言箋疏》，錢繹，文海。

《釋名疏證補》，畢沅撰，王先謙補，鼎文。

《小爾雅訓纂》，宋翔鳳，鼎文。

《廣雅疏證》，王念孫，鼎文。

《埤雅》，陸佃，商務（五雅本）。

《爾雅翼》，羅願，商務（叢書集成本）。

《倉頡篇》，孫星衍輯佚本，中新（古經解彙函本）。

《急就篇》，顏師古注，商務。

《說文解字》，許慎，靜嘉堂藏北宋十行小字本，藝文。

《說文解字校錄》，鈕樹玉，鼎文（說文解字詁林所收，以下簡儞詁林所收），省作校
　錄。

《說文校議》，嚴可均，鼎文（詁林所收），省作校議。

《說文辨疑》，顧廣圻，鼎文（詁林所收）。

《說文校議議》，嚴章福，鼎文（詁林所收），省作校議議。

《王氏讀說文記》，王念孫，鼎文（詁林所收）。

《惠氏讀說文記》，惠棟，鼎文（詁林所收）。

《席氏讀說文記》，席世昌，鼎文（詁林所收）。

《讀說文記》，許槤，鼎文（詁林所收）。

《說文訂訂》，嚴可均，鼎文（詁林所收）。

《說文古本考》，沈濤，鼎文（詁林所收），省作古本考。

《說文校定本》，牛士端，鼎文（詁林所收）。

《唐說文木部箋異》，莫友芝，鼎文（詁林所收）。

《說文繫傳》，徐鍇，道光十九年祁氏刻本，華文。

《說文繫傳校勘記》，苗夔，鼎文（詁林所收），省作繫傳校勘記。

《說文繫傳校錄》，王筠，鼎文（詁林所收），省作繫傳校錄。

《說文二徐箋異》，田吳炤，鼎文（詁林所收），省作二徐箋異。

《說文二徐異訓辨》，相菊譚，正中。

《說文解字注》，段玉裁，藝文（經韵樓原刻本）。

《說文段注訂補》，王紹蘭，鼎文（詁林所收），省作段注訂補。

《段氏說文注訂》，鈕樹玉，鼎文（詁林所收），省作段注訂。

《說文段注鈔案》，桂馥，鼎文（詁林所收）。

《說文段注札記》，徐松，鼎文（詁林所收）。

《說文段注鈔案》，錢桂森，鼎文（詁林所收）。

《說文解字注匡謬》，徐承慶，鼎文（詁林所收），省作段注匡謬。

《說文段注札記》，龔自珍，鼎文（詁林所收）。

《說文解字段注質疑》，沈秋雄，文史哲。

《說文解字注箋》，徐灝，鼎文（詁林所收），省作段注箋。

《說文段注指例》，呂景先，正中。

《段氏文字學》，王仁祿，藝文。

《說文解字義證》，桂馥，鼎文（詁林所收），省作義證。

《說文句讀》，王筠，鼎文（詁林所收），省作句讀。

《說文釋例》，王筠，鼎文（詁林所收），省作釋例。

《說文通訓定聲》，朱駿聲，藝文，省作通訓定聲。

《說文疑疑》，孔廣居，鼎文（詁林所收），省作疑疑。

《九經古義論說文》，惠棟，鼎文（詁林所收）。

《說文解字通正》，潘奕雋，鼎文（詁林所收）。

《說文解字述誼》，毛際盛，鼎文（詁林所收），省作述誼。

《說文解字斠詮》，錢坫，鼎文（詁林所收），省作斠詮。

《說文辨字正俗》，李富孫，鼎文（詁林所收），省作辨字正俗。

《讀文五翼》，王煦，鼎文（詁林所收）。

《說文拈字》，王玉樹，鼎文（詁林所收）。

《說文字通》，高翔麟，鼎文（詁林所收）。

《讀說文雜識》，許棫，鼎文（詁林所收）。

《小學說》，吳凌雲，鼎文（詁林所收）。

《讀說文證疑》，陳詩庭，鼎文（詁林所收），省作證疑。

《蛾術編說字》，王鳴盛，鼎文（詁林所收）。

《養新錄論說文》，錢大昕，鼎文（詁林所收）。

《舒藝室隨筆論說文》，張文虎，鼎文（詁林所收）。

《說文職墨》，于鬯，鼎文（詁林所收）。

《說文商義殘本》，鄭知同，鼎文（詁林所收）。

《說文解字部首訂》，饒炯，鼎文（詁林所收），省作部首訂。

《文始》，章太炎，鼎文（詁林所收）。

《小學答問》，章太炎，鼎文（詁林所收）。

《諧聲補逸》，宋保，鼎文（詁林所收）。

《說文諧聲孳生述》，陳立，鼎文（詁林所收）。

《說文聲訂》，苗夔，鼎文（詁林所收）。

《積微居小學述林》，楊樹達，大通。

《說文研究講稿》，林景伊，手鈔本。

《說文正補》，魯實先，《大陸雜誌》三十七卷十一、十二期，三十八卷二、六、七、
十期，三十九卷一、二期。

《說文讀若考》，葉德輝，鼎文（詁林所收），省作讀若考。

《說文解字讀若音訂》，陸志韋，《燕京學報》第三十期。

《說文解字讀若文字通叚考》，周一田，國文研究所集刊第六期。

《無聲字多音說》，陳伯元，輔仁大學《人文學報》第二期。

《說文解字重文諧聲考》，許錟輝，國文研究所集刊第九期。

《說文古文考證》，蔡惠堂，鼎文（詁林所收）。

《說文中之古文考》，商承祚，《金陵學報》四卷二期、五卷二期、六卷二期、十卷一、
　二期。

《說文所稱古文釋例》，孫次舟，齊魯大學《中國文化研究彙刊》二卷。

《說文重文形體考》，許錟輝，文津。

《說文解字古文釋形考述》，邱德修，學生。

《說文重文管見》，蕭道管，鼎文（詁林所收），省作重文管見。

《說文引詩辨證》，王育，鼎文（詁林所收）。

《說文引經考》，吳玉搢，鼎文（詁林所收），省作經考。

《說文解字群經正字，邵瑛，鼎文（詁林所收），省作群經正字。

《廣說文答問疏證》，承培元，鼎文（詁林所收），省作廣答問疏證。

《說文引經例辨》，雷浚，鼎文（詁林所收），省作引經例辨。

《說文引經證例》，承培元，鼎文（詁林所收），省作引經證例。

《說文引經考異》，柳榮宗，鼎文（詁林所收），省作引經考異。

《說文經字正誼》，郭慶藩，鼎文（詁林所收），省作經字正誼。

《說文古語考補正》，傅雲龍，鼎文（詁林所收），省作古語考補正。

《說文解字引經考》，馬宗霍，學生。

《說文解字引通人說考》，馬宗霍，學生。

《說文解字引群書考》，馬宗霍，學生。

《說文方俗文字考徵》，許錟輝，國科會。

《說文草木疏》，王初慶，輔大論文。

《說文假借義證》，朱珔，鼎文（詁林所收），省作假借義證。

《說文廣義校訂》，吳善述，鼎文（詁林所收），省作廣義校訂。

《說文染指》，吳楚，鼎文（詁林所收）。

《讀篆臆存雜說》，吳錦章，鼎文（詁林所收），省作讀篆臆存。

《說文聞載》，謝彥華，鼎文（詁林所收）。

《經典通用考》，嚴章福，鼎文（詁林所收），省作通用考。

《說文解字研究法》，馬敘倫，鼎文。

《通志六書略》，鄭樵，世界。

《六書故》，戴侗，商務（四庫全書本）。

《復古編》，張有，商務（四部叢刊本）。

《六書正譌》，周伯琦，鼎文（古今圖書集成字學典）。

《說文解字六書疏證》，馬敘倫，鼎文。

《六書辨正》，弓英德，商務。

《說文類釋》，李國英，自刊本。

《說文字根衍義考》，吳煥瑞，國文研究所集刊十六期。

《形聲多兼會意考》，黃永武，國文研究所集刊九期。

《轉注釋義》，魯實先，《大陸雜誌》五十三卷三期。

《假借遡原》，魯實先，文史哲。

《造字時有通借證辨惑》，龍宇純，《幼獅學報》一卷一期。

《文字學概說》，林景伊，正中。

《中國文字學》，潘重規，東大。

《文字新詮》，陳獨秀，中國語文研究中心。

《中國字例》，高鴻縉，師大出版社。

《古文字學導論》，唐蘭，樂天。

《說文解字綜合研究》，江舉謙，東海大學。

《中國文字的原始與演變》，李孝定，《史語所集刊》第四十五本第二、三分。

《中文常用三千字形義釋》，張瑄，泰順。

《唐寫本玉篇零卷》，顧野王，力行。

《玉篇》，顧野王，中新（古經解彙函本）。

《五經文字》，張參，中新（古經解彙函本）。

《九經字樣》，唐玄度，中新（古經解彙函本）。

《廣韻》，陳彭年，藝文（澤存堂本）。

《集韻》，丁度，中華（四部備要本）。

《字鑑》，李文仲，藝文（百部叢書集成本）。

《古聲韻討論集》，楊樹達輯，學生。

《中國聲韻學通論》，林景伊，世界。

《古音學發微》，陳伯元，文史哲。

《音略證補》，陳伯元，文史哲。

《史籀篇疏證》，王國維，商務（《王靜安先生遺書》冊五）。

《說文古籀補》，吳大澂，藝文。

《說文古籀補補》，丁佛言，藝文。

《説文古籀三補》，強運開，藝文。

《古籀彙編》，徐文鏡，商務。

《金文編》，容庚，樂天。

《金文續編》，容庚，樂天。

《文源》，林義光，鼎文（詁林所收）。

《歷代鐘鼎彝器欵識法帖》，薛尚功，藝文。

《積古齋鐘鼎欵識》，阮元，藝文。

《雙劍誃古器物圖錄》，于省吾，台風。

《攈古錄金文》，吳式芬，樂天。

《綴遺齋彝器欵識考釋》，方濬益，台風。

《愙齋集古錄》，吳大澂，台風。

《奇觚室吉金文述》，劉心源，藝文。

《貞松堂集古遺文》，羅振玉撰集，崇基。

《小校經閣金文拓本》，劉體智，藝文。

《三代吉金文存》，羅振玉，明倫。

《商周金文錄遺》，于省吾，明倫。

《商周彝器通考》，容庚，哈佛燕京學社。

《秦漢金文錄》，容庚，樂天。

《吉金文錄》，吳闓生，樂天。

《古籀拾遺》，孫詒讓，華文。

《古籀餘論》，孫詒讓，華文。

《韡華閣集古錄跋尾》，柯昌濟，華文。

《雙劍誃吉金文選》，于省吾，藝文。

《金文叢考》，郭沫若，明倫。

《兩周金文辭大系考釋》，郭沫若，明倫。

《古籀篇》，高田忠周，宏業。

《觀堂古今文考釋》，王國維，商務（《王靜安先生遺書》冊五）。

《周代金文疏證三編》，魯實先，國科會。

《金文詁林》，周法高，香港中文大學。

《殷商文字釋叢》，朱芳圃，學生。

《小學金石論叢》，楊樹達，大通。

《金石索》，馮雲鵬，商務。

《石鼓文研究》，郭沫若，明倫。

《金石大字典》，張謇，古新。

《秦始皇刻石考》，容庚，《燕京學報》第十七期。

《石刻篆文編》，商承祚，世界。

《雪堂金石文字跋尾》，羅振玉，文華（《羅雪堂先生全集》初編冊二）。

《陶文編》，金祥恒，藝文。

《古錢大辭典》，丁福保，世界。

《古璽文字徵》，羅福頤，藝文。

《漢印文字徵》，羅福頤，藝文。

《漢隸字源》，婁機，鼎文。

《漢簡文字類編》，王夢鷗，藝文。

《汗簡》，郭忠恕，藝文。

《甲骨文編》，孫海波，藝文。

《續甲骨文編》，金祥恆，藝文。

《鐵雲藏龜》，劉鶚，藝文（省稱　鐵）。

《鐵雲藏龜之餘》，羅振玉，香港書店（省稱　餘）。

《戩壽堂所藏殷虛文字》，姬佛陀，藝文（省稱　戩）。

《龜甲獸骨文字》，林泰輔，藝文（省稱　林）。

《殷虛書契前編》，羅振玉，藝文（省稱　前）。

《殷虛書契菁華》，羅振玉，自刊本（省稱　菁）。

《殷虛書契後編》，羅振玉，藝文（省稱　後）。

《殷虛書契續編》，羅振玉，藝文（省稱　續）。

《鐵雲藏龜拾遺》，葉玉森，香港書局（省稱　拾）。

《福氏所藏甲骨文字》，福開森，金陵大學（省稱　福）。

《鐵雲藏龜零拾》，李旦丘，中法文化出版委員會（省稱　零）。

《天壤閣甲骨文存》，唐蘭，北平輔仁大學（省稱　天）。

《殷契粹編》，郭沫若，大通（稱省　粹）。

《殷契佚存》，商承祚，金陵大學（省稱　佚）。

《殷虛文字甲編》，董作賓，中研院（省稱　甲）。

《殷虛文字乙編》，董作賓，中研院（省稱　乙）。

《殷契遺珠》，金祖同，藝文（省稱　珠）。

《戰後京津新獲甲骨集》，胡厚宣，群聯（省稱　京津）。

《甲骨續存》，胡厚宣，群聯（省稱　存）。

《殷虛卜辭》，明義士，藝文（省稱　明）。

《殷契拾綴》，郭若愚（省稱　綴）。

《金璋所藏甲骨卜辭》，方法斂，藝文（省稱　金）。

《戰後寧滬新獲甲骨集》，胡厚宣（省稱　寧滬）。

《戰後南北所見甲骨錄》，胡厚宣（省稱　南北）。

《庫方二氏所藏甲骨卜辭》，方法斂，藝文（省稱　庫）。

《名原》，孫詒讓，藝文（孫籀廎先生集）。

《增訂殷虛書契考釋》，羅振玉，藝文。

《戬壽堂殷虛文字考釋》，王國維，藝文。

《卜辭通纂考釋》，郭沫若，文求堂。

《殷虛文字類編》，商承祚，鼎文（詁林所收）。

《甲骨學文字編》，朱芳圃，商務。

《殷虛書契前編集釋》，葉玉森，藝文。

《殷虛粹編考釋》，郭沫若，大通。

《卜辭求義》，楊樹達，大通。

《甲骨文字研究》，郭沫若，中華。

《甲骨文所見氏族及其制度》，丁山，大通。

《卜辭綜述》，陳夢家，大通。

《殷虛文字甲編考釋》，屈萬里，中研院。

《甲骨學商史論叢續集》，胡厚宣，大通。

《甲骨文字集釋》，李孝定，中研院。

《卜辭姓氏通釋》，魯實先，《東海學報》一卷一期、《幼獅學報》二卷一期、《東海學
　　報》二卷一期。

《殷契新詮》，魯實先，《幼獅學報》三卷一期，《東海學報》三卷一期、《幼獅學報》
　　四卷一、二期，《幼獅學誌》一卷二期、《幼獅學誌》一卷三期。

《日月爲易解》，曾釗，鼎文（詁林所收）。

《日月爲易解》，陶方琦，鼎文（詁林所收）。

《說文十幹形誼箋》，陳邦福，鼎文（詁林所收）。

《申說文嶲周燕義》，趙聖傳，鼎文（詁林所收）。

《申說文嶲周燕義》，李安，鼎文（詁林所收）。

《垜古雉字說》，潘源，鼎文（詁林所收）。

《垜古雉字說》，吳承志，鼎文（詁林所收）。

《說官》，李澤蘭，鼎文（詁林所收）。

《釋我》，陳立，鼎文（詁林所收）。

《字說》，吳大澂，藝文。

〈釋蔡殺〉，胡吉宣，《中山大學語言歷史學研究所周刊》十集一一四期。

〈釋云〉，高潛子，《師大國學叢刊》一卷二期。

〈說祝〉，王恒餘，《史語所集刊》三十二本。

〈釋帛爲〉，金祥恒，《中國文字》第二十七期。

〈釋畢〉，張哲，《中國文字》第十期。

〈說丘〉，田倩君，《中國文字》第四十期。

〈耒耜考〉，徐中舒，《史語所集刊》二本一分。

〈語原〉，郭豫才，《河南圖書館館刊》。

〈古聲同紐之字義多相近說〉，劉賾，《武大文哲季刊》二卷。

〈右文說在訓詁學上之沿革及其推闡〉，沈兼士，《史語所集刊》外編第一種。

〈古文字中之商周祭祀〉，陳夢家，《燕京學報》第十九期。

〈殷人服象及象之南遷〉，徐中舒，《史語所集刊》第一本第一分。

二、史　部

《史記集解》，裴駰，藝文。

《史記索隱》，司馬貞，藝文。

《史記正義》，張守節，藝文。

《漢書補注》，班固撰，王先謙補注，藝文。

《後漢書集解》，范曄撰，王先謙集解，藝文。

《國語注》，韋昭，藝文。

《戰國策注》，高誘，藝文。

《吳越春秋》，趙曄，商務（古今逸史本）。

《華陽國志》，常璩，商務（古今逸史本）。

《水經注》，酈道元，世界。

《四庫全書總目提要》，紀昀，藝文。

三、子　部

《荀子集解》，王先謙，藝文。

《顏氏家訓》，顏之推，藝文。

《莊子注》，郭象，藝文。

《列子注》，張湛，藝文。

《呂氏春秋注》，高誘，藝文。
《淮南子注》，高誘，藝文。
《風俗通義》，應劭，大化（增訂漢魏叢書本）。
《古今注》，崔豹，大化（增訂漢魏叢書本）。

《山海經箋疏》，郝懿行，藝文。

《齊民要術》，賈思勰，藝文。
《農政全書》，徐光啟，商務。
《植物名實圖考》，吳其濬，世界。
《植物名實圖考長編》，吳其濬，世界。
《九穀考》，程瑤田，復興（皇清經解本）。
《物名溯源》，劉師培，京華（劉申叔先生遺書）。
《物名溯源續補》，劉師培，京華（劉申叔先生遺書）。

《神農本草經》，孫星衍、孫馮翼同輯，中華（四部備要本）。
《本草綱目》，李時珍，鼎文。
《名醫別錄》，陶弘景。
《唐本草》，蘇恭。
《本草拾遺》，陳藏器。
《圖經本草》，蘇頌。
《本草衍義》，寇宗奭。
《救荒本草》，朱橚（以上並見《本草綱目》）。

《古今圖書集成草木典》，陳夢雷，鼎文。
《古今圖書集成禽蟲典》，陳夢雷，鼎文。
《藝文類聚》，歐陽詢，文光。
《初學記》，徐堅，鼎文。
《太平御覽》，李昉，明倫。

四、集　部

《楚辭章句》，王逸，藝文。
《昭明文選》，李善注，藝文。

《六臣注文選》，呂延濟等注，華正。
《古文苑》，章樵注，商務。

《日知錄》，顧炎武，明倫。
《高郵王氏遺書》，王念孫，文海。
《章氏叢書》，章太炎，世界。
《劉申叔先生遺書》，劉師培，京華。
《觀堂集林》，王國維，世界。
《黃侃論學雜著》，黃季剛，中華。
《問學集》，周祖謨，知仁。

索 引

（據《說文》卷次及字之先後爲序）

卷　九	頒 142	煩 93	頪 169	慶 119	广 162	礛 179	硈 143	易 95
卷　十	馬 19	騅 47	狛 28	驢 144	歔 71	夷 120	吳 47	夆 19
	夆 55	圉 55	圂 145	忼 180	慰 146	惷 146		
卷十一	渭 77	沔 156	汾 78	沂 79	汶 59	灅 71	演 122	渾 147
	滋 123	潘 124	州 56	州 148	賈 149	鮞 124	鮦 72	鮪 80
	魿 81	魷 150						
卷十二	聞 163	耿 10	麿 29	撮 50	撟 150	揸 73	搜 48	披 151
	娠 163	婗 152	母 12	媒 23	妮 50	埶 180	厂 184	戕 20
	戕 153	我 107	我 154	飍 181				
卷十三	繼 185	紴 21	繡 175	繫 73	蜓 74	螻 74	蜘 76	蠃 60
	螝 76	蜑 164	劫 186					
卷十四	鏤 165	鋏 30	鈔 21	銛 30	輨 31	衛 97	鎮 175	陪 125
	甲 103	甲 157	巴 51	殼 126	香 186	吕 105	醫 13